NATASHA LESTER

# Die FARBEN der FRAUEN

ROMAN

Aus dem Englischen
von Christine Strüh und Anna Julia Strüh

atb aufbau taschenbuch

Die Originalausgabe unter dem Titel
*Her Mother's Secret*
erschien 2017 in Australien und Neuseeland bei Hachette Australia,
und 2018 in englischer Sprache in Großbritannien bei Sphere,
einem Imprint von Little, Brown Book Group Ltd.

MIX
Papier aus verantwortungsvollen Quellen
FSC® C083411
FSC
www.fsc.org

ISBN 978-3-7466-3569-9

Aufbau Taschenbuch ist eine Marke
der Aufbau Verlag GmbH & Co. KG

1. Auflage 2021

Gesetzt aus der Adobe Devanagari durch die LVD GmbH, Berlin
Druck und Binden CPI books GmbH, Leck, Germany
Printed in Germany

www.aufbau-verlag.de

*Was würde man nicht darum geben,*
*zum Anfang zurückkehren zu können,*
*wieder so zu sein wie damals,*
*als die Zukunft so frisch und hoffnungsvoll war,*
*dass es unmöglich erschien,*
*irgendetwas falsch zu machen?*

Therese Anne Fowler, Z – A Novel of Zelda Fitzgerald

# Teil 1

# Kapitel 1

SUTTON VENY, ENGLAND, NOVEMBER 1918 | Der Behälter in Leonoras Hand enthielt eine Substanz so schwarz wie der Himmel in einer Neumondnacht. Unter den gespannten Blicken ihrer Freundin Joan schraubte sie den Deckel ab.

»Es hat funktioniert!«, rief Leonora aus.

»Probier es aus!«, verlangte Joan.

Leonora befeuchtete einen Finger, rieb ihn über die dunkle Masse, bis eine nasse, schwarze Schicht davon kleben blieb, und trug sie vom Wimpernansatz her zuerst vorsichtig auf. Dann tauchte sie den Finger ein zweites Mal in das Gläschen und verteilte noch etwas mehr von der tags zuvor selbst gemachten Mascara. »Wie sieht es aus?«

»Warte.« Joan nahm den Handspiegel und das Exemplar von *Pictures and the Picturegoer*, der Zeitschrift, die aufgeschlagen vor ihnen auf dem Arbeitstisch lag, und hielt Leo den Spiegel sowie daneben das Bild von Theda Bara als Kleopatra vors Gesicht.

Lächelnd betrachtete Leo sich – tatsächlich wirkten ihre grünen Augen durch die Tusche größer und strahlender. »Es ist sogar noch besser, als ich es mir erhofft habe. Hier.«

Sie reichte das Gläschen an Joan weiter, die ihre Wimpern auf die gleiche Weise schwärzte.

»Ich glaube, beim nächsten Mal nehme ich noch ein bisschen Öl dazu, für mehr Glanz«, meinte Leo. »Kleopatras Wimpern blitzen ja richtig.«

»Dafür, dass es die einzige Wimperntusche im Umkreis von mehreren Hundert Meilen ist, finde ich das Zeug aber sehr gut.«

»Jedenfalls würde man nicht auf die Idee kommen, dass es sich einfach nur um eine Kombination aus Seifenflocken und Lampenruß handelt, oder? Ich hab es auch mit Vaseline probiert, aber das ist zu zäh geworden. Die Mixtur hier ist leichter aufzutragen, aber ich glaube, ich kriege es noch besser hin.« Mit einem tiefen Seufzer sah Leo sich in der chaotischen Kammer um und ließ den Blick nachdenklich über den mit allen möglichen Salben, Tinkturen und kosmetischen Experimenten überhäuften Werktisch schweifen. »Vorausgesetzt, ich finde Zeit dafür und kann mich mal um etwas anderes kümmern als um die ganzen Präparate gegen Wundinfektionen …«

Sie seufzte. »Denkst du, wir sind ganz grässliche Menschen? Ich meine, weil wir so oft über Kinofilme und Mascara reden, während …«

»Natürlich nicht!«, unterbrach Joan sie mit Nachdruck, und wie immer, wenn sie sich ereiferte, hörte man ihren australischen Akzent besonders deutlich. »Ich habe zwölf Stunden am Tag versucht, die Männer im Armeelazarett am Leben zu halten, und du hast genau das Gleiche mit deinen Medikamenten gemacht. Ganz zu schweigen davon, dass wir die Moral aufrechterhalten haben – um den Botengang zur Apotheke haben sich die Männer im Lager immer buchstäblich gerissen.«

Leo wurde rot und lenkte schnell ab: »Gehen wir nun ins Kino oder nicht?«

»Ich brauche bloß noch ein bisschen Lippenstift.«

Leo reichte ihr einen Tiegel mit einer glänzenden, roten Creme.

»Du bist ein Schatz. Bestimmt sind die Schwestern hier besser versorgt als die Ladys in London.« Joan tupfte sich Farbe auf den Mund, strich sich die braunen Haare glatt, setzte sich einen dunkelblauen Glockenhut auf den Kopf und nickte zufrieden.

»Was, wenn Mrs Hodgkins uns so sieht?«

»Und wenn schon?«, erwiderte Joan achselzuckend. »Wimperntusche ist nicht verboten.«

»Noch nicht. Aber wahrscheinlich nur, weil niemand versteht, wie dringend wir alle sie benutzen wollen.« Leo deutete auf die Zeitschrift. »Meinst du, ›Theda Bara hat mich dazu gezwungen‹ wäre eine gute Entschuldigung?«

Joan schüttelte lachend den Kopf. »Lass uns gehen. Dann kann ich dir auch meine Neuigkeiten erzählen.«

»Ich schau noch kurz nach Daddy.« Mit einer geübten Handbewegung drehte Leo das Schild mit der Aufschrift *Harold East, Dispensing Chemist and Apothecary* an der Ladentür um und rannte die Stufen zu der Wohnung hinauf, wo sie mit ihrem Vater lebte.

Harold East saß am Tisch, vor sich die Zeitung, aber er hatte die Brille abgenommen, und seine Augen waren geschlossen. Er wirkte sehr dünn und noch blasser als sonst. Zum tausendsten Mal wünschte Leo sich, sie könnte ihm genügend zu essen besorgen. Für junge Menschen wie sie selbst waren die Rationierungen kein großes Problem, doch ihr Vater war nicht so robust. Der Kummer über den Tod seiner Frau, die im Kindbett gestorben war, setzte ihm schon seit Jahren zu, nun hatten Stress und Entbehrung das Ihre beigetragen und ihn noch schneller altern lassen.

»Daddy«, flüsterte Leo und legte ihm behutsam die Hand auf den Arm.

Ihr Vater zuckte zusammen und riss die Augen auf. »Was ist los?«, fragte er und begann, hektisch nach seiner Brille zu suchen.

Leonora fand sie unter der Zeitung und gab sie ihm, aber er behielt sie in der Hand und blickte seine Tochter an. »Entschuldige, dass ich dich erschreckt habe«, sagte sie sanft. »Es ist nichts passiert, ich bin nur hochgekommen, um mich zu verabschieden. Ich wollte mit Joan einen Film anschauen gehen, erinnerst du dich?«

»Ach, natürlich.« Er strahlte und breitete die Arme aus.

Leo küsste ihn auf den Kopf. »Hast du ein bisschen Brot gegessen?«

»Ich habe sogar den Teller abgeleckt, um auch noch die letzten Krümel zu kriegen«, antwortete er. »Geh nur und amüsier dich. Du verbringst sowieso zu viel Zeit hier mit mir.«

»Wie war es heute Vormittag im Laden?«

»Gut. Ein paar Soldaten sind gekommen und waren sehr enttäuscht, als ich ihnen gesagt habe, du seist leider nicht da. Und du wirst noch mehr von deiner Cold Cream machen müssen, die ist nämlich schon wieder ausverkauft. Mrs Kidd hat mir gesagt, deine Creme sei besser als die von *Pond's*.«

»Ich wusste doch, dass sie gut ankommen würde. Vielleicht lässt du mich jetzt ja auch Lippenschminke verkaufen?«

Zwar schüttelte ihr Vater den Kopf, aber er lächelte dabei noch immer. »Stell dir doch mal vor, was Mrs Hodgkins dazu sagen würde!«

Natürlich wusste Leo das nur zu gut – Mrs Hodgkins hatte es sich zur Aufgabe gemacht, für Leos Moralerziehung zu sorgen. Zum Glück hatte ihr Vater die Brille nicht aufgesetzt und konnte ihre geschwärzten Wimpern nicht sehen. »Ich brauche außer dir wirklich niemanden, der mich bemuttert.«

Ihrem Vater traten die Tränen in die Augen, und Leonora wusste, dass er an ihre Mutter dachte, die nicht einmal mehr Gelegenheit gehabt hatte, ihre Tochter im Arm zu halten. »Nun ja«, sagte er, und seine Stimme zitterte ein bisschen, »eigentlich ist es sowieso dein Laden, ich bin ja kaum mehr da, und du solltest einfach verkaufen, was du möchtest. Und jetzt gehe ich ins Bett, Liebes. Ich bin fix und fertig.«

Leo sah ihm nach, wie er davonschlurfte und sich dabei ein paarmal an der Wand abstützte. Dann rannte sie die Treppe wieder hinunter.

»Ist alles in Ordnung?«, fragte Joan.

Leo schüttelte den Kopf. »Ich weiß nicht recht – mir kommt es vor, als raube der Krieg ihm allmählich alle Kraft. Er macht einen noch zerbrechlicheren Eindruck als sonst.«

»Kann ich irgendwie helfen?« Joan drückte ihre Hand.

»Nein«, antwortete Leo fest und wischte sich die Tränen aus den Augenwinkeln. »Gehen wir.«

So machten sie sich auf den Weg die High Street hinunter, wo Leo Mr Banks zuwinkte, der zweimal hinschauen musste, den Gruß dann aber fröhlich erwiderte. Leos Schultern entspannten sich etwas. Es war schön, auszugehen und eine kurze Zeit zu vergessen, was aus der Welt geworden war. Es fühlte sich gut an, ihrem Gesicht ein bisschen Farbe zu geben und damit ein Gegengewicht zu ihrem Kleid zu setzen, das schon vier Jahre alt, zu einem schmutzigen Grau verblasst und so oft geflickt worden war, dass es sich fast anfühlte, als bestünde es mehr aus Stopfgarn denn aus Stoff. Und es war schön, mit Joan zu lachen, statt ständig nervös auf die neueste Nachricht zu warten, wer von den Männern aus dem Dorf noch gestorben war.

Ihre Schritte raschelten in den Ulmenblättern, die in diesem Herbst ebenso schnell auf die Straße fielen, wie neue Grabsteine auf dem Friedhof auftauchten, und als Leo gerade den Mund aufmachte, um Joan nach ihren Neuigkeiten zu fragen, kam eine Gruppe von Soldaten auf sie zu. Soldaten gehörten ebenso wie die australischen Krankenschwestern und das Armeelager mit seinen langen Reihen identischer Hütten und dem Lazarett, in dem Joan arbeitete, für Leo inzwischen so sehr zum Alltag, dass sie sich kaum noch daran erinnern konnte, wie das Dorf vorher ausgesehen hatte. Wie zum Trocknen ausgebreitete Stofftaschentücher waren in der Ferne die weißen Zielscheiben der Schießanlage auszumachen, und ein Doppeldeckerflugzeug machte sich bereit, auf der Wiese neben dem Lager zu landen. Unwillkürlich zog Leo den Kopf ein – Dingen, die vom Himmel fielen, traute sie lieber noch nicht.

Joan packte ihre Hand. »Schnell«, zischte sie. »Da drüben ist Mrs Hodgkins, und wenn wir nicht ganz schnell verschwinden, wird sie dich entdecken.«

Da die ihnen entgegenkommende Soldatengruppe so groß war, dass viele Dorfbewohner, die in die entgegengesetzte Richtung unterwegs waren, stehen bleiben mussten, bot sie Joan und Leo eine gute Möglichkeit, unerwünschten Blicken zu entgehen.

»Leonora!«

Als sie ihren Namen hörte und den Kopf hob, blickte Leo in das vertraute Gesicht eines jungen Mannes in Uniform, den sie schon ihr ganzes Leben als »Albert von Gray's Farm« kannte. Bei seinem letzten Fronturlaub hatte er sie zu einem Spaziergang und ins Kino eingeladen, und als er zum Abschied ihre Hand küsste, hatte Leonora den Atem angehalten und auf den Blitzschlag gewartet, der Verliebte in Büchern immer traf, wenn sie einander berührten. Aber sie hatte nichts empfunden – außer dem Wunsch, anderswo zu sein. Wieder in London vielleicht, wo sie vor dem Krieg drei Jahre studiert und bei ihrer Rückkehr eine Sehnsucht mitgebracht hatte, die sich nicht ansatzweise dadurch zufriedenstellen ließ, dass sie von der Apotheke einen kleinen Schwarzhandel mit Lippenstift für die Schwestern im Lazarett betrieb.

Diesmal griff Albert nicht nach ihrer Hand. »Was hast du denn mit deinem Gesicht gemacht?«, fragte er entsetzt, als er ihre schwarz getuschten Wimpern sah.

Im Nu verpuffte die Freude, die Leo bis gerade eben empfunden hatte.

Ja, was hatte sie denn gemacht? Während Männer in den Kampf zogen, um ihr Vaterland zu retten, hatte sie Wimperntusche hergestellt. Plötzlich war es ihr unendlich peinlich, dass sie sich derart frivol benahm.

»Du siehst aus wie eine …« Gerade rechtzeitig brach er ab. »Du machst dich lächerlich, Leonora. Was wird dein Vater dazu sagen?«

Das war die schlimmste aller Fragen, die Albert hätte stellen können. Ihre eigene Scham konnte Leo ertragen, aber nicht die ihres Vaters.

»Entschuldige uns«, mischte Joan sich knapp, aber energisch ein, nahm Leos Arm und zog sie mit sich ins *Palace Cinema*. Dort suchte sie zwei Plätze ganz vorn, in sicherem Abstand von den Soldaten, die sich meist lieber in die hinteren Reihen verkrümelten.

Als Leo sich gesetzt hatte, kehrte auch ihr Mut zurück. »Also ehrlich, warum muss man denn wegen ein bisschen Schminke so ein Theater machen?«, fragte sie, verärgert, dass Alberts Bemerkung sie so getroffen hatte. »Für einen Mann ist es in Ordnung, wenn er sich … zum Beispiel bei einer französischen Prostituierten – die, nebenbei bemerkt, wahrscheinlich jede Menge Lippenstift trägt – wer weiß wie viele Krankheiten holt, aber eine Frau darf sich nicht ganz harmlos die Wimpern dunkel färben?«

»Beachte ihn einfach nicht.« Joan zündete sich eine Zigarette an und hielt ihrer Freundin das Päckchen hin, aber Leo schüttelte den Kopf. »Du siehst einfach so hübsch aus, dass er Angst gekriegt hat.«

»Glaubst du, die Leute werden eines Tages aufhören, sich vor so etwas zu fürchten?«, überlegte Leo. »Glaubst du, Mrs Hodgkins wird irgendwann nicht mehr darüber jammern, dass die Schwesternuniformen nicht ordentlich über die Knöchel reichen? Und Mr Ellis wird mich nicht mehr ermahnen, doch bitte den Lärm abzustellen, wenn er in die Apotheke kommt und ich statt ›Oh! It's a Lovely War‹ einen Bluessong von Marion Harris auf der Victrola höre?«

»Wahrscheinlich wird das noch eine Weile dauern«, räumte Joan ein.

Auf der Leinwand begann die Wochenschau, das Licht im Saal wurde schummrig. Leo hatte es sich gerade auf ihrem Platz bequem gemacht, als ihr plötzlich ein Gedanke kam. »Warum ist Albert wieder da?«, flüsterte sie. »Und so viele andere Soldaten auch?«

»Die haben heute Morgen ein ganzes Regiment zurückgeschickt«, antwortete Joan, ohne auf die tadelnden Blicke der Umsitzenden zu achten. »Genau das wollte ich dir erzählen. Pete hat geschrieben, er würde in ein paar Tagen hier sein.«

»Ach, wirklich?«

Leos Bemerkung wurde mit einem lauten »Psssst« quittiert.

»Vielleicht ist der Krieg bald vorbei«, fügte sie flüsternd hinzu.

»Ja, vielleicht.«

Leo grinste. »Wenn es so wäre, würde ich mitten im Kino anfangen zu tanzen.«

»Pete möchte mit mir nach New York ziehen, wenn er entlassen ist. Stell dir nur vor!«

»New York! Aber was ist mit Sydney?«

»Pssssst!« Inzwischen beschwerten sich immer mehr Zuschauer.

»Ich erzähl dir alles nach dem Film«, flüsterte Joan.

So wandten sie sich wieder der Leinwand zu, aber Leo konnte sich nicht richtig konzentrieren. Vor ihrem inneren Auge sah sie New York, die legendäre Stadt, diesen Ort voller Liebe und Hoffnung. Und voller Wolkenkratzer, die – tief im Boden fundiert, jedoch weit in den Himmel emporgereckt – wie Sinnbilder dafür waren, dass hier auch hochfliegende Träume Wirklichkeit werden konnten, wenn sie nur über eine feste Grundlage verfügten. Falls der Krieg wirklich fast überstanden war, würde vielleicht doch die Zukunft kommen, und das Leben könnte wieder beginnen, nachdem es so lange ins Stocken geraten war. Was würde sie dann wohl machen?

Während der kurzen Vorfilme, des Hauptfilms und auch, als sie wieder draußen auf der Straße waren, blieb das Lächeln auf Leos Gesicht. Es verschwand nicht einmal, als ein Soldat ihr nachpfiff. War es nicht wundervoll, dass sie hier war, dass der Soldat noch lebte und dass sie flirten *konnten*?

»Hast du Ja gesagt?«, fragte Leo, als sie losmarschierten, und hakte sich bei Joan unter. Gegen den Novemberwind, der ihnen trotz Mantel und Handschuhen gnadenlos zusetzte, schlugen sie einen forschen Schritt an. »Zu New York?«

»Aber klar hab ich Ja gesagt. Und du solltest mitkommen.«

»Das geht nicht«, erwiderte Leo. »Daddy würde die Reise wahrscheinlich nicht überleben, und von mir im Stich gelassen zu werden, noch viel weniger.«

»Joan!«, rief eine Stimme hinter ihnen. Die beiden jungen Frauen wirbelten herum, direkt in den Wind, der mächtig aufgefrischt hatte und richtig wehtat im Gesicht.

Eine von Joans Kolleginnen holte sie ein. »Du musst sofort zurückkommen, Joan«, keuchte sie.

»Was ist denn los?«, fragte Joan.

»Die Spanische Grippe«, stieß die Schwester finster hervor.

Die unheilvollen Worte hallten durch die Nacht. Joan verschwand in der Dunkelheit, und Leo stand allein und frierend im eisigen Wind.

Influenza. Nicht schon wieder! Nicht ausgerechnet jetzt, da die Soldaten zurückkamen und der Krieg fast vorbei war. Im Frühling hatten sie die Seuche schon einmal durchgemacht, sowohl Leo als auch Joan hatten volle zwei Wochen im Bett gelegen. Aber aus den Städten und Dörfern, in denen die Grippe bereits zugeschlagen hatte, waren ihr Gerüchte zu Ohren gekommen, dass die jetzige womöglich noch schlimmer war.

Unfähig, die Sorge zu verdrängen, die sich in ihrem Inneren breitmachte, eilte sie im Sturmschritt nach Hause. Noch bevor sie Mantel, Mütze und Handschuhe ablegte, schlich sie den Korridor entlang zum Zimmer ihres Vaters und öffnete seine Tür einen Spaltbreit. Als sie ihn im Bett liegen sah und laut schnarchen hörte, konnte sie lächelnd mit ihrem Mantel auch ihre Angst abstreifen.

—

Am nächsten Morgen wachte sie früh auf und ging nach unten in die Kammer hinter dem Laden. Wenn die Influenza im Armeelager angekommen war, stand ihr ein arbeitsreicher Tag bevor, also vergewisserte sie sich, dass genügend Salbe zum Einreiben der Brust und reichlich Hustensaft vorhanden waren. Erst dann nutzte sie die stille Zeit am frühen Morgen dafür, die Trittleiter herauszuholen, um ans oberste Regalbrett zu gelangen, wo die Bücher ihres Vaters standen. Chemie- und Biologielehrbücher – dicke Wälzer mit langen, unbekannten Wörtern, aber Leo hatte entdeckt, dass sie, wenn man sich ein bisschen Zeit nahm, um sie kennenzulernen, zu den bezauberndsten Wörtern der englischen Sprache gehörten. So war beispielsweise »Petrolatum« eine geschmeidige und wasserabstoßende Mixtur aus Kohlenwasserstoffen – auch bekannt als »Vaseline« –, aber wenn man Lampenruß hinzufügte, bekam man Wimperntusche. Behutsam strich Leo mit dem Zeigefinger über die Buchrücken und hielt inne, als sie zu ihren Schätzen kam: eine emaillierte Puderdose von Fabergé, in der sich eine Puderquaste aus Schwanendaunen befand, und ein Lalique-Fläschchen in Form einer Libelle, das Coty-Parfüm enthielt. Das waren Leos wertvollste Besitztümer, denn die Sachen hatten ihrer Mutter gehört, und Leo wünschte sich sehr, ihre Kosmetika in etwas ähnlich Hübsches abfüllen und in einem Laden reihenweise in die Regale packen zu können. Entschlossen stieg sie die Leiter wieder hinunter. Vorausgesetzt, die Influenza würde doch nicht so schlimm werden – und in diesem Augenblick, im blassgoldenen Licht eines Herbstmorgens, konnte sie sich nichts wirklich Schlimmes vorstellen –, würde sie ihre Lippenschminke im Laden anbieten, statt immer nur mit ihrem Vater Scherze darüber zu machen. Wen kümmerte es denn, was Mrs Hodgkins dazu sagen würde!

Sie nahm einen Topf und einen Holzlöffel – ihre Version eines Mischkessels –, erhitzte Bienenwachs, Karmin, Mandelöl, Rote-Bete-Saft und Rosenöl, rührte alles um, bis es die richtige Rotschattierung besaß, und goss die Mischung zum Festwerden in kleine

Gläschen – ein Hauch von Schönheit mitten in dem Grauen, in dem sie lebten.

Dann ging sie wieder nach oben. »Daddy?«, rief sie.

»Ich hab heute ein bisschen länger geschlafen, Liebes«, ertönte seine Stimme aus seinem Zimmer. »Bin gleich da.«

Leo kochte zwei Eier, schnitt zwei Scheiben Brot ab und goss kochendes Wasser auf jeweils einen halben Löffel Teeblätter. Zwar mochte ihr Vater seinen Tee lieber mit drei ganzen Löffeln, aber Tee war in den letzten Tagen ebenso Mangelware geworden wie gute Neuigkeiten.

Als ihr Vater endlich erschien, ließ er sich schwer auf seinen Stuhl sinken. Er zitterte am ganzen Leib.

»Dir ist kalt!«, rief Leo. »Warte, ich hol dir schnell eine Wolldecke.«

»Ach, das ist doch nicht nötig. Wenn ich meinen Tee getrunken habe, ist alles wieder gut.«

Leo reichte ihm seine Tasse. »Dann trink«, sagte sie gespielt streng. »Und ich mach dir gleich noch einen.«

»Du bist ein gutes Mädchen, Leo. Wie war denn dein Abend gestern?«

»Ich bin Albert begegnet. Sein Regiment ist zurück.«

»Vermutlich hat er sich gefreut, dich zu sehen«, meinte ihr Vater in einem Ton, den Leo nicht deuten konnte.

»Ich weiß nicht. Ich hatte mir die Wimpern getuscht, und er war ein bisschen schockiert.«

»Pffft!«, spottete ihr Vater. »Er war im Schützengraben und ist schockiert von ein bisschen schwarzem Zeug auf deinen Wimpern? Dann ist er nicht der Richtige für dich. Keiner von diesen Jungs ist der Richtige!«

»Du bist eben mein Vater und willst mich beschützen«, neckte sie ihn.

»Aber nein«, widersprach er entschlossen. »Er wird dir einen Heiratsantrag machen, warte nur. Aber du musst ablehnen, du willst doch nicht hier hängen bleiben. Sobald der Krieg vorbei ist, werde ich eine Möglichkeit finden, wie du zurück nach London kannst, du wirst schon sehen.«

»Ich gehe aber nicht weg von dir, da kannst du sagen, was du willst.«

Das Läuten der Kirchenglocken unterbrach sie. »Es ist doch nicht Sonntag!«, rief Leo verwundert.

Sie rannte zum Fenster und riss es trotz der kalten Luft, die hereinströmte, weit auf.

Die Glocken bimmelten unermüdlich weiter, die Menschen strömten aus ihren Häusern. Zuerst erkannte Leo das Geräusch gar nicht, das sie hervorbrachten, so fremd war es ihr geworden. Aber dann merkte sie, dass die Menschen lachten.

»Was ist los?«, rief sie zu Mr Banks hinunter, der vor seiner Anwaltskanzlei nebenan stand und strahlte.

»Der Krieg ist vorbei!«, antwortete er.

Leo sauste zu ihrem Vater und umarmte ihn so fest, dass er zu husten begann. »Es ist vorbei!«, rief sie.

Auch er lachte und klatschte in die Hände. »Na los, Leo, steh hier nicht rum, raus mit dir!«

Sie wischte ihm die Freudentränen mit ihrem Taschentuch vom Gesicht, dann rannte sie die Treppe hinunter und nach draußen, in der Hoffnung, Joan zu sehen und mit ihr auf der Straße tanzen zu können. Doch es war nahezu unmöglich, sich vorwärtszubewegen, denn bei jedem Schritt wollte ein anderer Soldat ein paar Schritte mit ihr tanzen. Einer versuchte sogar, sie zu küssen, und sie ließ es zu, denn es war ein Tag, an dem Anstandsregeln unwichtig geworden waren.

»Danke«, rief er und grinste sie an, bevor er weiterlief.

An diesem Morgen spielte der ganze Ort verrückt, die Kirche war voller Menschen, die Gott dankten, der Besitzer des *Woolpack Hotel* überreichte jedem, der vorbeikam, einen Krug Bier, die Polizisten ignorierten solche offenkundigen Regelverstöße – sogar die Bäume schienen mitzufeiern und ließen Blätter auf Leos rotgoldene Haare herabschweben, wie um sie und auch all die anderen Dorfbewohner zu segnen, die sich zu der spontanen Feier auf der High Street zusammengefunden hatten.

Leo trank ihr Bier und wollte sich gerade in einen improvisierten Kreistanz einreihen, als jemand sie auf die Schulter tippte. »Miss, meine Mum braucht was für ihren Husten.«

Die Worte waren wie ein Schlag ins Gesicht, und Leo wurde plötzlich klar, dass sie Joan nicht gesehen hatte und dass sich überhaupt nur sehr wenige Krankenschwestern in der Menge befanden. Aber so viele Soldaten waren gekommen – es konnte also nicht zu ernst sein mit der Influenza. Trotzdem hatte sie ein unbehagliches Gefühl. »Ich komme«, versprach sie dem Jungen, der vor ihr stand.

Als sie sich auf den Rückweg machte, begann es zu regnen. Im Nu war ihr Rock schlammbespritzt und schwer von Schmutz und Feuchtigkeit. Zurück im Laden, gab sie dem Jungen die Medizin für seine Mutter, fragte nach den Symptomen und runzelte die Stirn, weil er von Fieber, Husten und Kopfschmerzen berichtete. Nachdem er weg war, rannte Leo wieder nach oben zu ihrem Vater, der noch immer so am Tisch saß, wie sie ihn verlassen hatte.

»Die Influenza ist wieder ausgebrochen«, erklärte sie ihm ohne lange Vorrede. »Ich würde es nicht ertragen, wenn du dich angesteckt hättest.«

»Ach, jetzt mach dir mal keine Sorgen«, entgegnete ihr Vater. »Ich bin bald wieder auf dem Damm. Aber ich lege mich vielleicht ein bisschen hin, bis der Tee meine Gelenke wieder in Schwung gebracht hat.«

Nachdem sie ihren Vater wohlbehalten in sein Zimmer gebracht hatte, kehrte Leo in die Apotheke zurück. Der Kundenstrom riss nicht ab, aber es wurde nie hektisch. Ein paarmal Husten und Fieber, aber schließlich war es ja Herbst. Um sechs schloss sie den Laden, machte wieder Eier und Toast für ihren Vater und ging zu Bett. Doch schon um fünf Uhr erwachte sie von einem lauten Klopfen an der Ladentür. Sie erschrak und zog sich hastig an, denn sie wusste, wenn jemand so früh kam, suchte er Hilfe für einen Schwerkranken.

»Was ist los?«, fragte ihr Vater aus seinem Zimmer.

»Nur ein Kunde, dessen Uhr falsch geht.« Sie gab sich alle Mühe, unbesorgt zu klingen, als wäre es nur ein bisschen lästig, in der Morgendämmerung aufstehen zu müssen.

Aber vor der Tür stand nicht nur ein Kunde, sondern eine ganze Schlange wartete dort bereits. Die Gesichter wirkten seltsam benommen und verwirrt – als fragten sie sich, wie es sein konnte, dass sie den gnadenlosen Krieg besiegt hatten und sich nun plötzlich ein anderer, der womöglich ebenso brutal war, auf ihrer Schwelle eingefunden hatte. Und alle wollten genau das, was Leo nicht hatte: ein Heilmittel. Ein Wunder. Einen Ausweg aus der Hölle, in die diese Welt sich verwandelt hatte.

In der Zeit zwischen gestern und heute hatte die Influenza die

Hand ausgestreckt und alle Menschen, die sich in ihrer Reichweite befanden, an der Gurgel gepackt. Und sie war nicht bereit, loszulassen.

Den ganzen langen Tag tat Leo ihr Bestes, mischte Hustensalbe und verteilte sämtliche Stoffmasken, die sie noch hatte, ohne einen Pfennig dafür zu verlangen. Der schlimmste Moment war der, als die Frau des Bäckers mit wilden Augen hereinrannte und rief, ihr Mann sei blau angelaufen. Leo wusste, dass in einem solchen Fall das Ende bevorstand, denn die blaue Haut war ein unverwechselbares Zeichen dieser Grippe. Leo konnte nichts für ihn tun.

»Bleiben Sie bei ihm«, flüsterte Leo und nahm die Frau einen Moment in den Arm.

Doch dann kam die Nachricht, dass Albert – Albert, der nie etwas Unrechtes getan hatte – ebenfalls der Krankheit erlegen war.

Danach bemühte sich Leo, ihre Gedanken zu unterdrücken, und konzentrierte sich nur noch darauf, den Menschen zu helfen, denen sie helfen konnte. Sie riet allen, sich häufig die Hände zu waschen, Bettzeug und Taschentücher ordentlich zu reinigen und im Haus zu bleiben. Bis zum Nachmittag gab es sowieso keinen Grund mehr, nach draußen zu gehen. Die meisten Läden, die Kirche, das *Palace Cinema*, das *Woolpack Hotel* – alles war geschlossen. Der Waffenstillstand würde nicht mehr gefeiert werden. Stattdessen würde ihr vom Krieg bereits dezimiertes Fünfhundertseelendorf weitere Tote begraben.

Als die Nacht hereinbrach, eilte Leo nach oben zu ihrem Vater. Eigentlich erwartete sie, ihn in Gesellschaft einer Kanne Tee am Tisch vorzufinden, aber die Wohnung war dunkel. Er war doch nicht etwa schon schlafen gegangen?

Dann hörte sie ein Geräusch. Ein bellendes Husten. Leo riss die

Tür zu seinem Zimmer auf. »Geht es dir gut? Ich dachte, ich höre …« Sie brachte den Rest nicht über die Lippen.

»Ich habe Fieber«, krächzte ihr Vater.

Schwarze Angst ergriff Leonoras Herz. »Alles wird gut«, sagte sie und wollte aufmunternd klingen, verfehlte ihr Ziel aber bei Weitem. »Ich mache dir eine Brühe.«

»Nein, ich schlafe mich erst mal aus.« Seine Augen schlossen sich, aber statt friedlich einzuschlafen, rasselten seine Lungen bei jedem mühsamen Atemzug.

Leo holte einen Lappen und eine Schüssel mit Wasser, setzte sich ans Bett ihres Vaters und kühlte seine Stirn. Sie rieb ihm den Rücken, als ihn ein Hustenanfall schüttelte, hielt ihm die Schüssel zum Ausspucken hin, wusch sie aus, und kam gerade rechtzeitig für den nächsten Krampf zurück. Weil er nassgeschwitzt war, wechselte sie seine Bettwäsche. Zwischendurch wurde er immer wieder ruhiger, während sie auf der Stuhlkante kauerte und vor Anspannung an ihrem Rock herumzerrte. Dann überfiel ihn erneut der Husten – lange, schrecklich lange, es fühlte sich an, als daure der Anfall Stunden. Leos Vater klammerte sich an sie, als wäre er ihr Kind, sie hielt seine Hand und versuchte, ihn in den Schlaf zu singen, wie es eine Mutter getan hätte.

—

Der Morgen dämmerte schon, als sie registrierte, dass sie nur noch das Krähen der Hähne und das Klappern der Milchwagen hörte. Die Erleichterung darüber, dass ihr Vater tatsächlich aufgehört hatte zu husten, machte sie benommen, das Zimmer drehte sich vor ihren Augen. Doch sie atmete tief und langsam, bis es allmählich wieder zum Stillstand kam. Im ersten Morgenlicht, das unter den Vorhängen hervorkroch, konnte sie nur die Umrisse ihres Vaters erkennen, der allem Anschein nach friedlich und entspannt auf der Seite lag.

Auf Zehenspitzen verließ Leo das Zimmer. Sie würde ihm Porridge kochen, solange er noch schlief, der Haferbrei würde ihn wärmen und ihm neue Kraft geben. Sogar etwas von ihrem kostbaren Zucker streute sie hinein. Als der Brei dampfte, trug sie ihn den Korridor hinunter, ganz sicher, dass ihr Vater ihn bereits gerochen hatte und hungrig auf dieses unerwartete Festmahl wartete.

Aber er hatte sich nicht gerührt.

»Daddy? Ich hab Porridge für dich gemacht.«

Keine Reaktion.

»Daddy!«

Bestimmt könnte sie an sein Bett gehen, seine Schulter berühren und zusehen, wie er aufwachte und nach seiner Brille tastete. Oder sie könnte bleiben, wo sie war, in einem Raum außerhalb der Zeit. Sie konnte verhindern, dass die Zukunft kam, sie brauchte nur lange genug zu warten. Eine Träne fiel in den Porridge. Und noch eine.

Sie schüttelte den Kopf und konnte es nicht glauben. Entschlossen marschierte sie die Treppe hinunter, zur Haustür hinaus und klopfte bei Mr Banks.

Als der Anwalt öffnete, war von dem ganzen Mut, den Leo zusammengenommen hatte, nichts mehr übrig. Stumm, mit tränennassen Augen und geballten Fäusten stand sie da.

»Was ist los?«, fragte Mr Banks.

»Mein Vater«, stammelte sie. »Influenza.«

»Oh, Leo.« Mr Banks nahm sie in den Arm, und sie ließ es starr mit sich geschehen, obwohl sie eigentlich am liebsten zusammengebrochen wäre. Aber das hätte alles nur real werden lassen.

»Ich schaue nach ihm«, bot Mr Banks ihr an.

Leo nickte, folgte ihm zurück in die Wohnung und wartete in der Küche, während er ins Zimmer ihres Vaters ging. Auf einmal merkte sie, dass sie den Herd angelassen hatte und der Wasserkessel pfiff. Und dass ihr Vater nicht gekommen war, um ihn abzustellen. Zäh schlurften die Minuten voran.

Dann kam Mr Banks zurück. Stumm schüttelte er den Kopf.

Leo fühlte sich, als hätte ihr jemand ein Messer in den Bauch gestoßen.

Sie rannte ins Schlafzimmer und zog das Laken weg, mit dem Mr Banks das Gesicht ihres Vaters bedeckt hatte. Dieses kostbare Gesicht, das ihr vertrauter war als ihr eigenes, war über Nacht verschwunden, war kalt und fahl geworden. Und sein Mund – er war weit aufgerissen, als habe er im Moment seines Todes nach ihr gerufen. Doch sie hatte ihn nicht gehört, und nun würde sie nie erfahren, was er hatte sagen wollen.

Den ganzen Tag saß sie neben ihrem Vater, wortlos, tränenlos, und hielt seine kalte Hand. Überall aus dem Dorf glaubte sie das Husten zu hören, das auch ihren Vater getötet hatte. Sie schob die Bibel weg, die jemand ihr in die Hand drücken wollte. Sie war nur wütend. Wer brauchte diesen nutzlosen Gott, der ihr, ihrem Vater und all den anderen Menschen so etwas antat? Sie beschimpfte ihn mit allem, was ihr in den Sinn kam, schlimme Worte, die sie zum Teil noch nie benutzt hatte.

Dann kamen sie, um die Leiche ihres Vaters wegzubringen. »Nein!«, kreischte sie und sprang auf. »Ihr könnt ihn mir doch nicht einfach wegnehmen!«

»Du musst ihn gehen lassen«, versuchte Mr Banks sie zu beschwichtigen und nahm sie wieder fest in den Arm, damit sie die

Männer, die ihren Vater aus dem Bett hoben, nicht daran hindern konnte.

»Wie denn?«, flüsterte Leo. »Wie kann ich ihn jemals gehen lassen?«

Erst als ihr Vater nicht mehr da war, begannen ihre Tränen zu fließen – sie fielen auf das nun für immer leere Bett.

# Kapitel 2

Tod und Stille. Später erinnerte sich Leo an nichts anderes von den nächsten drei Monaten. Tote Blätter, die nicht von der Straße geräumt wurden und einfach verrotteten. Schweigsame Kunden mit starrem Blick, zu erschöpft, um Konversation zu machen. Der braune Schneematsch, der die Welt aller Farbe beraubte. Und ein Lied, das Einzige, das Leo hörte:

*I had a little bird*
*Its name was Enza*
*I opened the window*
*And in flu enza*

Dieses Lied, zu dem die Kinder gerne seilhüpften, hallte durch die Straßen, und Leo ging die Melodie nicht mehr aus dem Kopf. Sie hatte keine Gelegenheit gehabt, in Ruhe zu trauern, denn die Menschen brauchten die Apotheke. So verteilte sie von November bis Januar Masken und Salben und ließ ihre Nachbarn an ihrer Schulter weinen, wenn wieder ein Freund oder Angehöriger dem grässlichen blauen Tod zum Opfer gefallen war. Unterdessen wartete ihre eigene Trauer geduldig irgendwo in ihrer Magengrube.

Bis die Grippe irgendwann tatsächlich nachgab. Bis der Kundenstrom dünner wurde und Leo lange, schreckliche Momente des

Nichtstuns aushalten musste, in denen ihr in der Umgebung plötzlich noch mehr Zeichen der Resignation auffielen: zum Beispiel die dicke Staubschicht auf den Regalen, die ihr Vater selbst gebaut und jeden Tag abgestaubt hatte. *Man braucht keine Tearooms oder Leihbibliotheken wie bei* Boots, *wenn man selbst saubere Regale hat.* Leo hörte die Stimme ihres Vaters so klar und deutlich, als stünde er vor ihr, doch wenn sie sich umsah, erinnerte sie sich plötzlich wieder daran, dass er tot war und die Zeit sich gnadenlos vor ihr erstreckte, leer, ohne ihn.

Eines Tages im Februar fanden Mr Banks und Joan, die fast jeden Tag vorbeikam, um nach Leo zu sehen, sie weinend auf dem Boden sitzend vor. Sie hatte einen Kistenstapel umgestoßen, Glasbehälter waren auf dem Boden zu Bruch gegangen und hatten ihren Inhalt in die Gegend gespritzt, rot wie frisches Blut.

»Bist du verletzt?«, fragte Joan, als sie die rote Pfütze sah.

»Es ist bloß Lippenfarbe«, sagte Leo.

»Gott sei Dank.« Mr Banks streckte ihr die Hand entgegen, um ihr beim Aufstehen zu helfen.

»Ich hab sie an dem Morgen damals im November gemacht«, erklärte Leo stockend. »Als ich noch dachte, die Grippe würde nicht so schlimm werden. Ich wollte die Gläschen ins Fenster stellen und zum Verkauf anbieten. Ich kann immer noch nicht glauben, dass ich an so was gedacht habe, wo ich doch besser …«

Joan nahm sie in den Arm. »Du konntest es nicht wissen«, sagte sie eindringlich. »Und es ist nicht deine Schuld.«

»Aber ich habe ein schlechtes Gewissen, weil ich noch lebe, wo so viele andere tot sind. Du etwa nicht?«

»Dein Vater wäre sehr froh, dass du noch hier bist, Leo«, sagte Mr Banks. »Wofür hätte er denn sonst gelebt?«

»Ich weiß es nicht«, flüsterte Leo und ließ den Blick ratlos über das Chaos schweifen, das sie angerichtet hatte: über den Staub, die überall herumstehenden Kisten, das nicht aufgerollte Verbandsmaterial, den schmutzigen Herd, die unverschlossenen Flaschen. Nichts war mehr wie früher. Nichts. »Ich muss aufräumen«, stieß sie dann abrupt hervor. »Ich brauche Staubtücher, Besen, Wischmopp, Eimer.«

»Jetzt sofort?«, fragte Mr Banks zweifelnd.

»Wir helfen dir«, meinte Joan.

Nicht einmal fünfzehn Minuten später waren sie schon am Schuften. Nachdem Leo die Regale ausgewischt hatte, packte sie die Kisten aus, Mr Banks stellte alles ordentlich in Reihen hinein, und Joan schrubbte den Herd. Als Letztes kam der Boden an die Reihe – Mr Banks fegte, Leo und Joan wienerten ihn mit Bürsten.

Als Leo dabei war, das letzte bisschen Lippenfarbe aufzuwischen, meinte sie nachdenklich: »Stellt euch doch mal vor, was Mrs Hodgkins sagen würde, wenn sie wüsste, dass wir mit unseren lockeren Sitten sogar den Boden mit Lippenstift bearbeiten.«

Joan sah zu ihr hinüber und grinste, und Leo erwiderte ihr Lächeln, doch dann prustete sie plötzlich los, krümmte sich vor Lachen, hielt sich die Seiten und bekam kaum noch Luft. Joan stimmte ein, bis Mr Banks den Kopf aus dem Hinterzimmer hereinstreckte und rief: »Ich hab anscheinend einen guten Witz verpasst«, woraufhin Leo nur noch mehr lachen musste.

Schließlich wischte sie sich die Augen trocken und setzte sich auf den nun sauberen Fußboden. »Das hab ich gebraucht«, sagte sie.

»Allerdings«, pflichtete Mr Banks bei. »Ich mach uns einen Tee.«

Fünf Minuten später kam er zurück, ein Tablett mit Tee, Brot und Marmelade in den Händen. Behutsam ließ er sich neben Leo nieder und verteilte Tassen und Untertassen.

Leo schlürfte ihren Tee und schloss kurz die Augen, als seine Wärme sich in ihr ausbreitete.

»Ich hab ihn so gemacht, wie dein Vater ihn am liebsten mochte«, sagte Mr Banks. »Extra stark. Jetzt nimm dir aber auch ein bisschen Brot. Du bist viel zu dünn geworden.«

Leo bediente sich und sagte: »Wisst ihr, dass ihr die einzigen Menschen seid, die mit mir über ihn sprechen? Alle anderen glucken nur vorsichtig um mich herum oder vermeiden es ganz, über ihn zu reden – was viel schlimmer ist, denn wie können sie so tun, als hätte er nie existiert?« Sie legte den Kopf in den Nacken und blickte zu den ordentlichen Regalen empor, alles genau so, wie es ihrem Vater gefallen hätte. Die Feststellung machte sie zwar traurig, aber nur ein bisschen, denn die Freude, über ihn zu sprechen, sich an ihn zu erinnern, ihn nicht nur als Gespenst zu betrachten, glättete die Sorgenfalten auf ihrer Stirn und erleichterte ihr Herz.

Auf einmal kamen die Worte wie ein Wasserfall. »Anscheinend denken die Leute hier im Dorf, ich verwandle mich in Miss Leonora East, die exzentrische unverheiratete Apothekerin. Wenn sie reinkommen, tätscheln sie mir die Hand und sagen: *Ach, es ist ein Jammer* – als wäre mein Leben jetzt auch zu Ende.«

»Das würde dein Vater niemals wollen – er hat immer unmissverständlich klargemacht, was er sich für dich wünscht«, rief Mr Banks ihr in Erinnerung.

Als Anwalt ihres Vaters hatte Mr Banks ihr bei der Testamentseröffnung einen Brief überreicht, in dem ihr Vater sie ermahnte: *Verkauf alles. Nimm das Geld und tu etwas damit, so, wie ich es mir immer gewünscht habe und wie Du selbst es immer wolltest. Verschenke Dein Leben nicht an Sutton Veny. Du bist zu Größerem bestimmt.*

»Im Mai gehe ich weg von hier«, sagte Joan. »Pete wird schon früher aufbrechen, aber ich hab ihm gesagt, dass ich bleibe, bis das Lager vollständig demobilisiert ist. Du solltest wirklich mit nach New York kommen, es ist einfach die perfekte Stadt für uns beide, so voller Chancen. Es gibt Arbeit dort, und ich wette, die Leute sind viel aufgeschlossener als hier.«

»Aber es ist so weit weg«, erwiderte Leo traurig, brach jedoch ab und wiederholte nachdenklich: »Es ist so weit weg … Womöglich ist es schön, weit weg zu gehen.«

»Könnte gut sein«, stimmte Mr Banks zu.

New York … Ob sie es schaffen würde? In Sutton Veny hielt sie nichts, genau genommen nicht einmal in England.

»Ich verspreche, darüber nachzudenken«, sagte sie.

Mr Banks ergriff ihre Hand, Joan nahm die andere und drückte sie. Und hier auf dem Fußboden des Geschäfts ihres Vaters fühlte Leo sich wie ein Kind, das seine ersten Schritte macht, weg von der Vergangenheit, weg von der überwältigenden Trauer. Bei dem Gedanken, sich ins Unbekannte aufzumachen, schauderte sie mit einer Mischung aus Angst und Vorfreude.

—

Zwei Wochen später arrangierte Leo eine Pyramide aus kleinen Tiegeln im Ladenfenster. Davor stellte sie ein Schild mit der Aufschrift: *Lippenschminke und Wimperntusche für schöne Frauen.* Diese Töpfchen herzustellen war so viel befriedigender, als Pulver für zahnende Babys zu mischen. So etwas wollte sie auch in Zukunft machen – die einzige Frage war: wo?

Ihre Kosmetikprodukte stießen auf eisernes Schweigen. In den nächsten drei Tagen überquerte kaum jemand die Ladenschwelle, lediglich in dringenden Fällen. Abgesehen von den wenigen Krankenschwestern, die noch im Armeelager arbeiteten, fasste niemand die Töpfchen an, die Dorfbewohner eilten mit misstrauischen Seitenblicken ins Schaufenster vorüber, flüsterten und schüttelten vielsagend die Köpfe. Obwohl Leo nichts anderes erwartet hatte, schmerzte es sie mehr, als sie zugeben mochte. Die ganze Arbeit, die ganze Liebe, die sie in jedes Gläschen gesteckt hatte, all die Schönheit wurde gemieden. Schlimmer noch: verachtet.

»Wenn dein Vater sehen könnte, was du hier treibst …« Plötzlich stand Mrs Hodgkins in der Tür, und ihre Blicke schweiften geringschätzig über die Schaufensterauslage.

Leo betrachtete ihren säuerlichen Gesichtsausdruck und wusste, dass sie niemals so werden wollte wie sie. Nie wollte sie in einer von den starren Regeln der Vergangenheit vorgeschriebenen Zukunft leben.

»Du solltest morgen zur Messe erscheinen«, fuhr Mrs Hodgkins fort. »Und mit Father Lawrence sprechen.«

Leo lächelte, nicht zum Dank, sondern weil Mrs Hodgkins ihr die Entscheidung leichter gemacht hatte. »Nein, danke. Ich glaube, mein Vater wäre stolz auf mich.« Damit komplimentierte sie Mrs Hodgkins aus der Tür, schloss den Laden ab und ging hoch erhobenen Hauptes davon. Nach ein paar Schritten fing sie an zu laufen, rannte durchs ganze Dorf, vorbei an den Hütten des Armeelagers, die aussahen, als wären sie notdürftig aus Kinderbaukästen zusammengesetzt, bis zum Ende der Hospital Lane.

»Ich komme mit!«, rief sie, als sie Joan entdeckte. »Ich komme mit dir nach New York.«

»Oh, Leo.« Joan stützte die Ellbogen auf die Rezeption an der

Schwesternstation und verbarg ihr Gesicht hinter ihren Händen. »Wie sich herausgestellt hat, ist Pete ein Schwindler. Er nimmt irgendein anderes Mädchen mit nach New York, und wenn ich hier fertig bin, gehe ich wahrscheinlich einfach wieder zurück nach Sydney.«

Leo umarmte ihre Freundin, und Joan seufzte. »Ich glaube, nicht nach New York zu gehen, ist eigentlich eine größere Enttäuschung für mich, als dass Pete mich sitzen lässt. Vor allem, wenn du es jetzt ausprobieren willst. Tust du es auch allein?«

Leo zögerte. Würde sie es schaffen, ohne Joan? »Ich möchte schon.«

Auf dem Nachhauseweg setzte die Schwermut der Abenddämmerung Leos Enthusiasmus einen kleinen Dämpfer auf. Mit Joan in New York zu sein wäre so viel schöner, aber vermutlich würde sie auch allein zurechtkommen. Jedenfalls konnte sie nicht in diesem Dorf bleiben, ihre Welt zusammenschrumpfen lassen und so engstirnig werden, dass alles Neue eine Bedrohung darstellte. Denn dann hätte sie auch sterben können, genau wie so viele andere.

Jetzt rannte sie nicht mehr, aber das Gedankenkarussell in ihrem Kopf drehte sich mit großer Geschwindigkeit. Als sie die High Street erreichte, ging sie direkt zu Mr Banks' Haustür. Vielleicht konnte er ihr helfen.

Als er öffnete, platzte sie ohne Vorrede mit ihrem Anliegen heraus. »Joan geht doch nicht nach New York – obwohl ich mich doch gerade entschieden hatte! Ich möchte Kosmetika herstellen und in New York einen Laden aufmachen. Ich weiß nur noch nicht, wie ich hinkomme.«

»Das klingt wie eine gute Idee«, sagte Mr Banks. »Komm erst mal rein, möglicherweise habe ich eine Lösung für dich.«

In der Küche wartete er nicht einmal, bis das Wasser im Kessel kochte, sondern begann sofort zu sprechen: »Erinnerst du dich an meine Nichte Mattie?«

Leo überlegte. Lady Mattie, ja, natürlich – Mr Banks hatte eine aristokratische Nichte. Als Leo ungefähr fünf oder sechs gewesen war, hatte Mattie ihren Onkel besucht. Sie hatten ein paarmal miteinander gespielt, und Leo hatte ihr die Stelle auf dem Hügel hinter Mr Banks' Haus gezeigt, von der aus man im Schlamm bis ganz nach unten rutschen konnte. Leider war Mattie von solchen Eskapaden nicht begeistert gewesen, weil ihre hübschen Kleider schmutzig wurden und ihre Ringellocken in Unordnung gerieten.

»Also«, begann Mr Banks. »Mattie und ihre Eltern wollen demnächst nach New York übersiedeln. Sie haben finanzielle Probleme und irgendwo gehört, dass verarmte englische Adlige drüben besser behandelt würden als hier. Ich schreibe gleich meiner Schwester – bestimmt wärst du für Mattie die ideale Reisebegleiterin.«

»Das wäre ja wunderbar«, rief Leo. »Aber ob sie mich wirklich dabeihaben wollen? Mattie ist eine Lady, und ich bin bloß ein Bauernmädchen.«

»Meine Liebe, du warst noch nie ›bloß ein Bauernmädchen‹. Ich schreibe noch heute Abend.«

»Ich gehe nach New York!«, rief Leo aus.

»Auf dein Wohl«, sagte Mr Banks und hob seine Tasse. »Ich wünsche dir viele Abenteuer!«

*Abenteuer*! Leo grinste. Wie sich die Dinge innerhalb von wenigen Monaten ändern konnten. Statt sich wegen Krieg und Tod Sorgen zu machen, freute sie sich jetzt auf ein neues Leben an einem ganz neuen Ort – an dem sie vielleicht ihren eigenen Laden eröffnen würde. Einem Ort, an dem es sicher leichter war als hier, den Menschen zu zeigen, dass es keine Sünde und kein Verbrechen war, wenn eine Frau sich schminkte, und dass es sie auch nicht als Prostituierte abstempelte. Denn wenn genug Frauen Schminke kaufen und ausprobieren konnten, mussten Tradition und Konvention sich zwangsweise irgendwann verändern. New York war eine Stadt, in der sie herausfinden konnte, wer Leo East wirklich war. Und wer Leo East sein konnte.

# Kapitel 3

An einem Nachmittag Ende Mai, an dem es für die Jahreszeit ungewöhnlich kalt und dunkel war und Sturmwolken über den Himmel rasten, machte Leo über Southampton den ersten Schritt in Richtung New York. Seit ihrem Gespräch mit Mr Banks waren zwei Monate vergangen, in denen er mit etwas Mühe einen Käufer für das Geschäft und die Wohnung gefunden hatte – nicht sehr viele Leute hatten Interesse an einer Apotheke mitten in einem halb ausgestorbenen Dorf. Zwar hatte Leo nun ein bisschen Geld, doch es war weniger als erhofft.

Während draußen das Wylye Valley vorüberzog – erst Warminster, dann Heytesbury, Codford und Wylye –, schienen die ratternden Räder des Zugs zu singen: *endlich-weg, endlich-weg, endlich-weg.* Leo übernachtete in Salisbury, wo der Regen seine Wut am Dach des Gasthauses ausließ und der Wind gegen die Fenster peitschte. Auch der nächste Tag hatte noch gar nicht richtig begonnen, als die Sonne schon wieder von einer tiefdunklen Wolke verschlungen wurde. Im Zug nickte Leo bald ein, weil sie in der vorangegangenen Nacht kaum Schlaf gefunden hatte, und wurde unsanft geweckt, als der Zug plötzlich scharf bremste und sie vom Sitz rutschte.

Der Schaffner brachte die Neuigkeiten. »Der Sturm hat die Hälfte der Bäume in ganz Hampshire entwurzelt, die Gleise sind blockiert und frühestens morgen Nachmittag wieder frei. Wir müssen nach

Dunbridge laufen und dort unterkommen. Lassen Sie Ihr Gepäck im Zug.«

Widerwillig stieg Leo aus und versuchte, ihre Ungeduld wegen der Verzögerung herunterzuschlucken. Innerhalb weniger Sekunden hatte der Regen sie durchnässt, doch sie folgte der langen Schlange von Passagieren, die, umgeben von zuckenden Blitzen, schicksalsergeben durch knöcheltiefes Wasser trotteten. Erst knapp zwei Stunden später waren sie endlich in Dunbridge, wo es nur ein einziges Gasthaus gab, und so drängte sich eine große Menschenmenge in den winzigen Empfangsraum. Leo war froh, endlich ins Trockene zu gelangen, stand allerdings so weit vom Empfangspult entfernt, dass sie die Anweisungen der Wirtin nicht hören konnte. Nach ihr kam nur noch ein dunkelhaariger junger Mann an die Tür des Gasthauses, und sie beobachtete amüsiert, wie er einen wahren Sturzbach von seinem Hut auf den Rasen draußen abschüttelte, was sehr höflich war, aber letztlich keine Rolle spielte, da er selbst von oben bis unten tropfnass war. »Verfluchtes Wetter«, sagte er im Hereinkommen.

»Das kann man wohl sagen«, bestätigte Leo von ganzem Herzen. »Ich wäre viel lieber auf einem Schiff nach New York, als hier festzusitzen.«

Der Fremde lächelte. »Obwohl man bei dem Wetter auch leicht seekrank werden könnte.«

»Da haben Sie vermutlich recht«, meinte Leo und erwiderte sein Lächeln.

Als sie endlich an die Reihe kam, war es still geworden an der Rezeption, die meisten Leute hatten sich bereits in ihre Zimmer zurückgezogen. Ein paar Gäste gingen gerade die Treppe hinauf, nur noch Leo und der freundliche junge Mann mussten untergebracht werden.

»Ach du liebe Zeit, warum haben Sie denn nicht Bescheid gesagt, als ich gefragt habe, ob Frauen hier sind?«, fragte die Wirtin, als sie Leo sah.

»Von dort hinten konnte ich Sie leider nicht verstehen«, erklärte Leo.

»Aber jetzt gibt es kein Zimmer mehr für Sie!«, entgegnete die Wirtin ungehalten, als sei das Leos Schuld. »Und ich kann Sie auch nicht bitten, sich mit jemandem das Zimmer zu teilen – Sie sind die einzige Frau! Da muss ich wohl nach oben gehen und ein paar Männer auffordern umzuziehen. Obwohl ich eigentlich schon so viele in die Zimmer gequetscht habe, dass ich gar nicht weiß, wie ich es anstellen soll.«

»Dann warte ich eben im Aufenthaltsraum«, bot Leo an. »Wir werden ja sicher nicht allzu lange hier sein.«

»Sie sind ganz schön optimistisch«, meinte der junge Mann mit einem Blick aus dem Fenster und auf die Wassermassen, die immer noch vom Himmel stürzten.

Die Wirtin seufzte. »Na ja, im Aufenthaltsraum haben Sie wenigstens ein schönes Feuer, an dem Sie Ihre Klamotten trocknen können. Und auch ein Sofa, das Sie gern benutzen können, Miss. Und bei Ihnen ...«, wandte sie sich an den Mann, beäugte seinen Mantel aus feinem Kaschmir, der ihn als wohlhabend auswies. »... bei Ihnen bin ich sicher, dass jemand seinen Platz für Sie frei macht.«

»Das ist nicht nötig«, antwortete er. »Ich kann auch im Aufenthaltsraum warten.«

»Ich weiß nicht, ob das angemessen wäre«, meinte die Wirtin unsicher.

»Es ist ein öffentlich zugänglicher Raum«, sagte Leo. »Das ist in Ordnung.«

»Vermutlich müssen wir es so machen«, räumte die Frau schließlich ein, denn auch ihr war natürlich daran gelegen, das Problem aus der Welt zu schaffen. Sie nahm Leo mit sich in einen anderen Raum, um etwas Trockenes zum Anziehen für sie zu suchen.

Als sie in den Aufenthaltsraum zurückkamen, wartete der junge Mann mit gelockerter Krawatte und aufgerollten Hemdsärmeln bereits an der Tür.

»Everett Forsyth«, stellte er sich vor und streckte Leo die Hand entgegen.

Die Wirtin schnappte nach Luft. »Von den Londoner Forsyths?«

»Richtig.«

Leo erinnerte sich vage an ein nobles Londoner Kaufhaus namens *Forsyths* – sie hatte nie genug Geld gehabt, um dort einzukaufen. »Leonora East.«

»Sehr erfreut«, sagte der Mann.

Nachdem die Wirtin sie noch einmal ermahnt hatte, die Tür unbedingt offen zu lassen, verschwand sie.

»Also ehrlich – was glaubt sie denn, was zwei nasse und müde Reisende in einem öffentlich zugänglichen Raum eines Gasthauses anstellen könnten?«, fragte Leo, eher sich selbst als ihren Mitreisenden.

»Offensichtlich hat sie mehr Phantasie als wir beide«, meinte Everett Forsyth. »Aber ich wollte damit nicht andeuten …«, fügte er hastig hinzu.

Leo lachte. »Ich verstehe schon, was Sie gemeint haben.« Dann ging sie hinüber zum Feuer.

Mr Forsyth blieb an der Tür. Sie schwiegen beide, was etwas unangenehm war, dann jedoch ging Forsyth zum Büfet und holte das Kartenspiel, das darauflag. »Spielen Sie Bridge?«, fragte er. »Obwohl wir dafür eigentlich mehr als zwei Leute brauchen …«

»Wir können ja Double-Dummy Bridge spielen«, schlug sie vor. »Mein … mein Vater hat mir das beigebracht.« So etwas zu sagen tat immer noch weh, denn sofort fiel ihr ein, dass sie nie wieder mit ihrem Vater Karten spielen würde. Müde ließ sie sich auf einen Sessel sinken.

»Wir müssen nicht unbedingt spielen«, sagte Forsyth. »Ich dachte nur, dann vergeht die Zeit schneller, und Zeit haben wir hier ja im Überfluss.«

»Doch, spielen wir«, sagte Leo entschieden. »Ich zeige Ihnen Double-Dummy.«

Sie streckte die Hand nach den Karten aus, und als sie die Bridge-Variante für zwei Personen erklärt hatte, spielten sie schweigend eine Runde. Abgesehen vom regelmäßigen Geräusch der auf den Tisch fallenden Karten war es ganz still, und Leo beobachtete den jungen Mann verstohlen. Er war groß – größer als Leo, was nicht viele Männer von sich behaupten konnten –, mit dunklen Haaren und Augen so blau wie ein sonniger Sommerhimmel. Wie Leo ihn darum beneidete, dass seine Augen keine Geschichte vom Tod erzählten!

Aber sie schob den Gedanken beiseite. »Sie spielen sehr gut, Mr Forsyth«, sagte sie, als er sie in der zweiten Runde besiegte.

»Nennen Sie mich doch Everett. Außer den Dienstboten sagt niemand Mr Forsyth zu mir.«

»Damit kenne ich mich nicht aus«, erwiderte sie etwas schnippisch. »Dienstboten hatte ich noch nie.«

Er musterte sie einen Moment sehr aufmerksam, und Leo konzentrierte sich lieber wieder aufs Austeilen der Karten. Sein eindringlicher Blick machte sie verlegen.

»Warum sehen Sie so traurig aus?«, fragte er plötzlich sanft.

Ihr blieb fast die Luft weg, denn in seiner Stimme schwang so viel ehrliche Behutsamkeit mit, dass sie glaubte, es interessiere ihn wirklich. Deshalb erzählte sie ihm, was passiert war. Ihre Stimme zitterte, obwohl sie sich bemühte, ruhig zu bleiben.

Als sie fertig war, griff Everett in einer spontanen Geste des Mitgefühls nach ihrer Hand. »Das tut mir sehr leid«, sagte er leise.

Leo zuckte heftig zusammen. Plötzlich und unerwartet hatte der Blitz sie getroffen, auf den sie bei Alberts Berührung gewartet hatte.

—

Der Regen prasselte die ganze Nacht hernieder, Donnergrollen war zu hören. Gerade noch saß Leo auf ihrem Sessel und hörte Everett zu, der ihr erklärte, warum er unterwegs war, und im nächsten Moment erwachte sie auf der Couch, unter einer Decke, den Kopf gemütlich auf einem Kissen. Sie stützte sich auf die Ellbogen und sah einen Mann in einem Sessel am Feuer sitzen.

»Was ist passiert?«, murmelte sie.

»Sie sind eingeschlafen, mitten in meiner Erzählung, was nur bedeuten kann, dass ich ein entsetzlicher Langweiler bin. Und ich dachte, auf dem Sofa wäre es bequemer für Sie. Die Wirtin, Mrs Chesterton, hat uns eine Decke und ein Kissen zur Verfügung gestellt.«

Leo wurde rot. »Sie waren überhaupt nicht langweilig, ich war nur schrecklich müde. Ich schlafe nicht so viel, seit …«

»Seit Kriegsende.«

»Ja.«

»Ich habe Ihnen Tee und Toast aus dem Speisesaal mitgebracht.« Everett deutete auf ein Tablett, das auf dem Tisch stand.

»Danke.« Leo stand auf und streckte sich. Dabei erhaschte sie in dem Spiegel über dem Kamin einen Blick auf sich selbst, die feuerrote, zerzauste Mähne, das bleiche Gesicht – und Everetts Spiegelbild, das sie beobachtete.

Auf einmal war es im Zimmer viel zu warm.

»Wahrscheinlich steht das Wasser inzwischen knietief«, meinte Everett.

Leo blickte aus dem Fenster. Der Sturm hatte nicht nachgelassen.

»Allem Anschein nach kommen wir frühestens morgen hier wieder weg«, fuhr Everett fort. »Mein Auto steckt immer noch fest, und Ihr Zug kommt auch nicht von der Stelle. Da können Sie genauso gut etwas essen.«

»Sie sind wirklich nett zu mir – bringen mir Frühstück, schleppen mich zum Sofa, wenn ich unhöflicherweise einschlafe …«

»Ich wollte Ihnen beweisen, dass ich nicht für jede Kleinigkeit auf Dienstboten angewiesen bin, falls sich das gestern Abend so angehört hat.«

Leo erinnerte sich an ihre schnippische Bemerkung. »Dann schließen wir doch Frieden!«, sagte sie und hob die Hände. »Ich schlafe nicht ein, wenn Sie mir etwas erzählen, und stichle auch nicht wegen Ihrer Dienstboten, und Sie erinnern mich nicht mehr daran, dass ich so was getan habe, ja?«

Er lachte. »Gut, abgemacht.«

Leo setzte sich auf, schlürfte ihren Tee und konnte sich die Frage nicht verkneifen: »Waren Sie im Krieg an der Front oder …?«

»… oder habe ich in einem gemütlichen Büro in Whitehall die Füße auf den Schreibtisch gelegt?«, vollendete er ihren Satz mit hochgezogenen Augenbrauen.

»Ich dachte, wir haben Frieden geschlossen!«, sagte Leo.

Er grinste, und ihr wurde klar, dass er es nicht ernst gemeint hatte.

»Es ist nur … Es sind Ihre Augen.« Als sie es aussprach, fühlte Leo, wie die Stimmung im Raum genauso trübe wurde wie der Tag draußen. »Sie sehen glücklich aus, als hätten Sie nichts erlebt, das Sie verletzt hat.« Kaum waren die Worte aus ihrem Mund, wusste sie, wie albern sie klangen. »Tut mir leid«, fügte sie hastig hinzu. »Ich weiß nicht, was ich sage. Vielleicht sollte ich lieber raus an die frische Luft gehen.«

Aber als sie aufstehen wollte, berührte Everett ihre Hand.

»Bitte bleiben Sie, Leonora«, sagte er.

Leo stockte der Atem, und sie wünschte sich, dieser Moment würde ewig dauern. Everetts Hand streifte die ihre, und ein Teil ihrer selbst, den sie bisher nicht gekannt hatte, entfaltete sich. »Niemand nennt mich Leonora«, sagte sie und sank wieder auf ihren Sessel. »In Wirklichkeit bin ich Leo.«

»Passt gut zu Ihnen«, sagte Everett leise. Dann räusperte er sich. »Aber um Ihre Frage zu beantworten: Ja, ich war an der Front. In Frankreich. Ich habe an der Somme gekämpft. Und in Ypres.«

»Sind Sie jemals verwundet worden?«

»Durch die Schulter geschossen. Ich hab deswegen noch Narben auf der Brust und dem Rücken.« Seine Stimme klang nüchtern, aber Leo wusste, dass eine Schusswunde keine Kleinigkeit war.

»Jetzt sind Sie beide wach, stimmt's?« Mrs Chesterton erschien an der Tür mit einem Tablett und zwei dampfenden Teetassen. »Ich bringe noch einen Tee, damit Sie warm bleiben. Trinken Sie, junge Frau, Sie sind ja fast nur Haut und Knochen.«

Betroffen fuhr Leos Hand zu den hervorstechenden Spitzen ihrer Schlüsselbeine, und Everett verfolgte die Bewegung mit den Augen.

»Jetzt, wo wir wissen, dass alle noch eine Nacht hierbleiben müssen, werde ich mein Möglichstes tun, ein Zimmer für Sie zu organisieren, Miss«, fuhr Mrs Chesterton fort. »Das gehört sich einfach.« Dabei blickte sie zu Everett, der seinerseits in seinen Teebecher starrte.

*Es gehört sich.* Leo schüttelte den Kopf. Wen kümmerte so etwas denn heutzutage noch?

»Mrs Chesterton hat ganz recht«, sagte Everett scharf, und Leo merkte plötzlich, wie absurd ihre Gedanken waren. Die verstohlenen Blicke, die sie immer wieder zu bemerken glaubte, waren pure Einbildung. Wahrscheinlich rissen sich die Frauen um Everett Forsyth, den reichen Geschäftsmann. Was kümmerte ihn Leo East?

»Ich komme wieder, wenn ich alles arrangiert habe.« Damit verschwand Mrs Chesterton, und Leo nahm geistesabwesend das Kartenspiel in die Hand und mischte.

»Wollen Sie noch einmal spielen?«, fragte Everett. »Wenn es Ihnen lieber wäre, kann ich Sie auch einfach in Ruhe lassen«, fügte er förmlich hinzu.

»Nein, spielen wir«, sagte Leo und teilte die Karten aus. Als sie fertig war, fragte sie: »Wie haben Sie das *Forsyths*-Kaufhaus im Krieg geleitet?«

»Das war kein Problem, denn zu meinem Glück habe ich einen sehr guten Manager«, antwortete Everett. »Ich habe meinen gesamten Heimaturlaub im Büro verbracht, und wenn ich an der Front war und alle anderen Briefe an ihren Schatz geschickt haben, habe ich an meinen Manager geschrieben.«

Ohne es zu merken, legte Leo die Karten wieder auf den Tisch. »Dann sind Sie jetzt bestimmt froh, wieder verfügbar zu sein und alles persönlich erledigen zu können.«

Everett lehnte sich im Sessel zurück. »Genau genommen habe ich meinem Manager komplett die Zügel überlassen. Ich weiß, dass ich ihm vertrauen kann, und dadurch kann ich es mir erlauben … meinen Träumen nachzujagen, die mir in den Sinn gekommen sind, während ich um mich herum die Granaten durch die Luft pfeifen hörte.«

»Wie kann man denn in so einer Situation überhaupt träumen?«

»Es ist das Einzige, was einen am Leben erhält.«

Vielleicht hatte er recht – der Traum von New York hatte schließlich auch ihr wieder Zuversicht geschenkt. »Welche Träume haben Sie denn?«

»Ein *Forsyths*-Geschäft in New York zu eröffnen. Dorthin werden sich im nächsten Jahrzehnt die Blicke der Welt richten, da bin ich sicher. Es gibt keine Rationierungen, und im Gegensatz zu unserer muss sich die amerikanische Wirtschaft nicht von einem Krieg erholen. In ein paar Monaten will ich nach New York umziehen, ich habe schon einen Laden gekauft, der Bankrott gemacht hat, und will ihn in etwas richtig Schönes und Besonderes verwandeln. In einen Ort, den die Menschen nur wegen seiner überwältigenden Pracht besuchen werden – einen Ort für Frauen, die auch nach dem Krieg ihre Arbeitsstellen nicht aufgeben wollen, einen Ort, an dem sie Mode aus Paris, Seidenstrümpfe, vielleicht sogar Kosmetik kaufen können.«

»Ich habe mir die Nächte in der Apotheke meines Vaters um die Ohren geschlagen, indem ich für die Krankenschwestern im Armeelager Schminksachen zusammengemischt habe.«

»Wer hätte gedacht, dass sich hinter Ihrer dezenten Erscheinung eine Frau versteckt, die andere Frauen in England mit derart skandalösen Dingen versorgt hat?«, neckte er sie.

Leo lachte. »Eines Tages habe ich gehört, wie die Schwestern sich beklagt haben, dass es nirgendwo Kosmetikprodukte zu kaufen gibt, und da wurde mir klar, dass ich wahrscheinlich die einzige Person im Dorf war, der alle notwendigen Inhaltsstoffe zur Verfügung standen. Deshalb habe ich neben Tinkturen und Brandsalben auch Lippenstift und Rouge hergestellt. Cold Cream, Duftwasser … Eines riecht sogar ziemlich gut.«

»Stimmt«, stellte Everett fest.

Leo rutschte auf ihrem Sessel herum und redete hastig weiter, um das Gefühl zu überspielen, dass zwischen ihnen Funken sprühten, die ihr beträchtlich heißer erschienen als die des Kaminfeuers. Denn Everett hatte ihr einen Gedanken in den Kopf gesetzt, eine Möglichkeit, wie sie das Problem, dass sie nicht genug Geld hatte, um einen eigenen Laden zu eröffnen, lösen könnte. »Ich bin ebenfalls unterwegs nach New York«, erzählte sie. »Vielleicht könnte ich meine Kosmetiksachen in Ihrem Geschäft anbieten?«

»Hervorragende Idee.«

»Das finde ich auch«, bestätigte sie mit einem breiten Grinsen und fuhr aufgeregt fort: »Wenn Sie tatsächlich ein Kaufhaus aufmachen, dann sollten Sie die Kosmetikprodukte aber keinesfalls als ›Toilettenartikel‹ anbieten, sondern den Bereich lieber ›Schönheitsabteilung‹ nennen. Da würde ich dann gern einkaufen.«

»Das werde ich mir merken, Leo. Und es würde mir große Freude machen, Ihnen zu helfen.«

Everetts Ton machte Leo sprachlos, und sie verlor sich im strahlenden Blau seiner Augen, das nicht mehr aussah wie ein Sommerhimmel, sondern dunkler, als wolle er einen Hunger verbergen, den sie dennoch erkannte. Ihr Blick wanderte zu seinem Mund, und auf einmal wurde ihr klar, dass das, was sie sich von Albert aus Neugier gewünscht hatte, in Bezug auf Everett reines Verlangen war.

»So!« Mrs Chestertons Stimme riss sie beide aus ihren Gedanken, und sie blickten erschrocken auf. »Das Wetter hat sich so weit beruhigt, dass ein paar Männer in eine Bleibe im Dorf umziehen können, also können Sie jetzt beide ein Zimmer haben. Die Arbeiten an der Straße und den Schienen sind in vollem Gang, und angeblich wird der Zug morgen früh um sieben abfahren. Ich habe mit einem der Ansässigen arrangiert, dass er auch Sie, Mr Forsyth, um diese Zeit zu Ihrem Auto bringt. Und wenn Sie mitkommen wollen, Miss East, dann zeige ich Ihnen jetzt Ihr Zimmer.«

Leo stand auf. »Danke, dass Sie mir Gesellschaft geleistet haben, Everett«, sagte sie und probierte den Klang seines Namens auf ihrer Zunge aus.

»Adieu, Leo.«

Das war alles. Am nächsten Morgen würde er mit seinem Auto und sie mit dem Zug losfahren. Und sie würden sich wahrscheinlich nie wiedersehen.

---

An diesem Abend war Leo vor allem dankbar, dass sie eine Badewanne hatte – sie füllte sie bis zum Rand und ließ sich hineinsinken. Das warme Wasser wusch den Schmutz und etwas vom Rest der Traurigkeit weg. Leo löste ihre Haare, und wie sie so neben ihr im Wasser trieben, fühlte sie sich abenteuerlustiger denn je. Die Idee, die Everett ihr in den Kopf gesetzt hatte, war wundervoll. *Everett …* Ihr gefiel der Klang seines Namens in ihrem Kopf. Seufzend ließ sie sich unter die Wasseroberfläche sinken, um das Bild zu verdrängen, wie sehnsüchtig er sie, bevor Mrs Chesterton sie unterbrochen hatte, über den Tisch hinweg angesehen hatte.

Als das Wasser abgekühlt war, stieg Leo aus der Wanne. Zum

Trocknen ihrer Haare stellte sie sich an den Kamin, aber das Feuer war heruntergebrannt und die Holzkiste leer. Einen Augenblick blieb sie unsicher stehen, dann fiel ihr ein, wie schön warm es im Aufenthaltsraum gewesen war. Vielleicht brannte dort das Feuer noch. Mrs Chesterton hatte sie gewarnt, nicht in die Nähe des Speisesaals zu gehen, da ihn die Männer zum Pokern mit Beschlag belegten, und Everett hatte es sich inzwischen bestimmt in seinem Zimmer gemütlich gemacht. Folglich konnte sie davon ausgehen, dass der Aufenthaltsraum leer war.

Rasch zog sie sich an, eilte nach unten, und tatsächlich brannte im Aufenthaltsraum ein munteres Feuer. Sie suchte sich aus dem Regal ein Buch aus und setzte sich so auf den Boden, dass ihre feuchten Haare die Wärme abbekamen. Als die Tür aufging, zuckte sie erschrocken zusammen.

»Leo!«, rief Everett überrascht und offensichtlich erfreut. »Möchten Sie auch etwas zu trinken?« Er hielt das Glas in seiner Hand hoch. »Der Koch hat eine wesentlich bessere Alkoholauswahl, als ich es für möglich gehalten hätte.«

»Gern«, antwortete sie.

Everett verschwand und kam ein paar Minuten später mit einem zweiten Glas zurück, das er Leo überreichte. Vorsichtig nippte sie daran.

»Was ist das?«, fragte sie und trank genüsslich gleich noch einen Schluck von dem leckeren Getränk, dem mit einem gleichzeitig süßen und würzigen Zusatz die Schärfe des Alkohols genommen worden war.

»Man nennt das einen ›Old Fashioned‹. Schmeckt er Ihnen? Tut mir leid, ich hätte Sie fragen sollen, was Sie möchten – ich kann Ihnen gern auch einen anderen Cocktail bringen.«

»Aber nein, der hier ist perfekt«, grinste Leo. »Ich hätte sowieso keine Ahnung gehabt, was ich bestellen soll. Der Geschmack meines Vaters hat sich auf Whiskey beschränkt.«

»Nun, im Old Fashioned ist auch eine ordentliche Portion Whiskey enthalten. Aber wenn Sie das zu sehr an Ihren Vater erinnert, hole ich lieber etwas anderes für Sie.«

»Nein, nein!«, protestierte Leo. »Es ist eine schöne Erinnerung. Danke!«

Everett setzte sich in einen Sessel am Feuer, und Leo blieb, wo sie war, auf dem Boden, nicht mehr als einen halben Meter von ihm entfernt. »Als ich gestern Abend unhöflicherweise eingeschlafen bin, waren Sie gerade dabei, mir zu erzählen, wohin Sie unterwegs waren, bevor der Sturm kam«, sagte sie.

»Nach Southampton, genau wie Sie. Ich habe etwas zu erledigen, etwas Familiäres«, erklärte er düster und rieb sich das Gesicht. »Nachdem man im Schützengraben gekämpft hat, erscheinen einem familiäre Probleme fast unwirklich. Dabei sollte es eigentlich andersherum sein.«

»Ich verstehe genau, was Sie meinen.« Und das stimmte. Dass der Tod so sehr zum Alltag gehörte, während ganz normale Familienprobleme und selbst so einfache Beschäftigungen, wie dass man in einem Gasthaus am Feuer saß und sich unterhielt, sich schon anfühlten wie eine Illusion. Beim Sprechen wandte sie den Blick nicht von seinem Gesicht, obgleich ihr das seltsam intim vorkam, fast so, als würde sie die feinen blauen Adern an seinem Handgelenk berühren. »Ich bin sicher, Sie werden das Problem bewältigen. Sie scheinen ein anständiger Mann zu sein.«

»Ein *anständiger Mann*? Wirklich?« Everett trank einen Schluck seines Cocktails. »Ich sitze hier allein mit Ihnen, was ich eigentlich gar nicht dürfte, weil Sie die schönste Frau sind, der ich jemals begegnet bin, und …« Er ließ den Satz unvollendet.

Leo war so perplex, dass sie nichts anderes tun konnte, als vor sich auf den Boden zu starren. Das Feuer knisterte, ihre Haut prickelte, ihr Gesicht war erhitzt von einer ihr bislang unbekannten Empfindung, und sie wusste, dass es Verlangen sein musste. Himmel, es war heftig – sie begehrte Everett so sehr, dass sie am liebsten aufgesprungen und zu ihm gelaufen wäre, um sich von ihm küssen zu lassen, um seine Hände auf ihrem Körper zu spüren. Doch sie schlang die Arme um die Knie und zwang sich, zu bleiben, wo sie war. »Das kann überhaupt nicht sein«, sagte sie.

»Es ist aber so.« Everetts Stimme war so sanft und aufregend, als striche seine Hand über ihre Wange.

Leo konnte nicht anders, sie stand auf und sagte: »Seit das alles passiert ist – Krieg, Influenza, mein Vater … Es stimmt einfach, dass ich morgen sterben könnte, und jetzt habe ich das Gefühl, ich kann nur Hals über Kopf leben. Ich denke, ich muss mich auf alles stürzen, ehe es mir wieder weggenommen wird, ich muss die einfachen Freuden genießen, wenn sie sich mir anbieten, denn sonst …« Sein Gesichtsausdruck ließ sie innehalten. So hatte ein Mann sie noch nie angeschaut.

»Wir befinden uns auf gefährlichem Terrain, Leo«, flüsterte er.

Sie ging so dicht zu ihm, dass ihr Knie das seine berührte. »Möchtest du mich küssen?«

»Und ob ich das möchte.«

Leo streckte die Hand aus, Everett nahm sie und stand ebenfalls auf.

Dabei berührten sich ihre Körper ganz leicht, aber Leo hatte das Gefühl, dass auf ihrer Haut ein Streichholz angezündet worden war.

Ohne nachzudenken, legte sie den Kopf in den Nacken und wandte sich ihm zu.

Der erste Kuss übertraf alle ihre Erwartungen. Er versengte sie, brauste durch sie hindurch, ihre Zunge suchte seine, musste ihn fühlen, ihn kennenlernen, Teil von ihm werden. Vage war ihr bewusst, dass seine Hände über ihren Nacken glitten und ihren Rücken umfassten, um sie an sich zu ziehen, und ihr stockte der Atem, als er ihren Körper an seinen drückte. »Komm mit nach oben«, flüsterte sie. »Komm in mein Zimmer.«

Schwer atmend lehnte er die Stirn an ihre. »Bist du sicher?«

»Ja. Folge mir in einer Minute.«

Damit drehte sie sich um und rannte mit klopfendem Herzen die Treppe hinauf. In ihrem Zimmer schlüpfte sie aus ihrem Kleid, es engte sie ein wie das Gefängnis aus Krieg und Tod und Krankheit, das sie die letzten Monate eingekerkert hatte. Im selben Moment, als es zu Boden fiel, klopfte es an die Tür, und Leo öffnete, in Unterkleid und Korsett. Sie hörte, wie Everett den Atem anhielt, als er sie sah. »Du bist so schön«, sagte er leise.

Der Wind hatte die Wolken weggefegt, helles Mondlicht fiel ins Zimmer. Everett schloss die Tür und stand hinter ihr, wartete einen langen und berauschenden Augenblick, bevor er ihren Nacken küsste. Dann wanderten seine Hände zu ihrem Korsett. Im Spiegel auf dem Frisiertisch leuchteten ihre rotgoldenen Haare wie ein Feuerring, ihr Dekolleté schimmerte rosig, und Leo sah sich selbst dabei zu, wie sie den Kopf zu ihm zurückneigte und die Hand zu seinem Gesicht hob. Im Spiegel begegneten sich grüne und blaue Augen, und ihr Atem beschleunigte sich.

Langsam, quälend langsam öffnete er Häkchen um Häkchen ihres Korsetts. Dann drehte er sie zu sich um. Ein Träger ihres Unterkleids war heruntergerutscht, sein Finger folgte der Linie ihres nackten Schlüsselbeins und blieb auf dem Rand des hauchdünnen Stoffs liegen.

Mit leiser Stimme fragte er: »Bist du vollkommen sicher, Leo?«

»So sicher wie noch nie in meinem Leben.«

Er stöhnte und zog sie an sich, und wieder küsste sie ihn, so tief, dass sie vor Sehnsucht fast verzweifelte, ohne zu wissen, wonach. Er streifte ihr das Unterkleid ab, seine Hand fand ihre Brust, umfasste sie. Sie wollte seine nackte Haut an ihrer spüren, knöpfte sein Hemd auf, schob es weg und atmete tief aus, als seine Haut der ihren begegnete.

Nun zog er mit den Lippen den Weg über ihr Schlüsselbein nach, den seine Finger zuvor gegangen waren, hin zu ihren Brüsten, liebkoste die Brustwarzen. Sie stöhnte auf, doch sein Mund wanderte weiter nach unten, zu ihrem Bauchnabel, weiter und immer weiter nach unten, und dann tat Leo etwas, was sie sich nicht hätte vorstellen können, und neigte ihm ihr Becken entgegen. Als sein Mund die Stelle zwischen ihren Schenkeln erreichte und sie mit der Zunge umkreiste, schrie sie leise auf. Instinktiv bewegten sich auch ihre Hüften, seine Zunge drückte fester, wurde schneller, und eine Empfindung begann sich an dieser Stelle aufzubauen, die so herrlich war, dass sie es kaum aushalten konnte, strömte durch ihren Bauch, breitete sich in ihrem Körper aus, bis sie erneut aufschrie, lauter diesmal, ohne daran zu denken, ob die anderen Gäste sie hören konnten, unfähig, sich zu bremsen. Denn sie nahm nichts mehr wahr außer diesem Gefühl, außer diesem Mann, dieser Zunge und ihrem eigenen Körper.

»Leo«, flüsterte er und blickte zu ihr empor. Noch einmal sagte er leise ihren Namen, dann hob er sie hoch, legte ihre Beine um seine

Taille und trug sie zum Bett, wo er sich endlich in sie sinken ließ und den Mund auf ihren presste, um seinen eigenen Aufschrei zu dämpfen.

---

Es war eine Nacht des Erforschens – sie entdeckten einander, gelegentlich ruhten sie, für eine Weile zufrieden damit, nebeneinander zu liegen, Leos Kopf auf Everetts Brust, aber dann schaute sie ihn an, und er lächelte, zog sie an sich, und sie begannen von Neuem.

Viel zu früh drang die Morgendämmerung durch die Vorhänge. »Ich könnte für immer hier bleiben«, flüsterte Everett, küsste sie sanft, und in dem Kuss war etwas, das mehr war als Verlangen oder Leidenschaft, etwas Tiefes, Wahres.

»Ich hätte nichts dagegen«, sagte Leo.

»Ich danke Gott für das Unwetter«, sagte Everett. »Womöglich wären wir uns sonst nie begegnet.«

Allein bei dem Gedanken füllten sich Leos Augen mit Tränen. Ihr war klar, dass ihre Gefühle für ihn sie völlig in Besitz genommen hatten und dass diese Gefühle dem entsprachen, was sie sich unter Liebe vorstellte – soweit sie das konnte. Doch wie konnten sie die letzte Nacht in das Leben einfügen, das sie beide jetzt, da der Morgen anbrach, wiederaufnehmen mussten? »Als ich dir gesagt habe, du sollst mich küssen, wusste ich nicht, dass ich mich so fühlen würde«, sagte sie.

»Ich auch nicht«, sagte er.

»Aber du musst dich ja um alles Mögliche kümmern«, seufzte Leo. »Also wird es dauern, bis du nach New York kommst.«

Everett schlang die Arme um sie und küsste ihre Schulter. »Ja, ich muss diese Geschichte regeln. Aber ich komme nach New York, sobald ich kann. Und wenn ich da bin, dann …«

*... können wir zusammen sein.* Die Worte tanzten zwischen ihnen in der Luft, doch er sprach sie nicht aus.

Leo schloss die Augen und versuchte, sich genau einzuprägen, wie dieser Augenblick sich anfühlte, wie sie hier im Bett lagen, sie mit dem Rücken an seinen Bauch geschmiegt, während seine Finger sanft ihren Arm streichelten. »Wie finden wir uns dann?«, fragte sie.

»In Greenwich Village gibt es ein Café namens *Romany Marie's*, wo sich Dichter, Künstler und andere kreative Leute treffen – inspirierende, amüsante Menschen. Dort treffen wir uns, am zweiten Samstag im Juli. Romany Marie ist eine Zigeuner-Wahrsagerin, sie wird uns die Zukunft voraussagen – obwohl ich niemanden brauche, der mir sagt, was ich für dich empfinde.« Everett küsste ihren Nacken und ließ die Hände zu ihren Brüsten wandern.

Leo drehte sich um und setzte sich ein letztes Mal auf seinen nackten Körper. »So ist es bei mir auch«, murmelte sie. »Ganz genauso.«

# Kapitel 4

Vor dem *Dolphin Hotel* in Southampton blieb Leo stehen und betrachtete die beiden großen Erkerfenster, die sich absurd weit nach außen wölbten. Das Hotel war viel eleganter, als sie es sich selbst ausgesucht hätte. Instinktiv zupfte sie ihr Kleid glatt, strich sich eine lose Haarsträhne hinters Ohr und fasste sich ins Gesicht. Ihre Lippen fühlten sich rot und geschwollen an von Everetts Küssen, und sie konnte nur hoffen, dass es niemandem auffallen würde.

»Rein mit dir«, sagte sie sich und versteckte ihre Scheu hinter einem aufrechten Rücken und einer Miene, die hoffentlich ruhiger wirkte als ihre Gefühle.

Im Empfangsraum gab es Polstersofas, Tischchen mit Porzellangeschirr und Menschen – sehr viele Menschen. Leo fragte sich, wie um Himmels willen sie Mattie, die sie das letzte Mal mit sechs Jahren gesehen hatte, hier überhaupt finden sollte.

Langsam kämpfte sie sich weiter ins Gedränge vor. Leider schätzte sie dabei die Bewegungen eines Mannes vor ihr falsch ein und stolperte, als sie ihm ausweichen wollte, mit voller Wucht gegen einen für den Nachmittagstee gedeckten Tisch. »Oh, Entschuldigung!«, rief sie erschrocken, während die gestapelten Scones gefährlich wankten und die Teetassen überschwappten.

»Seien Sie doch vorsichtig!«, schalt eine der Frauen am Tisch.

»Tut mir wirklich leid«, entschuldigte Leo sich erneut – am liebsten wäre sie im Boden versunken.

»Nichts passiert«, sagte eine andere Frau mit einem freundlichen Lächeln.

Im gleichen Augenblick schwebte eine elegante junge Dame herein, die mit makellos weißen Handschuhen an ihren eleganten Seidenmanschetten herumzupfte, und Leo versteckte schnell ihre eigenen Hände hinter dem Rücken, denn ihre Handschuhe waren zwar vor einigen Jahren einmal weiß gewesen, inzwischen jedoch weit davon entfernt. Die junge Frau lächelte einer der Damen, die Leo gestört hatte, etwas gezwungen zu, und auf einmal regte sich in Leo eine Erinnerung. In ihrem Gedächtnis hatte Mattie blonde Haare, und die Haare dieser Frau waren hellbraun, aber sie lächelte genau so wie das kleine, puppenhafte Mädchen, das sie damals kennengelernt hatte.

»Mattie?«, fragte sie unsicher.

»Lady Mattie«, erwiderte die junge Frau scharf. »Dann sind Sie sicher das Mädchen, das mein Onkel zu mir geschickt hat.«

In ihren Worten schwangen sehr viele Untertöne mit, und keiner davon war einladend. Leos Magen zog sich zusammen, als ihr klar wurde, dass Mattie offensichtlich nichts mit ihr zu tun haben wollte. Trotzdem zwang sie sich zu lächeln. »Ich bin Leo«, stellte sie sich vor.

Während Mattie sie von Kopf bis Fuß musterte, wurde Leo bewusst, dass ihr Kleid von dem Marsch durch den Sturm noch immer mit Schlamm bespritzt war. Sie sah neben dieser eleganten Lady aus wie das einfache Mädchen vom Land, das sie nun einmal war. Doch sie lächelte trotzdem weiter.

»Danke, dass du bereit bist, mich mitzunehmen«, sagte sie.

»Ich würde niemanden abweisen, der in Not ist.« Raues Lachen vom Nebentisch unterbrach Mattie. »Unglaublich, dieses Dreckloch«, seufzte sie.

»Ganz so schlimm ist es nicht«, meinte Leo und sah den livrierten Angestellten nach, die immer wieder mit Champagnertabletts an ihnen vorüberschwebten. Über ihren Köpfen erhob sich eine Gewölbedecke, auf dem Boden lagen üppige Teppiche.

»Freut mich, dass du das findest, denn die erste Überfahrt ist bereits voll, und wir müssen zwei Wochen warten, bis das Schiff zurückkommt. Es gibt nur diesen lächerlich eingeschränkten Liniendienst auf der *Aquitania*, weil die meisten Schiffe noch nicht vom Kriegsdienst entbunden sind.«

»Eingeschränkter Liniendienst?«

»Das bedeutet, es gibt nur eine Einheitsklasse. Alle Passagiere in der gleichen Klasse, unglaublich.«

Leo sank der Mut. »Ich fürchte, ich kann es mir nicht leisten, zwei Wochen hier zu wohnen«, gestand sie. »Ich werde mir ein anderes Hotel suchen müssen.«

Und auf einmal, als sie so nebeneinanderstanden, sah Leo die Situation aus Matties Perspektive. Ihre Eltern hatten ihr Leo vermutlich aufgehalst, wogegen sie sich nicht hatte wehren können, weil Leo so viel durchgemacht hatte, und jetzt war Leo aufgekreuzt, schmutzig und nicht für einen längeren Aufenthalt in einem Luxushotel gerüstet. Kein Wunder, dass Mattie sie nicht mit offenen Armen empfing.

»Nebenan ist ein Gasthaus, du könntest doch einfach mit uns essen, und dann erkundigen wir uns«, schlug sie jetzt jedoch etwas freundlicher vor.

»Danke.« Leo lächelte, und Mattie wirkte deutlich entspannter.

»Darf ich dir meine Eltern vorstellen, Lord und Lady Monckton.«

Leo zuckte verlegen zusammen, als ihr klar wurde, dass Matties Mutter die Dame war, deren Tee sie fast umgeworfen hätte. »Guten Tag, Lady Monckton«, sagte sie höflich. »Es tut mir wirklich sehr leid, dass ich vorhin so ungeschickt war.«

»Ach, das macht doch nichts«, erwiderte Matties Mutter leichthin. »Ich habe den Kellner schon beauftragt, neu zu decken.«

Matties Vater nickte, und die Frau, die vorhin gemeint hatte, es sei nicht so schlimm, schenkte Leo erneut ein Lächeln. Diese Geste erwiderte sie bereitwillig und setzte sich.

Nachdem Mattie sich an den Scones bedient hatte, begann sie zu plaudern. »Wir sind schon zwei Tage hier, und mir ist dermaßen langweilig. Ich vermisse die Leute in London, die Partys. Hoffentlich gibt es wenigstens ein paar Tanzveranstaltungen. Mit einem bestimmten jungen Mann würde ich nämlich sehr gerne tanzen.« Der Kellner schenkte ihnen Tee ein. »Wie sieht es bei dir aus?«, fuhr Mattie fort. »Musstest du dich auch von jemandem Besonderen trennen?«

Vor lauter Erleichterung, dass sie so freundlich miteinander plauderten, platzte Leo heraus: »Nun ja, ich habe auf dem Weg hierher jemanden kennengelernt.«

»Ach, erzähl! Wie ist er denn so?«

Leo suchte nach den richtigen Worten, um ihre Begegnung mit Everett zu beschreiben. Er war der erste Mann, der sie mit Leidenschaft geküsst, ihren Körper so zum Leben erweckt hatte, dass ihr klar geworden war, was Liebe bedeutete. Aber natürlich konnte sie das Mattie nicht sagen. »Unterwegs habe ich zum ersten Mal das Meer gesehen«, antwortete sie schließlich, erinnerte sich an die Wildheit und Schönheit der Wellen, daran, dass es ihr Angst gemacht und zugleich vor Glück den Atem verschlagen hatte. »Die Begegnung mit diesem Mann war ungefähr so, als hätte mich die Strömung aufs Meer hinausgetragen und ich hätte nicht das Bedürfnis gehabt, zurückzukommen.«

Mattie winkte ab. »Aufs Meer hinausgetragen zu werden ist ja schön und gut und auch sehr romantisch, aber womit verdient der Mann denn sein Geld? Ich bin so gut wie verlobt, und Rett ist zum Glück sehr wohlhabend. Wenn der Krieg mich eines gelehrt hat, dann, dass eine Frau absolut sicher sein sollte, wie es im Portemonnaie eines Mannes aussieht, bevor sie sich mit seinem Herzen befasst.« Mattie starrte vorwurfsvoll zu ihrem Vater hinüber.

»Rett?«, wiederholte Leo, und ihr lief ein kalter Schauer über den Rücken.

»Ja, mein Verlobter – na ja, mein Fast-Verlobter. Und hier ist er auch endlich! Er wird uns nämlich nach New York begleiten.« Sie winkte dem jungen Mann, der gerade hereingekommen war, und rief: »Ich dachte schon, du hättest dich verirrt!«

Und in diesem Moment begriff Leo, dass der Mann, den Mattie als ihren ›Fast-Verlobten‹ bezeichnet hatte, kein anderer war als Everett Forsyth.

—

Zum Glück saß sie schon, sonst hätte der Schock sie glatt von den Beinen geholt. Sie umklammerte ihre Tasche so fest, dass die Schnalle sich schmerzhaft in ihre Hand bohrte, und musste jeden Muskel in ihrem Gesicht mit großer Anstrengung unter Kontrolle bringen, um nicht die furchtbare Wahrheit zu verraten, dass sie vor ein paar Stunden nackt in den Armen dieses Mannes gelegen hatte.

Als Everett sie erkannte, machte er unwillkürlich einen Schritt zurück und setzte an, ihren Namen zu rufen. Gerade noch rechtzeitig, ehe Mattie ihn erreichte, unterbrach er sich, schützte einen Hustenanfall vor und hielt Mattie mit ausgestrecktem Arm einen Moment auf Abstand. Als er sich einigermaßen erholt hatte, sich Mattie wieder zuwandte und sah, dass Leo noch immer da war, schüttelte er ungläubig den Kopf.

»Hast du einen Geist gesehen?«, fragte Mattie. »Ich hoffe, der Husten ist keine Influenza, es wäre ziemlich lästig, wenn du mich ansteckst.«

Leo blieb die Luft weg, als sie Matties gedankenlose Bemerkung hörte – als könnte man über die Influenza spotten, als wäre sie weiter nichts als eine triviale Befindlichkeitsstörung. Doch sie sah auch, wie sich der Schock in Everetts Gesicht in Sorge wandelte, und wusste, dass er verstand, warum Matties Worte sie verletzt hatten. Aber warum machte ihm das etwas aus, wenn er plante, Mattie zu heiraten?

Mattie hielt ihm die Wange hin, und er küsste sie flüchtig. Sowohl Mattie als auch Lady Monckton runzelten unzufrieden die Stirn.

Im gleichen Moment spürte Leo eine Hand auf dem Arm.

»Alles in Ordnung, Liebes?« Es war die Frau, die sie vorhin so nett angelächelt hatte. »Wir sind uns noch gar nicht vorgestellt worden. Ich bin Abigail Forsyth, die Mutter des gut aussehenden jungen Mannes, der gerade hereingekommen ist.«

»Tut mir leid, ich fühle mich nicht wohl«, brachte Leo mit Mühe heraus. »Bitte entschuldigen Sie mich.«

Damit stand sie auf und eilte davon. Leider hatte sie keine Zeit, sich nach einem anderen Hotel umzuschauen, denn sie brauchte sofort einen ruhigen Ort, an dem sie sich vor diesen Menschen zurückziehen konnte, also bezahlte sie für eine Nacht ein Zimmer, legte sich dort aufs Bett und starrte an die Decke.

*Ich brauche niemanden, der mir sagt, was ich für dich empfinde.*

Bei der Erinnerung daran, was Everett gesagt hatte, drehte Leo sich auf die Seite, schlang die Arme um die Knie und drückte sie an die Brust. Sie musste sich selbst festhalten, denn sonst hatte sie niemanden. Sie war vollkommen allein. Anscheinend war sie für diesen Mann lediglich eine Kerbe im Bettpfosten gewesen.

Auf einmal begann sie zu weinen. Ein tiefes, würgendes Schluchzen schüttelte sie und brachte den ganzen Kummer der vergangenen sechs Monate an die Oberfläche. Es tat weh – so weh, dass sie kaum Luft bekam, sich nicht bewegen und nichts anderes tun konnte, als hellwach auf dem Bett in einem fremden Zimmer zu liegen. Wenn ihr die Augen vor Erschöpfung zufielen, riss die Erinnerung an Everetts Küsse sie brutal in die Wirklichkeit zurück, und sie dachte daran, wie er in den Raum dort unten geschlendert war und wie Mattie gesagt hatte: *Rett. Mein Verlobter.*

—

Am nächsten Tag wachte Leo früh auf, wild entschlossen, sich umgehend eine andere Bleibe zu suchen. Als sie feststellte, dass im wesentlich preisgünstigeren Gasthaus nebenan ein kleines Zimmer verfügbar war, wäre sie vor Erleichterung fast in Tränen ausgebrochen. So schnell sie konnte, raffte sie ihre Siebensachen zusammen, doch als sie das Foyer des *Dolphin Hotel* durchquerte, hörte sie jemanden ihren Namen rufen.

»Wohin gehen Sie denn, Liebes?«, fragte Mrs Forsyth und eilte zu ihr. »Ich dachte, Sie würden Mattie nach New York begleiten.«

»Ich bin nach nebenan umgezogen, das *Dolphin* kann ich mir nicht leisten«, erklärte Leo und wurde rot vor Scham.

»Das braucht Ihnen doch nicht peinlich zu sein«, meinte Mrs Forsyth und legte ihr wieder besänftigend die Hand auf den Arm. »Aber ich freue mich, dass ich Sie noch erwischt habe, ich gebe nämlich heute Abend ein Essen und würde mich freuen, wenn Sie auch kommen.«

»Oh, n-nein«, stotterte Leo. »Vielen Dank, aber das geht leider nicht.«

»Es würde mich sehr freuen, wenn Sie es einrichten könnten. Bitte kommen Sie.« Mrs Forsyth musterte Leo mit ihren blauen Augen, die denen ihres Sohnes so ähnlich waren, dass Leo schon wieder Tränen in die Augen stiegen.

»Selbstverständlich«, antwortete Leo, nur um möglichst schnell zu entkommen.

---

Mit einem sehr unguten Gefühl las sie die Notiz mit den Details des Essens, die Mrs Forsyth ihr zugesandt hatte. Am Ende stand dort: *»Soweit ich weiß, ist Ihr Vater vor Kurzem gestorben, und mir ist klar, dass Sie wahrscheinlich am liebsten für sich in Ihrem Zimmer bleiben möchten, aber ich fände es wirklich schön, wenn Sie kommen.«*

Leo zerknüllte den Zettel. Natürlich würde sie auf dem Schiff Zeit mit Mattie und ihrer Familie verbringen müssen, sie musste sich daran gewöhnen. Und wenn sie zu dem Essen nicht erschien, würde das vermutlich einen schlechten Eindruck hinterlassen. Also beschloss sie, sich einfach früh wieder zu verabschieden und sich für die restliche Dauer ihres Aufenthalts in Southampton so oft wie möglich mit Müdigkeit und Trauer zu entschuldigen. Dann setzte sie sich an den Tisch und schrieb Joan einen Brief, in dem sie ihr Herz ausschüttete. Um sieben zog sie sich das beste Kleid an, das sie besaß – ein cremefarbenes, recht einfaches, längst aus der Mode gekommenes Nachmittagskleid –, und ging zurück zum *Dolphin Hotel* und hinauf in Mrs Forsyths Suite. An der Tür klopfte sie.

Ausgerechnet Everett öffnete ihr. »Gott sei Dank, Leo, ich habe gehofft, dass du es bist.«

»Ich glaube nicht, dass ich mit dir sprechen kann«, erwiderte sie steif und wollte sich rasch an ihm vorbeidrängen.

»Bitte lies das hier«, sagte er flehend und steckte ihr ein zusammengefaltetes Blatt Papier zu.

»Rett! Ich brauche was zu trinken!«, rief Mattie von drinnen.

»Entschuldige«, flüsterte Leo, stopfte Everetts Papier in ihre Handtasche und betrat hastig den Raum.

Zu ihrem Entsetzen hatte man sie für das Essen neben Mrs Forsyth platziert. Everett saß neben Matties Vater und Mattie selbst zwischen ihrer Mutter und einem jungen Mann, den Leo nicht kannte.

Als ersten Gang gab es Austern. Leo hatte noch nie Austern gegessen, und sie blickte sich möglichst unauffällig am Tisch um, wie sie mit den gallertartigen Gebilden auf ihrem Teller verfahren sollte.

»Einfach rein damit«, wies Mrs Forsyth sie leise an. »Und sagen Sie mir, wie es Ihnen schmeckt.«

Beschämt, dass sie durchschaut worden war, hielt Leo die erste Muschel an die Lippen. Sie rechnete fest damit, etwas Widerliches schlucken zu müssen, und war angenehm überrascht von dem kräftig salzigen Geschmack. »Besser, als ich dachte«, gab sie zu.

»Austern sind ein Aphrodisiakum, wissen Sie.«

»Oh, das wusste ich nicht«, erwiderte Leo und verfluchte wieder einmal ihre helle Haut, die sie sofort verriet, wenn ihr etwas peinlich war. »Kommen Sie mit nach New York?«, fragte sie Mrs Forsyth, um das Thema zu wechseln.

»Ich denke schon.« Mrs Forsyth seufzte, als hätte sie eigentlich keine Lust auf die Reise. »Lady Monckton und ich sind seit vielen Jahren eng befreundet, und in letzter Zeit ist sie etwas in Schwierigkeiten geraten und hat mich deshalb gebeten, sie zu begleiten. Aber ich denke, ich werde nur ein, zwei Monate bleiben, bis sie sich einigermaßen eingelebt hat – obwohl mein Sohn mich womöglich zu überreden versucht, meinen Aufenthalt zu verlängern.« Dabei lächelte sie zu Everett hinüber, dessen Blick von seiner Mutter zu Leo wanderte.

»Aber Everett will doch jetzt noch gar nicht nach New York, oder?«, stieß Leo hervor.

Unglücklicherweise gab es bei den anderen Gästen genau in diesem Augenblick eine Gesprächspause, und alle hörten Leos Frage.

Mattie runzelte die Stirn. »Natürlich. Er kommt mit mir. Ich habe ihn überzeugt, nicht länger zu warten.« Mattie blickte mit einem Augenaufschlag zu Everett empor, der aus einem Kinofilm hätte stammen können, und Everett wandte den Blick ab. Mrs Forsyth schüttelte fast unmerklich den Kopf in Matties Richtung, und Leo hätte sich am liebsten unter dem Tisch verkrochen. Zum Glück setzte nun die Konversation am Tisch wieder ein.

»Everett ist sehr großzügig«, erklärte Mrs Forsyth, an Leo gewandt. »Lord Monckton braucht ein wenig … Unterstützung, und er hat sich bereit erklärt, ihm zu helfen.«

»Und er will ja sicher auch bei Mattie sein«, fügte Leo leise hinzu.

»Wollen wir nicht eine kleine Pause zwischen den Gängen einlegen?«, schlug Mrs Forsyth der Tischrunde vor. »Ich wollte Ihnen gern etwas zeigen, Leo.«

Verwirrt stand Leo auf und folgte der älteren Dame in den Nebenraum. Mrs Forsyth schloss die Tür.

»Ich habe gehört, dass Sie eine Vorliebe für Parfümfläschchen von Lalique haben, und dachte, das hier würden Sie sich vielleicht gerne ansehen.« Mrs Forsyth holte eine kleine Flasche hervor, deren Stopfen zu einer grazilen Rosenkrone geformt worden war.

»Die ist ja wunderschön«, hauchte Leo, ehe sie registrierte, was Mrs Forsyth gerade gesagt hatte – Everett musste seiner Mutter von ihr erzählt haben.

»Ich war schon immer sehr eng mit Pamela – Lady Monckton – befreundet«, erklärte Mrs Forsyth beiläufig, als nehme sie das Gespräch von vorhin wieder auf, »und weil wir gleichzeitig schwanger waren, vereinbarten wir, als ich einen Jungen und sie ein Mädchen bekam, dass die beiden später einmal heiraten sollten. Wir haben viel Zeit miteinander verbracht, und die beiden mochten sich – Kinder sind ja meistens lieber mit einem Spielkameraden zusammen, als mit langweiligen Erwachsenen im Zimmer herumzusitzen.«

Also war alles noch viel schlimmer, als Leo geahnt hatte: Mattie und Everett waren einander praktisch von Geburt an versprochen und seit Jahr und Tag befreundet.

»Everett bezahlt für die Moncktons die Überfahrt nach Amerika«, fuhr Mrs Forsyth fort. »Und auch die Hotelzimmer. Er hat in Manhattan sogar ein Haus gefunden, das sie mieten können. Lord Monckton hat sein ganzes Geld verspielt, wissen Sie. Eigentlich hatte Everett nicht vor, die Moncktons zu begleiten, aber jetzt …«

»Ja, ich … verstehe«, stammelte Leo, doch als sie weitersprechen konnte, wurde sie von einem lauten Krach im Nebenzimmer unterbrochen.

»Entschuldigen Sie mich bitte kurz«, sagte Mrs Forsyth.

Ehe Leo ihr nach draußen folgte, holte sie Everetts Brief aus ihrer Tasche und warf ihn ins Feuer. Sie wollte nichts mehr davon hören, was ihn alles mit Mattie verband, und keine Ausreden für sein Verhalten lesen. Seine Mutter hatte sie klar über alle Einzelheiten informiert.

Als sie ins Speisezimmer zurückkam, hörte sie, wie Matties Vater seine Tochter anbrüllte: »Hör auf, mir Vorschriften zu machen!« Er schlug mit der Faust auf den Tisch und warf seiner Tochter wütende Blicke zu. »Wenn ich spazieren gehen möchte, dann gehe ich spazieren.«

Würdevoll stand Matties Mutter auf und verließ den Raum, anscheinend wollte sie nichts mit der Auseinandersetzung zu tun haben. Lord Monckton dagegen erhob sich etwas ungeschickt, anscheinend hatte er dem Wein schon ordentlich zugesprochen.

»Bleib weg vom *Red Lion Inn*«, zischte Mattie. »Und von den Matrosen. Wag es nicht, mit weniger Geld zurückzukommen, als du jetzt in der Tasche hast.«

»Darf ein Mann denn nicht mal mehr rausgehen und sich einen Drink genehmigen?«, blaffte Lord Monckton, und Leo zuckte zusammen. Für sie war es unvorstellbar, dass ein Vater so mit seiner Tochter sprach – kein Wunder, dass Mattie so angespannt wirkte.

Mit verkniffenem Gesicht sah sie jetzt ihrem Vater nach. Dann schüttelte sie sich kurz und rang sich ein Lächeln ab.

Spontan griff Leo nach ihrer Hand. »Alles in Ordnung mit dir?«

Matties Lachen klang spröde. »Ja, mit mir schon. Aber du solltest dich zusammenreißen. Sonst bist du eine ziemlich jämmerliche Gesellschaft.« Damit zog sie ihre Hand weg und schlenderte zu Everett hinüber. »Jetzt siehst du ja, warum wir deine Hilfe brauchen«, sagte sie zu ihm mit Tränen in den Augen. »Ich kann ihm nicht in jede Kneipe nachlaufen, in der er landet, und ihn rausschleppen, wenn das Glücksspiel anfängt.«

»Es tut mir wirklich leid, Mattie«, antwortete Everett.

Leo musste weg. Die Vertrautheit der beiden mitanzuschauen war unerträglich. Sie machte sich auf den Weg zur Tür.

Auch in dieser Nacht fand sie keinen Schlaf, versuchte verzweifelt, die Tränen zurückzuhalten. Sie musste Everett meiden – das konnte doch nicht so schwer sein, sie wohnten ja nicht einmal im gleichen Hotel. Und das Schiff war riesig. Sie würde mit Matties Familie nur an öffentlichen Plätzen essen, dann würde es nie wieder einen Anlass geben, mit Everett auch nur ein Wort zu wechseln. Könnte sie ihn doch nur aus ihren Gedanken vertreiben und endlich aufhören, hinter geschlossenen Lidern seine Augen, seine Hände, seinen Mund zu sehen.

---

Nach den längsten zwei Wochen, die Leo je erlebt hatte, war es endlich Zeit, an Bord des Schiffs zu gehen. Leo folgte den Moncktons und bemühte sich dabei sehr, nicht auf Everetts Rücken zu starren. Am Tag nach dem katastrophalen Essen war er nach London gefahren – um noch etwas Geschäftliches zu erledigen, wie Mattie erklärte – und erst an diesem Morgen nach Southampton zurückgekehrt. So kam es, dass Leo noch nie so glücklich gewesen war, eine vertraute Stimme zu hören, die ihren Namen rief. Als sie sich umdrehte, sah sie Joan den Pier entlangrennen, mit einer Hand hielt sie ihren Hut fest, mit der anderen ihre Tasche, die ihr beim Laufen wild gegen die Beine schlug.

»Joan!«, rief Leo und winkte heftig. »Was machst du denn hier?«

»Mir ist klar geworden, dass ich Pete nicht als Entschuldigung brauche, um nach New York zu gehen. Und ich konnte dir doch nicht den ganzen Spaß überlassen«, keuchte Joan, als sie einander in die Arme fielen. »Außerdem«, flüsterte sie, »klang dein Brief so, als könntest du eine Freundin gebrauchen.«

»Du kommst also mit?«

»Aber sicher!«

Begeistert küsste Leo ihre Freundin auf die Wange. »Danke! Das ist die beste Neuigkeit, die ich seit Langem gehört habe!«

Arm in Arm mit Joan überquerten sie die Gangway, lachten über die Leute um sie herum, von denen viele – gut angezogen und offensichtlich wohlhabend – sich beschwerten, dass die normalerweise unsichtbar im Zwischendeck verschwindenden Passagiere ihnen so nahe kamen. Eine schöne Frau mit exakt auf Kinnlänge geschnittenen, von kastanienbraunen Strähnen durchsetzten rotblonden Haaren meinte laut zu dem Mann neben ihr: »Gib mir schnell eine Zigarette, der Geruch nach ungewaschenen Menschen bringt mich sonst um.« Ihrem Akzent nach war sie Amerikanerin, und die Bemerkung sollte wohl witzig gemeint sein.

»Faye!«, rief Mattie, und die Kurzhaarige drehte sich zu ihr um.

»Du sitzt wohl auch auf dieser puritanischen Blechkiste fest, was?«, grinste Faye und blieb, ohne einen Gedanken an die Leute hinter ihr zu verschwenden, mitten auf der Gangway stehen, um auf Mattie zu warten und sie zur Begrüßung in aller Ruhe auf die Wange zu küssen. »Na, dann werden wir wenigstens ein bisschen Spaß haben.«

»Du erinnerst dich doch sicher an Everett«, fuhr Mattie fort, nahm Everetts Hand und zwang ihn, ebenfalls stehen zu bleiben.

»Aber selbstverständlich«, säuselte Faye gekonnt verführerisch. »Wie nett, dass du auch hier bist.« Sie streckte die Hand aus, damit Everett sie küssen konnte.

Aber Everett schüttelte die Hand lediglich. »Ich glaube, wir stehen im Weg«, sagte er nur und ging an den beiden Frauen vorbei.

»Tja, mit ihm kannst du nicht flirten«, meinte Mattie kichernd zu Faye. »Er gehört mir, weißt du noch?«

# Kapitel 5

Am nächsten Morgen kam Faye in einem umwerfenden, leuchtend grünen Seidenkleid auf Leo zu. Da Leo die ganze Nacht für die arme Joan, deren Magen sich nicht mit dem Ozean anfreunden konnte, eine Schüssel hatte halten müssen, war sie ziemlich nervös und wäre vor Schreck fast aus ihrem Liegestuhl gesprungen, in den sie sich, als Joan endlich eingeschlafen war, geflüchtet hatte, um dem Desinfektionsmittelgestank zu entfliehen und ein bisschen frische Luft zu tanken. Sie hatte sich das Gesicht gepudert, Rouge auf die Wangen aufgetragen und die Lippen geschminkt, um möglichst auszusehen, als sei alles in Ordnung. Aber jetzt stand auf einmal diese Frau vor ihr, diese Freundin von Mattie, und wollte ihr allem Anschein nach etwas mitteilen.

»Ja?«, sagte Leo.

Nachdem Faye die Frau im Liegestuhl neben Leo mit einem gebieterischen »Weg hier!« vertrieben hatte, stellte sie sich vor: »Ich bin Faye Richier.« Sie trug eine Kette aus Perlen um den Hals – seltsam geformte Monde, die im Sonnenlicht silbern glänzten.

Zögernd schüttelte Leo die Hand, die Faye ihr entgegenstreckte.

»Ich habe Ihre Lippen schon den ganzen Morgen angegafft und mich gefragt, woher Sie diese Farbe haben«, begann Faye. »Es ist genau der Rotton, den ich mir wünsche, seit ich alt genug für Lippenschminke bin. Doch alles, was ich ausprobiert habe, wäscht sich beim kleinsten Schluck Champagner ab und ist so fad, dass ich aussehe, als wollte ich wieder zwölf Jahre alt sein. Aber Ihrer ist einfach fabelhaft.«

Leo musste lachen. »Ich habe ihn selbst gemacht«, erwiderte sie.

»Sie haben mir noch gar nicht Ihren Namen gesagt.«

»Leonora East.«

»Nun, Leonora East, mit dieser Lippenschminke sind Sie mit Abstand das Interessanteste auf diesem Schiff, und das ist noch mächtig untertrieben, wenn man bedenkt, auf was für einem Kahn wir uns hier befinden.« Faye hielt lange genug inne, dass Leo Zeit hatte zu erröten, weil sie so genau unter die Lupe genommen worden war, dann winkte sie den Mann zu sich, mit dem Leo sie gestern auf der Gangway gesehen hatte.

»Benj! Komm her und mach die Bekanntschaft von Leonora East. Das ist mein Bruder, Benjamin Richier.«

»Leo reicht völlig«, sagte Leo, stand auf und schüttelte Benjamin die Hand.

»Leo isst heute Abend mit uns«, verkündete Faye.

»O nein, das geht doch nicht«, protestierte Leo.

»Haben Sie in dieser Sardinenbüchse vielleicht etwas Besseres vor?«, fragte Faye mit hochgezogenen Augenbrauen. »Ich kann Sie nicht aus den Augen lassen, bis wir wieder festen Boden unter den Füßen haben und Sie so etwas für mich herstellen können.« Sie deutete auf Leos Lippen.

»Bitte ignorieren Sie meine Schwester«, mischte Benjamin sich ein. »Sie ist es gewohnt, dass alles nach ihrer Nase geht, und unserer Erfahrung nach kommen die meisten Londoner nicht sonderlich gut mit ihrer Direktheit zurecht.«

»Zum Glück bin ich keine Londonerin, also kann sie gern so direkt sein, wie sie möchte«, erwiderte Leo und lächelte Faye zu.

Diese lachte und klatschte in die Hände. »Siehst du? Mit Leo kann man bestimmt viel mehr Spaß haben als mit diesen trostlosen Witwen, neben denen wir gestern gesessen haben und die von nichts anderem reden als von toten Menschen. Ich hab genug vom Krieg. Es ist Zeit, dass wir diese ganze Geschichte vergessen.«

»Faye!«, rief Benjamin tadelnd.

Aber Leo fiel ihm sofort ins Wort: »Ich habe auch genug vom Krieg, ich würde mich sehr gern beim Essen zu Ihnen gesellen.«

—

Auf dem sonnigen Deck und in Gesellschaft einer faszinierenden jungen Frau in einem leuchtend grünen Kleid sah jedoch alles ganz anders aus als später in der Kabine. »Ich glaube, ich habe einen Riesenfehler gemacht«, sagte sie zu Joan.

»Ich auch«, stöhnte Joan, die in diesem Augenblick dem lebensfrohen Mädchen aus Sydney, an das Leo gewöhnt war, nicht im Geringsten ähnelte. Nicht einmal Petes Betrug hatte ihr so zugesetzt wie das Meer. Ihre Haut war noch blasser geworden, als sie nach den zwei Jahren in England ohnehin schon war, und ihre Sommersprossen zeichneten sich erschütternd dunkel darauf ab. »Was hat mich bloß auf die Idee gebracht, diese Reise wäre anders als die von Australien?«

»Wenigstens ist sie kürzer«, versuchte Leo sie zu trösten.

»Ja, das ist wirklich ein Segen«, bestätigte Joan und versuchte, sich aufzusetzen. »Aber was war dein Riesenfehler?«

»Ich habe gerade zugesagt, heute Abend mit Faye, Matties Freundin, zu essen. Warum habe ich das getan?«

»Vielleicht heitert dich das hier auf«, meinte Joan und hielt ihr einen an Leo adressierten Brief entgegen.

Leo sah das E. als Absender, was bedeutete, dass der Brief nur von einem einzigen Menschen sein konnte. »Davon werde ich mich garantiert nicht besser fühlen«, sagte sie. »Ich werde es nicht lesen.«

»Ich hab mich aus dem Bett gequält, um seiner Mutter, die neben uns wohnt, den Brief abzunehmen, also wirst du ihn gefälligst lesen«, entgegnete Joan bestimmt. »Und wenn ich eine Nacht mit einem Mann verbracht hätte, der so aussieht, würde ich alles daransetzen, herauszufinden, was eigentlich los ist.« Sie öffnete den Brief und las ihn laut vor. »Leo, bitte lass mich mit dir reden. Es ist nicht so, wie du denkst, nichts davon. Als ich aus London zurückkam, war ich sicher, du hättest meine Nachricht in der Zwischenzeit beantwortet, aber jetzt frage ich mich, ob du sie überhaupt gelesen hast. Um zehn heute Abend bin ich unten auf dem Deck, das früher die dritte Klasse war. Bitte komm. E.«

Leo streckte die Hand nach dem Brief aus.

»Na gut«, sagte Joan. »Du gehst zum Essen, und um zehn triffst du dich mit Everett. Spricht nichts dagegen.«

»Glaubst du, er meint das ernst?«, fragte Leo. »Dass es nicht so ist, wie es scheint?«

»Du hast nur eine einzige Möglichkeit, das herauszufinden.«

Es klopfte an der Kabinentür, und als Leo öffnete, stand ein Steward vor ihr, auf dem Arm ein Kleid im selben Blau wie Everett Forsyths Augen. »Ja, bitte?«, fragte sie.

»Man hat mich gebeten, Ihnen das hier zu überreichen.«

»Sind Sie sicher, dass Sie an der richtigen Adresse sind?«, sagte Leo zweifelnd.

»Sind Sie Miss East?«

»Ja, die bin ich.«

»Dann ist es die richtige Adresse.«

»Oh.« Leo nahm das Kleid entgegen. »Danke sehr.«

Joan stieß ein Kreischen aus, das wahrscheinlich die Fische taub machte. »Was ist das denn Wunderbares? Und wo kommt es her?«

Leo faltete die Notiz auf, die an das Kleid geheftet war.

Liebe Miss East,

meine Schwester Faye hat beschlossen, das Oberdeck des Schiffs zum heutigen Abendessen in einen Nachtclub zu verwandeln. Da sie mehr Kleider ihr Eigen nennt, als sie jemals tragen könnte, hoffe ich, dass Sie bereit sind, dieses hier anzuziehen, wenn wir schon so unhöflich waren, so kurzfristig aus einem Abendessen eine Tanzveranstaltung zu machen.

Benjamin Richier

»Mein Gott«, war alles, was Leo herausbrachte.

»Wer ist denn bitte Benjamin Richier? Und warum schickt er dir wunderschöne Kleider?«

»Außer dass er Fayes Bruder ist, weiß ich auch nichts über ihn. Ich habe ihn heute früh oben auf dem Deck kennengelernt.«

»Na, du hast ihn wohl ziemlich beeindruckt.«

»Ich kann das nicht annehmen.« Leo ließ sich aufs Bett fallen. »Was soll er denn von mir denken?«

»Zieh es an«, befahl Joan. »Du gehst schließlich zu einer Party.«

Leo folgte dem Befehl ihrer Freundin. Nebenbei bemerkt, wollte sie das schöne Kleid, das sie mit seinen Fledermausärmeln und der breiten Seidenschärpe an einen orientalischen Kimono erinnerte, natürlich selbst gern tragen. Also schlüpfte sie aus ihrem biederen, braunen Zeug und hinein in das blaue Kleid, drehte und flocht sich die Haare zu ihrer eigenen Version des traditionellen Pompadour.

Dann betupfte sie sich die Lippen mit der Farbe, die Faye so bewundert hatte, gab auch etwas davon auf ihre Wangen, tuschte sich die Wimpern und besprühte sich mit ihrem selbst gemachten Parfüm.

»Du siehst sehr hübsch aus«, stellte Joan anerkennend fest. »Du solltest einfach das Beste daraus machen. Die Richiers sind offensichtlich reich und ganz nett. Ein paar solcher Freunde könnten deiner Kosmetikidee richtig guttun.«

»Vielleicht«, sagte Leo. »Ich wollte, du könntest mitkommen.«

»Aber ich könnte ja nicht mal was essen. Amüsier dich!«

Leo küsste Joan auf die Wange, verabschiedete sich schnell, ehe sie es sich doch noch anders überlegen konnte, und ging dann hinauf zum oberen Speisesaal, in dem bereits großes Gedränge herrschte. Wie grandios der Raum einmal gewesen war, sah man noch immer an den antiken weißen Eingangssäulen, aber jetzt wirkte alles alt und schäbig – ein weiteres Opfer des Krieges. Als sie das Deck betrat, konnte sie trotzdem nur staunen.

»Na endlich!«, begrüßte Faye sie. »Die Party hat schon ohne Sie angefangen.«

An einem Tisch an der Reling saßen Benjamin Richier, Mattie und ihre Eltern, Mrs Forsyth und Everett. Leo lächelte weiter, ohne mit der Wimper zu zucken, und dankte Gott und den Richiers für das Kleid.

»Ich glaube, Sie kennen hier alle«, fuhr Faye fort. »Mattie und ich sind uns vor ein paar Jahren in London begegnet und seither Freundinnen. Als ich sie zu meiner kleinen Party eingeladen habe, hat sie mich gefragt, ob sie ihre arme, verwaiste Freundin Leonora mitbringen darf, und ich habe geantwortet: ›Tja, wer hätte das gedacht, aber Leo und ich haben uns schon bekannt gemacht.‹«

Mattie erstarrte. Leo ebenfalls.

»Faye«, rief Benjamin scharf.

»Es sieht hier wirklich wunderschön aus«, sagte Leo in dem Versuch, das Gespräch von ihrer Person abzulenken.

Tatsächlich hatte sich das überfüllte Deck, an dem sich nachmittags die Leute um Liegestühle und einen Platz an der Sonne gedrängelt hatten, in ein schwimmendes Paradies verwandelt. Tische mit weißen Decken waren aufgestellt worden, auf ihnen verbreiteten Sturmlaternen ihr schimmerndes Licht. Die Gäste waren elegant gekleidet, es gab sogar ein Grammophon, das einen schwungvollen Song spielte.

Während Leo noch das umdekorierte Deck begutachtete, begegnete ihr Blick dem von Everett. Heute Abend, im Smoking, die dunklen Haare ordentlich nach hinten gekämmt, sah er noch besser aus, als Leo es für möglich gehalten hätte.

Nur mit Mühe konnte sie den Blick von ihm losreißen und sich wieder auf Faye konzentrieren. »Wie haben Sie das bloß geschafft?«, fragte sie mit einer Geste über das Deck.

»Ich hatte eine kleine Unterredung mit dem Kapitän«, antwortete Faye grinsend. »Und ich habe ihm erklärt, dass ich ein Grammophon zur Verfügung stelle, wenn er mir erlaubt, eine Abendgesellschaft zu veranstalten, die das Schiffsleben wieder so in Szene setzt, wie es eigentlich sein sollte.«

»Sie haben also Ihr eigenes Grammophon aufs Schiff gebracht?«, fragte Leo verwundert.

»Ich konnte es nicht zurücklassen – in England wäre es doch irgendwann von den ständigen Wiederholungen von ›Oh! It's a Lovely War‹ jämmerlich eingegangen.« Mit völlig überzogenem englischem Akzent schmetterte Faye eine Zeile des Lieds, und alle lachten. »Außerdem«, fuhr Faye fort, »zeigt sich doch heute Abend mal wieder, dass man nie wissen kann, wann man plötzlich ein Grammophon braucht. Setzen Sie sich doch, Leo.« Der Rest der Tischgäste begann sich zu unterhalten, und Leo war froh, bei Faye zu sitzen – so weit von Everett entfernt wie nur möglich.

Faye schenkte Champagner ein. »Wollen Sie mir nicht endlich erzählen, warum Sie auf diesem Schiff nach New York reisen, Leo?«

»Woher hast du den Champagner?«, unterbrach Benjamin.

»Ich bin nicht für Entbehrungen gemacht, Benj. Eher für das Gegenteil.« Faye lachte. »Als ich dem Kapitän erklärt habe, dass ich mein Essen ohne ein Schlückchen Champagner nicht runterkriege, war er mehr als gern bereit, welchen zur Verfügung zu stellen.«

»Ich frage jetzt lieber nicht, was du dafür getan hast«, meinte Benjamin.

»Tss-tss«, machte Faye tadelnd. »Jetzt denkt Leo bestimmt, ich hätte schlechte Manieren.«

»Tja, da hätte Leo leider recht.« Benjamin beugte sich zu Leo und bot ihr eine Zigarette an. Sie nahm eine und war dankbar, etwas mit ihren Händen zu tun zu haben.

»Und mir ist auch aufgefallen, Benj, wie geschmeidig du das Gespräch von der Frage weggelenkt hast, die ich Leo gestellt habe«, sagte Faye zu ihrem Bruder. »Leo erzählt uns doch sicher gern, warum sie diese gottverlassene Insel namens England hinter sich lässt.«

Konnte sie es wagen? Leo zog an der Zigarette und trank einen Schluck Champagner, um sich Mut zu machen. Und dann, angespornt von etwas, das sie selbst nicht ganz begriff, begann sie es zu erklären – vielleicht war es tatsächlich der Champagner oder die ihr unbekannte Grammophonmusik, die in die weite Dunkelheit hinauswehte, oder vielleicht das Bedürfnis, Everett zu ignorieren, obwohl er nur ein paar Meter entfernt war. »Ich habe vor, Kosmetika herzustellen«, sagte sie. »Lippenfarbe, Wimperntusche, Rouge. Ich möchte den Menschen zeigen, dass Schminke nichts ist, was man sich heimlich per Post zuschicken lassen muss. Wenn die meisten Frauen mir auch nur ein kleines bisschen ähnlich sind, dann haben sie auch genug davon, dass man ihnen sagt, rot geschminkte Lippen seien ein Zeichen für fehlende Moral. Ich möchte, dass man Lippenfarbe ganz normal kaufen kann, wenn man möchte.« Sie schwieg und wartete auf die Hysterie, die doch sicher nach einer solchen Ankündigung ausbrechen würde, aber alles blieb still.

»Also, ich fasse es nicht«, sagte Faye schließlich. Dann breitete sie die Arme aus und wischte dabei alle drei Gläser auf den Boden, wo sie zerschellten. »Dann kriege ich endlich dieses Rot in die Finger! Das ist die beste Idee, die ich seit einer Ewigkeit gehört habe. Findest du nicht auch, Benj?« Sie stieß ihren Bruder mit dem Ellbogen an.

Plötzlich und mit einem Gefühl des Unbehagens bemerkte Leo, dass Benjamin sie musterte. Verlegen klopfte sie ihre Zigarette im Aschenbecher ab.

»Kosmetika«, wiederholte er nachdenklich. »Das ist wirklich eine exzellente Idee.« Er lächelte und beugte sich noch näher zu ihr.

Faye zog eine Augenbraue hoch und blickte vielsagend zwischen Leo und Benjamin hin und her, während sie den Rauch ihrer Zigarette in die Nachtluft blies und an ihrer Perlenkette herumfingerte. »Für Kosmetika interessiert mein Bruder sich sonst eigentlich nicht«, konstatierte sie kühl, und jeder Überschwang war verschwunden. »Er ist ein langweiliger Industrieller, der seine Schwester lieber nicht aus England gerettet hätte, obwohl sie dort volle vier Jahre festsaß.«

»Wieso das denn?«, fragte Leo, unsicher, ob Fayes plötzliche Kälte eher ihr oder Benjamin galt, aber in der Hoffnung, das kameradschaftliche Gefühl wiederherzustellen.

»Ich bin nach England ausgerissen wegen eines Mannes, den ich im Verdacht hatte, ein Schwerenöter zu sein, und er hat mich nicht enttäuscht«, erklärte Faye. »Dann fing der Krieg an, und ich konnte nicht mehr zurück nach Hause.«

Die Ankunft des Essens unterbrach das Gespräch, und Faye schien sich wieder etwas zu entspannen. Immerhin erfuhr Leo, dass die Richiers in einem Haus mit eigenem Ballsaal wohnten und dass Benjamin ein großes Fabrikunternehmen in New York besaß.

»Dafür sehen Sie viel zu jung aus«, entfuhr es Leo, als Faye fertig erzählt hatte.

»Das fasse ich als Kompliment auf«, grinste Benjamin. »Unser Vater ist vor acht Jahren gestorben. Faye war damals erst dreizehn, ich immerhin schon siebzehn. Also habe ich das Geschäft übernommen und ein paar glückliche Entscheidungen getroffen, die sich ausgezahlt haben. Natürlich hat auch der Krieg dabei geholfen.«

»Benj ist immer so bescheiden«, warf Faye ein. »Er hat ein überschuldetes Unternehmen mit sehr wenigen interessanten Aktivposten übernommen und ist jetzt einer der erfolgreichsten Männer von Manhattan. Aber bekanntlich hat alles seinen Preis. Schaut nicht hin, aber da hinten naht Dorothea Winterbourne«, unterbrach sie sich, fuhr jedoch dann in einer Laustärke, die von der Genannten offensichtlich gehört werden sollte, fort: »Dorothea kannte uns schon, als mein Vater verschuldet war, findet uns aber offenbar wesentlich interessanter, seit wir Geld haben.«

»Hallo, Faye«, grüßte Dorothea kühl, was zu ihren schwarzblauen Haaren und den blassgrauen Augen passte. »Ich wollte zu deinem Bruder.«

»Ich weiß.«

»Aber ich hatte gerade Miss East zum Tanzen aufgefordert.« Benjamin streckte Leo die Hand entgegen.

Sofort richteten sich alle Blicke, einschließlich die Everetts, auf Leo. Fayes und Dorotheas Gesichter hätten jedem Eisberg Konkurrenz gemacht, aber Everetts Miene konnte Leo nicht entziffern.

Sie stand auf und rief sich ins Gedächtnis, dass sie vor langer Zeit auf der Schule in London nicht nur das Tanzen gelernt hatte, sondern auch, sich als Lady zu benehmen. Jetzt würde sie herausfinden, ob etwas davon hängen geblieben war.

Als sie sich vom Tisch entfernte, hörte sie, wie Faye zu Mattie sagte: »Sieht ganz danach aus, als sei dein Schützling darauf aus, sich einen richtig dicken Fisch zu angeln.«

Leo zuckte zusammen und hoffte zu Gott, dass außer ihr niemand, vor allem nicht Benjamin, die Bemerkung gehört hatte.

Jedenfalls sagte er, als sie ihren Platz auf dem Tanzparkett einnahmen, nur: »Danke, dass Sie mich vor Miss Winterbourne gerettet haben.«

»Sie sieht nicht aus, als wäre sie erfreut darüber«, erwiderte Leo nach einem kurzen Blick zu Faye und Dorothea, bei dem sie schaudernd feststellte, dass Faye sie mit Argusaugen beobachtete.

»Das ist sie nie.«

Dass ein junger Mann wie Benjamin eine Frau abweisen würde, die so hübsch und offensichtlich reich war wie Dorothea, hatte Leo nicht erwartet. »Sie sind ganz anders als Ihre Schwester«, sagte sie leise.

»Das muss ich auch sein. Stellen Sie sich doch vor, es gäbe zwei Fayes. Niemand würde mehr mit uns sprechen, und wir wären bankrott.«

»Aber Sie lieben Faye doch – so, wie sie ist.«

Benjamin sah sie aufmerksam an, und da er nur ein paar Zentimeter größer war als Leo, waren ihre Augen fast auf gleicher Höhe. Er sah gut aus – auf amerikanische Art, fast ein bisschen zu perfekt, blond, teuer gekleidet, sehr gepflegt.

»Selbstverständlich«, bestätigte Benjamin. »Ich bin ja schon so lange für sie verantwortlich. Und obwohl ich auf die Reise nach England gut hätte verzichten können, wird es immer so bleiben.«

»Wie schön für Faye, sich auf jemanden wie Sie verlassen zu können.« Leo hörte selbst, dass ihre Stimme ein wenig zitterte, und sie merkte, dass es auch Benjamin auffiel. Zum Glück fragte er nicht nach. Stattdessen meinte er: »Wenn das Mondlicht von hinten auf Sie fällt, sehen Sie aus wie eine Sirene aus der griechischen Sage.«

Erst jetzt bemerkte Leo, dass der Wind aufgefrischt hatte, denn ihre Haare flatterten beim Tanzen wild um ihren Kopf. Da ihr keine Antwort einfiel, schwieg sie lieber.

»In Shakespeares *Antonius und Kleopatra* lässt Kleopatra die Segel ihres Schiffs mit Parfüm übergießen, damit nicht nur Mark Anton, sondern auch die Winde liebeskrank werden«, fuhr Benjamin fort.

Obwohl Leo unsicher war, wohin dieses Gespräch gehen sollte, nickte sie. »Ja, sie verzaubert Mark Anton mit Rosen- und Neroliöl, so dass er sich in sie verliebt.«

»Da sieht man doch, welchen Einfluss Parfüm und Kosmetik auf die Menschen ausüben können.« Es war zu dunkel, um seinen Gesichtsausdruck zu erkennen, und Leo konnte nicht einschätzen, ob er eher im Allgemeinen oder von dem Duft sprach, der von ihr ausging. »Lassen Sie uns doch morgen früh ausführlicher über Ihre Kosmetikidee sprechen.«

Leo war sprachlos. Was meinte er damit? Aber er führte seinen Vorschlag nicht näher aus, und sie vollendeten den Tanz in angenehmem Schweigen. Im Dreiertakt des Walzers konnten sie beobachten, was am Tisch vor sich ging: Mattie redete hitzig auf ihren Vater ein, der sie schließlich abschüttelte und sich zu einer Gruppe kartenspielender Männer gesellte, von denen jeder eine Unmenge Geld vor sich liegen hatte. Unter den flehenden Blicken von Mattie stand Everett schließlich auf und folgte Lord Monckton, als müsse er ihn bewachen. Bei der nächsten Walzerdrehung war er jedoch verschwunden.

Als der Tanz zu Ende war, gingen sie zurück zu ihrem Tisch. »Entschuldigen Sie mich bitte«, sagte Leo, als sie sah, dass es bereits Viertel nach zehn war. Nun würde sie zu spät zu ihrem Treffen mit Everett kommen.

—

»Ich hatte schon Angst, du würdest nicht kommen«, sagte Everett und trat aus dem Schatten am anderen Ende des Decks, wo er eine Zigarette geraucht hatte. Er sah so glücklich aus, dass Leo sich zusammenreißen musste, um nicht die Hand nach ihm auszustrecken.

»Die Erledigung in Southampton war also eine Verlobung«, sagte sie barsch.

»Nein«, entgegnete er kopfschüttelnd. »Es war das genaue Gegenteil.«

»Aber du befindest dich auf einem Schiff mit Lady Mattie, die dich ihren ›Fast-Verlobten‹ nennt, und ihr seid unterwegs nach New York, obwohl du mir gesagt hast, dass du dich erst wesentlich später auf den Weg machen wolltest.«

»Es tut mir so leid, dass ich dich verletzt habe.« Seine Stimme klang sanft und ehrlich, und Leo war froh über die Dunkelheit, denn so konnte er wenigstens nicht sehen, dass ihre Augen sich sofort mit Tränen füllten. »Bitte lass es mich erklären.«

»Du hast fünf Minuten«, sagte sie.

So begann er die Geschichte der Übereinkunft zwischen Mrs Forsyth und Lady Monckton zu erzählen, der Kinderfreundschaft, die zwischen Mattie und ihm bestanden hatte.

»Das hat deine Mutter mir alles schon erklärt«, sagte Leo.

»Sie hat mir gesagt, sie hätte versucht zu helfen«, erwiderte Everett hilflos. »Mit dem Effekt, dass sie alles nur schlimmer gemacht hat.«

»Jedenfalls war es ihr sehr wichtig, mir zu erklären, wie eng du mit Mattie verbunden bist.«

»Aber das ist es ja«, stieß Everett hervor. »Diese Verbindung ist nicht so, wie du denkst, und nur das wollte meine Mutter dir auf ihre nette, ungeschickte Art mitteilen. Während der Schulzeit habe ich Mattie so gut wie nie gesehen. Ich hatte diese Heirats-Übereinkunft vergessen, bis zu dem Tag, als ich aus dem Krieg zurück nach London gekommen bin. Da hat Lady Monckton mich besucht, um mich an das zu erinnern, was sie als meine Pflicht bezeichnete.«

»Es kommt mir ziemlich herzlos vor, dich sofort auf das Thema anzusprechen«, meinte Leo, die sich fragte, wie diese Frau es fertigbringen konnte, einen Mann, der gerade erst aus diesem langen, blutigen Krieg zurückgekehrt war, so mit den Ansprüchen ihrer Tochter zu drangsalieren.

»In ihren Augen war die Sache äußerst dringend. Die Moncktons hatten kein Geld mehr, und Lady Monckton tat mir leid, weil sie mich beinahe anbettelte, ihre Tochter zu retten. Also habe ich versprochen, mit Mattie auszugehen und Lord Monckton zu helfen, der …« Everett seufzte, ehe er fortfuhr: »… der einfach das ganze Geld verspielt.«

Leo spürte, wie ihr Vertrauen in Everett, das sie nie vollständig verloren hatte, Stück für Stück zurückkehrte.

»Schon nach ein paar Treffen mit Mattie war mir klar, dass wir nicht zusammenpassten. Als ich es meiner Mutter erzählte, hatte sie vollstes Verständnis. Ich sagte es Mattie und dachte, auch sie hätte es verstanden. Aber dann haben mich gemeinsame Bekannte angesprochen, sie hätten gehört, dass ich Mattie nach New York folgen und sie dort heiraten würde. Also bin ich nach Southampton gefahren, um die Sache mit Mattie zu regeln und sie zu bitten, keine solchen Unwahrheiten in die Welt zu setzen. Zu dem Gespräch hatte Mattie auch meine Mutter eingeladen, in der Hoffnung, von ihr Unterstützung zu bekommen. Und nun bin ich auf diesem Schiff gelandet und bewache Lord Monckton, damit er auf dem Weg nach New York nicht noch mehr Geld verliert. Ich habe den Moncktons gesagt, ich sei bereit, ihnen bei ihren Anfängen in New York zu helfen, aber ich werde Mattie nicht heiraten.«

*Ich werde Mattie nicht heiraten.* Leo musste sich an der Reling festhalten, so erleichtert war sie. »Gott sei Dank«, stammelte sie. »Ich dachte … Ich dachte …«

»Ich weiß, was du dachtest.« Everett trat zu ihr und fügte mit heiserer Stimme hinzu: »Niemals hätte ich das getan, was wir getan haben, wenn ich tatsächlich mit einer anderen Frau verlobt gewesen wäre. Du bist die Einzige, die ich will.«

Leo wischte sich die Augen und lächelte ihn an.

»Du siehst wunderschön aus heute Abend«, murmelte er. »Und ich wünsche mir nichts sehnlicher, als dich in den Armen zu halten …«

»Aber das kannst du nicht, bevor nicht alles geklärt ist«, vollendete Leo den Satz für ihn.

Everett seufzte. »Aus Respekt vor der Freundschaft, die meine Mutter seit Jahren mit den Moncktons pflegt, sollte ich dich wahrscheinlich nicht wiedersehen, bevor ich sie alle angemessen untergebracht habe. Aber jetzt habe ich das Gefühl, ich kann die Überfahrt überleben und durchhalten, bis …«

»Bis zum zweiten Samstag im Juli bei *Romany Marie's*.«

»Du hast es dir gemerkt.«

»Selbstverständlich.«

Sie schwiegen beide. Bis auf das Geräusch der Wellen, die an den Bug des Schiffs schlugen, war es ganz still. Leo hörte nur Everetts unregelmäßigen Atem und ihren eigenen Herzschlag.

»Ich muss zurück und Lord Monckton wieder vom Kartentisch weglotsen«, erklärte Everett dann widerstrebend.

»Dann auf Wiedersehen«, sagte Leo leise.

Als Everett an ihr vorbeiging, trafen sich ihre Hände und Blicke, und das Verlangen, das in Leo aufflammte, war stärker als alles, was sie in ihrem Leben je gespürt hatte. Als wären sie wieder im Gasthaus von Dunbridge, vor dem Spiegel, wo er ihr das Korsett ausgezogen und sie sich so stark und schön und geliebt gefühlt hatte wie nie zuvor. Sie brauchte ihre ganze Willenskraft, um sich loszureißen.

# Kapitel 6

Später in der Nacht wurde Leo von rennenden Schritten und lauten Rufen aus ihren Träumen gerissen. Das Schiff bewegte sich nicht mehr. Augenreibend kletterte sie aus dem Bett und eilte zusammen mit den anderen Gästen auf den Korridor, ein Ansturm von Seidenpyjamas und Smokingjacken, alle dachten an Eisberge und sinkende Schiffe.

Instinktiv lief sie aufs Oberdeck, wo am Abend zuvor die Party stattgefunden hatte. Im Durchgang zwischen Speisesaal und Deck sah sie Everett stehen, sein Gesicht war schlohweiß, Mattie schluchzte an seiner Schulter. Faye rieb ihr den Rücken, alle trugen noch ihre Partysachen – Faye in Rot, Mattie in Lila, Everett in seinem Smoking. Die Sturmlampen waren ausgeblasen, der Wind fegte ein Tischtuch in die Luft, es flog zum Himmel hinauf wie ein Geist, der die Erde verließ, überall roch man Alkohol. Aber da war noch etwas anderes, Unheilvolles.

»Nirgends eine Spur von ihm«, erklärte der Schiffssteward gerade Everett mit besorgtem Gesicht.

»Es ist vier Stunden her, dass er zum letzten Mal von jemandem gesehen wurde.« Nun sprach der Kapitän leise mit Everett, aber Leo war ganz vorn in der Menge und verstand jedes Wort. »Ich denke, wir können davon ausgehen …«

Mattie schluchzte laut und presste eine Hand auf den Bauch. »Ich glaube, ich werde ohnmächtig. Ich muss mich hinlegen, sonst könnte das Baby …«

Das Wort »Baby« rüttelte Leo schneller und endgültiger wach als der Tumult, der sie nach oben geholt hatte, und plötzlich war alles ganz still.

Mattie wankte, aber Everett fing sie auf, hob sie hoch und trug sie von der Menge weg. Drei Menschen folgten: Faye, Mrs Forsyth und Matties Mutter.

Dann brach ein Stimmengewirr los. *Was war passiert? Wen hatte man seit vier Stunden nicht mehr gesehen? Und hatte Lady Mattie gerade wirklich gesagt, sie sei schwanger?* Die Menge wusste nicht, welche Frage man pikanter finden sollte: die potenzielle Tragödie oder den Skandal von Matties Zustand? Leo bahnte sich einen Weg durch die Menge, ihr war übel.

Als sie ihr Zimmer erreichte, war Joan nicht da. Eine Stunde verstrich, während derer Leo auf dem Bett saß, zur Tür starrte und den Schritten der Passagiere lauschte, die auf dem Flur hin und her rannten. Endlich tauchte ihre Freundin auf.

»Wo warst du denn?«, fragte Leo. »Du siehst schrecklich aus.«

Joans Gesicht war kreidebleich, sie rannte zum Waschbecken und übergab sich.

Leo eilte zu ihr, hielt ihr die Haare aus dem Gesicht und half ihr ins Bett, als sie fertig war.

»Matties Vater«, erklärte Joan dann. »Er ist verschwunden.«

»Was?«

»Man glaubt, er ist über Bord gefallen, und sie brauchten einen Arzt, falls im Wasser ein Körper auftaucht. Aber der Arzt war so betrunken, dass er nicht wachzukriegen war, da hat man mich zu Hilfe geholt. Man hat mir gesagt, dass Lord Monckton stundenlang Karten gespielt und Schuldscheine ausgestellt hat, weil er ständig verloren hatte. Offenbar hat Everett versucht, ihn zur Vernunft zu bringen, und Lord Monckton ist auf ihn losgegangen.«

»Was?«, fragte Leo erneut.

»Danach ist Lord Monckton verschwunden. Alle dachten, er sei zu Bett gegangen – aber er ist nirgendwo zu finden.«

»Ist er gefallen?«, fragte Leo. Aber dann kam ihr ein schrecklicher Gedanke. »Oder ist er …«

»Ich weiß es nicht«, flüsterte Joan.

»Arme Mattie. Wie geht es ihr?«

»Jetzt schläft sie. Ich hab ihr etwas aus der Tasche des Arztes gegeben, aber wenn sie wirklich …« Joan brach ab.

Leo zwang sich, den Satz zu vollenden: »… schwanger ist?«

»Das hat sie jedenfalls gesagt.«

Es klopfte an der Tür, und als Leo öffnete, stand der Steward vor ihr.

»Wir brauchen die Krankenschwester noch einmal«, sagte er.

»Ich glaube nicht, dass es ihr gut genug geht«, erwiderte Leo und warf Joan einen besorgten Blick zu.

Aber Joan war schon aufgestanden. »Ich komme«, sagte sie und folgte dem Steward.

Leo begann auf und ab zu wandern. Matties Vater war verschwunden. Und Mattie war schwanger. Von wem?

Dann hörte sie eine Tür ins Schloss fallen, und Mrs Forsyths Stimme sagte: »Ich brauche etwas zu trinken.«

»Ich auch.« Everett klang grimmig.

In diesem Moment wurde Leo klar, dass die Tür zwischen ihren Zimmern offen gelassen worden war, wahrscheinlich versehentlich von einem Steward, so dass sie nun jedes Wort in Mrs Forsyths Kabine nebenan hören konnte, das zwischen Mutter und Sohn gewechselt wurde.

Eiswürfel klimperten im Glas.

Dann sagte Mrs Forsyth: »Pamela hat mir gesagt, selbst ohne die Spielschulden von heute Abend sei das einzige Haus, das sie noch haben, so mit Hypotheken belastet, dass Mattie ihr Leben lang arbeiten müsste und trotzdem die Schulden nie ganz zurückzahlen könnte. Und Mattie hat keine Qualifikation, aufgrund deren jemand sie einstellen würde. Sie sind nicht nur mittellos, es ist noch schlimmer – sie sind fürs ganze Leben verschuldet.«

»Verdammt!«, fluchte Everett. »Was ist mit dem Vater des Babys? Er möchte die Mutter seines Kindes doch bestimmt unterstützen.«

Die schrecklichste Angst in Leos Herz verschwand. Zwar war ihr der Gedanke, dass Everett der Vater war, unglaublich vorgekommen, aber sie hatte sonst keinerlei Anhaltspunkte.

»Mattie sagt, sie weiß nicht, wer der Vater ist«, antwortete Mrs Forsyth.

»Wie ist das denn möglich?«

Mrs Forsyth seufzte tief. »Ich nehme an, sie war in London sehr gesellig – und sehr unvorsichtig.«

»Was zum Teufel soll ich denn jetzt tun?«

Langes Schweigen folgte.

»Die Gerüchte verbreiten sich auf dem Schiff wie ein Lauffeuer«, sagte Mrs Forsyth zögernd. »Die Leute nehmen an, dass du der Vater von Matties Kind bist. Du hast neben ihr gestanden, als sie gesagt hat, dass sie schwanger sei, und sie hat überall erzählt, dass du ihretwegen mit nach New York kommst.«

»Was Mattie leicht widerlegen könnte.« Everetts Stimme war seine kaum verhohlene Wut anzuhören.

»Ich habe sie schon darum gebeten. Aber sie will nicht.«

Wieder herrschte eine ganze Weile Schweigen. Lautlos sank Leo auf ihr Bett und presste die Lippen zusammen, um das Weinen zu unterdrücken.

Das Nächste sagte Everett so leise, dass Leo es kaum verstehen konnte. »Glaubst du, sie hat es absichtlich getan? Oder war sie so außer sich, dass es ihr zufällig vor all den Leuten rausgerutscht ist?« Ein Glas wurde auf den Tisch geknallt. »Ich kann nicht glauben, dass ich das frage!«

»Ich weiß es ehrlich nicht.«

Mrs Forsyth schien untröstlich für ihren Sohn, aber es gab nur noch eine einzige Möglichkeit, wie das Gespräch ausgehen konnte.

Was Everetts nächste Worte bestätigten. »Dann habe ich also die Wahl, entweder die trauernde, verarmte und schwangere Frau, mit der ich angeblich verlobt bin, im Stich zu lassen, kurz nachdem ihr Vater möglicherweise Selbstmord begangen hat. Oder ich kann Mattie heiraten.«

»Ich möchte deine Entscheidung nicht beeinflussen. Aber wenn du Ersteres tust, wird keiner mehr mit dir sprechen – oder Geschäfte machen. Deinen Traum von einem Kaufhaus in New York könntest du vergessen.«

»Vielleicht ist mir das aber gleichgültig.«

»Vielleicht ist Leo das wert«, sagte seine Mutter sanft.

»Für Leo bin ich zu allem bereit.« Everetts Stimme brach, als er das sagte. »Andererseits will ich das Richtige tun.«

»Ja.«

»Ich kann das nicht«, flüsterte Everett.

Aber Leo wusste, dass Everett viel zu anständig war, um Mattie jetzt im Stich zu lassen.

---

Sie ging hinauf aufs Deck, legte die Hände auf die Reling, fühlte die kalte Luft im Gesicht und beugte sich vor, so weit sie konnte, um die ganze Kraft des Windes abzubekommen. Dann öffnete sie den Mund und stieß einen Schrei aus, schrie und schrie. Erst als ihr die Luft ausging, wandte sie dem Meer den Rücken zu und lehnte sich an die Reling, bis ihr Atem sich wieder beruhigt hatte. Vielleicht konnte sie es jetzt tun.

Als Erstes machte sie an der Bar halt. »Zwei Old Fashioned, bitte.«

»Kommt sofort.«

»Ich wusste nicht, dass irgendjemand sonst auf der Welt so etwas trinkt.«

Leo erstarrte, als sie Matties Stimme hörte. »Ein amerikanischer Soldat hat mich auf den Geschmack gebracht«, log sie und zuckte zusammen, als der Barmann zwei Cocktails vor sie stellte.

»Anscheinend schmeckt dir das Zeug ziemlich gut, wenn du planst, zwei davon zu trinken.« Mattie starrte die Drinks an, und ihre Augen waren nicht ganz so rot, wie Leo es erwartet hatte. In dem ganzen Chaos hatte sie sogar noch die Zeit gefunden, sich schick anzuziehen und zu frisieren.

»Das mit deinem Vater tut mir sehr leid«, sagte Leo. »Ich weiß noch, wie unwirklich sich das anfangs anfühlt.«

Mattie stieß ein kurzes, schrilles Kichern aus. »Ach, für mich ist es real genug.«

»Ich war wütend, als mein Vater gestorben ist. Weil er mich alleingelassen hat.«

Wieder das Kichern. »Ich gehe nicht davon aus, dass meine Mutter und ich jemals aufhören werden, wütend auf meinen Vater zu sein. Aber unser restliches Geld kann er wenigstens nicht mehr verspielen. Dafür muss man auch dankbar sein.«

Wie schrecklich, dass Mattie ihren Vater so sehr hasste, dass sein Tod ihr wie ein Segen vorkam. Auf einmal hatte Leo Tränen in den Augen.

»Hast du Everett gesehen?«, fragte Mattie.

Als Leo den Kopf schüttelte, rauschte Mattie wortlos aus der Bar.

Zwar war Leo nicht sicher, ob sie Everett wirklich suchen sollte, aber sie musste mit ihm sprechen, und zwar schnell, also nahm sie die beiden Cocktails und verließ ebenfalls den Raum. Es aufzuschieben und ihn womöglich zu verpassen wäre für sie beide unerträglich.

Sie fand ihn wie erwartet auf dem unteren Deck, wo er aufs endlose Meer hinausstarrte, als sehe er in dem vor ihm liegenden Niemandsland die schlimmsten Kriegsszenen, die er erlebt hatte. Da sie das Zittern ihrer Hände nicht unterdrücken konnte, klirrten die Eiswürfel in den Gläsern, und er drehte sich um. Als er sie entdeckte, begann sein Mund zaghaft zu lächeln, und seine Augen hellten sich etwas auf.

»Leo«, sagte er. »Du ahnst ja nicht, wie gut es tut, dich zu sehen.«

Zum Glück musste sie die beiden Gläser festhalten, sonst hätte sie sich gegen alle Vernunft in seine Arme geworfen. »Mir geht es genauso«, sagte sie leise. »Ich dachte, du kannst bestimmt einen davon gebrauchen«, fügte sie hinzu und reichte ihm den Cocktail. Dabei berührten sich ihre Hände, und statt das Glas einfach zu nehmen, verharrte seine Hand auf ihrer.

Selbst diese kleine Berührung begann sich zu etwas Schönem

und Gefährlichem auszuwachsen, und so nahm er ihr schließlich den Cocktail ab und genehmigte sich einen großen Schluck.

»Genau das habe ich gebraucht.« Er stellte das Glas ab. »Leo.« Wieder sagte er ihren Namen, und es klang so traurig, dass es ihr in den Ohren wehtat.

Von all dem Leid, das sie durchgemacht hatte, war dieses fast das schlimmste. Aber sie starrte entschlossen auf das endlose Wasser, das weit über diesen traurigen Ort hinausreichte, und so schaffte sie es, ihre Stimme einigermaßen ruhig klingen zu lassen. »Sag jetzt nichts«, begann sie. »Du musst Mattie heiraten. Es würde sich niemals richtig anfühlen, wenn wir nach dem, was passiert ist, zusammen wären. Ich möchte unsere eine perfekte gemeinsame Nacht nicht dadurch zerstören, dass du dich mir verpflichtet fühlst.«

»›Verpflichtet‹ ist absolut nicht der richtige Ausdruck für das, was ich für dich empfinde.« Seine Augen funkelten.

»So etwas solltest du nicht sagen, das macht es nur schwerer.« Trotz der ganzen Anstrengung zitterte ihre Stimme, und sie wusste, wenn sie auch nur eine einzige Träne zuließe, würde er sie in den Arm nehmen und versuchen, ihren Schmerz zu stillen. Aber sie konnte ihn nicht berühren, nie mehr.

»In meinem ganzen Leben war ich nie weniger bereit, etwas zu tun, was angeblich das Richtige ist«, sagte er.

»Aber du wirst es tun, weil du ein anständiger Mensch bist. Das ist ja einer der vielen Gründe dafür, dass ich …« *Dafür, dass ich dich liebe*, sagte Leo nicht.

»Leo.«

Diesmal ließ sie es zu, klammerte sich an ihn, und er hielt sie fest in seinen Armen, drückte ihren Kopf an seinen Hals, bis sie nicht mehr widerstehen konnte und ihn auf die Lippen küsste, so hart sie konnte, denn er sollte wissen, was sie empfand, trotz allem. Er reagierte ebenso, zog sie noch fester an sich, als wolle er sich ihr aufprägen, damit sie sich, gleichgültig, wie weit sich ihre Lebenswege voneinander entfernten, immer an diesen Moment, immer an ihn erinnern musste.

Ehe ihr Körper sie endgültig überwältigte, machte Leo sich los. »Ich hoffe, du kannst glücklich sein«, sagte sie und wandte sich ab, gerade rechtzeitig, um Mattie an Deck kommen zu sehen.

»Ach, hier bist du«, sagte sie ungeduldig zu Everett. Erst dann entdeckte sie Leo.

Matties Augen wanderten zwischen den beiden hin und her, nahm die beiden Gläser wahr, den wilden Ausdruck auf Everetts Gesicht, die Tränen, die Leo nun doch über die Wangen strömten.

»Was ist denn hier los?«, fragte sie unwirsch.

Doch Leo antwortete nicht. Sie konnte nicht. Entschlossen ging sie an Mattie vorbei.

Leo wiederholte die Frage in Gedanken, während sie, so schnell sie konnte, zurück in ihr Zimmer eilte. Wie sollte irgendjemand je erklären, was zwischen ihr und Everett gewesen war? Dafür gab es nicht genug Worte …

# Kapitel 7

Die nächsten zwei Tage blieb Leo mit Joan in der Kabine, aber dann wurde es beklemmend, und sie wagte sich wieder an Deck, suchte sich einen Liegestuhl, knabberte an einem Croissant und sah zu, wie eine Frau eine Puderdose aus der Handtasche kramte und sich die Nase puderte. Natürlich wusste Leo, wie unhöflich es war, die Frau anzustarren, aber sie hatte noch nie jemanden an einem öffentlichen Ort so etwas tun sehen. Tatsächlich reagierten auch die wenigen Passagiere, die so früh schon auf dem Deck waren, allesamt. Ein älteres Paar wandte sich entsetzt ab, einem jüngeren Mann fielen fast die Augen aus dem Kopf. Doch Leo war auch von der Puderdose fasziniert, die groß und unhandlich war. Wie gern sie etwas herstellen würde, was eleganter, tragbar und weniger auffällig war.

»Ich weiß, es klingt unangebracht, inmitten all der tragischen Ereignisse über so etwas zu sprechen, aber Faye sagt, niemand hat solche Lippenschminke wie Sie.« Ohne dass Leo es bemerkt hatte, hatte Benjamin es sich im Liegestuhl neben ihr bequem gemacht und folgte ihrem Blick.

»Stellen Sie sich vor, man könnte eine Puderdose herstellen, die in die Handfläche passt«, sagte Leo und schaute weiter zu der anderen Frau.

»Stellen Sie sich vor, Sie hätten das nötige Geld dazu.«

»Dafür wäre ein Wunder notwendig«, erwiderte Leo trocken.

»Vielleicht sitzt das Wunder ja schon neben Ihnen.«

»Wie meinen Sie das?«

Benjamin lehnte sich in seinem Stuhl zurück, schlug die Beine übereinander und zündete sich eine Zigarette an. »Ich meine, wenn Faye Ihre Lippenschminke haben möchte, wird jede andere Frau in Manhattan so etwas auch haben wollen. Und ich würde gern in Sie investieren.«

»Warum?«

»Um Kosmetikprodukte herzustellen.«

Leo war so verblüfft, dass sie weder einen vernünftigen Gedanken zustande brachte noch einen zusammenhängenden Satz bilden konnte.

»Natürlich ist es nicht so einfach«, fuhr Benjamin fort. »Noch vor ein paar Jahren ist eine Verkäuferin bei *Macy's* entlassen worden, weil sie zur Arbeit mit Rouge auf den Wangen erschien. Es stand in allen Zeitungen.«

Leo stand auf. »Ich muss mich bewegen, ich kann bei einem solchen Gespräch nicht still sitzen. Weil es mich nämlich ganz verrückt macht, dass man lügen und betrügen kann, aber …« Sie hielt inne, weil das Thema den Schmerz in ihrer Brust verstärkte. »Die Menschen tun viel schlimmere Dinge, als sich die Wangen rot zu schminken«, sagte sie schließlich. »Immerhin hat Rouge noch nie jemanden verletzt. Warum sollte eine Verkäuferin bei der Arbeit denn kein Rouge tragen, wenn sie das möchte? Mit welchem Recht verbietet ihr das jemand?«

»Dann möchten Sie also die Welt verändern?«

Leo seufzte. »Und wo soll ich anfangen?«

»Meine Fabriken können jetzt, da der Krieg vorbei ist, die Produktion von Munition einstellen. Dadurch werden Kapazitäten frei, und ich schaue mich nach etwas um, womit ich sie füllen kann.«

»Sie haben Munition hergestellt?«, unterbrach ihn Leo. »Das ist für die Menschheit natürlich weitaus förderlicher als Rouge.« Sie konnte sich die sarkastische Bemerkung einfach nicht verkneifen.

»Aber mit Rouge kann man einen Schützengraben voller deutscher Soldaten nicht aufhalten«, scherzte Benjamin.

Leo lachte nicht.

Er seufzte. »Leidenschaft und Geschäft passen nicht zusammen, Leo. Das ist etwas, das Sie lernen müssen.«

»Aber ...«

»Ich möchte meine Interessen erweitern«, fuhr Benjamin fort, ohne ihr die Chance zum Protestieren zu geben. »Und ich möchte, dass Faye aufhört, Männern nachzulaufen, die ihr nicht guttun. Sie sollte mit Ihnen zusammenarbeiten, sie braucht eine sinnvolle Beschäftigung.«

»Also macht Leo Kosmetik. Benjamin gibt ihr das Geld dafür. Und ich zeige meinen stinkreichen Freunden, wie fabelhaft die ganzen Sachen sind, damit sie sie kaufen. Alle sind glücklich. So ungefähr?«, hörten sie plötzlich hinter sich Fayes spöttische Stimme.

»Kosmetik ist eine kluge Investition, Faye«, meinte Benjamin zu ihr. »Der Krieg ist zu Ende, die Amerikaner wollen ihn vergessen, wollen Geld ausgeben und sich verwöhnen. Dadurch wird Kosmetik zu einem Produkt, von dem die Frauen nicht genug kriegen können. Ich weiß nicht viel über Kosmetik, aber du schon, Faye. Und ich weiß, dass Leonora ihre Lippenfarbe mit Eleganz trägt und sehr schön damit aussieht.«

Nach diesem Satz hätte Leo jedenfalls kein Rouge mehr gebraucht, sie schlug die Augen nieder und schaute übers Wasser. »Für einen besonnenen Geschäftsmann scheint es mir aber ein großes Risiko zu sein«, sagte sie.

»Wenn man auf Sicherheit aus ist, wird man nie stinkreich«, warf Faye ein und betonte das letzte Wort, als erwarte sie eine Reaktion von Leo.

Benjamin zuckte zusammen. »Ich hätte es taktvoller ausgedrückt, aber Faye hat recht – was mich am meisten interessiert, sind die Risikogeschäfte.«

*Ich bin eine Apothekertochter aus einem englischen Dorf, die keine Ahnung von New York hat und deren einzige Erfahrung mit Kosmetik darin besteht, Lippenfarbe und Wimperntusche für die Krankenschwestern eines Armeelagers zu machen. Keine sehr solide Basis zum Aufbau eines Unternehmens*, wollte Leo sagen. Aber warum sollte sie sich so klein machen? Sie hatte Everett gestanden, dass sie anfing, an sich selbst zu glauben. Sollte sie sich dann nicht auch entsprechend benehmen?

»Wir werden Erfolg haben«, sagte Benjamin. »Mit *Richier Cosmetics*.« Er hob den Arm und beschrieb einen großen Bogen, als schreibe er die Worte in goldenen Lettern an den Himmel.

»*Richier Cosmetics*«, wiederholte Leo fasziniert. »Das gefällt mir.«

»Kann ich mir vorstellen«, erwiderte Faye gedehnt. »Interessant, was?« Sie schlug die Zeitung auf und deutete auf ein Foto von Benjamins ernstem Gesicht. »Hier ist ein Artikel, in dem steht, das Einzige, was Benjamin braucht, um noch erfolgreicher zu werden, ist die perfekte Frau. Jetzt, da Everett und Mattie verlobt sind, schlendern Sie nicht mehr mit ihnen übers Deck. Stattdessen sind Sie hier oben bei meinem Bruder.«

Auf einmal brannten Leos Wangen, als wäre sie zu lange in der Sonne gewesen. Also hatte Everett Mattie tatsächlich einen Antrag gemacht. Aber hatte Mattie Faye auch erzählt, was sie gesehen hatte: zwei Cocktails und zwei Menschen, die auf dem Deck standen und weinten?

»Ich habe gehört, dass jemand auf dem Schiff ist, der – oder die – es aufs Geld abgesehen hat, und ich wollte nur sichergehen, dass Sie es nicht sind«, fuhr Faye fort.

»Deine Grobheit kennt wirklich keine Grenzen, Faye«, sagte Benjamin scharf.

»Ich sollte lieber gehen. Ich werde über Ihr Angebot nachdenken, versprochen«, sagte Leo zu Benjamin. Dann machte sie sich eilig aus dem Staub.

—

Vorsichtig spähte Leo in die Kabine, falls Joan noch schlief. »Oh, du bist wach«, sagte sie erleichtert, als sie sah, dass ihre Freundin aufgestanden war.

»Normalerweise fange ich rechtzeitig an mich zu erholen, bevor wir an Land gehen«, meinte Joan ironisch.

»Du wirst es nicht glauben, aber Benjamin Richier hat gesagt, er würde mir helfen, ein Kosmetikgeschäft aufzubauen.« Leo ließ sich auf Joans Bett sinken.

»Und was hält Faye davon?«, erkundigte sich Joan.

»Ich glaube, sie wollte nur eine Lippenschminke, die sonst niemand hat, und jetzt hat sie Angst, dass ich das ganze Richier-Geld verprasse.«

»Ich glaube nicht, dass das der einzige Grund für ihre Unzufriedenheit ist.«

»Ich denke, Mattie wird ihr erzählt haben, was sie gesehen hat.«

»Na und?« Joan zuckte die Achseln. »Du hast doch das Richtige getan, du lässt ihn Mattie heiraten. Außerdem, das ist es nicht, was sie so ärgert. Sie ist eifersüchtig.«

»Eifersüchtig?« Leo prustete vor Lachen. »Warum das denn?«

»Weil ihr Bruder ein Auge auf dich geworfen hat, und das gefällt ihr nicht.«

Damit hatte Joan genau das ausgesprochen, was Leo befürchtete. »Glaubst du, er bietet mir nur deshalb seine Hilfe an, weil er eine Gegenleistung erwartet?« Leo zupfte an einem losen Faden in ihrem Laken herum. »Er sieht gut aus und scheint nett zu sein, aber ich verstehe nicht so recht, warum er sich für mich interessiert.«

»Tja, dann überleg mal. Vielleicht interessiert er sich für dich, weil du schön bist – und so vollkommen anders als Faye und diese Dorothea Winterbourne. Was wahrscheinlich auch der Grund ist, warum Faye gedacht hat, es ist ungefährlich, dich mit ihm bekannt zu machen. Was wirst du machen?«

Was würde sie machen? Die Frage ging Leo die ganze Nacht durch den Kopf. Sie hatte Everett verloren, da war sie sicher. Aber bevor sie sich über den Weg gelaufen waren, hatte sie bereits einen Traum gehabt. Zwar hatte Everett ihr geholfen, diesen Traum ein Stück konkreter zu machen, und ihr Gespräch mit Benjamin hatte ihr wieder vor Augen geführt, wie wichtig ihr dieser Traum war, wie sehr sie sich wünschte, ihn zu verwirklichen. Männer töteten einander im Krieg, verspielten das gesamte Vermögen ihrer Familie, betranken sich so, dass sie ihren medizinischen Pflichten auf einem Schiff nicht mehr nachkommen konnten – das wurde als heldenhaft angesehen, vertuscht oder wenigstens ignoriert. Aber eine Frau, die zur Arbeit ein bisschen Rouge trug, war eine nationale Schande. Auf einmal hatte Leo Lust zu kämpfen. Außerdem hatte sie nichts zu verlieren.

---

Am nächsten Tag schickte sie Benjamin eine Nachricht, in der sie ihn bat, sich an Deck mit ihr zu treffen. Für die Begegnung schminkte sie sich sorgfältig und verwandelte sich in eine andere Leo East als vor sechs Monaten, eine, die darauf vorbereitet war, allem standzuhalten, um zu bekommen, was sie wollte. Eine Leo, die mutiger und stärker war als je zuvor.

Zum vereinbarten Zeitpunkt erschien Benjamin mit einem Lächeln im Gesicht. »Ich habe Sie gestern beim Abendessen vermisst. Hoffentlich haben Faye und ich Sie jetzt nicht verschreckt.«

»Ich habe das Essen ausgelassen und stattdessen nachgedacht.«

»Oh?« Sein Ton war leicht, aber in seinen Augen sah Leo eine Frage – und noch etwas anderes, ein Gefühl, das sie lieber nicht dort gesehen hätte: Verlangen.

»Danke, dass Sie mir anbieten, in mich zu investieren. Aber sosehr ich Ja sagen möchte, kann ich es doch nicht. Ich möchte versuchen, allein etwas aufzubauen und mir zu beweisen, dass ich tatsächlich zu etwas Außergewöhnlichem fähig bin.« Wie Vogelgesang schwangen die Worte sich in die Luft und flogen über den Atlantik. »Ich suche mir eine Stelle in einem Warenhaus und schaue mich nach einem Arbeitsraum um, in dem ich meine Experimente machen kann. Wenn meine Kosmetikprodukte dann meinen Ansprüchen genügen, bringe ich sie zum besten Geschäft und hoffe, dass man dort bereit ist, sie ins Sortiment aufzunehmen.«

»Sie sind eine sehr entschlossene junge Frau, und ich weiß besser als die meisten, dass entschlossene Menschen in Manhattan die Chance haben, erfolgreich zu sein.«

»Wie Sie selbst zum Beispiel.«

»Ja.«

Leo atmete aus und lächelte. »Danke für Ihr Verständnis, ich dachte eigentlich, Sie würden mich auslachen.«

»Ganz im Gegenteil«, erwiderte er und strich ihr eine Haarsträhne hinters Ohr. »Ich bewundere Sie sehr.«

Unwillkürlich wich Leo einen Schritt zurück, ärgerte sich aber sofort, dass sie sich benahm, als sei sie die Schwächere von ihnen beiden. »Wohin werden Sie gehen, wenn Sie in New York ankommen?«, fragte er. »Ich würde Sie sehr gern wiedersehen. Und das Angebot bleibt bestehen, wenn – oder ich sollte lieber sagen, falls – Ihr Plan nicht funktioniert.«

Oh, das konnte leicht ein Versprecher gewesen sein. *Wenn* es nicht funktioniert. Aber Benjamin war ein gerissener Geschäftsmann, kein Typ, der sich ganz zufällig versprach. »Danke«, sagte Leo, stur weiterlächelnd. »Das ist sehr großzügig von Ihnen.«

»Freut mich, dass Sie so denken. Sehen wir uns beim Abendessen?«

»Aber ja.« Leo lächelte, bis er endlich verschwunden war. Dann drehte sie sich zum Meer um, aber diesmal schrie sie nicht, sondern sagte: »Daddy, vielleicht ist es nicht genau das, was du dir gewünscht hättest, aber es ist das, was ich will. Wenn du irgendwo da draußen bist, dann hoffe ich, dass du mir deinen Segen gibst.«

---

Endlich kam der Tag, an dem das Schiff in New York anlegen sollte. Auf einmal schien es schneller zu fahren, vorwärtsgetrieben von der offensichtlichen Aufregung der Passagiere, von denen manche – wie Faye – jahrelang in England festgesessen hatten. Auch Leo war so aufgeregt, dass sie tatsächlich längere Zeitabschnitte nicht an Everett dachte. Begierig hielt sie Ausschau, um den ersten Blick auf dieses riesige Land zu erhaschen, das ihre neue Heimat sein würde. Sogar Joan schaffte es an Deck und gesellte sich zu ihr.

»Land in Sicht!«, ertönte endlich ein Ruf vom Bug des Schiffs, und eine Vielzahl von Händen deutete übers Wasser auf die sich immer deutlicher abzeichnende Silhouette der großen Stadt.

Leo erkannte silberne Türme, die in den Himmel hinaufragten wie die Schwingen fremder, seltsamer Vögel, und sie beobachtete fasziniert, wie Manhattan allmählich Gestalt annahm. Im Hafen herrschte rege Betriebsamkeit: Fährschiffe, Kanalboote, Feuerschiffe, Schlepper, Ausflugskähne, Yachten und riesige schwimmende Plattformen zum Verladen von Getreide. Ein Schuss ließ sie zusammenzucken, aber ein Passagier in der Nähe erklärte, es sei nur der Salut zum Sonnenuntergang auf Governors Island, und wie auf ein Stichwort flammte die Fackel der Freiheitsstatue auf und brannte über der Skyline von New York, so hell wie Leos Hoffnungen.

Benjamin trat an ihre Seite. »Schauen Sie nur!«, rief Leo und deutete auf die Freiheitsstatue, die Benjamin ja sicher schon tausendmal gesehen hatte.

Doch er folgte ihrem Blick, und auch sein Gesicht begann zu strahlen – anscheinend war er wirklich froh, bald wieder zu Hause zu sein.

»Großartig«, hauchte Leo.

Benjamin ergriff ihre Hand, hob sie an seine Lippen und küsste sie. »Genau so großartig wie Sie, Leo.«

Sie lachte, viel zu aufgeregt, um es ihm übelzunehmen. »Mit der Freiheitsstatue bin ich ganz sicher nicht zu vergleichen. Aber danke.« Einen Moment schwiegen sie beide, Leo war hingerissen vom Blick auf Manhattan im Abendlicht. An den Gebäuden in Hafennähe begann ein Licht nach dem anderen zu schimmern, und es war, als beobachte man, wie die Sterne am Nachthimmel erstrahlten. Welche Möglichkeiten Leo in dieser Stadt erwarteten – was sie dort alles tun würde!

Dann entdeckte sie ganz in ihrer Nähe Mattie und Everett. Mattie trug keine Trauerkleidung, aber wenn ein Gesicht hätte Trauer tragen können, dann tat es das von Everett.

Faye trat neben ihren Bruder, und auf der anderen Seite stellte Joan sich zu Leo, die jetzt erst bemerkte, dass Benjamin noch immer ihre Hand hielt. Auch Mattie hatte die von Everett ergriffen.

So blickten sechs junge Menschen hinaus auf die große Stadt, während sie langsam der Zukunft entgegenglitten, in der sie untrennbar miteinander verflochten waren. Auch ein Baby begleitete sie, Matties Baby, das einen Vater bekommen und dabei Leo die Liebe ihres Lebens gestohlen hatte.

# Teil 2

# Kapitel 8

JUNI 1919 | Zum ersten Mal in New York City zu stehen war ein unvergleichliches Gefühl. Eine Fülle von Möglichkeiten schallte aus jedem Uhrenturm, flog von jedem Wolkenkratzer und strahlte aus jedem Fenster, das mit seinem Licht die Nacht aus der Stadt vertrieb.

»Sieh dir das an!«, rief Leo Joan zu, als ein Automobil nach dem anderen an ihnen vorbeibrauste: Omnibusse, Taxis und Privatwagen, alle irgendwohin unterwegs, gefüllt mit glamourösen Leuten. »Sieh doch!«, rief Joan zurück, als über ihnen ein ohrenbetäubendes Donnern ertönte. Leo kauerte sich instinktiv zusammen, weil sie dachte, Kanonen würden abgefeuert, doch es war nur ein Dampfzug, ein kolossaler, dreckiger, schwarzen Qualm ausstoßender Zug auf einem dicht verzweigten Netz aus Stahl. Doch abgesehen von Joan und ihr schien das niemanden zu faszinieren.

»Wir können euch fahren«, bot Benjamin an.

Leo schüttelte den Kopf und nahm Joans Hand. Ihre Augen leuchteten, und ihre Füße konnten es kaum erwarten, durch die Stadt zu schlendern, die ihr neues Zuhause sein würde.

»Das ist ein Abenteuer!«, erinnerte Leo ihre pragmatischere Freundin, die aussah, als wolle sie Benjamins Angebot annehmen. »Wir können doch nicht mit dem Auto fahren! Unser Gepäck holen wir später ab.«

Joan gab nach, und Benjamin schüttelte fassungslos den Kopf.

Offensichtlich war es für ihn unbegreiflich, dass Leo zu Fuß ins Nirgendwo laufen wollte, obwohl sein atemberaubender Rolls-Royce doch auf sie wartete wie eine Kutsche aus dem Märchen.

»Ich lasse dich wissen, wohin es uns verschlägt«, rief Leo ihm grinsend über die Schulter zu.

Sie kaufte einen Stadtplan bei einem Straßenhändler, dann stürzten Joan und sie sich mutig ins turbulente Getümmel von Manhattan und machten sich auf den Weg nach Chinatown, denn eine amerikanische Freundin von Joan hatte gesagt, dort finde man am ehesten billige Zimmer. Sie brauchten über eine Stunde, weil sie so oft anhielten, um die Sehenswürdigkeiten zu bestaunen: buddhistische Tempel, ein chinesisches Theater, halb gerupfte Hühner, die in einem Schaufenster ordentlich aufgereiht an den Füßen aufgehängt waren, und das ständige Rattern der Hochbahn auf ihren erhöhten Schienen, die die Bowery entlangfuhr. Und über all dem schwebten Laken und Kleider wie Geister an zwischen den Gebäuden gespannten Wäscheleinen.

In einem protzigen, aber ziemlich heruntergekommenen Gebäude in der Hester Street, am Rand von Chinatown, in einer Gegend mit vielen vierstöckigen Mietskasernen, fanden sie ein Zimmer für acht Dollar die Woche. Die Fremdartigkeit von Chinatown gefiel Leo, weil sie unmöglich an das Haus ihrer Kindheit erinnert werden konnte. Sutton Veny roch nach Lavendel, Erde und frischem Brot aus der Bäckerei, die Hester Street hingegen nach Fisch und Weihrauch aus den chinesischen Tempeln, es gab Bittermelonen und Sareptasenf, Obst- und Gemüsestände, Chopsuey-Restaurants und Waschsalons.

Am nächsten Tag machten sich Joan und Leo auf die Suche nach Arbeit. Nachdem sie eine Woche lang die Zeitungen durchforstet und nach Aushängen auf der Straße Ausschau gehalten hatten, fand Leo endlich eine Anzeige für eine Stelle in einem Kaufhaus: *Assistent für Schaufensterdekoration gesucht.* Sie wusste nicht genau, was das genau beinhaltete, aber wenn es sie zu einem edlen Kaufhaus führte, dann war es perfekt.

Sie ging nach Midtown und klopfte an die Tür eines winzigen Büros, das der *Fortune Display Company* gehörte. Sie hatte ein Vorstellungsgespräch bei einer Frau namens Fortune, und da die meisten anderen Frauen als Schreibkraft in den großen Betrieben arbeiten und nicht nachts für eine obskure Stelle schuften wollten, bei der man nähen, putzen und Botengänge erledigen musste, wurde sie am nächsten Montag um halb sechs abends zur Probearbeit ins *Lord & Taylor* bestellt.

Das *Lord & Taylor* an der Fifth Avenue war ein Königreich mit Mahagoni-Verkaufstresen und funkelnden Kronleuchtern, Marmortreppen und elegant gekleideten, behandschuhten Liftpagen sowie allerlei Luxusartikeln, die Frauen ins Schwärmen geraten ließen.

Der Ladenaufseher kam auf sie zu. Sein Gesichtsausdruck zeigte deutlich, dass Leo unter all den mit Einkaufstüten beladenen Leuten in Nerzmänteln fehl am Platz war. »Kann ich Ihnen helfen?«

»Ich habe einen Termin bei Fortune. Ich suche nach dem Lieferanteneingang.«

Der Ladenaufseher schnaubte abfällig. »Bitte verlassen Sie den Laden durch den Haupteingang. Sie müssen in die 39th Street.«

Leo tat wie ihr geheißen und träumte von dem Tag, an dem sie ein solches Geschäft betreten und dort ihre eigenen Lippenstifte zum Verkauf angeboten sehen würde.

»Du bist tatsächlich gekommen«, sagte Fortune, als Leo eintraf.

»Das letzte Mädchen hat nach fünf Minuten beschlossen, dass sie doch lieber in einem Büro arbeiten und den ganzen Tag auf einer Schreibmaschine herumhacken will. Mal sehen, wie lange du durchhältst.«

»Nun, ich kann nicht tippen, daher sollte das kein Problem sein«, scherzte Leo, doch Fortune zog nur an ihrer Zigarette und bedeutete ihr, ihr tiefer ins Innere des Gebäudes zu folgen.

Auf dem Weg begutachtete Leo ihre neue Chefin. Dem Aussehen nach war Fortune über dreißig, trug aber keinen Ehering – und offensichtlich auch kein Korsett. Ihre Haare waren auf eine Art blond, die unmöglich natürlich sein konnte.

»Was weißt du über Schaufenster?«, fragte Fortune.

»Nichts«, gestand Leo.

Fortune seufzte theatralisch, als wäre Leo ein hoffnungsloser Fall, ließ sich aber zu einer Erklärung herab. »Die Schaufenster an der Fifth Avenue sind ein wichtiger Bestandteil der Immobilienwirtschaft, und ihre Gestaltung erfordert genauso viel Überlegung wie die Wahl eines Hochzeitskleids.«

»Arbeiten wir hier im Laden oder in Ihrem Büro?«, fragte Leo.

»Wir arbeiten hier – aber wir sind nicht wirklich hier.« Fortune schmunzelte.

»Aber … Wie meinen Sie das?«, hakte Leo verwirrt nach.

»Sie hat noch eine Menge zu lernen«, erwiderte Fortune scheinbar zusammenhanglos, als sie den nächsten Raum betraten, wo Leo als Erstes bemerkte, dass noch eine andere Person anwesend war, und sich dann fragte, ob sie irgendwo falsch abgebogen waren, denn sie befanden sich in einem Raum, der im Himmel zu sein schien – an einem Ort, wo Regenbogen erschaffen wurden. Rollen farbenprächtiger Seide und Organza säumten die eine Wand, an einer anderen türmten sich unzählige Kisten mit gefärbten Straußenfedern, Muscheln, buntem Krepppapier, Farbeimern, Glühbirnen in allen Größen und Farben, Ton, Pappe, Draht, Papier und Klebstoff.

»Lottie«, sagte Fortune, »das ist unsere neueste Rekrutin.«

Lottie blickte zu ihr auf. Ihre dunkelbraunen Augen wirkten durch ihre Frisur – kurze Haare wie ein Junge – noch größer und auffälliger, und als sie aufstand, sah Leo, dass ihr vermeintlicher Rock ein Hosenrock war, wie ihn die Frauen bevorzugten, die mit dem Fahrrad durch die Stadt fuhren. Lotties Gesicht war faszinierend, aber sie wirkte eher zurückhaltend – das genaue Gegenteil von Joan, die schon bei ihrer ersten Begegnung pausenlos über den Blödsinn getratscht hatte, den die Soldaten trieben.

»Den Herren Lord und Taylor und allen anderen Kaufhausbesitzern in Amerika zufolge gestalten Dekorateure die Schaufenster.« Fortune verzog abschätzig das Gesicht. »Frauen können keine Männer und somit auch keine Dekorateure sein. So weit verstanden?«

Leo nickte.

»Aber da Männer sehr gut darin sind, eine Gruppe von Schaufensterpuppen in Abendkleidung zu ruinieren, indem sie ihnen Hüte aufsetzen, die man tagsüber trägt, brauchen sie Hilfe. Inoffiziell natürlich, denn ihr Geheimbund – die *International Display Men of America* – lässt uns nur zu diesen Bedingungen hier arbeiten. Frauen sind zu empfindlich für die Nachtschicht und zu zart, um schwere Sachen zu tragen oder einen Nagel in die Wand zu hämmern, nicht wahr, Lottie?«

»Ja, ich könnte mir den Finger verletzen, und dann würde ich nie wieder aufhören zu heulen«, bestätigte Lottie sarkastisch.

»Also arbeitet ihr zwei nicht für *Lord & Taylor*«, fuhr Fortune fort. »Ihr arbeitet für mich: die inoffizielle, aber unumstrittene Königin der Schaufenster.«

»Wo sind denn die Dekorateure?«, fragte Leo. In diesem farbenfrohen, prachtvollen Raum konnte sie sich keinen Mann vorstellen.

Fortune schnaubte. »Sie sind mit ihren Werkzeugen in der Schreinerei. Wir gestalten die Schaufenster, verleihen ihnen Stil und wirken unsere Magie, damit alles bildhübsch aussieht.« Sie wedelte mit einem imaginären Zauberstab.

»Was ist der erste Zauber, den wir wirken müssen?«, fragte Leo lächelnd und konnte sich nicht davon abhalten, mit den Fingern durch einen Ablagekorb voller Glasperlen zu fahren, die klimperten wie ein Lied, das zum Tanzen einlud.

»Im September wird es eine Siegesparade geben«, nuschelte Fortune, die Zigarette im Mundwinkel. »Fünfundzwanzigtausend Soldaten, die über die Fifth Avenue an unseren Fenstern vorbeimarschieren, und außerdem noch hunderttausend Leute, die ihnen zujubeln. Wir brauchen Farbe, um das ganze Kaki aufzupeppen.«

Lottie holte Skizzen hervor, wie Leo sie noch nie gesehen hatte: Vier Frauen, die auf einem Teppich aus orangefarbenen und kupferroten Herbstblättern saßen, ihre smaragdgrünen, saphirblauen und violetten Kleider in atemberaubendem Kontrast zu den bräunlichen Herbsttönen, umflattert von Schmetterlingen, deren Flügel mit den Kleidern der Frauen harmonisierten. Und im Hintergrund der wichtigste Blickfang: ein cremefarbenes Auto, wie man es an einem prachtvollen Landhaus vorfahren sehen mochte. Daran lehnte ein Mann, der lässig eine Zigarette rauchte und so tat, als würde er nichts von den bewundernden Blicken bemerken, die ihm die Frauen zuwarfen. Doch die Illustrationen waren nicht eindimensional oder leblos; sie erzählten eine richtige Geschichte, die sich vor Leos Augen abspielte, eine Geschichte, in die sie nur zu gerne eingetaucht wäre, was offensichtlich der Sinn der Sache war.

Plötzlich verstand Leo, dass hier etwas verkauft wurde, wovon sie keine Ahnung hatte – aber das sie unbedingt lernen musste, wenn sie ein Warenhaus wie *Lord & Taylor* überzeugen wollte, ihre Kosmetik zu verkaufen. Offenbar war sie wirklich an den perfekten Ort gekommen.

»Die sind wunderschön!«, sagte Leo. »Ich habe das Gefühl, als könne jeden Moment ein perfektes Blatt vom Baum fallen, das der Mann aufheben und einer der Frauen schenken würde. Dann machen sie vielleicht eine Spritztour und …« Sie unterbrach sich abrupt und errötete. Ihre Gedanken und ihr Mundwerk waren mit ihr durchgegangen, und jetzt starrten Fortune und Lottie sie irritiert an.

»Sieh an, eine Romantikerin. Das wird einiges ändern«, sagte Fortune, drückte ihre Zigarette aus und zündete sich sofort die nächste an.

Auch Lottie musterte Leo und wartete darauf, dass sie weitersprach.

»Jedenfalls bin ich sicher«, fuhr Leo fort und betrachtete die Illustrationen, »dass ich vor so einem Schaufenster stehen bleiben würde, ich könnte gar nicht anders.« Beim Weiterblättern sah sie, dass tatsächlich alle sechs Fenster an der Fifth Avenue auf ganz ähnliche Weise gestaltet waren, wie sie es sich vorgestellt hatte. Da waren der Mann und die Frau, er überreichte ihr ein sternförmiges Blatt, sie schlenderten Hand in Hand durch die Stadt, und schließlich fuhren sie davon, die Frau umflattert von ihrem goldgelben Schal.

»Für diese Dekoration kannst du mir helfen, Herbstblätter aus Seide herzustellen«, sagte Lottie, ging zu ihrem Arbeitstisch und bedeutete Leo, ihr zu folgen. »Das letzte Mädchen konnte nicht einmal eine Geschichte in einem Märchenbuch erkennen.«

»Ich werde sehen, ob ich uns ein Auto besorgen kann!«, rief Fortune ihnen zu.

»Werdet ihr wirklich ein Auto ins Schaufenster stellen?«, fragte Leo Lottie. »Wie soll das gehen?«

»Fortune kann alles ausleihen, indem sie den Leuten schmeichelt«, erklärte Lottie. »Dann fahren wir das Auto in den Keller und befördern es nachts mit der Hebebühne nach oben ins Schaufenster. Am Morgen steht es dort in seiner ganzen Pracht, und alle glauben an Magie.«

»Das klingt auch wie Magie.«

»So läuft es im Einzelhandel. Aber in Wirklichkeit sind das nur Kaninchen in Hüten mit doppeltem Boden. Herbstblätter aus Seide. Ein winziges rotes Licht in der Spitze einer Zigarette, damit es aussieht, als würde der Typ rauchen. Beerensaft auf den Wangen der Schaufensterpuppe, damit es aussieht, als würde sie erröten. Deshalb arbeiten wir nachts. Vor der großen Enthüllung darf niemand etwas von den neuen *Lord & Taylor*-Schaufenstern erfahren.«

Leo grinste. Schönheit und Erfindungsgeist, Maskerade und Magie. »Ich glaube, das wird mir gefallen.«

»Nein«, erwiderte Lottie, und ihr Grinsen stand Leos in nichts nach. »Ich glaube, du wirst es lieben.«

---

Es war schwer zu sagen, wer an jenem Abend in ihrem winzigen Zimmer in der Hester Street aufgeregter war. Joan war als Erste nach Hause gekommen, mit einer Flasche Gin – ein ungeheuerlicher, aber sehr willkommener Verstoß gegen die Kriegsrestriktionen, die noch immer in Kraft waren. Als Leo hereinkam, hatte sie schon zwei Gläser bereitgestellt.

»Ich habe eine Stelle!«, rief sie triumphierend.

»Und ich habe meinen ersten Arbeitstag überlebt«, sagte Leo lachend. Im Schneidersitz setzten sie sich aufs Bett und stießen auf ihre Erfolge an. »Jetzt erzähl!«

Joan wurde ernst. »Ich bin nicht die Einzige, die auf einen Mann hereingefallen ist, der vom Heiraten geredet hat, aber nur Sex meinte – genau aus diesem Grund gibt es eine Menge unverheiratete Mädchen mit Babys, die sie nicht behalten können. Ich bin echt froh, dass ich Pete überredet habe, ein Kondom zu benutzen.«

Leo stellte ihr Glas auf dem Boden ab. Ihre Begeisterung war verflogen. Eine Stimme, die ihr schon eine Woche lang ins Ohr flüsterte, sich im Lärm von Manhattan aber leicht ignorieren ließ, wurde plötzlich lauter.

Doch Joan plauderte weiter. »Annabel – von ihr habe ich die Empfehlung, uns in Chinatown ein Zimmer zu suchen – hat mir von einer Einrichtung in Hell's Kitchen erzählt, die schwangere Mädchen aufnimmt, sie ein paar Monate versorgt, bis das Kind da ist, und die Babys dann von reichen Familien adoptieren lässt, die selbst keine Kinder bekommen können. Problem gelöst. Dort verdiene ich mehr als im Krankenhaus, und ich habe das Gefühl, dass ich Menschen helfe, die es wirklich brauchen.«

»Meine Periode verspätet sich«, sagte Leo stockend, als sie sich endlich dazu durchrang, auf die Stimme zu hören.

»Wann hättest du sie bekommen sollen?« Joan klang schockiert.

»Vor gut zwei Wochen. Denkst du, das könnte am Stress liegen?«

»Hat sie sich schon mal verspätet?«

»Nein.« Mit diesem einen Wort wurde ihr die ganze Tragweite ihrer Situation klar.

»Oh, Leo.« Joan war sofort bei ihr und schloss sie in die Arme.

»Ich sollte es Everett sagen.«

Joan nahm eine der Zeitungen auf dem Frisiertisch, die sie auf ihrer Arbeitsuche zusammengetragen hatten, schlug sie auf und reichte sie Leo. »Mattie und Everett haben am Wochenende geheiratet.«

Leo überflog den Artikel. Hundert Gäste. Ein förmlicher Empfang im *St. Regis Hotel*. Die Braut sah überglücklich aus. Keine Flitterwochen. Der Bräutigam sei derzeit mit Geschäftsinteressen sehr eingespannt.

Dann hatte Everett also tatsächlich geheiratet. Obwohl sie damit gerechnet hatte, traf Leo die Neuigkeit hart, und sie beantwortete auch ihre Frage. Es war zu spät, um es ihm zu erzählen. Die Erinnerung an Everetts verzweifeltes, trauriges Gesicht auf dem Schiff war alles, woran sie denken konnte. Daran – und an ein Baby mit seinen blauen Augen. »Was soll ich bloß tun?«

Joan zögerte. »Du könntest natürlich …«

»Ich werde es nicht abtreiben lassen«, erwiderte Leo entschieden.

»Wenn wir das Baby in das Entbindungsheim bringen, in dem ich arbeite, wird niemand davon erfahren«, sagte Joan sachlich – die einzige andere Möglichkeit, die eine unverheiratete Schwangere hatte.

»Ich werde es wissen.« Leos Stimme brach. »Ich werde immer wissen, dass irgendwo in Manhattan ein Kind von Everett und mir lebt.« O Gott! Als sie die Worte aussprach, durchflutete sie eine überwältigende Zuneigung. In den schicksalhaften Stunden ihrer einzigen gemeinsam verbrachten Nacht hatten Everett und sie ein Kind gezeugt. »Wie könnte ich es weggeben?« Der letzte Satz war eine Wehklage um das Kind, das sie sich, wie ihr in diesem Augenblick klar wurde, von Herzen wünschte.

»Das musst du«, flüsterte Joan, setzte sich neben sie und wiegte Leo beruhigend in den Armen. »Es gibt keinen anderen Weg.« Einen Moment herrschte Schweigen, dann fuhr Joan fort: »Du würdest das Baby ja nicht einfach weggeben«, sagte sie mitfühlend. »Du würdest dafür sorgen, dass es überlebt. Wenn du es behältst, wärst du eine unverheiratete Frau mit einem unehelichen Kind, und niemand würde dich einstellen oder dir ein Zimmer vermieten. Die meisten Mädchen, die ihr Baby behalten, enden als Prostituierte, weil das die einzige Arbeit ist, die sie kriegen, und diejenigen, die das nicht über sich bringen, landen im Winter mit ihrem Kind auf der Straße, hungrig, krank und sehr bald tot.« Joan hielt Leo noch fester. »Das Kind wegzugeben ist ein Zeichen von Liebe. Glaub mir.«

Jedoch ein Zeichen von Liebe, das sich überhaupt nicht so anfühlte. Vor Trauer und Scham war Leos Kehle wie zugeschnürt – Scham, dass sie es auch nur in Erwägung zog, ihr geliebtes Kind wegzugeben, und Trauer, dass sie ihr Kind, wenn sie sich dazu entschloss, nie kennenlernen würde. Sie streichelte geistesabwesend über ihren Bauch.

»Das Geburtshaus ist teuer. Reiche Mütter wollen nur die Babys von wohlsituierten Sünderinnen, nicht von armen.« Joans Ton war barsch und sachlich, ganz die Krankenschwester, die sich um ein medizinisches Problem kümmerte. »Dort kannst du nicht hin, um das Kind zu bekommen. Aber ich habe schon Kinder zur Welt gebracht, ich weiß, was zu tun ist. Du kannst es hier bekommen. Ich werde der Frau, die das Entbindungsheim leitet, von dir erzählen und ihr versichern, dass du keine keimverseuchte Bettlerin bist. Ich bin sicher, sie wird das Baby aufnehmen.«

Leo wusste, dass sie zustimmen musste, ihr blieb keine andere Wahl, wenn sie nicht abtreiben wollte. Und Joan hatte recht; wenn sie es behielt, würden sie beide auf der Straße landen, und wie sollte ein Baby das überleben? Mehr als alles andere wollte Leo, dass ihr Kind ein schönes Leben haben würde.

Als hätte sie ihre Gedanken gelesen, sagte Joan: »Nur so kannst du für seine Sicherheit sorgen.«

»Dann werde ich es tun«, sagte Leo niedergeschlagen. »Du hast recht, es gibt keine andere Möglichkeit.«

—

Am Wochenende verließ Leo die Pension voller Tatendrang. Das Baby würde voraussichtlich in etwa sieben Monaten zur Welt kommen. Wahrscheinlich musste sie in vier oder fünf Monaten für eine Weile untertauchen. Also hatte sie nur bis dahin Zeit, ein paar Proben herzustellen und ein Kaufhaus zu finden, das sie verkaufen würde.

Sie durchquerte die Bowery und ging weiter zur Fifth Avenue. Dann durchforstete sie systematisch alle Straßen in Midtown nach Apotheken und erkundigte sich, ob sie das Hinterzimmer gegen Bezahlung an den Wochenenden nutzen dürfte. Nach allem, was sie bisher von New York gesehen hatte, war hier alles käuflich. Dim-Sum-Köche mieteten sich ihr Eckchen im Teehaus, auf dem Bürgersteig rangelten Apfelkarren um den besten Platz, aus Schneidereien wuchsen Zigaretten- und Limonadenstände hervor, und Leo hatte sogar gesehen, dass ein Barbier und ein Zahnarzt ein gemeinsames Geschäft aufgemacht hatten, als gehöre Haareschneiden und Zähneziehen zusammen wie die Fifth Avenue und Menschenmassen.

Aber überall, wo sie fragte, schüttelte man den Kopf. Die weniger Höflichen lachten sie aus. »An Frauen vermieten wir nicht«, sagten sie und beäugten sie argwöhnisch, als hätte sie etwas Kriminelles vorgeschlagen.

Als es dämmerte, ging sie resigniert zurück nach Chinatown; sie würde es morgen mit einem anderen Stadtteil versuchen müssen. Doch sie war so in Gedanken versunken, dass sie zu weit lief und in einer Straße namens Pell Street landete, die, wenn sie sich recht erinnerte, ein paar Blocks von ihrer Pension entfernt lag. »Verdammt«, murmelte sie. Als wären ihre Füße noch nicht müde genug! Da fiel ihr ein Schild ins Auge: *Chinesische Medizin*. Das musste so etwas wie eine Apotheke sein, oder? Sie öffnete die Tür.

Drinnen sah sie sich staunend um. Hinter der Theke befand sich eine Wand aus hölzernen Schubladen, jede in etwa so groß wie eine Schuhschachtel. Von einigen der Griffe hingen Messing-Waagen. Über den Schubladen, hoch oben an der Decke, standen Gefäße mit Kräutern, beschriftet in der wunderschönen, schnörkeligen Handschrift, die Leo schon überall in den Straßen um die Pension herum gesehen hatte. Manches erkannte sie wieder: Chrysanthemen und Geißblatt, Aprikosenkerne, Beeren. Aber es gab noch so viele andere Dinge, von denen sie nie gehört hatte, und sie sah sich neugierig um – am liebsten hätte sie alle Schubladen und Gefäße geöffnet. Eigenartige, exotische Gerüche erfüllten die Luft mit einem Aroma, das zugleich blumig, würzig und herb war.

»Kann ich Ihnen helfen?« Die Frau hinter der Theke, die etwas älter aussah als Leo, sprach perfekt Englisch mit einem New Yorker Akzent.

Leo konnte nichts gegen ihren überraschten Gesichtsausdruck tun.

»Erleichtert, dass ich Englisch kann?«, fragte die Frau gereizt.

Leo nickte verlegen. »Ich komme aus einem Dorf in England«, sagte sie in entschuldigendem Ton. »Sie sind die erste Asiatin, mit der ich mich unterhalte.« Sie verstummte. Das war kein guter Start.

»Mama!« Ein kleiner Junge kam durch eine Tür mit Vorhang in den Laden gerannt.

Die Frau bedeutete ihm, still zu sein. »Wir haben eine Kundin«, sagte sie und fügte etwas auf Chinesisch hinzu, das klang wie ein Kosename. Der Junge lächelte seine Mutter an, und der Anblick versetzte Leo einen Stich.

»Was für ein süßer Junge«, sagte sie und blickte gedankenverloren zu dem wehenden Vorhang, durch den er verschwunden war. »Wie heißt er?«

Die Augen der Frau leuchteten auf. »Jimmy. Er ist vier. Also, was brauchen Sie?«

»Sie haben so viel im Angebot«, sagte Leo und trat vor. »Das ist wundervoll. Wie eine Schatzhöhle!«

»Manches kennen Sie. Kamelien.« Die Frau öffnete eine Schublade, während sie sprach, dann noch eine. »Astern.«

»Und Sie benutzen das alles für Arzneien?«

Die Frau lachte. »Ganz so einfach ist es nicht. Ich bin übrigens Jia.«

»Und ich bin Leo.« Leo zögerte einen Moment, dann sprang sie ins kalte Wasser. »Ich suche einen Arbeitsraum, den ich an den Wochenenden nutzen kann, um Kosmetik herzustellen. Wie diese Lippenfarbe.« Sie holte den Rest ihrer Vorräte aus Sutton Veny aus der Handtasche. »Ich würde natürlich Miete zahlen und den Raum sauber halten. Nur beim Bestellen der Zutaten, die ich benötige, bräuchte ich vielleicht Hilfe. Ich weiß noch nicht, wo ich solche Sachen in New York beschaffen kann.«

Jia musterte sie nachdenklich. »Sie haben es schon überall sonst versucht, und alle haben Sie abgewiesen?«

»Ja«, gab Leo zu. »Aber wenn ich von diesem Laden gewusst hätte, wäre ich gleich hergekommen. Er riecht genauso, wie meine Kosmetik riechen soll, wenn man den Deckel öffnet. Einladend – nein!« Sie schüttelte den Kopf. »Mehr als das. Anregend.«

»Nun, Sie verstehen es offensichtlich, andere für sich einzunehmen. Warum nicht? Ich könnte das Geld gebrauchen. Aber es gibt da etwas, das ich gerne als Gegenleistung hätte.«

»Was?«

»Das.« Jia zeigte auf die Lippenfarbe.

»Sie gehört Ihnen.«

Jia öffnete das Döschen und tupfte sich mit dem Finger etwas von der Farbe auf ihre Lippen.

Leo runzelte die Stirn. »Das sieht furchtbar aus«, platzte sie heraus.

Jia suchte sich einen Spiegel, um sich selbst ein Bild zu machen.

»So meinte ich das nicht«, fügte Leo hastig hinzu. »Aber die Farbe macht Sie bleich.«

Jia reichte ihr das Döschen zurück. »Ich dachte mir schon, dass das zu schön ist, um wahr zu sein.«

»Moment!«, rief Leo. »Geben Sie mich noch nicht auf. Ich habe helle Haare und blasse Haut, daher steht mir die Farbe. Aber bei Ihnen ist das völlig anders.«

»Danke, dass Sie mich auf das Offensichtliche hinweisen.«

»Nein, nein. Sie haben mich auf eine Idee gebracht.« Leo betrachtete die Zutaten überall um sie herum, die reiche Auswahl an Kräutern, Blumen und Blättern, mit denen sie experimentieren könnte. »Ich dachte, ich bräuchte nur den einen, perfekten Rotton – aber vielleicht brauche ich viele verschiedene perfekte Rottöne! Unterschiedliche Nuancen, damit sich die Frauen je nach Haut- und Haarfarbe die passende aussuchen können. Wissen Sie, was ich meine?« Leo strahlte vor Freude und hoffte, dass Jia ihre Begeisterung teilte. »Ich werde einen so atemberaubenden Lippenstift für Sie herstellen, dass Manhattan neben Ihnen uralt aussieht.«

»Dann sind wir im Geschäft.« Jia streckte die Hand aus. »Vier Dollar die Woche Miete, und ich zeige Ihnen, was in den Schubladen ist. Es gibt Sachen, die Sie benutzen können, von denen Sie wahrscheinlich noch nie gehört haben.«

Vier Dollar! Leo zuckte zusammen. So viel bezahlte sie für ihre Zimmerhälfte in der Pension. Bei Fortune verdiente sie nur achtzehn Dollar die Woche. Da blieb nicht viel zum Leben übrig.

»Wenn Sie kein Interesse haben …« Jia zuckte die Achseln.

»Doch, das habe ich«, sagte Leo und überlegte schnell. Bei *Lord & Taylor* arbeitete sie jeden Abend von halb sechs bis halb zwölf, theoretisch konnte sie sich also noch für tagsüber eine Arbeit besorgen. Zwar hätte sie nicht mehr viel Zeit zum Schlafen, aber vielleicht war das auch besser so. Dann würde sie wenigstens nicht mehr von Everett träumen.

»Einverstanden«, sagte Leo und schüttelte Jias Hand. »Kann ich gleich heute anfangen?« Sie holte vier Dollar aus ihrer Geldbörse, bevor sie es sich anders überlegen konnte.

—

Die nächsten zwei Wochen suchte Leo noch eine Stelle in einem Kaufhaus, hatte aber kein Glück. Allmählich ging ihr das Geld aus, aber sie wollte nicht auf ihr Erspartes zurückgreifen.

Am zweiten Samstag im Juli beschloss sie, trotz allem zu *Romany Marie's* zu gehen. Sie wusste, dass Everett nicht dort sein würde; er war jetzt ein verheirateter Mann. Joan arbeitete noch, also zog sie allein los.

Die Bowery war nach Einbruch der Dunkelheit nichts für schwache Nerven. In keiner anderen Straße wurde das Alkoholverbot so offen missachtet. Auf der Bowery gab es billigen, starken Fusel, und die Saloons waren überfüllter als eine Kirche am Sonntag.

Die Männer, die noch laufen konnten, wenn sie herauskamen, taumelten zu den Absteigen, wo sie ein Dach über dem Kopf hatten und ihren Rausch ausschlafen konnten. Über allem erhob sich die Hochbahnstrecke, die den Mond und die Sterne verdeckte und alle in einer vom Licht der Theater, Restaurants und Kneipen beleuchteten Hölle einschloss. Eine Welt für sich, so anders als das, was für Leo das richtige New York war – Orte wie das *Romany Marie's*, das Leo am oberen Ende einer schmalen Treppe in Greenwich Village fand.

Im ersten der beiden Räume brannte ein Holzfeuer, obwohl es Juli war, und vertrieb die Schatten der Welt, aus der Leo gekommen war. Die Frau auf der Bühne sang in einer Sprache, die Leo nicht verstand, aber sie spürte, wovon das Lied handelte: Liebeskummer. Leo setzte sich, hingerissen von dem wunderschönen Gesang. Dann jedoch wurde ein flotter Folk-Song gespielt, und selbst diejenigen, die bis dahin ganz in ihr Schachspiel vertieft gewesen waren, schüttelten ihre Melancholie ab, um zu tanzen.

»Sie sind Leo.«

»Ja«, antwortete Leo überrascht und blickte zu der schwarzhaarigen, dunkelhäutigen Frau in einem karmesinroten Kleid auf, die mit ihrer Zigarette zwischen den Fingern aussah wie das perfekte Abbild einer romantischen Wahrsagerin. »Sie sind Romany Marie.«

»Die bin ich.« Marie stieß eine Rauchwolke aus, die bläulich-grau in der Luft waberte. »Und ich hab was für dich«, fügte sie hinzu und reichte ihr einen Umschlag, der in eleganter Handschrift an Leo East adressiert war.

Leo nahm den Brief entgegen und legte ihn vor sich auf den Tisch. Aber Marie ließ sie nicht alleine in Everetts Worten schwelgen.

»Du solltest ihn wirklich öffnen«, sagte sie und drückte ihre Zigarette auf Leos Tisch aus.

Natürlich wollte Leo nichts lieber als das. Und was spielte es schon für eine Rolle, wenn Marie ihr dabei zusah? Kurz entschlossen riss sie den Umschlag auf und zog die darin liegende Karte heraus. *Ich liebe dich. E.*

Leo verschlug es den Atem.

»Er war sich nicht sicher, ob Sie kommen würden; ich habe ihm gesagt, das würden Sie.«

»Woher wussten Sie das?«

»Ich kann in die Zukunft sehen. Deinem Baby wird es gut gehen. Dem anderen nicht.«

Damit entschwand Romany Marie zu einem anderen Tisch, und Leo floh die Treppe hinunter, zurück in die Christopher Street. Eine heftige Übelkeit erfasste sie, und ihre Haut war klamm. Sie öffnete den obersten Knopf ihres Kleids, aber die Nacht war zu still, und das Feuer hatte sie überhitzt. Zittrig ließ sie sich auf eine Bank sinken.

Langsam ließ die Übelkeit nach, doch Maries Worte hallten noch in ihren Gedanken nach: *Deinem Baby wird es gut gehen. Dem anderen nicht.*

Welches andere Baby meinte sie? Es gab doch nur Matties Baby, das bald auch Everetts sein würde. Aber woher sollte Marie von ihm wissen? Nachdenklich legte Leo die Hände auf ihren Bauch. Sie fühlte nichts Ungewöhnliches, und doch verbarg sich dort etwas Bemerkenswertes.

»Dir wird es gut gehen«, flüsterte sie, als könne ihr ungeborenes Kind sie hören. Gott sei Dank. Es war lächerlich, den Worten einer Wahrsagerin zu glauben, die sie überhaupt nicht kannte und wahrscheinlich nur auf leicht verdientes Geld aus war, aber Leo bewahrte die Worte in ihrem Innern und ließ sie zu ihrem Baby strömen, um ihm zu sagen, dass sie es, ganz gleich, was sie tun musste, von ganzem Herzen liebte.

# Kapitel 9

Am nächsten Tag erwachte Leo erfrischt und voller Ideen. Sie hatte ihre Suche zu sehr eingeschränkt; es gab noch andere Orte als Kaufhäuser, wo sie arbeiten könnte. In einem Salon zum Beispiel. Sie hatte die Geschichten gehört: Elizabeth Arden hatte als Kassiererin bei einer rivalisierenden Kosmetikerin angefangen. Dann hatte sie eine Cremedose genommen und ein eigenes Geschäft daraus gemacht. Jetzt leitete sie den *Red Door Salon*, und ihre Produkte wurden auch in einigen Kaufhäusern verkauft. Das wäre perfekt – wenn Leo nur irgendwie eine Arbeit ergattern könnte.

Mit ihrem Stofftaschentuch packte sie auch etwas vorgetäuschtes Selbstbewusstsein ein, dann machte sie sich auf den Weg zu der leuchtend roten Tür des *Red Door Salon* in der Fifth Avenue. Diese öffnete sich abrupt, und Leo sprang zurück, als eine junge Frau in einer weißen Uniform, Krankenschwesterschuhen und mit einer rosa Schleife in den Haaren weinend an ihr vorbeistürmte. Verblüfft sah Leo dem Mädchen nach und fragte sich, warum jemand einen so glamourösen Laden mit Tränen im Gesicht verließ.

Dann betrat sie den berühmten Oval Room, der bombastisch in Weiß und Gold dekoriert war. An den Wänden standen Chaiselongues – dort konnten sich die reichen Kunden nach dem beschwerlichen Weg von ihrem Auto in den Salon ausruhen. Spiegel verliehen dem Raum ein edles Aussehen, und die goldenen Seidenvorhänge waren so prachtvoll, dass Leo sie am liebsten heruntergerissen und Kleider daraus geschneidert hätte. Der Raum strotzte vor Luxus und Diskretion.

Leo ging auf die Kassiererin zu und setzte die kultivierte Stimme ein, die sie sich vor Jahren in London angeeignet hatte, als sie gelernt hatte, mehr als ein Mädchen vom Land zu sein. »Ich bin vor Kurzem aus England angekommen, wo ich in einem Kosmetiksalon gearbeitet habe«, log sie unverfroren. »Ich dachte, Sie wären vielleicht an jemandem mit meinen Fähigkeiten interessiert.«

Die Kassiererin strahlte sie an. »O ja! Das Mädchen, das gerade gegangen ist, hat zu empfindlich auf Miss Ardens scharfe Zunge reagiert, und ich habe eine Liste von Klienten, denen ich absagen müsste, aber wenn Sie gleich heute anfangen können, retten Sie mir den Hals. Ich sorge dafür, dass jemand anderes die Beratungen durchführt, dann können Sie ins Behandlungszimmer, eines der anderen Mädchen soll sich zehn Minuten Zeit nehmen, um Ihnen alles zu zeigen. Und …« Sie senkte die Stimme. »… manche der Mädchen verdienen hier vierzig Dollar die Woche, mit dem ganzen Trinkgeld.«

Vierzig Dollar die Woche! Leo musste sich am Tresen festhalten, um nicht umzukippen. »Ich kann sofort anfangen«, sagte sie ohne Zögern, obwohl sie keine Ahnung hatte, was sie erwartete. Diese Chance durfte sie sich nicht entgehen lassen. Sie hatte Cremes hergestellt, sie hatte Cremes verkauft, sie hatte Cremes benutzt. Hoffentlich würde das helfen.

»Dann besorgen wir Ihnen noch eine Uniform, und es kann losgehen.«

Wenig später trug Leo eine weiße Uniform sowie Schuhe mit weichen Sohlen, die ihr etwas zu klein waren, außerdem hatte sie sich wie verlangt eine rosa Schleife ins Haar gebunden. Die Stille im

Salon, wo man eine Fliege hätte niesen hören, beruhigte sie etwas. Mit vor Nervosität verschwitzten Handflächen empfing sie hinter dem weißen Voile-Vorhang ihre erste Kundin, aber sie musste nur eine sogenannte »Young Mask« auf das Gesicht einer Frau auftragen, die alles andere als jung war und hundert Dollar für eine Behandlung ausgab, die daran wahrscheinlich nichts ändern würde. Leo konnte es kaum glauben. So viel Geld! Sie schnüffelte unauffällig an der Creme und mutmaßte, dass es sich dabei um nichts anderes als Bienenwachs und Lanolin handelte, vermischt mit etwas Herberem – Kiefernrinde vielleicht.

Leo beendete die Behandlung und brachte die Frau zurück in den Oval Room, wo sie sich sofort auf eine andere Frau im gleichen Alter stürzte, um ihre Wangen zu vergleichen. »Man sieht schon einen Unterschied, findest du nicht auch?«, sagte Leos Klientin.

Leo biss sich auf die Zunge, um nicht herauszuplatzen: *Wachs und Lanolin bewirken keine Wunder!*

Aber die andere Frau nickte begeistert. »Du siehst zehn Jahre jünger aus.«

»Du auch«, erwiderte ihre Freundin, und sie schlürften beide zufrieden ihren Tee.

Als Leo ins Behandlungszimmer zurückging, begann sie etwas zu verstehen: eine Idee, die ihr gekommen war, während sie mit Lottie an den Schaufenstern arbeitete. Diese Frauen glaubten, die Creme hätte sie verwandelt, und es spielte keine Rolle, dass sie wahrscheinlich nichts bewirkt hatte. Leo musste sich klarmachen, dass sie nicht nur einen Lippenstift kreierte; sie gab auch ein Versprechen. Ein Versprechen, in dessen Erfüllung jede Frau Geld investieren würde.

Jetzt, da sie und Joan sich in New York eingelebt hatten, schickte Leo Benjamin eine Nachricht mit ihrer Adresse, weil sie wusste, dass sie es sich nicht leisten konnte, diesen Kontakt zu verlieren. Schon am nächsten Tag kam eine Antwort mit einer Einladung von Benjamin, sie beide auszuführen. »Bin ich die Aufpasserin?«, fragte Joan grinsend, und Leo warf ein Kissen nach ihr. Aber sie sagte zu und einigte sich mit Benjamin auf einen Samstag im August.

An den Wochenenden blieben sie und Joan die meiste Zeit zu Hause, um sich etwas zum Anziehen zu schneidern – wenn der Krieg für etwas gut gewesen war, dann dafür, ihre Nähkünste zu verbessern. Leo hatte viele alte Kleider in etwas Neues umgewandelt, indem sie sie mit einer Schleife oder einer Spitzenborte von einem anderen Kleid verziert hatte, das nicht mehr geflickt werden konnte. Doch diesmal hatte sie ihren winzigen Geldvorrat angebrochen, um sich einen kirschroten Jersey-Stoff und ein Muster für ein Kleid mit Wasserfallkragen, knöchellangem Rock und optisch abgesenkter Taille zu kaufen, die durch einen mit Kristallsteinen besetzten Gürtel noch betont wurde. Zur Verzierung steckte sie an die Schulter ein Sträußchen roter und schwarzer Federn und garnierte ihren Hut mit einem übriggebliebenen Stück des roten Jersey-Stoffs. Als sie sich an diesem Abend mithilfe eines Handspiegels betrachtete, hoffte sie, dass sie schick genug angezogen war. Es war noch früh genug in der Schwangerschaft, dass man ihren Bauch nicht sah, und sie wusste, dass sie sich darüber hätte freuen sollen. Doch törichterweise wünschte sie sich, sie könnte schon erkennen, wie das Baby wuchs, und fühlen, wie es sich bewegte.

Seufzend legte sie den Spiegel weg und widmete sich ihren Lippen. Sie schminkte sie röter als je zuvor, trug eine Schicht nach der anderen auf, bis die Farbe zu ihrem Kleid passte. Noch etwas Wimperntusche, dann war sie bereit.

»Perfekt!«, rief Joan, als Leo eine Pirouette drehte.

»Ebenfalls«, sagte Leo und lächelte ihre Freundin an, die sich auch für eine auffällige Farbe – Violett – entschieden hatte. Ihr Crêpe-de-Chine-Kleid hatte zauberhafte, fließende Chiffon-Ärmel.

Durch Leos offenes Fenster schallte ein Hupen, gefolgt von Fayes Stimme: »Lasst alles stehen und liegen, wir sind da!«

»Ich habe mich schon gefragt, ob sie ihren Bruder allein mit dir ausgehen lässt.« Joan zog eine Augenbraue hoch.

Ohne zu antworten, ging Leo die Treppe hinunter und versuchte, sich keine Gedanken darüber zu machen, ob sie die nette Faye oder die unterkühlte Faye im Auto vorfinden würden.

Höflich, wie er war, öffnete Benjamin die Tür des Rolls-Royce für sie, küsste sie beide auf die Wange und sagte leise zu Leo: »Du siehst hinreißend aus.«

»Warum in aller Welt habt ihr euch ausgerechnet hier niedergelassen?«, fragte Faye, unverblümt wie immer, und rümpfte die Nase, wahrscheinlich über den eigentümlichen Geruch nach Anis und Gefahr, der durch die offene Tür ins Auto strömte. »Der Rolls mag weder Dreck noch Mord. Und ich auch nicht.«

Obwohl das harte Glitzern in Fayes Augen eine andere Sprache sprach, fasste Leo die Bemerkung als Witz auf und lachte. »Wir haben schon über einen Monat überlebt, ohne ermordet zu werden. Außerdem hättet ihr uns nicht abholen müssen. Wir hätten mit der U-Bahn fahren können.«

Benjamin nahm Leos Hand und drückte sie. »Ignorier meine Schwester einfach.«

Aber Faye kam erst richtig in Fahrt. »Die Subway?! Keine andere

Frau aus Manhattan würde es sich entgehen lassen, von Benji in seinem Rolls-Royce abgeholt zu werden. Wir haben hier ein ganz seltenes Exemplar.«

Benjamin ließ Leos Hand nicht los, und einen Moment wünschte sie, sie würde dieselbe Begierde spüren, die sie jedes Mal überkommen hatte, wenn Everett sie berührte, aber sie fühlte nur Dankbarkeit für seinen Versuch, sie vor seiner Schwester zu beschützen. »Wohin fahren wir?«, erkundigte sie sich.

»Zu Tex«, antwortete Faye, als wäre das Erklärung genug.

Leo blickte zu Joan, um zu sehen, ob sie verstand, was Faye meinte, aber Joan starrte grinsend auf Leos Hand in Benjamins. Auch Faye warf einen Blick auf ihre ineinander verschränkten Hände, aber sie lächelte nicht.

Leo zog sich ans Fenster zurück und sah zu, wie die Gebäude vorbeirauschten. Die Blumenstände und Konditoreien in Midtown waren zu so später Stunde verlassen; die Männer, die Blumen für ihre Freundinnen kauften, waren nach Hause gegangen, und die Stenographinnen, die in der Mittagspause immer für Süßigkeiten Schlange standen, ebenfalls. Die Turmuhr des Metropolitan Tower läutete die Melodie von Händels »Cambridge Chimes«, und zwei rote Lichtblitze durchschnitten den Nachthimmel zur halben Stunde.

»Ich habe übrigens zwei Stellen gefunden«, sagte sie, weil sie die frohen Nachrichten teilen wollte. »Eine bei *Lord & Taylor*. Momentan arbeite ich dort nur als Schaufensterdekorateurin, aber das bringt mich auf Ideen, und ich lerne Dinge, von denen ich vorher gar nicht wusste, dass sie für meine Pläne wichtig sind.«

»Himmel!« Faye wirkte erschüttert. »Bei der Party heute Abend wirst du das einzige Ladenmädchen sein.«

Zum Glück kamen sie kurz darauf an einer kleinen Flüsterkneipe an der West 54th Street an, so dass Leo keine Zeit hatte, Faye zu eröffnen, dass sie auch noch in einem Schönheitssalon arbeitete.

»Das ist Texas Guinan, die ehemalige Filmdiva«, stellte Faye die imposante, an eine Raubkatze erinnernde Frau vor, die auf sie zukam, Faye auf beide Wangen küsste und erwiderte: »Hallo, ihr Verlierer!«

Mit offensichtlichem Vergnügen erklärte Faye der unbedarften Leo, dass »Verlierer« ein Kosename für all jene war, die Texas als Mitglieder des *300 Club* in Erwägung zog – ein höchst instabiles Privileg, das jederzeit widerrufen werden konnte.

Im Club spielte eine Jazz-Band, die Luft war mit Zigarettenrauch vernebelt, Bilder von Papageien zierten die stoffverhangenen Wände, die in einer faszinierenden Mischung aus Salbeigrün, Gold und zartem Rosa schimmerten. An den Tischen saßen gut frisierte Menschen, unter ihnen berühmte Schauspielerinnen wie Pola Negri und Gloria Swanson, aber auch erfolgreiche Geschäftsmänner wie Reggie Vanderbilt und Walter Chrysler, deren Gesichter Leo aus der Zeitung kannte. Ein wilder Mix von Stilen war so gekonnt vereint worden, dass alles irgendwie zusammenpasste.

Natürlich war Leos Kleid längst nicht so elegant wie die Garderobe der Frauen um sie herum, aber es war rot und kess, und sie fühlte sich gut darin. Wenn sie einfach weiter lächelte und unbekümmert blieb, würde hoffentlich niemand merken, dass sie diese Gesellschaft nicht gewohnt war.

Tex führte sie zu einem Tisch ziemlich weit vorne. »Ginger Ale?«, fragte sie mit einem Grinsen und förderte eine Flasche Champagner zutage.

Faye nahm die Flasche und setzte sie sich an den Mund. »Der Soldat hier ist tot«, verkündete sie dann und schob die Flasche weg.

»Welcher Soldat denn?«, fragte Joan.

Faye lachte, als hätte Joan etwas Urkomisches gesagt, und deutete auf die Champagnerflasche. »Tot, erledigt, ausgetrunken, leer. Mit anderen Worten, ich brauche eine neue.«

»Faye«, setzte Benjamin an.

»Sei kein Spielverderber, Benji«, sagte Faye. »Mach dich locker. Das ist eine Party! Morgen benehme ich mich wieder ordentlich.« Damit stand sie auf und ging davon.

»Jetzt versteht ihr bestimmt, warum ich denke, sie braucht eine Beschäftigung«, sagte Benjamin. »Also, soll ich dich den Leuten vorstellen?« Er bedeutete Joan, ihm zu folgen, und ließ Leo allein zurück. Sie war sich nicht sicher, ob sie auf ihn warten oder sich anderweitig die Zeit vertreiben sollte.

Aber er kam schon bald zurück, während Joan bei einer Gruppe von Männern blieb, mit denen sie sich angeregt unterhielt. »Jetzt habe ich dich endlich für mich allein«, sagte er lächelnd zu Leo.

Bevor sie antworten konnte, setzte sich ein Mann zu ihnen und klopfte Benjamin kumpelhaft auf den Rücken. »Rich, schön, dich zu sehen. Aber wer ist denn das neben dir?«

»Ich bin ...«, begann Leo, aber Benjamin unterbrach sie.

»Das ist Leonora East«, stellte er sie vor und rückte seinen Stuhl näher an ihren. »Wenn es nach mir geht, wird sie ein Kosmetikgeschäft für *Richier Industries* eröffnen.«

»Aber ich bin nicht ...«, setzte Leo wieder an.

»Aber sie könnte sicher auch was anderes für dich machen«, schnitt der Mann ihr mit einem anzüglichen Grinsen das Wort ab.

Benjamin lachte.

»Ich wette, du würdest gerne tanzen«, sagte der Mann und hielt Leo die Hand hin.

»Zu schade, dass ich sie gerade auch schon aufgefordert habe«, konterte Benjamin, stand auf und zog Leo mit sich. Den Arm fest um ihre Taille geschlungen, führte er sie auf die Tanzfläche.

Leos Lächeln war längst verblasst. Sie hatte gedacht, es würde Spaß machen, endlich einmal wieder auszugehen, aber Faye hatte bisher nichts anderes getan als sie beleidigt, und Benjamin schien sie als seinen persönlichen Besitz zu betrachten.

Wenigstens wurde es auf der Tanzfläche etwas besser, alle lachten, redeten, rauchten und tranken. Junge Frauen tanzten in Kleidern wie aus den Schaufenstern von *Lord & Taylor* – solche, die sie definitiv nicht selbst gemacht hatten – und wechselten bei jedem neuen Lied den Tanzpartner. Deshalb beunruhigte es Leo umso mehr, dass Benjamin sie weiterhin viel zu eng umschlang. Um sich abzulenken, beobachtete sie die Frauen, die am Rand standen, und überlegte, ob der richtige Lippenstift ihnen vielleicht das nötige Selbstvertrauen schenken würde.

Sie entdeckte auch ein paar Frauen, deren Mascara völlig verlaufen war, weil sie der Hitze und dem Schweiß nicht standhielt. Andere hatten zwar Lippenstift aufgetragen, aber entweder war die Farbe von vorneherein zu blass oder verwischte beim ersten Schluck Sekt. Sie prägte sich alle Einzelheiten ein, denn diese Probleme musste sie lösen, wenn sie dafür sorgen wollte, dass Kosmetik sich weiterentwickelte.

Als die Musik langsamer wurde, zog Benjamin sie noch näher an sich.

»Ich müsste kurz zur Toilette«, entschuldigte sich Leo hastig, machte sich los und eilte davon, bevor er anbieten konnte, sie dorthin zu eskortieren.

In der Menschenmenge stieß sie auf Faye, die einem Mann kichernd etwas ins Ohr flüsterte. Erst als der Mann sich abwandte und zurückwich, erhaschte Leo einen Blick auf sein Gesicht, und ihr blieb fast das Herz stehen.

Einen Sekundenbruchteil später hatte auch Everett sie erkannt. »Leo!«, rief er entgeistert.

»Du meinst wohl unsere Möchtegern-Mrs-Richier«, spottete Faye und ergriff Everetts Arm.

»Was?« Everetts Gesicht wurde aschfahl, und Leo stiegen Tränen in die Augen. Sie sah, wie Faye schadenfroh grinste – offenbar hatte sie sofort durchschaut, dass die Dinge zwischen Leo und Everett nicht zum Besten standen.

»Wo ist Mattie?«, fuhr Faye im gleichen Ton fort. »Wahrscheinlich zu Hause, oder? Natürlich, sie ist ja unpässlich.«

»So unpässlich bin ich nun auch wieder nicht«, erklang im selben Moment eine geschmeidige Stimme mit britischem Akzent, und nun hakte sich Mattie – Mrs Everett Forsyth – bei ihrem Ehemann ein. »Leonora«, sagte sie. »Du siehst sehr … rot aus.«

Da wusste Leo, dass ihre Wangen die gleiche Farbe angenommen hatten wie ihr Kleid und ihr Lippenstift. Mattie hingegen wirkte in ihrem elfenbeinfarbenen Kleid, das nicht nur ihre blasse Haut, sondern auch ihre Schwangerschaft betonte, entspannt und gelassen.

Ehe Leo reagieren konnte, hörte sie plötzlich Benjamins Stimme und spürte seine Berührung an ihrem Nacken. »Wollten wir nicht tanzen?«, fragte er.

Leo nickte nur stumm. Während sie mit Benjamin tanzte, sah sie, wie Mattie den Arm wegzog und Everett wortlos stehen ließ. Sofort machte Faye sich wieder an ihn heran, aber Everett warf ihr einen so kalten Blick zu, dass selbst Faye gekränkt zurückwich.

Gegen Mitternacht merkte Leo, dass sie zu beschwipst war, um zu tanzen, entschuldigte sich bei Benjamin und machte sich auf die Suche nach Joan. Sie fand sie neben einem Mann, den sie mit großen Augen anhimmelte, wovon dieser jedoch nichts merkte, weil er sich offensichtlich mehr für seinen Whiskey, seine Zigarren und die geschmacklosen Witze interessierte, die er seinen Freunden erzählte. Ehe Leo Joans Aufmerksamkeit auf sich lenken konnte, sah sie Benjamin auf sie zukommen.

Er war sichtlich beunruhigt – Faye war anscheinend so übel geworden, dass sie dringend Hilfe brauchte. Obwohl den beiden Freundinnen klar war, dass Faye wahrscheinlich einfach zu viel getrunken hatte, eilte Joan mit ihm davon. Leo schlenderte weiter und hatte gerade den Korridor im hinteren Teil des Clubs betreten, als jemand ihren Arm ergriff.

»Komm mit«, flüsterte eine Stimme, die sie überall erkannt hätte, und ein strahlendes Lächeln breitete sich auf ihrem Gesicht aus. Durch eine Hintertür führte Everett sie in eine Gasse, die nach Whiskey und Holzrauch roch, genau wie das Gasthaus in Dunbridge, als sie sich zum ersten Mal geküsst hatten.

»Ich glaube, die anderen haben zu viel Spaß da drinnen, um uns hier draußen zu bemerken«, sagte Everett.

»Ich glaube, du hast recht«, stimmte sie zu.

»Es ist schön, dich zu sehen.«

»Dich auch.«

Stille war gefährlich; sie machte die Anziehung zwischen ihnen noch schwerer zu ignorieren.

»Wieso hast du denn noch Kontakt zu den Richiers?«, fragte Everett und brachte sie damit beide wieder auf sicheres Terrain. »Mattie hat Faye in London kennengelernt, aber sie kommt mir nicht wie jemand vor, mit dem du dich anfreundest.«

»Faye mochte meinen Lippenstift. Und sie hat dich anscheinend sehr gern«, antwortete Leo.

Everett rieb sich die Wange und seufzte. »Faye ist hartnäckig. Als ich Mattie in London zum ersten Mal ausgeführt habe, hat sie gewartet, bis Mattie zur Toilette musste, sich dann über den Tisch gebeugt, mir die Manschettenknöpfe abgenommen und gesagt, sie würde mir jederzeit gerne noch mehr ausziehen. Und weil uns die anderen Gäste zugesehen haben, konnte ich nichts entgegnen, ohne sie zu demütigen. Ich habe geschwiegen, um ihre Würde zu retten, aber das war zwecklos«, sagte er kleinlaut. »Und die Manschettenknöpfe habe ich nie zurückbekommen.«

»Das klingt ganz nach Faye.«

»Und Benjamin?«

»Benjamin …« Sie hielt inne.

»… ist offensichtlich in dich vernarrt«, sagte Everett.

Leo errötete. »Das glaube ich nicht«, erwiderte sie. »Er will, dass ich ein Kosmetikgeschäft für ihn eröffne.«

»Was hast du dazu gesagt?« Leo hörte die Besorgnis in seiner Stimme.

»Ich habe abgelehnt.«

»Er ist ein Mann, den viele Frauen liebend gern heiraten würden.«

»Ich aber nicht.«

»Ignorier nicht meinetwegen jemanden wie Benjamin Richier. Du verdienst es, zu heiraten. Dich zu verlieben.«

»Ich empfinde nichts für ihn außer Freundschaft. Und daran bist du nicht schuld, so ist es eben.« Leo zögerte. »Kennst du ihn gut?«

»Nicht wirklich. Ich habe ihn bei ein paar Dinnerpartys getroffen. Ich habe gehört, dass er ein Mann ist, der nicht aufgibt, bis er bekommt, was er will. Du hast eine gute Geschäftsidee. Und du bist wunderschön.« Everetts Lächeln war zärtlich und traurig.

Am liebsten hätte Leo gerufen: *Wir bekommen ein Kind*, und ihm die wundervolle, aber verheerende Neuigkeit mitgeteilt. Doch Everett war stark genug gewesen, die ehrenhafte Entscheidung zu treffen. Nun brauchte sie die gleiche Kraft.

»Bist du wenigstens manchmal glücklich?«, fragte sie.

»Wenn ich arbeite, ja.« Seine Augen leuchteten einen Moment auf, ein sanftes Blau. »Du musst dir ansehen, wie gut sich der Laden macht.« Dann legte sich ein dunkler Schatten über sein Gesicht. »Aber das Leben mit Mattie … es hat seine Höhen und Tiefen.« Er hielt inne. »Hast du meine Nachricht bekommen? Von Romany Marie?«

»Ja.«

Ihnen waren die Worte ausgegangen, und jetzt, ohne den Schutzschild eines Gesprächs, in der Stille ihres intensiven Blickkontakts, als sie sah, wie sich sein Blick auf ihre Lippen senkte, krampfte sich ihr Magen zusammen, und eine gefährliche Wärme durchströmte sie. »Ich sollte gehen«, sagte sie.

Everett wandte sich ab, aber sie sah noch, dass sich in seinem Gesicht ihr eigenes Verlangen spiegelte. »Pass auf dich auf, Leo.«

»Du auch«, flüsterte sie, dann ging sie zurück in den Club und durch den Haupteingang nach draußen. Sie sog die heiße Sommerluft tief ein und versuchte, den Schmerz in ihrer Brust zu vergessen. Doch das war unmöglich, denn ihr Herz schlug allein für Everett – und ihr gemeinsames Kind.

# Kapitel 10

Bald darauf teilte sich Leos Leben in drei Teile: Tage im *Red Door Salon*, wo sie Frauen verwöhnte, die wenig zu tun und zu viel Geld zur Verfügung hatten; Nächte bei *Lord & Taylor*; und Wochenenden in Jias Laden, die schnell zu ihrer Lieblingszeit wurden, besonders da Jia sich immer mehr für ihre Arbeit interessierte. Genauer gesagt hatte ihr Jias zunehmende Freundlichkeit den Mut gegeben, sie nach einem Mittel gegen die Übelkeit zu fragen, die sie jeden Morgen quälte. Jia hatte ihr, zum Glück ohne weiter nachzuhaken, einen Tee gebracht, der ihr half, die penetranten Gerüche im Salon besser zu verkraften.

»Was stellst du heute her?«, fragte Jia eines Samstags Ende August, nachdem sie ihren kleinen Sohn Jimmy oben schlafen gelegt hatte.

»Lippenschminke. Eigentlich besteht sie nur aus Wachs, Öl und Farbe. Früher habe ich Bienenwachs und Mandelöl benutzt, weil wir das in der Apotheke hatten. Aber jetzt will ich ausprobieren, welches Wachs und welches Öl sich am besten eignen. Dann kann ich mit Farbe und Duft experimentieren.«

»Was macht das für einen Unterschied?«, fragte Jia, während Leo Wachs auf der Kochplatte erhitzte.

»Probier ein paar von denen da drüben aus und sag mir, was du davon hältst. Die sind nicht von mir«, fügte sie hastig hinzu, als Jia eine der Dosen öffnete und die Nase rümpfte. »Ich habe sie besorgt, um zu sehen, was es sonst so gibt. Was nicht viel ist, wie ich schon vermutet habe.«

Jia stellte die Dose weg. »Ich bin froh, dass das Zeug nicht von dir ist. Es stinkt.«

Leo lachte. »Das ist eins der Probleme. Die Zutaten, die man für Lippenschminke braucht, riechen nicht wie etwas, das man sich auf die Lippen schmieren will – deshalb brauche ich einen anderen Geruch. Probier den nächsten.«

Mit argwöhnischem Gesicht nahm Jia einen Lippenstift, schob die winzigen Hebel an den Seiten hoch und trug ihn auf. Aber er war zu weich und rutschte in das Röhrchen zurück, ohne auch nur eine Spur von Farbe auf ihren Lippen zu hinterlassen. »Tja, das ist völlig nutzlos«, stellte sie fest.

»Haargenau«, bestätigte Leo. »Es ist heiß hier drinnen, oder?«

Jia nickte.

»Also muss ich eine Kombination aus Wachs und Öl finden, deren Schmelzpunkt hoch genug ist, dass sie im Sommer nicht sofort zerfließt. Wenn ich Lippenfarbe in Röhrchen herstellen würde, was ich mir nicht leisten kann« – Leo seufzte, denn sie wollte viel lieber einen richtigen Lippenstift herstellen als Lippenfarbe in Dosen, aber die Materialkosten und Probleme bei der Produktion überstiegen ihre Möglichkeiten –, »dann müsste sie fest sein; der Lippenstift darf nicht zerbrechen, wenn man ihn aufträgt. Aber meine werde ich in Tiegeln verkaufen, daher muss sie weich genug sein, dass man sie mit einem Pinsel auftragen kann, aber nicht so weich, dass sich die Zutaten verflüssigen, wenn es heiß ist.«

»Und hast du einen Weg gefunden?«

»Ich glaube schon«, sagte Leo und goss ihre Mixtur in kleine Glasbehälter. »Aber ich muss auch sicherstellen, dass sie gut schmeckt und dass die Farbe nicht gleich verwischt, wenn man einen Schluck trinkt – oder jemanden küsst.« Leo sah zu Jia auf, die lachte.

»Schau dich nur an! So glücklich habe ich dich noch nie gesehen. Das macht dir richtig Spaß, oder?«

»Und wie! Wenn ich hier bin, Proben anmische oder mir neue ausdenke, habe ich das Gefühl, als könnte ich es wirklich schaffen. Erst wenn ich rausgehe und in einen Laden wie den *Red Door Salon* komme, wird mir bewusst, wie viel Geld ich dafür bräuchte. Aber«, fuhr sie entschlossen fort, »davon werde ich mich nicht aufhalten lassen. Ich brauche nur eine perfekte Produktreihe, dann kann ich die Kaufhäuser überzeugen, von mir zu kaufen, und mit dem Geld mehr Sachen herstellen.«

»Carnaubawachs«, sagte Jia unvermittelt. »Wenn du Lippenfarbe in Röhrchen herstellst, benutz Carnaubawachs. Das wird aus den Blättern brasilianischer Palmen gewonnen. Es ist ein ziemlich hartes Wachs, aber es kann auch weich verwendet werden, und man bekommt davon keinen Ausschlag.«

»Das klingt perfekt!«, rief Leo begeistert. »Können wir etwas davon bestellen? Ich würde gerne sehen, wie es mit den anderen Zutaten reagiert.«

»Ich besorge am Montag welches«, sagte Jia. »Und ich kenne ein paar Firmen, die dir helfen könnten, wenn du deine ersten Bestellungen aufgeben willst. Sie stellen hautaufhellende Cremes, weißen Gesichtspuder und den ganzen anderen Mist her, den chinesische Mädchen kaufen, um amerikanischer auszusehen. Diese Firmen dürften alles haben, was du brauchst. Allerdings werden sie von Chinesen geführt.«

»Wenn sie bereit sind zu helfen, liebe ich sie jetzt schon«, sagte Leo. »Aber ich muss dich noch um einen anderen Gefallen bitten.

Ich will kein Rosenöl als Duft verwenden. Das ist mir zu altmodisch. Ich möchte etwas, das so riecht wie dein Laden, als ich zum ersten Mal hier war. Etwas, das einem das Gefühl gibt, alles sei möglich.«

»Dafür muss ich aber einen Aufpreis verlangen.«

»Oh«, murmelte Leo niedergeschlagen.

Jia lachte. »War nur ein Scherz! Sosehr ich meinen Laden auch liebe, so viel Spaß hatte ich seit Jahren nicht mehr. Vielleicht sollten wir es mal mit Jasmin versuchen. Das hast du an deinem ersten Tag hier gerochen.«

Leo grinste Jia durch den Rauch, der von den abkühlenden Kochtöpfen aufstieg, fröhlich an. Mit Jias Hilfe und ihrer eigenen harten Arbeit würden ihre Produkte vielleicht schon bald in einem Geschäft wie *Lord & Taylor* stehen.

—

Leo fand schnell heraus, dass das Personal im *Red Door Salon* stark fluktuierte, weil vielen Angestellten Miss Ardens Vorstellung von aufmunternden Worten nicht gefiel. Aber trotz deren scharfer Zunge bewunderte Leo ihre Chefin, die jeden Abend länger blieb, um den Salon zu putzen, eigenhändig die Schleifen um die Cremeschachteln band und ihr strenges Programm aus Massage, körperlicher Betätigung, Wachsbädern, Haarentfernung und Elektro-Epilation sorgsam befolgte.

Jede Kundin wollte zwanzig Jahre jünger aussehen, aber das war schlicht unmöglich. Stattdessen führte Leo die älteren Damen in das Behandlungszimmer und versprach ihnen, der Ardena Patter werde ihre Gesichtshaut festigen und der Francis Jordan Roller, der Leo an ein Folterinstrument erinnerte, das Fettgewebe besser verteilen, so dass die schlanke Frau zum Vorschein kommen würde, die sich darunter verbarg. Sie brachte die Kinnriemen und Stirnriemen an, die Falten und Doppelkinn entfernen sollten, aber ihre Kundinnen in Wirklichkeit nur in ägyptische Mumien verwandelten.

Leo verstand Ardens raffiniertes Geschäftsmodell, aber alles war so ernst, bieder und so verdammt weiß. Es war, als arbeite sie in einem Krankenhaus – die Stille, die Uniformen, die lächerlichen pseudowissenschaftlichen Behandlungen, bei denen Frauen lediglich mit öliger Creme bestrichene Bandagen ums Gesicht gewickelt wurden. Wo blieb da die Freude? Als Leo den Patter auf die tiefen Stirnfalten der Frau vor ihr auf dem Behandlungstisch drückte, überkam sie ein Anflug von Euphorie. Freude – *das* würde ihr Versprechen sein. Nicht Jugend, sondern Freude, Wagemut und Begeisterung. Sie würde eine Party in Form eines Lippenstifts verkaufen.

An diesem Tag bekam sie ihre erste Standpauke von Miss Arden. Sie lächelte zu viel – und im Salon waren nur ernste, strenge Gesichter erlaubt. Leo ließ den Tadel über sich ergehen und riss sich den Rest des Tages zusammen, dann machte sie sich gut gelaunt auf den Weg zu *Lord & Taylor*. Um Punkt halb sechs stürmte sie in die Werkstatt und blieb sofort wie angewurzelt stehen. In der Mitte des Raums stand das Auto. »Oh!«, rief sie und berührte bewundernd die cremefarbene Motorhaube.

»Wenn irgendein Auto die Bezeichnung ›schön‹ verdient hat, dann dieses hier!«, sagte Lottie.

Leo ging um das Cabriolet herum und betrachtete die Ledersitze, die sanft schimmerten wie edle Perlen. Das Dach war heruntergefahren, die Tür stand offen, und es sah aus wie eine Einladung einzusteigen. »Wollen wir?«, fragte sie Lottie mit glitzernden Augen.

Lottie nickte und machte es sich auf dem Beifahrersitz bequem. Leo setzte sich ans Steuer. Sie zog die Handschuhe aus, umfasste das Lenkrad, genoss das Gefühl des weichen Leders an ihren Fingern, schloss die Augen und lehnte sich zurück. »Wo würdest du mit so einem Auto hinfahren?«, fragte sie.

Lottie zögerte keine Sekunde. »Nachts über die Brooklyn Bridge in die Stadt und dann zu einem Jazz-Club in Greenwich Village. Ich würde ein silbernes Kleid tragen und Gin trinken, bis ich einen Mann sehe, mit dem ich tanzen will. Und dann … nun ja.« Sie hielt inne und grinste.

Leo öffnete die Augen. »Wie würdest du dich schminken?«

Lottie lachte. »Es freut mich, dass du einfach davon ausgehst, dass ich mutig genug wäre, mich zu schminken.«

»Du glaubst doch nicht, Mascara wäre nur etwas für Schauspielerinnen und Prostituierte, oder?«

»Natürlich nicht. Und jetzt kann ich endlich eine Frage stellen, die mir schon seit Ewigkeiten durch den Kopf geht. Wo hast du deinen Lippenstift her? Ich dachte, er wäre bestimmt von Elizabeth Arden, weil du dort arbeitest, aber ich war da, und sie bietet nur eine Unmenge Lotionen an.«

Jetzt lachte Leo. »Ich denke die ganze Zeit, dass Fortune mich auffordern wird, ihn abzuwischen, aber wir sind ja nur nachts hier, wenn uns niemand sieht – vielleicht stört sie sich deshalb nicht daran. Im Salon darf ich ihn nicht tragen. Er ist zu *unnatürlich*. Als wäre das eine der sieben Todsünden. Aber um auf deine Frage zurückzukommen, ich habe ihn selbst hergestellt. Das ist mein Ziel: meine Kosmetik an Kaufhäuser zu verkaufen. Wenn du sie willst und ich sie will und so viele andere Frauen sie wollen, warum können wir sie dann nirgends finden?«

»Mich musst du nicht überzeugen. Ich würde sie sofort kaufen.«

Leo ließ das Lenkrad los und rief: »Das ist es!«

»Was?«

»Heute habe ich erkannt, dass ich den Frauen versprechen möchte, ihnen Freude zu schenken, eine schöne Zeit, einen Moment, in dem sie sich selbst verzaubern. Aber meine Schminke ist nicht für die Frauen, die in den *Red Door Salon* gehen, sondern für ihre Töchter. Ardens Kundinnen sind die Grandes Dames der Stadt, aber es sind ihre Töchter, die Rouge tragen und zu ›Shimmy Like My Sister Kate‹ das Tanzbein schwingen wollen.«

»Mädels!« Beim Klang von Fortunes donnernder Stimme sprangen Lottie und Leo schneller aus dem Auto, als Faye ein Glas Champagner hinuntergekippt hätte, und bis Fortune leibhaftig erschien, standen sie bereits wieder gehorsam an ihren Arbeitstischen. Leo sah, wie Lottie hastig ein paar Zeichnungen zusammenschob, und erhaschte einen kurzen Blick auf tanzende Pärchen sowie eine Frau, die selbstbewusst allein an der Bar stand und in den Saal blickte, als halte sie nach etwas Ausschau. Die Zeichnungen waren definitiv nicht für die Schaufenster von *Lord & Taylor*. Aber wofür dann?

»Leo, geh hoch zur Damenabteilung und besorg einen Armvoll Kleider für die Schaufensterpuppen«, sagte Fortune. »Du hast zwar offensichtlich kein Geld, da du immer die gleichen zwei Kleider trägst, aber wenigstens haben die Kleider Stil.«

Leo fuhr mit dem Aufzug hoch in den Laden, ging jedoch geradewegs in die Kosmetikabteilung, nicht zu den Kleidern. Auf der ersten Dose, die sie in die Hand nahm, war eine Frau zu sehen, die an ihrem Frisiertisch saß und sich von ihrer Hausangestellten bedienen ließ. In der heutigen Zeit, in der Frauen berufstätig waren, in Pensionen wohnten und nachts ohne Aufpasser ausgingen, wirkte das Bild vollkommen fehl am Platz.

Anschließend suchte sie in aller Ruhe Kleider, Handschuhe, Hüte und Schuhe aus, die ihrer Auffassung nach zu den Frauen in Lotties Schaufenster-Designs passten, ihre sorglose Eleganz zur Geltung brachten und demonstrierten, wie sie mit ihrer Kleidung und ihrem selbstsicheren Auftreten alle Blicke auf sich zogen. Sie nahm alles mit in den Keller, richtete die Schaufensterpuppen her und betrachtete zufrieden ihr Werk, als sie fertig war.

»Sieh an, sieh an«, sagte Fortune, als sie die Schaufensterpuppen erblickte. »Die sehen perfekt aus.«

Lottie schaute von ihrer Arbeit auf. »Ja«, pflichtete sie bei und lächelte Leo zu. »Genau, wie ich sie mir vorgestellt hatte.«

Leo strahlte übers ganze Gesicht.

Später, als Fortune weg war und Lottie ihre Sachen zusammenpackte, fand Leo den Mut zu fragen: »Die Zeichnungen, die du vorhin versteckt hast – wofür sind die?«

»Ach, die sind nichts wert«, winkte Lottie ab.

Doch Leo blieb hartnäckig. »Und ob sie das sind. Darf ich sie mir ansehen?«

Lottie zögerte einen Moment, dann öffnete sie ihre Schublade und kramte darin herum. »Gin?«

»Warum nicht?« Leo holte zwei Gläser, und als sie zurückkam, hatte Lottie ihre Zeichnungen auf dem Boden ausgebreitet. Leo setzte sich neben sie mit dem Rücken an die Wand und betrachtete die Frauen auf den Bildern; sie sahen stilvoll und irgendwie schelmisch aus, als wären sie darauf gefasst, dass hinter jeder Ecke entweder Spaß oder Ärger lauerte. »Sie sind wunderschön.«

»Danke«, sagte Lottie leise.

Leo erkannte einen Ausdruck in Lotties Gesicht, den sie schon oft im Spiegel an sich selbst gesehen hatte: Erleichterung, dass etwas, was einem am Herzen lag, auch jemand anderem gefiel, und Zweifel, ob das überhaupt von Bedeutung war, ob sich in ihrem Leben jemals etwas verändern würde, wo sie doch jetzt noch kurz vor Mitternacht im Keller eines Kaufhauses saßen.

»Was machen wir hier?«, fragte Leo mit einem Seufzen. »Du bist viel zu talentiert, um dich in einem Keller zu verstecken und Schaufenster zu dekorieren. Du solltest … Ich weiß auch nicht. Deine eigenen hinreißenden Sachen kreieren.«

»Das wäre schön«, sagte Lottie. »Manchmal denke ich, ich werde mit Fortune hier unten verrotten, und in hundert Jahren wird jemand unsere Skelette finden, aber sie werden sie einfach unter einem anderen Gebäude verscharren, weil die Knochen von Lottie McLean nichts wert sind.«

»Wenn ich eines Tages mehr Geld habe und dir den Lohn zahlen kann, den du verdienst, würdest du dann Bilder für mich zeichnen, die auf meinen Kosmetikprodukten abgedruckt werden? Genau solche Bilder wie die hier?«

»Nicht wie das?« Lottie stand auf, öffnete ihre Handtasche und holte einen Kompaktpuder heraus, auf dem in hässlicher roter Schrift *Stein's Face Powder* stand. Das einzig Akzeptable waren die altmodischen Rosen, die den Rand zierten.

Leo lachte. »Auf keinen Fall wie das.«

»Ich mache dir einen Vorschlag«, sagte Lottie. »Ich werde jetzt schon etwas für dich zeichnen. Dafür musst du mich nicht bezahlen. Es wird nur eine grobe Skizze, aber damit kannst du den Kaufhäusern zeigen, was dir vorschwebt.«

»Würdest du das wirklich tun? Ich bezahle dich irgendwann, versprochen.« Leo nippte an ihrem Gin, dann sagte sie wehmütig: »Ich arbeite gern für Fortune, aber ich will das nicht ewig machen. Glaubst du, wir kommen irgendwann hier weg? An manchen Tagen denke ich, ich kann es schaffen, aber an anderen …« Sie verstummte.

Lottie stieß mit ihr an. »Nach unserem Gespräch heute habe ich zum ersten Mal in meinem Leben das Gefühl, dass wir es schaffen können.«

—

Seit der Nacht in Texas' Club hatte Leo Faye und Benjamin nur zwei Mal getroffen. Das erste Mal waren Joan und sie zu einer Party bei den Richiers eingeladen und stellten fest, dass sie in einer Villa an der Fifth Avenue residierten, die über dem Central Park thronte wie ein König, der auf das einfache Volk hinabschaute.

»Benjamin hat das Haus für mich gekauft«, hatte Faye bei ihrer Ankunft verkündet. »Als die Dickinsons endlich gestorben sind, habe ich ihm gesagt, dass ich es mir zum Geburtstag wünsche. Und er hat es mir mit einer roten Schleife an der Haustür geschenkt.«

»Das ist sehr … großzügig«, antwortete Leo, und diese Aussage kam ihr vor wie die Untertreibung des Jahrhunderts.

Benjamin war an dem Abend so mit seinen Gästen beschäftigt, dass er Leo nur auf die Wange küsste und ein paarmal mit ihr tanzte. Danach hatten sie sich noch einmal im *300 Club* getroffen, aber Faye war wieder übel geworden, und Benjamin musste sie nach Hause bringen. Leo hatte bemerkt, wie Joan den beiden besorgt nachsah, als sie den Club verließen und in ein Taxi stiegen, und ihre Hand gedrückt. »Das wird schon wieder, Schwester Joan«, neckte sie ihre Freundin. »Sie hat wahrscheinlich einfach zu viel getrunken. Wie letztes Mal.«

»Ja, genau wie letztes Mal«, erwiderte Joan trocken.

Anschließend war Benjamin einen Monat geschäftlich in Washington, und seitdem hatte Leo ihn nicht mehr gesehen. Doch an einem Samstag Ende September, als der Sommer die Stadt noch fest im Griff hatte und die Luft so stickig war, dass sie sich wie ein Mantel um einen legte, erschien Benjamin unerwartet in Jias Laden, und Leo verfluchte sich dafür, dass sie ihm die Adresse gegeben hatte. Ihre Hände waren schwarz, ihre Stirn völlig verschwitzt, und jedes Mal, wenn sie den Schweiß wegwischte, hinterließ sie schwarze Spuren in ihrem Gesicht. Sie hatte versucht, ihr Mascara-Rezept zu verfeinern, aber stattdessen hatte sie schwarzen Matsch produziert.

»Was ist das denn?«, fragte er und deutete auf die klebrige Masse.

»Sieht das etwa nicht wie etwas aus, das sich eine feine Dame freiwillig ins Gesicht schmieren würde?«, scherzte sie.

Benjamin antwortete nicht. Er stand einfach nur ruhig, gepflegt und selbstsicher inmitten ihrer kolossalen Misserfolge. Leo atmete tief durch, um sich nicht kopfüber in den Abgrund der Stille zu stürzen, der sich vor ihnen auftat, und zuckte die Achseln. »Das sollte Wimperntusche werden«, erklärte sie. »Ich wollte, dass sie weniger trocken wird als die von Maybelline, aber bin zu weit in die andere Richtung gegangen.«

Benjamin schlenderte wortlos im Raum umher, nahm Sachen in die Hand und stellte sie wieder hin, sagte jedoch nichts dazu, was Leo immer wütender machte. Wie konnte sich jemand die sechs Tiegel Lippenfarbe in verschiedenen fabelhaften Rottönen ansehen, die zu verschiedenen Haut- und Haarfarben passten, und nichts dazu sagen?

Sie nahm einen Block Mascara – nicht ihren eigenen – und bemühte sich um einen gelassenen Tonfall. »Man kann Mascara auf zwei Arten herstellen«, sagte sie. »Entweder man benutzt Öl, Lampenruß und ein Stearat zur Emulgierung, dann muss man nur mit dem feuchten Bürstchen über den Block streichen, und die Mascara bildet eine Paste, die auf dem Bürstchen haftet und sich anschließend auf die Wimpern auftragen lässt. Oder man fügt Wasser hinzu und erhält ein flüssiges Produkt, das sich noch besser auf die Wimpern auftragen lässt.«

Leo war sich bewusst, dass sie beim Reden wild gestikulierte, konnte aber nichts dagegen tun. »Frauen haben Angst vor Mascara. Sie verläuft entweder beim kleinsten bisschen Regen, oder sie verklumpt an den Wimpern, so dass sie aussehen wie Schornsteinbesen, oder es ist einfach zu schwierig, sie vom Block auf den Pinsel und anschließend auf die Wimpern zu bekommen. Ich muss all diese Probleme lösen, weil ich weiß, dass ihre Angst noch weiter wachsen wird, wenn die Wimperntusche nicht perfekt ist. Ich habe eine einzige Chance, sie zu überzeugen. Also muss ich experimentieren. Und hin und wieder scheitern.«

Während sie sprach, nahm ihr Selbstvertrauen zu. Sie wusste, was sie tat. Sie hatte jedes Buch über Kosmetikherstellung, das sie in der New York Public Library gefunden hatte, genauestens studiert, sie hatte die Bücher ihres Vaters gewälzt, und sie hatte sich mit Mr Chim, einem Bekannten von Jia, in seiner Fabrik in Upstate New York getroffen und alles über verschiedene Stearate gelernt, die kein so unschöner Anblick waren wie das von den meisten verwendete Natriumstearat.

Benjamin schien zuzuhören, also redete Leo weiter. »Ich muss Wachs verwenden, damit die Mascara an den Wimpern haften bleibt und ihnen einen hübschen Glanz verleiht, aber nicht so viel, dass es die Mischung am Emulgieren hindert. Genug Wasser, aber nicht so viel, dass der Mascara-Block austrocknet, schrumpft und flockig wird. Und genau die richtige Menge an Stearaten, dass eine Paste entsteht, wenn Wasser hinzugegeben wird, aber die Mascara nicht verläuft, wenn es regnet – oder wenn die Frauen schwitzen«, erklärte sie und wischte sich erneut über die Stirn.

»Verdammt«, sagte sie, als ihr klar wurde, dass sie wahrscheinlich noch einen schwarzen Streifen auf ihrer Stirn hinterlassen hatte. Dann brach sie in Gelächter aus. Wie musste sie aussehen? Das Gesicht voller Lampenruß, schwang sie langatmige Reden über Wachs, Emulgatoren und alle möglichen Sachen, die Benjamin wahrscheinlich nicht interessierten. Aber sie war froh, dass sie sich nicht von seinem Schweigen hatte verunsichern lassen.

»Wenn du nicht so schwarz im Gesicht wärst, würde ich dich küssen«, sagte er.

Abrupt hörte Leo auf zu lachen. Ihr einziger Gedanke war: Wenn Everett Forsyth hier wäre, hätte er kein Problem damit, wenn sie von Kopf bis Fuß mit Lampenruß bedeckt wäre. Er würde sie trotzdem küssen.

»Du hast wohl nicht erwartet, dass ich das sage?«, fragte Benjamin, und endlich zeigte sich ein Lächeln auf seinen Lippen.

»Nein.«

»Das ist einer der zahlreichen Gründe, warum ich dich mag«, sagte er. »Jede andere Frau in Manhattan hätte *mich* geküsst, um sich einen Ehemann zu angeln – und mein Geld. Geh mit mir aus. Nur wir beide.«

Leo legte den Mascara-Block zurück auf den Arbeitstisch. Sie brauchte Zeit. Sie musste Benjamin besser kennenlernen; im Augenblick hatte sie das Gefühl, als würde sie nur nach seinem Schatten greifen. »Sehr gerne«, sagte sie. »Aber erst in einem Monat oder so. Momentan verbringe ich meine gesamte Freizeit damit, diesen Schlamassel in etwas zu verwandeln, das den Namen ›Kosmetik‹ verdient. Wenn ich meine Produkte an Kaufhäuser verkauft habe, können wir ausgehen. Und meinen Erfolg feiern«, fügte sie entschlossen hinzu, in der Hoffnung, dass sich ein Wunsch, den man laut aussprach, erfüllen würde.

Benjamin seufzte. »Na gut. Ich werde dich im Empire Room des *Waldorf Astoria* zum Essen ausführen. Und dann holen wir auch den Kuss nach.«

Er bewegte den Mascara-Matsch in der Dose hin und her, schnüffelte daran und stellte ihn wieder weg. Dann ging er.

Leos Zuversicht verschwand mit ihm. Sie nahm die Dose, die Benjamin begutachtet hatte, und sah, was er gesehen hatte. Zum Glück hatte er seine Enttäuschung nicht geäußert, aber sie hing dennoch in der Luft und verfinsterte alles wie der Lampenruß auf Leos Haut.

—

Schließlich fiel der Herbst in Manhattan ein, die *Lord & Taylor*-Schaufenster zogen immer mehr bewundernde Blicke von jungen New Yorkerinnen auf sich, bei der Victory Parade marschierten Hunderte Männer in Kampfmontur die Fifth Avenue hinunter, und all die Mädchen im *Red Door Salon* eilten hinaus, um sich das Spektakel anzusehen. Auf einen Schlag war die feuchtwarme Luft aus der Stadt verschwunden. Seither brauchte Leo einen Mantel, um nach draußen zu gehen, und trug dickere Kleider, was auch gut war, denn sie verbargen ihren wachsenden Bauch – das Baby, das sie jede Nacht im Bett liebevoll streichelte.

Ende November war alles bereit. Leo hatte einen Termin bei *Lord & Taylor*, um ihre Kollektion vorzustellen.

Jia und Joan, die sich kennengelernt hatten und inzwischen gute Freundinnen waren, hatten beschlossen, zur Feier des Tages etwas Geld zu verprassen und mit Leo ins *Oriental Restaurant* an der Pell Street zu gehen. Sie trafen sich in dem gigantischen Speisesaal, der sich über zwei Stockwerke erstreckte.

»Ein Séparée bitte«, sagte Jia, und die Kellnerin führte sie an den mit Perlmutt-Intarsien verzierten Holztischen vorbei zu einer eleganten Sitznische aus seidenbestickten Paneelen. Über ihren Köpfen hingen Lampions, von denen farbenfrohe Seidenquasten und kämpfende Cloisonné-Drachen baumelten.

»Das ist ja phantastisch«, sagte Leo und blickte sich staunend um.

»Die Chinesen selbst essen im *Hang Far Loo* ein Stück die Straße hinunter, aber ich dachte, dieses Restaurant beeindruckt euch mehr«, sagte Jia, als sie sich setzten und ein Orchester auf einer kleinen Bühne zu spielen begann.

Die Kellnerin schenkte ihnen Tee ein, der verlockend kräftig roch. Leo schlürfte ihren mit Genugtuung. »Bestellst du für uns?«, fragte sie Jia. »Abgesehen von den Nudeln, die deine Mutter für mich macht, habe ich keine Ahnung von chinesischem Essen.«

»Wir essen Chow Mein – das sind genau die gebratenen Nudeln –, Moo Char Siu, Schweinebraten mit Pilzen und Reis, und vielleicht noch etwas Chop Suey mit Baby-Karotten und Pflaumen«, sagte Jia. »Wie klingt das?«

Leo und Joan waren sich einig, dass das köstlich klang, und so war es. Durch die Schwangerschaft hatte Leo einen noch größeren Appetit als sonst, und sie aß genüsslich.

Noch während des Essens hob Joan ihre Teetasse. »Auf dich, Leo. Viel Glück morgen.«

»Ich glaube, das werde ich brauchen«, sagte Leo.

»Sie werden deine Produkte lieben«, meinte Joan ermutigend.

Jia schwieg.

»Du hast gehört, was Benjamin gesagt hat, als er im Laden war, oder?«, fragte Leo sie unvermittelt. »Beziehungsweise was er nicht gesagt hat.«

»Ich habe gesehen, dass er mit einem Lächeln gekommen und mit einem Stirnrunzeln gegangen ist«, antwortete Jia. »Das ist alles.«

»Das war der ungünstigste Tag für einen Besuch.« Leo seufzte.

»Wen kümmert es, was er denkt?«, entgegnete Joan. »Er ist nicht die Person bei *Lord & Taylor*, die du beeindrucken musst.«

»Er hat mich meine Kosmetik so sehen lassen, wie sie ein Fremder sehen würde«, gestand Leo. »Und jetzt habe ich das schreckliche Gefühl, dass ich zu viel Zeit damit verbracht habe, die Rezepte zu perfektionieren, statt auch der Verpackung Beachtung zu schenken. Dass die Proben erbärmlich aussehen, nicht wie etwas, das in einem Kaufhaus Aufmerksamkeit erregt. Aber für etwas anderes habe ich kein Geld. Ich denke immer wieder, wenn die Frauen meine Produkte ausprobieren, spielt es keine Rolle, wie sie verpackt sind. Doch eigentlich weiß ich, dass es das tut.«

»Und trotzdem wollte er dich küssen«, sagte Jia.

Joan platzte fast vor Aufregung. »Was? Von einem Kuss hast du mir nichts erzählt!«

»Beruhige dich«, erwiderte Leo lachend, »sonst landest du noch an der Decke bei den Drachen. Es gab keinen Kuss. Sind wir fertig? Nach dem vielen Essen muss ich einen Verdauungsspaziergang machen.«

Etwas umständlich erhob sie sich von der Bank und bemühte sich, dabei nicht ihren Bauch zu halten, aber plötzlich wurde ihr klar, dass sie ihre Schwangerschaft nicht mehr lange würde verbergen können. Joan versuchte sie unauffällig zu stützen, aber Leo spürte Jias Blick auf sich.

Sie schlenderten die Pell Street entlang, vorbei an Läden mit Rückenkratzern, Jadeschmuck und farbenprächtigen Cheongsam-Kleidern.

An der Mott Street strömte der übelkeiterregende Geruch von Opium aus einem Rauchsalon, und bei *Soy Kee's* bewunderten sie Drachentrommeln, Strohkörbe, Lackschatullen und vor allem die bestickten Pantoffeln, die Joans Ansicht nach viel zu hübsch waren, um sie nur im Haus zu tragen. Eine Gruppe Kinder mit glänzend schwarzen Haaren spielte auf der Straße und sang englische Kinderlieder. Leo hielt an, um ihnen beim Spielen zuzusehen. Und da spürte sie zum ersten Mal, wie ihr Baby strampelte. »Oh«, keuchte sie und legte spontan die Hand auf den Bauch.

»Ich habe Kräutermedizin, die bei der Geburt hilft«, sagte Jia in lockerem Plauderton.

Leo und Joan starrten sie verblüfft an.

Jia deutete mit dem Kopf auf Leos Bauch. »Joan könnte vielleicht Hilfe gebrauchen, wenn es so weit ist.«

Mit einem erleichterten Lächeln ergriff Leo Jias Hand und blinzelte angestrengt die Tränen weg. »Danke. Ich habe gerade gespürt, wie es sich bewegt hat. Hier, fühl mal.«

Auch Jia und Joan hatten Tränen in den Augen, als sie ihre Hände auf Leos Bauch legten und die Bewegungen des Babys fühlten. Aber wenn Jia gemerkt hatte, dass Leo schwanger war, dann würde es bald auch anderen Leuten auffallen. Morgen musste alles glattgehen, denn schon bald würde sie sich eine Weile von der Welt abschotten müssen.

# Kapitel 11

Leo hatte sich für ihren Termin bei *Lord & Taylor* ein neues Kleid geschneidert. Der taillierte Rock aus himmelblauer Charmeuse fiel bis zur Mitte der Waden und wurde von einem kürzeren, bauschigeren Rock überdeckt, der ihre Schwangerschaft verbarg. Die Ärmel waren aus blauem Chiffon, und eine rote Schärpe um ihre Hüfte verlieh dem Kleid eine verspielte Note. Die Krempe ihres Huts umsäumte sie ebenfalls rot, so dass unter dem Mitternachtsblau eine knalligere Farbe hervorlugte. Und natürlich passte ihre Lippenfarbe perfekt zu Schärpe und Hutkrempe.

Als sie fertig war, zog sie ihren Mantel über, und eine prickelnde Aufregung erfasste sie. Endlich war es so weit! Bald würde sie ihre erste Bestellung entgegennehmen, und die jungen Frauen von Manhattan würden ihre Kosmetikprodukte in Händen halten. Sie steckte ihre Proben, von denen jede einzelne Hunderte Stunden Arbeit erfordert hatte, vorsichtig in ihre Tasche.

Als sie bei *Lord & Taylor* ankam, wurde sie ins Büro des Einkäufers gebracht, der sie eingehend musterte. »Bitte nehmen Sie Platz. Was kann ich für Sie tun?«, fragte der dünne, schnauzbärtige Mann in einem Tonfall, als wolle er andeuten, dass es etwas gab, das Leo sehr gerne für ihn tun könnte.

Leo ignorierte diese Anspielung, öffnete ihre Tasche und legte los. »Ich habe ein paar Kosmetikproben mitgebracht, die ich Ihnen zeigen möchte.« Sie holte einen Tiegel Lippenschminke hervor – ihr bestes Produkt – und nahm den Deckel ab, um ihm die Farbe zu zeigen. »Es gibt sechs verschiedene Rottöne, damit jede Frau einen findet, der zu ihr passt«, erklärte sie. Gerade wollte sie die Mascara-Blöcke herausholen, doch der Einkäufer hob die Hand.

»Ich habe genug gesehen. So etwas brauchen wir bei *Lord & Taylor* nicht.«

Leos Zuversicht schmolz dahin wie einer ihrer fehlgeschlagenen Mascara-Versuche. Aber sie zwang sich, weiterzureden. »Ich weiß, dass sie von außen nicht viel hergeben«, sagte sie, »aber die Produkte im Inneren sind besser als die, die Sie derzeit verkaufen.«

»Ach wirklich?«, erwiderte er und tat, als sei er überrascht. »Der wunderschön verpackte Kompaktpuder, den wir verkaufen, ist nicht so gut wie Ihrer?«

Vor Verlegenheit liefen ihre Wangen hochrot an, aber sie sprach weiter, zog Lotties Zeichnungen aus ihrer Tasche und beruhigte sich etwas beim Anblick der wunderschönen Entwürfe. »Ich brauche nur eine Bestellung, dann habe ich das nötige Geld, um die Verpackung genauso schön zu machen wie die Produkte. Sehen Sie?« Sie zeigte auf ein farbenprächtiges Bild von einer Frau, die mit einem Mann tanzte, ein strahlendes Lächeln auf den rot geschminkten Lippen. »Solche Zeichnungen werden auf den Behältern zu sehen sein. Sie sind elegant und stilvoll, und vor allem zeigen sie Frauen, die tun, was sie möchten. Ich weiß, das ist momentan vielleicht noch schwer vorstellbar, aber ich verspreche Ihnen, meine Verpackungen werden unwiderstehlich.«

»Wir haben genug Kosmetik. Vielen Dank.«

Seine Stimme war genauso verächtlich wie Benjamins stille Missbilligung. Mit zittrigen Fingern griff Leo nach ihrer Tasche und den

Illustrationen und ließ dabei einen Tiegel Lippenfarbe fallen. Doch sie blieb, wo sie war, denn sie wusste, wie es aussehen würde, wenn sie sich danach bückte. »Sie haben nicht genug Kosmetik«, widersprach sie forsch. »Nicht für den Markt, den ich erreichen will. Sie mögen die Produktlinie von Elizabeth Arden haben, aber die ist für reiche, ältere Damen. Sie macht keine Freude.« Ihre Worte hellten ihre Stimmung etwas auf, denn sie wusste, dass sie recht hatte. Ihr fehlte es an Geld, doch sie hatte in den letzten Monaten mehr Zeit mit Kosmetik verbracht als dieser Mann in seinem ganzen Leben. »Junge Frauen würden die Kosmetik, die Sie anbieten, nicht einmal kaufen, wenn sie dafür bezahlt würden.«

Die Stille, die auf ihre Worte folgte, fühlte sich an, als stünde sie am Rande eines Abgrunds. Jeden Moment könnte sie fallen und all ihren Träumen ein unrühmliches Ende bereiten. Der Einkäufer ging zur Tür. »Warum sollte ich ein derartiges Risiko für etwas eingehen, das noch nicht einmal in größerer Stückzahl hergestellt werden kann? Das wäre eine schlechte Geschäftsentscheidung, und das wüssten Sie, wenn Sie auch nur die geringste Ahnung von geschäftlichen Dingen hätten. Guten Tag.«

Leo hörte die Wahrheit in seinen Worten. Was war sie nur für eine Närrin, dass sie hier mit ihren jämmerlichen kleinen Dosen hereinmarschierte und hoffte, jemand könnte sehen, was sie sah, wenn sie die Augen schloss und einen Tiegel ihrer Lippenfarbe in der Hand hielt. »Danke, dass Sie sich die Zeit genommen haben«, sagte sie. Ihre Stimme klang etwas schroff, und sie war froh darüber, denn sie wollte nicht, dass der Einkäufer hörte, wie ihr Herz in tausend Stücke zerbrach.

Als sie das Kaufhaus verließ, wusste sie nicht weiter. Sie konnte nicht einfach zu einem anderen Laden gehen, denn niemand würde für ihre amateurhaften Proben ein solches Risiko eingehen, ganz egal, wie gut das Produkt im Innern war. Sie musste die ganze Geschichte als sicheres, ausgefeiltes Geschäftskonzept präsentieren, nicht nur als eine Vision in ihrem Kopf. Aber dafür brauchte sie Geld – eine Menge Geld, nicht nur das Gehalt einer Schaufenster-Designerin oder eines Salonmädchens. Entmutigt ließ sie Kopf und Schultern sinken – ihr Vorhaben war schlicht unmöglich.

Eine Weile wanderte sie ziellos nach Süden, und dann, als sie fast vor ein Auto gelaufen wäre, beschloss sie, zu ihrer eigenen Sicherheit ein Taxi zu nehmen. »Uptown«, sagte sie zu dem Fahrer, denn wenn sie nach Downtown zurückkehrte, müsste sie Joan und Jia die ganze traurige Geschichte erzählen. »Fahren Sie einfach die Fifth Avenue hinauf.«

Das Taxi fuhr am Flatiron Building sowie dem *Waldorf Astoria* an der 33rd Street vorbei und geriet in das Chaos der meistbefahrenen Straßenecke New Yorks zwischen der Fifth Avenue und der 42nd Street, wo sie nur noch im Schneckentempo vorwärtskamen. Sie brauchten fünfzehn Minuten und ein unablässiges Hupkonzert, um sich zwischen den Scharen von Fußgängern und dem Bataillon von Autos hindurchzumanövrieren, aber das kümmerte Leo nicht. Sie hatte einen ganzen Tag, den sie irgendwie hinter sich bringen musste.

Schon bald ragten die gotischen Türme der St. Paul's Cathedral vor ihr auf, und Leo sah ein Schild, das sie ausrufen ließ: »Halten Sie hier!«

Mit quietschenden Bremsen kam das Taxi zum Stehen, und sie stieg vor einem *Forsyths*-Kaufhaus aus, das vor drei Wochen eröffnet worden war. Die Schaufenster luden zum Staunen ein. Und tatsächlich hatten sich schon einige Passanten auf dem Bürgersteig versammelt und starrten fasziniert durch ein Guckloch auf eine private Party. Schaufensterpuppen standen in Gruppen zusammen, elegant gekleidet und mit Sektgläsern in den Händen. In einer Ecke spielte ein Grammophon, und die Musik strömte aus dem Schaufenster heraus, so dass die Schaulustigen im Takt mit den Füßen wippten. Über all dem hing ein glitzernder Kronleuchter, und zwei der Schaufensterpuppen saßen so dicht beieinander, dass ihre Oberschenkel sich berührten, und beugten sich vor, als würden sie sich jeden Moment küssen.

Im nächsten Schaufenster tanzte ein echtes Pärchen auf eine Art, die Leo noch nie gesehen hatte: anmutig, schnell und locker – voller Freude. Der Anblick verschlug ihr fast den Atem, sie wollte das Schaufenster betreten und sich zu ihnen gesellen, in ihre sorgenfreie Welt entfliehen.

Noch mehr Musik lockte sie in den Laden. Für alle Fälle vergewisserte sie sich, dass ihr Mantel ihren Bauch vollständig verbarg, dann ging sie hinein und sah der Jazz-Band zu, die im Laden spielte. Die Verkäuferinnen trugen smaragdgrüne Kleider, die Männer Nadelstreifenanzüge und Strohhüte. Es gab keine herablassenden Ladenaufseher in schwarzen Gehröcken mit rosa Nelken in den Knopflöchern, keine jungen Männer, die vor dem Laden lauerten, Preise riefen und Passanten bedrängten. *Forsyths* war anders als andere Kaufhäuser, elegant und modern, hier wusste man, dass man niemanden überreden musste, denn die richtigen Leute würden von selbst kommen, und alle anderen würden ihnen folgen.

Direkt am Eingang empfing Leo eine Kaskade von Cocktail-Gläsern, die den Alkoholbeschränkungen eine lange Nase machte. Parfüms wurden auf Handgelenke getupft, Schals hinter den Theken hervorgeholt und Frauen um den Hals gelegt. Alle waren schön, jung und sorglos. Es gab kein Mahagoni oder anderes Holz, keine Partitionen, keine Schranksysteme, die den Blick auf die angebotenen Waren versperrten, keine überfüllten Regale. Die Glaskabinette und der reichliche Platz schienen anzudeuten, dass nur die besten Produkte gut genug für die Kunden von *Forsyths* waren.

Genau das hatte Leo erschaffen wollen – Everett hatte es geschafft, und trotz ihres eigenen Dilemmas war sie unendlich stolz auf ihn.

Dann sah sie – und der Anblick war wie ein Schlag in den Magen – ein Schild mit der Aufschrift: *Schönheitsabteilung.* Ein zweiter Schlag traf sie, als hinter ihr eine vertraute Stimme erklang: »Leo.«

Sie setzte ein Lächeln auf, vergrub ihre Schande tief in ihrem Innern und drehte sich um. »Es ist wundervoll hier, Everett«, sagte sie aufrichtig.

»Findest du?«, fragte er, und sie konnte sehen, dass er es nicht ganz glauben konnte – dass er noch nicht richtig begriffen hatte, was er erreicht hatte.

»Natürlich. Und das denken offenbar alle. Sieh doch nur!« Sie zeigte auf die mit Einkaufstüten beladenen Menschen, die hier in Scharen ihr Geld verprassten. »Und du hast eine Schönheitsabteilung«, fügte sie wehmütig hinzu.

»Ich warte noch auf deine Kosmetikprodukte«, sagte Everett und musterte sie eindringlich. Sie wandte den Blick ab und tat, als würde sie sich den Laden ansehen, um sich ihre Enttäuschung nicht anmerken zu lassen.

»Das wäre viel zu kompliziert«, sagte sie. »Und wahrscheinlich mit Schwierigkeiten verbunden.«

»Die Mühe würde sich lohnen«, entgegnete er.

Leo wagte einen Seitenblick und sah ein mattes Lächeln in seinem

Gesicht. »Aber du bist verheiratet«, erwiderte sie. »Und dieses Gespräch wird uns wahrscheinlich in dieselben Schwierigkeiten bringen. Ich sollte gehen. Aber ich gratuliere dir herzlich – was du hier erschaffen hast, ist wirklich spektakulär.«

Everett berührte ihren Arm. »Manchmal erinnere ich mich an unsere gemeinsame Nacht und denke, ich hätte das nie tun dürfen, weil ich dich letztendlich nur verletzt habe. Trotzdem bringe ich es nicht über mich, mir zu wünschen, es wäre nie passiert.«

So sah Verzweiflung aus, dachte Leo: die dunklen Ringe unter Everetts Augen, die zeigten, dass er nicht genug geschlafen hatte. Die tiefe Falte zwischen seinen Augenbrauen, die bewies, dass er häufiger die Stirn runzelte als lächelte. Der Kummer, der seine Augen graublau färbte und die strahlende Farbe trübte, die ihr in dem Gasthaus in Dunbridge fast den Atem genommen hatte. Aber Everett würde bald Vater werden. Er musste lächeln und seinem Kind zeigen, dass er bei seinem Anblick nichts als Freude empfand. Wieder überkam Leo die Überzeugung, dass sie ihm nie von ihrem Baby erzählen durfte, weil die Schatten dann nur noch dunkler, die Augen stählern und die Falten allgegenwärtig werden würden. Er durfte nie von ihrem Misserfolg heute Morgen erfahren, weil er ihr sonst würde helfen wollen. Ihm davon zu erzählen, wäre egoistisch; Everett hatte seine eigene Familie, um die er sich kümmern musste, und sein eigenes Geschäft zu führen.

»Ich wollte diese Nacht auch niemals rückgängig machen«, sagte Leo lächelnd, dann wandte sie sich um und verließ den Laden. Sie ging den ganzen weiten Weg von *Forsyths* in der Fifth Avenue zur Pension in der Hester Street zu Fuß. Und während sie lief, dröhnte die Realität ihrer Situation lauter in ihren Ohren als die Autos, Busse und Züge, die durch Manhattan rauschten.

In weniger als drei Monaten würde sie ein Kind bekommen. Das konnte sie nicht länger verbergen.

Es war Zeit, unterzutauchen. Zeit, ihren Traum, selbst Kosmetik herzustellen, aufzugeben. Eine Frau alleine in einer chinesischen Apotheke konnte unmöglich einen Lippenstift herstellen, den ein Geschäft wie *Forsyths* würde verkaufen wollen. Sie erblickte einen blassen Mond, der hoch am Taghimmel stand, nahe der Sonne und ihrem Licht, und all ihre Hoffnungen kamen ihr vor wie dieser Mond: immer da, aber tagsüber fast unsichtbar, einzig und allein für die Nacht bestimmt, die Zeit der Träume, und am Morgen vergessen.

Sie ging weiter, eine Hand auf den Bauch gelegt, all ihrer Energie und Zuversicht beraubt. Das Einzige, was ihr noch blieb, war die Entschlossenheit, die nächsten drei Monate dem Baby zuliebe durchzustehen. Entgegen aller Vernunft wollte sie, dass dieses Kind überlebte – die letzte Erinnerung an ihre leidenschaftliche Nacht mit Everett und an noch weit mehr: an die wahre Liebe. Es verdiente jede Chance, die Leo vertan hatte.

# Kapitel 12

Leo lag schon im Bett, als Joan an diesem Abend nach Hause kam. »Ich habe im Salon angerufen«, sagte sie, »und bei Fortune. Ich habe gekündigt. Und ich brauche deine Hilfe, wenn du noch dazu bereit bist.«

In Sekundenschnelle war Joan bei ihr. »Natürlich werde ich dir helfen, du dummes Huhn! Mrs Parker, die das Heim leitet, hat heute nach dir gefragt. Sie wollte wissen, ob du immer noch entschlossen bist, das durchzuziehen. Soll ich zusagen?«

Leo nickte.

Joan sah sich um, und ihr Blick fiel auf Leos Tasche, noch immer voller Proben, die *Lord & Taylor* ihr hätte abkaufen sollen. »Willst du über dein Treffen reden?«, fragte sie behutsam.

»Noch nicht.« Leo rollte sich auf den Rücken, so dass sie Joan besser sehen konnte. »Ich habe entschieden …« – sie hielt inne und rang nach Worten – »Ich habe entschieden, die Miete die nächsten paar Monate vom Geld meines Vaters zu bezahlen, solange ich keinen Job habe. Ich bin nur froh, dass ich sein Gesicht nicht sehen kann«, flüsterte sie. »Dass ich nicht sehen kann, wie enttäuscht er von mir wäre, wenn er wüsste, wie ich sein Geld ausgebe.«

Leo wälzte sich aus dem Bett, ging zu dem einzigen kleinen Fenster, hoch über der Straße gelegen, und blickte hinaus über die Pelzgeschäfte, den Tabakladen, den Hühnermarkt an der Hester Street und den Kirchturm der St. Mark's Church in der Ferne.

»Das ist so anders als das Leben, das ich mir vorgestellt habe«, sagte sie.

»Du kannst neu anfangen. In ein paar Monaten ist das alles vorbei.«

»Wird es wirklich vorbei sein? Werde ich je aufhören, daran zu denken?«

»Wie wäre es, wenn ich schnell zum Zeitungsstand runtergehe? Dann können wir Zeitschriften lesen und ein paar Stunden nicht an diesen ganzen Schlamassel denken.« Joan nahm ihre Handtasche.

Leo nickte und wischte sich die Tränen von den Wangen. »Danke.«

»Ehrlich, keine Ursache.« Joan drückte ihre Hand, bevor sie ging.

—

Eine Woche später erhielt sie eine Nachricht von Benjamin, und die Erkenntnis traf sie wie ein Schlag: Sie hatte gesagt, sie würde mit ihm ausgehen. Doch jetzt konnte sie sich unmöglich mit ihm treffen. Als Joan nach Hause kam, zeigte sie ihr den Brief.

*Liebe Leonora,*
*ich nehme an, Deine Kosmetik ist nicht so gut angekommen, wie Du gehofft hast, sonst hätte ich vermutlich von Dir gehört. Aber ein Date ist ein Date. Ich habe gesagt, ich würde für Dich da sein, wenn die Dinge nicht nach Plan laufen, und das meinte ich auch so.*

*Wir sollten ins* Waldorf Astoria *gehen. Vielleicht werden wir feiern, dass Du mein Angebot endlich ernst nimmst. Und Du hast mir einen Kuss versprochen.*

*Benjamin*

»Ich weiß nicht, wie ich darauf antworten soll. Ich kann mich nicht mit ihm treffen. Vielleicht nachdem …« *Nachdem das Baby zur Welt gekommen ist.* Sie schluckte die Worte hinunter. »Aber wie soll ich ihm erklären, dass ich wochenlang verschwunden bin?«

»Mumps!«, rief Joan triumphierend.

»Mumps?«

»Mumps ist hochansteckend. Man muss sich mindestens drei Wochen von allen Leuten fernhalten. Und danach ist man noch eine ganze Weile geschwächt. Ein Mann wie Benjamin will sich bestimmt nicht mit so etwas anstecken.«

»Was, wenn er schon Mumps hatte? Dann wäre ihm das völlig gleichgültig.«

Joan zog die Stirn kraus. »Aber du wärst trotzdem zu krank, um dich mit ihm zu treffen. Unsere Vermieterin würde nie einen Mann in die Pension lassen, also kann er dich nicht besuchen. Das wird funktionieren.«

»Fast drei Monate Mumps?«

»Na ja, es ist bald Weihnachten. Also sag doch einfach, es sei unwahrscheinlich, dass du vor Neujahr wieder gesund bist. Dann sind es nur noch ein paar Wochen bis Februar.«

»Aber was ist mit dem, was er geschrieben hat?« Leo deutete auf den Brief.

»Ja, es ist wirklich furchtbar, dass er dich zu einem schönen Essen ausführen und dir helfen will«, erwiderte Joan sarkastisch. »Ich weiß nicht, wo das Problem liegt. Du kannst nie wissen, wann du einen Mann wie Benjamin Richier brauchen wirst. Vielleicht solltest du Everett vergessen und lieber daran denken, was du hast – nämlich den attraktiven, stinkreichen Benjamin, der an dir interessiert ist – statt nur daran, was du womöglich nie haben wirst.« Joan sagte das so sachlich wie immer, als würden sie darüber reden, was sie zu Abend essen wollten.

Leo antwortete nicht. *Was du womöglich nie haben wirst.* Das waren Worte, die sie nicht zu denken versuchte – niemals. Worte, die so schrecklich endgültig klangen.

Also schrieb sie Benjamin einen Brief, sie hätte Mumps. Dann, etwa drei Wochen nachdem sie ihn verschickt hatte, blickte sie sehnsüchtig aus dem Fenster auf das Leben, das ohne sie weiterging, und träumte vom Geruch nach Zimt und Bratäpfeln in der kalten Dezemberluft draußen, als sie die Tür aufgehen hörte. »Du bist aber früh zu Hause«, wollte sie gerade sagen – doch zu ihrem Entsetzen stand Faye Richier vor ihr.

»Überrascht, mich zu sehen?«, fragte Faye.

O Gott! Verzweifelt sah Leo sich nach einem Mantel um – nach irgendetwas, das mehr kaschierte als ihr uraltes Kleid, das sich grauenhaft über ihrem Bauch spannte.

»Das sieht mir aber gar nicht nach Mumps aus«, sagte Faye mit einem vielsagenden Blick auf Leos Bauch.

»Warum bist du hier?«, fragte Leo matt. Fayes wilde Nächte holten sie offensichtlich ein, sie sah blass aus, wohl das Ergebnis der unzähligen Gläser Champagner, die sie jede Nacht hinunterstürzte.

»Die habe ich auf dem Schreibtisch meines Bruders gefunden.« Faye hielt ihr zwei Blätter Papier hin. »Ein Brief von dir an Benjamin und einer von ihm an dich.«

»Du hast den Brief gelesen, den ich Benjamin geschickt habe?«, sagte Leo und versuchte, genauso empört zu klingen wie Faye – die einzige Alternative wäre, unter Fayes vorwurfsvollem Blick klein beizugeben, und sie würde eher sterben, als Faye zu zeigen, wie schlecht sie sich tatsächlich fühlte.

»Natürlich.« Faye schien sich überhaupt nicht zu schämen. »Und ich habe mich gefragt: Was ist der wahre Grund dafür, dass eine Frau wochenlang untertaucht und ausdrücklich erwähnt, dass Benjamin sie nicht besuchen soll? Mumps erschien mir etwas zu belanglos, um so ein Theater zu rechtfertigen. Und jetzt weiß ich die Wahrheit.«

»Wie bist du überhaupt hier reingekommen?«, fragte Leo.

»Deine Vermieterin lässt sich nur allzu gerne bestechen. Ich vermute, sie wird morgen ein neues Kleid tragen.« Faye blies Leo ihren Zigarettenrauch ins Gesicht.

»Und ich nehme an, du wirst Benjamin davon erzählen – um ihn vor meiner schändlichen Sittenlosigkeit zu beschützen«, entgegnete Leo.

»Aber klar doch.« Faye grinste. »Du warst ein Problem, das sich viel leichter loswerden lässt, als ich dachte. Hab noch ein schönes Leben, Leo.« Damit rauschte sie davon.

Leos Hände zitterten. Faye hatte nicht gefragt, wer der Vater war. Und das konnte nur eins bedeuten: Entweder war Faye überhaupt nicht neugierig, oder sie wusste es bereits.

—

Als Joan an diesem Abend nach Hause kam, machte sie ein ebenso langes Gesicht wie Leo.

»Was ist los?«, fragte Leo, fast froh, ihre eigenen Probleme eine Zeit lang zu vergessen.

Joan schüttelte den Kopf. »Ach, nichts. Eine Frau ist im Geburtshaus aufgekreuzt, kurz bevor ich gegangen bin – eine Patientin. Wir wussten, dass sie kommt, aber sie ist einfach … schwierig. Ich bin froh, zu Hause zu sein. Nachdem wir dein Baby zur Welt gebracht haben, arbeite ich, glaube ich, lieber wieder im Krankenhaus.«

»Du solltest gleich aufhören. Bleib nicht nur meinetwegen dort.«

»Es sind ja nur noch ein paar Wochen. Ich komme schon klar. Und ich glaube, die Patientin war hauptsächlich deswegen so anstrengend, weil sie sturzbetrunken war. Bei Mrs Parker ist Alkohol verboten, von daher ist das jetzt, da sie bei uns eingewiesen wurde, kein Problem mehr. Aber genug von mir.« Joan zog ihre Handschuhe aus. »Wie war dein Tag?«

»Mein Tag?« Leo rang sich ein Lächeln ab. »Genau wie immer. Nichts Neues.« Joan hatte mehr als genug Sorgen. Sie musste sich nicht auch noch um Leos Probleme kümmern.

—

Am dreizehnten Februar wachte Leo nicht lange, nachdem sie ins Bett gegangen war, mit Schmerzen im Unterbauch auf. »Joan?«, flüsterte sie.

»Ich bin hier.« Joan war sofort auf den Beinen, schaltete das Licht an und hörte mit dem Stethoskop die Herztöne des Babys ab. »Ich hole Jia. Wir sind gleich wieder da.«

Sie eilte davon und kam wenig später mit Jia zurück. Stille war zwingend notwendig: niemand in der Pension durfte erfahren, was sie hier taten. Also biss Leo die Zähne zusammen, und als die Wehen stärker wurden, immer öfter kamen und schließlich so lange dauerten, dass sie es nicht mehr aushielt, legte sie sich ein Kissen übers Gesicht und stöhnte hinein, als sie die Schmerzen nicht mehr anders ertrug. Ein einziges Mal nur entfuhr ihr ein lautes Ächzen, worauf Joan und Jia beunruhigte Blicke austauschten.

Jia verabreichte ihr noch eine Dosis Arnikatropfen, aber sie schienen nicht zu helfen – andererseits wäre es ohne Jias Mixtur vielleicht noch viel schlimmer gewesen. Leo konnte sich überhaupt nicht vorstellen, warum sich irgendjemand dieser Tortur freiwillig mehr als einmal aussetzen wollte.

»Ich kann das nicht«, schrie sie. »Ich kann nicht mehr.«

»Du musst aber«, sagte Joan grimmig. »Bald ist es geschafft.«

Leider war das eine Lüge. Mitternacht ging vorüber. Der Valentinstag 1920 begann ohne Amors Pfeile, aber dafür mit höllischen Schmerzen, die von Leos Brust in ihren Bauch, ihren unteren Rücken und sogar in ihre Oberschenkel schossen. Die frühen Morgenstunden fühlten sich an wie Tage, und mindestens ein Dutzend Mal brach ein derart schmerzerfülltes Stöhnen aus ihr hervor, dass die Vermieterin an die Tür klopfte und fragte, was los sei. Joan antwortete, Leo habe eine Lebensmittelvergiftung.

Schließlich, bei Tagesanbruch, sagte Joan: »Es ist so weit.«

»Lass mich das Baby halten, wenn es da ist«, keuchte Leo, strich sich die schweißnassen Haare aus dem Gesicht und sah Joan flehend an.

Joan schüttelte den Kopf. »Wenn du es hältst, bricht es dir das Herz.«

*Mein Herz ist schon gebrochen*, wollte Leo sagen, aber im gleichen Moment betäubte Joan sie mit Äther.

Sofort versank sie in Träume, eine undurchschaubare Flut wild durcheinandergeworfener Erinnerungen – Leo als Kind, wie sie zum Lazarett rannte; Everetts Gesicht, als er sich an jenem Morgen im Gasthaus von ihr verabschiedete; der tödliche Husten ihres Vaters in jener endlosen verregneten Nacht; Mattie, die verkündete, dass sie schwanger war; wie sie auf dem Schiff im Kleid einer anderen Frau mit Benjamin getanzt hatte; Faye mit einem gehässigen Grinsen im Gesicht; ein roter Lippenstift, mit dem alles angefangen hatte, den sie jedoch für ihr unerwartetes und dennoch über alles geliebtes Kind aufgegeben hatte.

Als sie aufwachte, war sie noch am Leben. Ihr Bauch war kleiner. Sie blutete, aber nicht stark. Joan war fort. Und das Baby ebenfalls.

»Wo …?« Leos Stimme brach.

Jia lächelte. »Du hast ein Mädchen zur Welt gebracht, ein wunderschönes kleines Mädchen.«

Die Erleichterung, die ihr diese Worte brachten, war bittersüß. »Gott sei Dank.« Dann begann sie hilflos zu weinen, so laut, dass Jia sie in den Arm nehmen und ihren Kopf an ihre Schulter drücken musste, um das Geräusch zu dämpfen.

»Sie ist fort«, schluchzte Leo, und Jia nickte.

Fort, fort, fort. Mit jedem Herzschlag hallte das Wort schmerzhaft in ihr wider. Sie hatte ihre Tochter nicht in den Armen gehalten. Sie hatte sie nicht angelächelt und ihr gesagt, dass sie geliebt wurde.

Jia blieb den Tag über bei ihr, und dann, als Leo die Tür zu beobachten begann und sich darauf vorbereitete, Joan mit Fragen über ihr Kind zu bestürmen, sagte sie: »Den soll ich dir geben, wenn Joan nicht bis abends zurück ist.«

Leo streckte die Hand aus. Briefe beinhalteten immer schlechte Nachrichten, und dieser fühlte sich an, als sei er damit getränkt – der furchtbare Gestank einer Hiobsbotschaft stieg von dem Papier auf.

*Liebe Leo,*

*bitte hass mich nicht. Das könnte ich nicht ertragen. Etwas ist passiert, deshalb kann ich nicht länger bei Dir bleiben. Das Baby ist zauberhaft. Du wärst so stolz auf sie. Mrs Parker wird ein wun-*

*dervolles Zuhause für sie finden. Sie wird geliebt werden, das verspreche ich Dir.*

*Bitte pass gut auf Dich auf und verzeih mir, wenn Du kannst.*

*In Liebe,*

*Joan*

Sprachlos reichte sie die Nachricht an Jia weiter.

»Das erklärt, warum ihre Sachen nicht mehr hier sind«, sagte Jia.

Leo blickte sich im Zimmer um. Jia hatte recht. Joan war spurlos verschwunden. »Wo ist sie? Und warum ist sie gerade jetzt gegangen?« Leos Kehle war wie zugeschnürt, und ihr kamen erneut die Tränen. »Ich brauche sie!«

Jia nahm Leos Hand. Sie öffnete den Mund, als wolle sie etwas sagen, schloss ihn aber sofort wieder.

»Was?«, fragte Leo.

»Ich will dir etwas erzählen, aber ich weiß nicht, ob jetzt der richtige Moment ist.«

»Du gehst auch weg, oder?«, fragte Leo bestürzt.

»Nein, das ist es nicht«, versicherte ihr Jia. »Es geht um Jimmy.«

»Jimmy? Bitte erzähl es mir.«

»Okay. Aber unterbrich mich, wenn du das nicht hören willst.«

Leo nickte.

»Jimmys Vater … hat sich mir aufgezwungen. Er war ein Mistkerl, der allen Ladeninhabern hier in der Gegend Geld abgeknöpft hat, damit er den Tag in einer Opiumhöhle verschlafen konnte. Jimmy ist nicht aus Liebe hervorgegangen. Ich hatte nicht geplant, ein Kind zu bekommen. Aber ich liebe ihn mehr, als ich je für möglich gehalten hätte.«

Leo brauchte Zeit für ihre Antwort, denn sie konnte nicht fassen, dass jemand ihrer Freundin etwas derart Abscheuliches angetan hatte. Dass sie ein Verhängnis überlebt hatte, von dem viele meinten, es sei schlimmer als der Tod. »Wie?«, stammelte sie.

»Wie ich es geschafft habe, Jimmy zu behalten?« Jia schnaubte. »Meine Mutter hat mich mit einem entfernten Cousin in China verheiratet. Er ist etwas langsam im Kopf, deshalb hätte ihn niemand sonst genommen. Und mich auch nicht. Die Sache wurde mit einem Austausch von Formularen geregelt. Ich habe ihn nie getroffen, auch wenn meine Mutter allen erzählt, wir hätten wunderschöne Flitterwochen in China verbracht und er müsse wegen seiner Arbeit dortbleiben. Jeden Tag betet meine Mutter für meine verdorbene Seele. Jeden Tag gehe ich in meinen Laden und bete, dass die Kunden, die meine Geschichte nicht ganz glauben, zurückkommen.«

»Deshalb brauchtest du das Geld von mir«, sagte Leo.

Jia zuckte die Achseln. »Ja.«

»Ich hätte dir noch mehr Miete bezahlt, wenn ich davon gewusst hätte.«

»Genau das ist dein Problem, Leo«, sagte Jia. »Du bist einfach zu nett. Du hättest nie Geld von einem Mädchen verlangt, das in deinen Laden kommt und fragt, ob sie die Speisekammer mieten kann. Aber das musste ich. Du kannst alles tun, was du willst, du musst nur bereit sein, es auf andere Weise anzugehen. Ein bisschen hartnäckiger zu sein.«

»Was ist mit Jimmys Vater passiert?«, fragte Leo. »Ist er im Gefängnis gelandet?«

»Gefängnis!«, rief Jia ungläubig. »Warum sollte er ins Gefängnis kommen? Ich habe nie jemandem davon erzählt, weil es niemanden interessieren würde. Seit dem Chinese Exclusion Act darf ich nicht einmal Staatsbürgerin des Landes sein, in dem ich geboren wurde, warum sollte also irgendjemand auch nur einen Finger für eine wie mich und ihr Baby krümmen? Nein, jemand hat diesen Kerl erschossen, und er ist allein in einer schmutzigen Gasse gestorben. Es gibt noch Gerechtigkeit auf der Welt.«

So viel Tod und Verlust, so viele Schmerzen und Vorurteile. »Es tut mir so leid«, flüsterte Leo, obwohl sie wusste, dass ihr Kummer Jia nicht half.

Später, nachdem ihre Freundin gegangen war, nahm Leo eine Dose Lippenfarbe vom Nachttisch, die sie seit ihrer katastrophalen Präsentation bei *Lord & Taylor* nicht mehr angerührt hatte. Sie schraubte den Deckel auf und atmete den herrlichen Duft von Jasmin und Pfingstrosen tief ein. Langsam tauchte sie den Finger in die samtgleiche Masse, deren sattes Kirschrot selbst in einem Edelkaufhaus wie *Saks* nicht fehl am Platz gewirkt hätte. Ja, es gab auch noch Schönheit, Freude und sogar einen Hauch Göttlichkeit in der Welt. Wie ihr Baby.

Eine sehr, sehr lange Nacht forschte sie tief in ihrer Seele und fand vieles, worauf sie stolz war, und vieles, was sie bereute. Warum hatte sie ein Kind zur Welt gebracht, wenn sie selbst zu viel Angst hatte, um zu tun, was sie sich auf dem Schiff geschworen hatte, nämlich, mutiger, stärker und schlauer zu werden als je zuvor? Es gab durchaus Dinge, die sie mit dem nötigen Mut schaffen konnte. Dinge, vor denen sie normalerweise zurückschrecken würde. Aber jetzt nicht mehr.

# Teil 3

# Kapitel 13

APRIL 1920 | »Ben, wie schön, dich zu sehen«, sagte Leo lächelnd.

»Leonora! Du siehst …« Benjamin hielt inne und suchte nach einem Wort, das am Rande seines Bewusstseins schwebte. Sein Blick wanderte über Leos Körper, ihren traumhaft schönen, schwarzen Rock und die schwarze, stark taillierte Jacke mit V-Ausschnitt und dem eleganten, breiten Kragen, nur wenig kürzer als der Rock. Als sie ihren Hut abnahm, kamen ihre flammend leuchtenden Haare zum Vorschein. Sie wartete, dass Benjamin weiterredete, als hätte sie keine Ahnung, warum er bei ihrem Anblick ins Stottern geriet.

»… unbeschreiblich gut aus«, beendete er seinen Satz und beugte sich vor, um sie auf die Wange zu küssen.

Leo streckte ihm die Hand entgegen. »Da dies ein geschäftliches Treffen ist«, sagte sie, »wäre es mir lieber, wenn wir uns die Hand geben. Warten wir mit den Küssen, bis wir wissen, wo wir stehen.«

Benjamin lachte überrascht. »Solange Küsse noch im Bereich des Möglichen sind.«

Leo lächelte weiter und ließ sich ihre Verwirrung nicht anmerken. Hatte Faye ihm nichts von ihrer Schwangerschaft erzählt? Er würde doch bestimmt nicht so mit ihr flirten, wenn er wüsste, dass sie vor gerade einmal zwei Monaten ein Kind zur Welt gebracht hatte. »Vielleicht sollten wir uns das Flirten auch für später aufheben«, sagte sie leichthin, setzte sich und holte eine Zigarette aus ihrer Handtasche.

Benjamin hatte sofort ein Feuerzeug zur Hand.

»Danke«, sagte sie. Vielleicht würde das gar nicht so schwierig werden, wie sie befürchtet hatte. Im selben Moment ging die Tür zu Benjamins Büro auf, und Faye kam herein. Fast hätte Leo ihre Zigarette fallen lassen, aber die Selbstbeherrschung, die sie heute Morgen zusammen mit ihrem neuen Outfit übergestreift hatte, ließ sie nicht im Stich, und sie lehnte sich entspannt zurück, als wäre ihr nichts lieber, als dass Faye ebenfalls an diesem Treffen teilnahm.

»Du bist also wirklich aufgekreuzt«, sagte Faye und nahm sich eine von Benjamins Zigaretten. »Du bist mutiger, als ich dachte.«

»Und du siehst viel besser aus als bei unserer letzten Begegnung«, erwiderte Leo gelassen und rief sich in Erinnerung, dass sie hier war, um all ihre Karten auszuspielen, und Aussteigen keine Option war.

»Ich habe Faye eingeladen«, sagte Benjamin. »Du weißt, ich wollte immer, dass sie mit von der Partie ist, wenn ich ein Kosmetikgeschäft eröffne, also sollte sie auch bei diesem Gespräch dabei sein.«

»Natürlich«, sagte Leo. »Sollen wir anfangen?«

»Gerne«, sagte Benjamin, nahm Platz und musterte Leo sichtlich irritiert, offensichtlich unfähig, die elegante, zielstrebige Frau, die er jetzt vor sich sah, mit der Person zu vereinbaren, die er vor nicht allzu langer Zeit auf einem Schlachtfeld aus schwarzer Wimperntusche in Jias Laden vorgefunden hatte.

»Vielen Dank.« Leo stand auf und legte drei ihrer Produkte sowie drei wunderschöne farbige Illustrationen vor Benjamin und Faye auf den Tisch. Ein Bild zeigte einen Lippenstift in einer eleganten silbernen Hülse mit Schiebemechanismus, auf der in schnörkeliger

Schrift *Richier* eingraviert war, ganz oben prangte ein Kristallstein. Das nächste beinhaltete eine kleine Puderdose, auf deren Deckel eine sehr moderne Illustration von einem tanzenden Pärchen zu sehen war; das Bild hätte in einem Modemagazin nicht fehl am Platz gewirkt. Und das letzte zeigte einen Mascara-Block, der ebenfalls mit einem atemberaubenden Bild, dem Schriftzug *Richier* und dem charakteristischen Kristallstein veredelt worden war.

»Vor ein paar Monaten war ich mit makellosen, aber unattraktiv verpackten Produkten bei *Lord & Taylor*«, erklärte sie. »Ich habe dort eine Geschichte über Kosmetik erzählt, die Spaß, Spannung und Wagemut für junge Frauen verhieß. Aber sie wollten Beweise, und die kann ich mir nicht leisten. Ich kann euch einwandfreie Produkte und eine Menge Ideen anbieten, wie wir sie vermarkten und an wen wir sie verkaufen können. Aber ich brauche die finanziellen Mittel, um meine Produkte ansprechend zu gestalten und so überzeugend dafür zu werben, dass Frauen sie ebenso sehr haben wollen wie *Diesseits vom Paradies*, das neue Buch von Scott Fitzgerald, in dem die Luft als ›erfüllt von Mondlicht und exotischem Abenteuer‹ beschrieben wird. Genau so sind auch die *Richier*-Kosmetikprodukte. Und die Frauen, die sie benutzen.«

Da Leo sehen konnte, dass Faye sich nur mit Mühe davon abhalten konnte, die Produkte auszuprobieren, gab sie ihr die Mascara. »Vergewissere dich, dass sie wirklich so gut ist, wie ich behaupte.«

Ohne eine ihrer typischen schlagfertigen Bemerkungen verließ Faye den Raum. Auch Leo sagte kein Wort zu Benjamin, während sie auf ihre Rückkehr warteten. Früher hätte Leo vor Nervosität sinnlos weitergeplappert; diesmal holte sie eine Zigarette heraus, und wieder beugte sich Benjamin sofort vor, um sie anzuzünden.

Sie nahm einen tiefen Zug.

»Die ist verdammt gut.« Eine Hand am Türrahmen, die andere in die Hüfte gestemmt, stand Faye plötzlich in der Tür. Mit ihren kurzen Haaren und den dichten, glänzend schwarzen Wimpern sah sie aus wie das perfekte Model.

Leo begegnete ihrem Blick. »Danke«, sagte sie. »Aber bevor ich weiterspreche, solltet ihr etwas wissen.« Sie wandte sich an Benjamin. »Ich habe im Februar ein Kind bekommen. Es war kein Mumps. Ich dachte, das sollte ich euch sagen, bevor ihr euch entscheidet, ob ihr mit mir zusammenarbeiten wollt oder nicht.«

Jetzt war es an Benjamin, nach einer Zigarette zu greifen. »Wo ist das Kind jetzt?«, fragte er dann.

»Ich weiß es nicht.« Leo sah auf ihre Hände. »Ich konnte es nicht behalten.«

Eine bleierne Stille senkte sich über den Raum, aber Leo hatte das Gefühl, die Gedanken der anderen in der Luft schwirren zu hören. Faye, die überlegte, wie sie sie am schnellsten wieder loswerden könnte. Und Benjamin, der Gott weiß was dachte.

»Soll ich euch mehr über *Richier Cosmetics* erzählen?«, fragte sie.

Benjamin nickte. »Gern. Dann sehen wir weiter.«

Als Erstes erklärte Leo, welche Produkte sie ihrer Ansicht nach herstellen sollten und dass sie dafür eine Manufaktur bräuchten. Dann erzählte sie ihm, wie lange sie schon davon träumte, dass Frauen ihre Produkte in Händen hielten, doch dass angesichts der Investitionen, um die sie ihn bat, der Name »Richier« darauf stehen müsse. Dieser Teil schmerzte sie am meisten. Doch sie hatte schon so viel durchgemacht, ohne sich unterkriegen zu lassen, und im Grunde war es ein geringer Preis dafür, dass sich ihr Wunsch erfüllte.

»Ich wäre gern für die Leitung der Alltagsgeschäfte verantwortlich«, schloss sie leise, jedoch mit fester Stimme. »Und ich möchte zwei Leute einstellen: Lottie McLean für die Gestaltung der Verpackungen und die Werbung sowie Jia Liang, die mir bei der Herstellung und den Rezepturen helfen würde.«

»Eine Chinesin?«, fragte Faye verächtlich. »Ich könnte nicht mit einer Orientalin zusammenarbeiten.«

»Dann kennst du dich sicher mit Carnaubawachs aus, ja?«, erwiderte Leo. »Und mit Bromsäure-Farbstoffen?« Sie sah Faye fest in die Augen.

»Ich glaube, wir können davon ausgehen, dass Faye nichts darüber weiß«, sagte Benjamin nach langem Schweigen. »Vielleicht sollten wir wirklich ein paar Leute einstellen. Probeweise natürlich. Ich will sehen, was sie am Ende eines Monats geleistet haben, und dann entscheide ich, ob sie bleiben dürfen.«

»Oh, du wirst wollen, dass sie bleiben«, sagte Leo. »Aber heißt das, du bist ...« Zum ersten Mal wurde sie so nervös, dass sie den Satz nicht beenden konnte.

»Interessiert?«, fragte Benjamin. »Ja.«

Leos gelassene Fassade stürzte in sich zusammen. »Wirklich?«, rief sie aufgeregt.

»Wirklich.«

»Danke!« Leo sprang auf und küsste ihn auf die Wange.

»Ich danke *dir*«, erwiderte er lächelnd.

»Ich wüsste gerne noch mehr Einzelheiten.« Fayes Stimme durchbrach den Moment wie ein kalter Hagelsturm. »Bevor *wir* uns entscheiden.« Sie setzte sich auf den Schreibtisch ihres Bruders und griff sich an den Hals, wie um an ihren Perlen herumzuspielen, und Leo fiel auf, dass sie die Kette ausnahmsweise nicht trug. »Schließlich wäre das Neuland für *Richier Industries*. Wir haben uns auf Industriegüter spezialisiert, nicht auf Gebrauchsgüter.«

»Natürlich«, sagte Leo und streifte wieder ihren Mantel der Gelassenheit über. »Ich glaube nicht, dass die Kaufhäuser ein Risiko mit uns eingehen werden, bevor wir beweisen, dass wir nachfragegerecht produzieren können, also sollten wir unseren eigenen Kosmetiksalon eröffnen. Einen Ort, wo die Frauen unsere Produkte ausprobieren können, wo wir ihnen zeigen, wie man sie benutzt, wo sie vielleicht auch endlich ihre Angst vor Mascara und Rouge überwinden. Faye ist genau die richtige Person für einen Salon: Sie wird die Kundinnen begrüßen und dafür sorgen, dass sie Spaß haben. Und die Produkte sind so himmlisch, dass ihnen keine Frau widerstehen kann, die sie ausprobiert hat. Riecht mal.« Leo öffnete die Puderdose und hielt sie Benjamin und Faye unter die Nase.

»Das riecht wie eine wunderschöne Frau«, sagte Benjamin, ohne den Blick von Leo abzuwenden, die nicht verhindern konnte, dass sie rot wurde. Doch sie preschte weiter, denn sie wollte alle Details klären, damit Faye ihren Bruder später nicht doch noch zu irgendwelchen Veränderungen überreden konnte. »Als Gegenleistung für meine Expertise und meine Rezepturen sollte ich zehn Prozent von *Richier Cosmetics* besitzen. Den Rest könnt ihr unter euch aufteilen, wie ihr möchtet.«

»Zehn Prozent!«, rief Faye fassungslos. »Für ein bisschen Farbe in einer Dose?«

»Hast du so ein Rot schon mal irgendwo anders gesehen?«, konterte Leo.

»Nun?«, hakte Benjamin nach, als Faye zögerte.

»Nein.«

»Dann hat Leo also tatsächlich etwas Wertvolles zu bieten.«

»Und den Hang, mit Männern zu schlafen, von denen sie die Finger lassen sollte.«

Leo schnappte hörbar nach Luft.

»So eine Bemerkung ist unter deiner Würde, Faye«, sagte Benjamin mit schneidender Stimme.

»Hast du mir nicht erzählt, dass du einem Mann nach England gefolgt bist, der sich als Schwerenöter herausstellte? Ich nehme an, ihr habt nicht nur Händchen gehalten«, konterte Leo.

Wenn die Stille vorher bedrückend gewesen war, war sie nun bleischwer geworden. Leo atmete tief durch. »Tut mir leid«, sagte sie. »Das war unter meiner Würde. Ich möchte, dass unser gemeinsames Projekt klappt, und das heißt, wir müssen einen Weg finden, miteinander auszukommen.«

»Nicht einmal eine Flasche Champagner zum Frühstück würde meine Sinne genug betäuben, dass das möglich wäre«, erwiderte Faye.

»Dann solltest du vielleicht zwei trinken«, sagte Leo trocken.

Benjamin lachte. »Ich habe nichts gegen ein bisschen Wettbewerbsgeist; das hält euch beide auf Trab. Aber zehn Prozent sind zu viel, Leo. Du kannst fünf haben.«

Verdammt. Hätten sie diese Diskussion doch nur zu Beginn der Besprechung geführt, bevor Leo sich von Faye hatte aufstacheln lassen. »Fünf Prozent?«, wiederholte sie.

»Ich investiere echtes Geld. Du nicht«, sagte Benjamin entschieden.

*Aber ich investiere mein Herz.* Leo schluckte die Worte hinunter, die sie zur verletzlichsten Person im Raum machen würden.

»Und ich will ganz bestimmt kein Ladenmädchen werden«, protestierte Faye vehement. »Vergiss den Salon, wir bringen die Produkte zu *Forsyths*. Mattie ist gut mit mir befreundet – und Everett ebenfalls. Ich bin sicher, er würde uns die Sachen abkaufen, wenn ich ihn darum bitte.«

»Ich glaube nicht, dass man mit uns Geschäfte machen wird, bevor wir uns bewiesen haben«, erinnerte Leo sie. »Jetzt schon an die Warenhäuser heranzutreten, wäre meiner Ansicht nach Zeitverschwendung.«

»Du warst ein Niemand, der einem einzigen Laden amateurhafte Produkte vorgesetzt hat. Aber ich bin eine Richier, und du wirst dafür sorgen, dass die Produkte so aussehen« – Faye zeigte auf die Illustrationen –, »bevor ich sie präsentiere. Mich wird man nicht abwimmeln.«

»Deine Stimme entscheidet, Benjamin«, sagte Leo und fragte sich unwillkürlich, ob es immer so sein würde: Faye und sie, die sich auf nichts einigen konnten, und Benjamin, der jedes Mal den Schiedsrichter spielte.

»Lass mich darüber nachdenken«, antwortete Benjamin. »Komm morgen noch mal her, Leo. Dann habe ich die Verträge fertig, und du musst sie nur noch unterschreiben. Du wirst fünf Prozent von *Richier Cosmetics* bekommen, Faye dreißig. Und ich fünfundsechzig.«

Das bedeutete, Benjamin würde letztlich alle Entscheidungen fällen. Aber es war das Beste, was sie momentan erreichen konnte, und Leo war froh, dass er überhaupt noch mit ihr redete. Und es war ein Anfang. Ein Ausgangspunkt, von dem aus ihre Träume Gestalt annehmen konnten.

---

»Er hat Ja gesagt!« Leo stürzte in das Apartment über Jias Laden, wo sie jetzt mit Jia, Jimmy und Jias Mutter wohnte.

»Hurra!«, riefen Lottie und Jia, die am Küchentisch warteten und Unmengen Tee und Zigaretten konsumierten, um ihre Nerven zu beruhigen. Auch Jimmy klatschte begeistert in die Hände.

»Allerdings habt ihr beide einen Monat Probezeit«, sagte Leo. »Ihr müsst also entscheiden, ob es euch den Versuch wert ist. Ich werde tun, was ich kann, damit ihr bleiben könnt. Wenn Benjamin erst einmal sieht, was ihr auf dem Kasten habt, wird er euch nicht mehr gehen lassen.«

»Natürlich ist es mir den Versuch wert«, schnaubte Lottie. »Ich werde nicht den Rest meines Lebens im Keller von *Lord & Taylor* bleiben.«

»Lasst uns ausgehen und feiern«, rief Jia. »Wie wäre es mit dem *Oriental*?«

»Das letzte Mal waren wir mit Joan dort«, sagte Leo, und ihre Hochstimmung verflog. Jeden Tag fragte sie sich, wohin Joan gegangen war und warum; je mehr Zeit verging, desto schwerer fiel es ihr, zu glauben, dass sie nur vorübergehend verschwunden war.

»Gehen wir lieber woandershin«, sagte Jia schnell. »Wie wäre es beispielsweise mit diesem Lokal in Greenwich Village, von dem du mir erzählt hast, dem mit der Wahrsagerin?«

»Eine Wahrsagerin?« Lottie war begeistert. »O ja, da müssen wir hin.«

»Okay, dann gehen wir ins *Romany Marie's*«, sagte Leo. »Ich hoffe, sie serviert Whiskey zu ihrem Kaffee. Ich könnte einen Drink gebrauchen.«

»War es so schlimm?«, fragte Lottie mitfühlend.

»Meine Seele zu verkaufen, meinst du?« Leo lächelte. »Nein. Ich erzähle euch im *Marie's* davon.«

Rasch machten sie sich ausgehfertig und stiegen in ein Taxi. Jimmy blieb bei Jias Mutter.

Im *Romany Marie's* war viel los, und die mitreißende Musik, an die sich Leo noch von ihrem ersten Besuch erinnerte, war genauso laut und flott wie beim letzten Mal. Sie setzten sich an den letzten freien Tisch, und Leo erzählte ihren Freundinnen von ihrem Treffen mit den beiden Richiers. Jia und Lottie stöhnten, als sie hörten, dass Faye dabei gewesen war.

»Ich habe sie nie getroffen, aber ich glaube, das will ich auch gar nicht«, sagte Lottie.

»Wenn wir alle zusammenarbeiten, bleibt dir wohl nichts anderes übrig«, erwiderte Leo. »Aber du solltest sie nicht danach beurteilen, was ich über sie erzähle. Vielleicht magst du sie ja.«

»Ungefähr so wie Belladonnalilien«, sagte Jia trocken. »Die sollte man auch lieber aus der Ferne bewundern.«

»Hör auf!«, lachte Leo, dann stieß sie Lottie mit dem Ellbogen an. »Der Mann dort drüben hat ein Auge auf dich geworfen. Ich erwarte, dass du mit ihm tanzt, wenn ich von der Toilette zurückkomme.«

Leo durchquerte den Raum, begegnete Maries Blick und winkte ihr zu, auch wenn sie nicht glaubte, dass Marie sich an sie erinnerte. Als sie zu ihrem Tisch zurückkam, tanzte Lottie tatsächlich mit dem Mann und wirkte ziemlich selbstzufrieden.

»Jetzt müssen wir nur noch einen Tanzpartner für dich finden«, sagte Leo zu Jia.

»Und für dich«, erwiderte Jia.

»Ich tanze nicht.«

»Das solltest du aber.«

»Vergiss nicht, was beim letzten Mal passiert ist, als ich einen Mann kennengelernt habe.« Das war das erste Mal seit der Geburt, dass Leo über ihr Baby sprach, und sie hatte es als Scherz gemeint, aber plötzlich hatte sie Tränen in den Augen.

»Du weißt, dass man vom Tanzen nicht schwanger wird.«

»Da hast du recht.« Leo blinzelte. »Also, wer soll es deiner Meinung nach sein?« Sie blickte sich um und überlegte gerade, alle Bedenken in den Wind zu schlagen und mit einem wildfremden Mann zu tanzen, als sie Everett Forsyth ein paar Meter entfernt stehen sah.

Er kam an ihren Tisch. »Nun, das ergibt Sinn«, sagte er.

»Was genau?«, fragte Leo. Nicht zu fassen, dass er ausgerechnet an diesem Abend beschlossen hatte herzukommen!

»Marie hat mich angerufen. Sie meinte, ich würde hier gebraucht. Offenbar hat sie beschlossen, sich alles andere als subtil in unsere Angelegenheiten einzumischen«, meinte Everett mit einem Lächeln. »Dann will ich nicht länger stören.«

»O nein«, schaltete sich Jia ein. »Sie sollten bleiben. Außerdem«, fuhr sie fort und mied Leos bösen Blick, »hat Leo gerade gesagt, sie hätte gerne ein Glas Whiskey, und Sie sehen mir nach einem Mann aus, der ein Fläschchen dabeihat.« Jia zog einen Stuhl vom Nebentisch heran.

Everett zögerte und sah Leo fragend an.

»Du kannst ruhig auf einen Drink bleiben«, sagte sie. »Sonst bist du völlig umsonst hergekommen.«

»Das bin ich definitiv nicht«, erwiderte er und setzte sich. Dabei ließ er Leo keine Sekunde aus den Augen, obwohl sie sich alle Mühe gab, seinem Blick auszuweichen. »Ich bin übrigens Everett«, stellte er sich vor und reichte Jia die Hand.

»Ich heiße Jia«, sagte sie. »Und ich kann mich nicht erinnern, dass Leo je einen Freund namens Everett erwähnt hat.«

Darauf ging Leo lieber nicht ein.

Einen Moment schwiegen alle, dann nahm Everett den Faden wieder auf und sagte: »Ich habe tatsächlich Whiskey dabei. Ich sehe mal nach, ob Marie mir mit ein paar anderen Zutaten aushelfen kann.«

»Wir brauchen auch noch ein viertes Glas«, sagte Jia. »Lottie kommt bestimmt bald zurück, um nachzusehen, was hier los ist.«

»Natürlich«, sagte Leo und schüttelte lachend den Kopf.

Als Everett unterwegs Lottie begegnete und sie kurz begrüßte, blieb diese abrupt stehen und starrte ihm eine Weile fasziniert nach, ehe sie zu ihrem Tisch zurückeilte. »Mich hat gerade ein umwerfend attraktiver Mann angelächelt«, verkündete sie aufgeregt.

»Ein Freund von Leo«, sagte Jia. »Er holt uns allen gerade einen Drink.«

»Warum habe ich diesen Kerl noch nie getroffen, Leo?«, platzte Lottie heraus.

»Er ist verheiratet«, antwortete Leo schlicht.

»Oh«, sagte Jia, »das erklärt einiges.«

»Wo bleibt der Drink?«, fragte Leo in dem verzweifelten Versuch, vom Thema abzulenken.

»Hier ist er schon.« Everett schob ihr ein Glas zu. »Ich nehme an, dein Geschmack hat sich nicht geändert?«

»Nein.« Leo konnte sich das alberne Lächeln nicht verkneifen, das immer auf ihrem Gesicht erschien, wenn Everett in der Nähe war. Sie nippte an ihrem Old Fashioned. »Schmeckt hervorragend.«

»Ja, allerdings«, stimmte Jia zu. »Ein Mann, der gut aussieht und obendrein einen guten Geschmack hat. Das sieht man selten.«

»Jia!«, rief Leo empört.

Aber Everett stimmte in Lotties und Jias Gelächter ein. »Danke«, sagte er. »Also, was führt euch hierher?«

»Wir haben was zu feiern«, erklärte Lottie. »Ich bin keine Schaufensterdekorateurin mehr, sondern … Ja, was bin ich eigentlich genau?«, fragte sie Leo.

»Du bist die Managerin, die dafür zuständig ist, überall Schönheit zu verbreiten«, sagte Leo.

»Klingt gut«, grinste Lottie.

Everett sah Leo an, eine unausgesprochene Frage in den Augen.

»Ich schaffe es nicht allein; ich brauche Geld«, sagte Leo. »Also habe ich Benjamin Richier einen Vorschlag gemacht. Jia und Lottie sind ebenfalls mit von der Partie. Vor dir sitzt das Team von *Richier Cosmetics*!« Sie hob ihr Glas.

»Gratuliere!«, sagte Everett, und man sah ihm an, dass es von Herzen kam.

»Außerdem werde ich einen Teil des Geschäfts übernehmen«, sagte Leo. »Fünf Prozent.«

»Da hat Benjamin aber ein Schnäppchen gemacht.«

»Als ich sein Büro betreten habe, hatte ich nichts, jetzt habe ich wesentlich mehr.«

»Wo ist Joan? Hast du auch für eine Krankenschwester einen Platz bei *Richier Cosmetics* gefunden?«, fragte Everett neckisch.

Der Mann, mit dem Lottie vorhin getanzt hatte, kam zurück, um es noch einmal zu versuchen, und ersparte es Leo, Joans Abwesenheit erklären zu müssen. Jia seufzte theatralisch. »Wenn mich doch nur jemand zum Tanzen auffordern würde …«

Everett stand auf. »Wollen wir?«

»Ich dachte schon, Sie fragen nie.«

Leo stöhnte. »Der Cocktail ist dir anscheinend zu Kopf gestiegen«, sagte sie zu Jia.

»Das hat ein Old Fashioned so an sich«, entgegnete Everett und führte Jia auf die Tanzfläche.

Ja, ein Old Fashioned hatte definitiv eine berauschende Wirkung, davon konnte Leo ein Lied singen. Besonders, wenn es draußen in Strömen regnete und man ihn vor einem prasselnden Kaminfeuer mit Everett Forsyth trank. Sie schaute zu, wie er mit Jia tanzte, die hemmungslos mit ihm flirtete, und lächelte, als sie sah, wie locker er damit umging.

Dann änderte sich die Musik, ein Mann klopfte Jia auf die Schulter, und sie tanzte mit ihm weiter. Everett kam zum Tisch zurück und reichte Leo die Hand. »Würdest du auch mit mir tanzen, bevor ich gehe?«

Leo stand auf. »Ein einziges Mal, ja«, antwortete sie und nahm seine Hand. Die Berührung elektrisierte sie, und sie merkte, wie auch ihm der Atem stockte. Zwar tanzten sie in respektvollem Abstand, aber es reichte, dass ihre Hand auf seiner Schulter ruhte und die seine auf ihrem Rücken.

»Faye wird dich vielleicht bei *Forsyths* besuchen, um mit dir zu reden«, sagte Leo, um sich von seiner Nähe abzulenken. »Ich möchte gern einen eigenen Salon eröffnen, sie möchte die Kosmetik lieber in den Kaufhäusern unterbringen. Aber ich glaube, wir sollten erst zeigen, was wir können.«

»Du weißt hoffentlich, dass ich *Richier Cosmetics* ohne Wenn und Aber in unser Sortiment aufnehmen würde.«

»Normalerweise würdest du eine solche Entscheidung nicht persönlich treffen, oder?«

»Normalerweise nicht, nein.«

»Dann tu es bitte auch nicht für mich, sondern lass wie üblich deinen Abteilungsleiter entscheiden. Ich will nicht auf Gefälligkeiten angewiesen sein.«

»Bist du sicher?«

»Ja.«

Langsam kamen sie sich näher. Ein paar Zentimeter trennten sie noch voneinander, doch Leos Wangen brannten, und sie sah die Schlagader an Everetts Hals pulsieren.

»Mattie hat inzwischen ihr Kind bekommen?«, fragte Leo in der Hoffnung, dass es die Hitze, die seine Nähe in ihr auslöste, dämpfen würde.

»Ja. Eine Tochter, Alice. Sie ist zauberhaft.«

Leo beobachtete sein Gesicht. Es war wie verwandelt. Alle Anspannung war verschwunden; seine Augen waren klarer, und auf einmal sah er so glücklich aus, wie Leo gehofft hatte. »Du bist verliebt.«

»Das bin ich. Sie ist das Kostbarste auf der Welt. Ich wünschte, du könntest sie kennenlernen.« Everett lächelte, und das war zu viel. Sie waren sich zu nahe.

Gleichzeitig wichen sie beide einen Schritt zurück.

Zum Glück, denn in diesem Moment kamen Faye und Benjamin Richier mit einem Pulk betrunkener Freunde zur Tür herein. Da Leo und Everett direkt am Eingang getanzt hatten, hatten sie jedoch keine Chance, unbemerkt zu bleiben.

»Forsyth!«, rief Benjamin, als er Everett sah. Und dann: »Leonora? Was macht ihr denn hier?«

»Ich bin mit Lottie und Jia unterwegs, ich habe dir doch vorhin von ihnen erzählt.« Leo deutete auf den Tisch, wo Jia und Lottie saßen und die Szene beobachteten.

»Aber du treibst dich mit Everett auf der Tanzfläche herum. Wo ist Mattie?«, fragte Faye mit schwerer Zunge und sah sich demonstrativ suchend in dem kleinen Raum um.

»Zu Hause«, antwortete Everett. »Und ich wollte auch gerade aufbrechen. Bitte verabschiede dich für mich von Lottie und Jia«, sagte er zu Leo und holte seinen Hut von der Garderobe. »Gute Nacht.«

»Gute Nacht«, sagte sie und versuchte, ihm nicht nachzusehen, als er die Treppe hinunterlief, auf dem Weg zu seiner Frau und seiner Tochter.

»Das war eigenartig«, sagte Faye. »Genau wie dieser Ort. Der müsste dringend ein bisschen aufgemöbelt werden.«

»Ich bin sicher, wenn du eine Flasche Champagner und einen Platz auf der Tanzfläche findest, schaffst du das im Nu«, meinte Leo trocken.

»Das ist die Mühe nicht wert. Zur Bohème zu gehören ist nichts im Vergleich dazu, reich zu sein. Komm schon, Ben, verschwinden wir wieder. Hey, Leute!«, rief Faye ihren Freunden zu. »Wir gehen zurück zu Tex.«

»Viel Spaß«, sagte Leo.

»Warum kommst du nicht mit?«, schlug Benjamin vor. »Ich möchte nicht, dass du mit verheirateten Männern tanzen musst.«

»Aber ich bin mit Jia und Lottie hier«, erwiderte sie. »Wir sehen uns morgen, richtig?«

Er musterte sie durchdringend und ignorierte Faye, die ihm zurief, er solle sich beeilen. »Ja, morgen um neun.«

»Ich freue mich schon«, sagte sie und meinte es auch so.

---

Leo erreichte Benjamins Büro in der Wall Street pünktlich, mit dumpfen Kopfschmerzen und einem trockenen Hals vom Rauchen.

»Lucky Strike?«, fragte er und öffnete ein goldenes Zigarettenetui.

»Ich glaube, davon hatte ich letzte Nacht schon zu viele.«

Benjamin lehnte sich auf seinem Stuhl zurück, zündete sich eine Zigarette an und deutete auf die Papiere, die zwischen ihnen auf dem Tisch lagen.

Leo nahm sie und blätterte zur letzten Seite, wo sie ihren Namen fand.

Sie unterschrieb schwungvoll.

»Mein Traum wird Wirklichkeit«, sagte sie und konnte ihr Lächeln nicht unterdrücken.

»Der Champagner steht bereit«, sagte er und deutete auf eine Flasche in einem Eiskübel auf der Anrichte. Aber er schenkte ihnen nicht ein. Stattdessen fragte er: »Erzählst du mir noch etwas über dein Baby?«

»Ich nehme vielleicht doch eine Zigarette.« Mit zittrigen Fingern nahm sie Benjamins Zigarettenetui entgegen, schaffte es jedoch nicht, das Feuerzeug zu bedienen. Nachdem sie es ein paarmal vergeblich versucht hatte, stand Benjamin endlich auf, nahm es ihr ab, und es funktionierte beim ersten Versuch.

Leo nahm einen tiefen Zug. »Was ich dir über das Baby erzählt habe, muss reichen«, sagte sie in ausdruckslosem Ton.

»Ich könnte es aber zu einer Bedingung machen, die du erfüllen musst, bevor ich mit dir zusammenarbeite«, wandte er ein.

An diesem Punkt hätte Leo für gewöhnlich klein beigegeben, aber sie erinnerte sich daran, was Jia ihr nach der Geburt des Babys gesagt hatte: Es war schön und gut, in einem neuen Kleid und voller Selbstvertrauen zu einem Geschäftstermin zu gehen und eine einstudierte Rede zu halten, doch wahre Stärke zeigte sich in der Fähigkeit, mit dem Unerwarteten umzugehen. Sie legte ihre Zigarette im Aschenbecher ab und sah Benjamin fest in die Augen. »Ja, das könntest du«, sagte sie ruhig. Dann schwieg sie.

Auch Benjamin wartete. Als klar war, dass Leo nichts weiter sagen würde, nahm er ihre Zigarette und inhalierte. »Aber ich tue es nicht. Außerdem bevorzuge ich eine Frau mit Erfahrung.«

Das ließ er sie erst einmal verdauen, während er endlich die Champagnerflasche öffnete und zwei Gläser mit dem golden prickelnden Getränk füllte. Eines davon reichte er ihr. »Auf *Richier Cosmetics*.«

»Darauf trinke ich«, sagte Leo. »Und danke.«

Doch ihr einziger Gedanke war: *Was zur Hölle habe ich Benjamin gerade überschrieben?*

# Kapitel 14

Am nächsten Tag holte Benjamin Leo, Lottie und Jia in seinem Rolls-Royce ab, und sein Chauffeur fuhr sie nach Upstate New York, wo er eine Fabrik hatte, die nur darauf wartete, Leos Kosmetik herzustellen. Er fädelte es so ein, dass Jia vorne neben dem Fahrer saß und Lottie an einer der Türen, so dass er mit Leo in der Mitte sitzen konnte. Er legte ihr einen Arm um die Schultern, und Jia, die das Ganze beobachtete, warf Leo einen fragenden Blick zu.

»Ihr werdet Büros bei *Richier Industries* in der Stadt haben«, erklärte Benjamin. »Gebt mir einfach Bescheid, wenn ihr in der Fabrik fertig seid, dann lasse ich euch abholen.«

»Ein eigenes Büro! Und ein Chauffeur!« Lottie konnte vor Aufregung kaum stillsitzen. »Sie wissen, dass Sie für mich gerade der tollste Mann der Welt sind, oder? Habe ich mich schon oft genug bedankt?«

Benjamin lachte. »Ihr habt euch alle schon öfter als nötig bedankt.«

Leo lächelte. Benjamin konnte so nett sein, wenn er wollte. Wie jetzt, wenn er ihre Freundinnen entzückte.

»Ich mag es, dich glücklich zu sehen«, flüsterte er ihr ins Ohr.

»Ich glaube, von jetzt an wirst du mich nur noch glücklich sehen«, scherzte sie. »Ich kann es kaum erwarten, die Fabrik zu besichtigen.«

»Jede andere Frau würde sich viel mehr über Nerzmäntel und Schmuck freuen«, sagte Benjamin.

»Dazu sagen wir auch nicht Nein«, meinte Jia, und alle lachten.

Sie erreichten ihr Ziel in Hochstimmung, und ihre Laune wurde sogar noch besser, als sie die gigantische Fabrik sahen.

»Das gehört alles Ihnen?«, fragte Lottie atemlos.

»Allerdings«, sagte Benjamin. »Und es ist höchste Zeit, dass diese Fabrik wieder produziert.«

»Dann sollten wir loslegen!«, rief Leo. »Wir brauchen einen Farbreiber, einen Mischkessel und eine Kehlmaschine – und das ist alles nur für die Lippenschminke.«

»Sprich mit Reg«, sagte Benjamin. »Das ist der Vorarbeiter. Er besorgt dir alles, was du brauchst, installiert es und heuert das nötige Personal an. Aber du musst entscheiden, wann du mit der Produktion anfangen willst. Ich will nicht, dass die Arbeiter hier untätig herumsitzen.«

»Ich will Proben, wie du sie uns gezeigt hast, bis Ende des Monats.« Rücksichtslos drängte sich Faye, die gerade eingetroffen war, ins Gespräch.

»Faye«, sagte Leo. »Wie schön, dass du kommen konntest. Aber wie sollen wir diese Proben herstellen, wenn wir die benötigten Geräte noch nicht haben?«

»Das ist dein Problem.« Faye beachtete Jia und Lottie überhaupt nicht. »Ich will *Forsyths* einen Knaller präsentieren, bevor ihre Schönheitsabteilung überfüllt ist.«

»An der Rezeptur für die Lippenschminke muss ich noch arbeiten«, erwiderte Leo. »Die Farbe hält nicht lange genug, und ich will keine unfertigen Produkte anbieten.«

»Ende des Monats.« Faye wandte sich an ihren Bruder. »Komm, lass uns verschwinden. Fahren wir zurück in die Stadt.«

»Jetzt hast du deinen Termin«, sagte Benjamin zu Leo. »Reg wird bald hier sein. Sag ihm einfach, was du brauchst.«

Damit rauschten die Richiers davon, perfekt gekleidet, makellos frisiert, vollkommen sorglos.

»Ich nehme an, das war Faye«, sagte Jia.

»Ja«, antwortete Leo mit einem tiefen Seufzen. »Aber macht euch ihretwegen keine Sorgen. Das ist mein Job. Wir müssen nur das Unmögliche möglich machen. Seid ihr bereit für die erste von sehr, sehr vielen Herausforderungen, oder wollt ihr lieber wieder gehen?«

Lottie schnaubte. »Machst du Witze?«

»Ich gehe nicht.« Jia verschränkte die Arme vor der Brust. »Aber du musst uns sagen, was zwischen dir und Benjamin vorgeht.«

»Ich weiß es nicht«, sagte Leo aufrichtig.

»Wenn diese Sache zwischen euch auseinandergeht, was wird dann aus uns?«, fragte Jia.

»Zwischen uns gibt es nichts, also kann auch nichts auseinandergehen«, sagte Leo, obwohl sie selbst nicht recht wusste, ob das der Wahrheit entsprach. Sie machte eine ausladende Geste, die den gesamten Raum einschloss. »Jetzt seht euch doch mal an, was wir haben! Eine eigene Fabrik! Vielleicht werden wir in ein paar Wochen tatsächlich schon eigene Produkte herstellen. Stellt euch vor, ihr betretet eine Damentoilette und seht, wie eine Frau *Richier*-Lippenstift aufträgt. Das wird ein großartiges Gefühl sein, oder nicht?« Ihr Lächeln war zurück und Lotties ebenfalls. Nur Jia wirkte nicht begeistert.

»Das will ich auch«, sagte sie. »Aber nicht nur so lange, wie diese Sache zwischen dir und Benjamin hält. Faye wirkt, als würde sie uns liebend gern beim ersten Anzeichen von Ärger vor die Tür setzen.«

Leo drückte ihre Hand. »Bitte mach dir keine Sorgen. Ich werde tun, was immer ich tun muss, damit das hier klappt.«

—

»Eosin!«, rief Leo, als sie etwa eine Woche später in die Fabrik gerannt kam, wo Lottie, Jia und sie die meiste Zeit verbrachten. Ihre Büros an der Wall Street benutzten sie kaum.

»Das klingt nach einer Obszönität oder einer Krankheit, die ich mir nicht einfangen will«, sagte Jia. »Also, was davon ist es?«

»Keins von beidem.« Leo führte Jia zum Werktisch, wo sie mit kleinen Rezepturmengen ihre Experimente durchführten, bevor sie alles durch die Maschinerie jagten. »Ich glaube, ich habe unser Lippenstift-Problem gelöst. Die Pigmente, die wir verwenden, halten nicht lange. Aber Eosin hinterlässt einen unverwischbaren Film auf den Lippen! Und anscheinend ist gutes altes Kastoröl das perfekte Lösungsmittel für Eosin, weil es so zähflüssig ist. Also werden wir das verwenden. Natürlich riecht es furchtbar, aber da kommst du ins Spiel.«

»Wir brauchen einen stärkeren Duft, der es überdeckt«, sagte Jia.

»Ganz genau.«

Ein lautes Kreischen ließ sie erschrocken herumwirbeln. Lottie kam auf sie zugerannt und wedelte mit etwas in der Luft. »Unsere erste Puderdose!«, rief sie. »Seht euch das an!«

Lottie reichte Leo eine umwerfende, silberne Dose, deren Deckel mit einer von Lotties Illustrationen verziert war.

»Wunderschön«, hauchte Leo, und so war es. Lotties Zeichnung einer elegant gekleideten Frau mit rot geschminkten Lippen, Rouge auf den Wangen und getuschten Wimpern, die mit einer Zigarette in der Hand selbstbewusst den Blick schweifen ließ, war perfekt auf die Metalldose übertragen und machte sich dort ganz hervorragend. Die Dose war schon jetzt ein Objekt der Begierde, man brauchte sie nicht einmal zu öffnen.

»Bei diesem Anblick will doch jeder tanzen gehen und die Nacht durchmachen«, triumphierte Lottie.

»Ja, allerdings.« Leo packte Lottie und Jia bei den Händen. »Könnt ihr es fühlen? Es passiert wirklich. Wir haben die Puderdose. Ich glaube, das letzte Problem mit der Lippenfarbe ist gelöst. Und seht euch die Mascara-Blöcke dort drüben an. Das ist kein Traum mehr; es ist real.«

»Das kannst du laut sagen«, stimmte Lottie zu.

Jia blickte sich wie Leo in der Fabrik um, sah die Kessel, die Gussformen und die Proben, die sie noch auf Geruchsstabilität, Festigkeit und Haltbarkeit überprüfen mussten. »Aber habt ihr auch in der Zeitung gelesen, dass es in Utah einen Gesetzentwurf gibt, nach dem Frauen womöglich demnächst ein Bußgeld zahlen müssen oder ins Gefängnis kommen, wenn sie einen Rock tragen, der kürzer als drei Zentimeter über den Fußknöcheln ist? Was, wenn die Frauen dadurch noch mehr Angst haben, Mascara zu benutzen?«

»Was, wenn sie es dadurch noch viel mehr wollen?«, erwiderte Leo frech.

Jia lachte. »Du hast wirklich auf alles eine Antwort.«

»Das ist mein Job. Apropos, wir müssen zu unserem Termin bei der Werbeagentur, Lottie.«

»Stell dir nur vor, wenn auch noch Werbung für uns gemacht wird!«

»Benjamin ist ganz schon großzügig mit seinem Geld«, sagte Jia zu Leo.

»Ich bekomme von ihm ein festes Budget, und daran halte ich mich. Nichts weiter.«

Benjamins Chauffeur fuhr sie zurück in die Stadt zu den Büroräumen von J. Walter Thompson. Auf der Fahrt blätterten Leo und Lottie alle möglichen Zeitschriften durch, fanden jedoch nur Werbungen, die das Gegenteil von dem machten, was *Richier*-Kunden ihrer Auffassung nach ansprechen würde.

»Sieh dir das an«, sagte Leo und deutete auf ein Bild eines *Odorono*-Deodorants und den dazugehörigen Werbetext, der den Frauen versprach, dieses Produkt werde sie davor bewahren, alle Freunde zu verlieren und sich zum Gespött ihres gesamten sozialen Umfelds zu machen. »Wir wollen Frauen nicht durch Beschämung dazu treiben, unsere Lippenschminke zu kaufen; wir wollen, dass sie sich dadurch wundervoll fühlen. Stark und mutig.«

»Wie wäre es damit?«, sagte Lottie und las laut vor: »*Wenn du zwanzig bist, deine Haut aber schon schlaff und leblos wirkt, dann bist du alt.*«

Leo zog die Stirn kraus. »Das können wir doch bestimmt besser machen.«

Doch als sie im mit grünem Teppich ausgelegten Sitzungssaal von J. Walter Thompson an einem massiven Mahagoni-Tisch saßen, war sie sich nicht mehr so sicher. Das Erste, was ihnen die Agentur gezeigt hatte, um ihre Fachkenntnis in der aufstrebenden Kosmetik-Industrie unter Beweis zu stellen, war genau dieselbe *Odorono*-Werbung. Der Mann, der sie ihnen präsentierte, war sehr höflich, aber in seiner Stimme schwang ein herablassender Unterton mit, der Leo fast zur Weißglut brachte – als wüsste er besser als sie, wie man Frauen dazu brachte, Lippenstift zu kaufen.

»Arbeiten hier auch Frauen?«, unterbrach sie ihn schließlich.

Mr Goodwin hielt mitten in seiner langatmigen Rede inne. »Ah, natürlich, ein paar.« Er sah zu Mr Buchman – sein Chef, vermutete Leo –, um die Erlaubnis einzuholen, von dem Skript, das er vorbereitet hatte, abzuweichen.

»Könnten Sie bitte eine von ihnen herholen? Am besten eine junge Frau«, sagte Leo. »Wenn es Ihnen nichts ausmacht.«

Mr Buchman neigte leicht den Kopf. »Holen Sie Miss Delancey«, wies er Mr Goodwin an.

Der verschwand und kam wenig später mit einer Frau zurück, die sich auf der Tanzfläche des *300 Club* sicher wie zu Hause gefühlt hätte.

»Miss Delancey«, begann Leo, »wären Sie so nett, mir zu sagen, was Sie von dieser Werbung halten? Fühlen Sie sich angesprochen? Können Sie es kaum erwarten, loszulaufen und das Produkt zu kaufen?«

Zögernd blickte Miss Delancey erst zu Mr Buchman, dann zu Mr Goodwin und schließlich zu Leo. Leo konnte sehen, dass sie etwas zu sagen hatte, aber nicht sicher war, ob es das Risiko wert war.

»Meine Herren«, sagte Leo freundlich, aber fest. »Könnten Sie uns bitte einen Moment allein lassen?«

Mr Buchman setzte zu einer aufgebrachten Erwiderung an, doch Leo kam ihm zuvor. »Damit würden Sie mir einen sehr großen Gefallen tun.«

Widerwillig gab er nach. Sobald er weg war, wandte sich Leo an Miss Delancey. »Ich bin Leo. Ich hoffe, es macht Ihnen nichts aus, dass wir Sie hereingerufen haben.«

»Ich bin Lil. Und nein, das ist schon in Ordnung. Sind Sie sicher, dass Sie hören wollen, was ich zu sagen habe?«

»Absolut.«

»Nun ja, die Unsicherheit der Frauen auszunutzen mag profitabel sein, aber das würde ich nicht tun. Ich habe Ihren Brief gelesen, als er eingetroffen ist. Sie wollen, dass die Frauen mit Ihren Produkten Freude und Spaß haben. Wussten Sie, dass sich zwei reiche Unternehmergattinnen mit einem Haufen anderer alter Schachteln zusammengetan haben, um gegen Kleider, die zu viel Haut zeigen, und sittenwidriges Tanzen vorzugehen?«

»Ja, davon habe ich gehört«, sagte Leo. »Aber wie hilft uns das weiter?«

Lils Augen funkelten. »Das können wir nutzen, um Lippenstift noch begehrter zu machen.« Sie kritzelte ein paar Wörter auf ein Blatt Papier und zeigte es Leo: *Tief ausgeschnittene Kleider, gerollte Strümpfe und kurze Röcke sind ein Werk des Teufels und werden Chaos und Vernichtung über kommende Generationen bringen.* »Das hat der Präsident der University of Florida vor Kurzem von sich gegeben. Das könnten wir neben dem Bild einer schönen, umwerfend geschminkten Frau mit kurzem, ausgeschnittenem Kleid abdrucken, und dann wollen wir doch mal sehen, wie viele Frauen sich auf die Seite des Teufels schlagen.«

»Wollen wir so ein Wagnis eingehen?«, fragte Lottie an Leo gewandt.

Leo grinste. »O ja, das wollen wir.«

---

Sie wurden zwei Wochen nach dem von Faye festgelegten Termin mit allem fertig, was Leo immer noch als Wunder erachtete. Am Morgen des vereinbarten Treffens bei *Forsyths* zog sie das stilvolle schwarze Kleid an, das sie damals getragen hatte, um Faye und Benjamin ihren Plan zu präsentieren, und wartete in ihrem Büro auf Faye. Ihr Termin bei *Forsyths* war um elf, und um viertel vor begann sie unruhig auf und ab zu laufen.

Zehn vor eilte sie in Benjamins Büro und ignorierte die Sekretärin, die sie ankündigen wollte. Benjamin führte eine hitzige Diskussion am Telefon.

Leo wartete ungeduldig, und eine Minute später knallte er den Hörer auf die Gabel. »Was ist los?«, fragte sie.

»Die verdammten Stahlarbeiter streiken schon wieder. Sie sind erst seit einer Woche wieder in der Fabrik, und jetzt wollen sie noch mehr. Alle wollen mehr, Leonora. Irgendwann gewöhnt man sich daran, aber das kostet mich eine Menge Geld.« Auf seiner Stirn waren tiefe Sorgenfalten.

»Was machst du dann noch hier?«, fragte sie.

»Wie meinst du das?«

»Warum bist du nicht dort und redest mit den Männern?«

»Das erledigt mein Anwalt.«

»Benjamin, du kannst sehr charmant und überzeugend sein, wenn du es darauf anlegst. Glaub mir«, sagte sie mit einem Lächeln, »ich habe den Richier-Charme selbst schon einige Male zu spüren bekommen. Auf dem Schiff zum Beispiel, als du zum ersten Mal von *Richier Cosmetics* gesprochen hast, als könnte dieser Traum eines Tages Wirklichkeit werden.«

»Und jetzt ist er es«, sagte er und lächelte zurück.

»Und genau deshalb solltest du selbst mit den Männern reden. Lass sie spüren, was ich damals gespürt habe.«

Er musterte sie einen Moment, und tatsächlich verflüchtigte sich ihr Groll, auch wenn er sich bei ihrer Diskussion über die Kaufhäuser auf Fayes Seite geschlagen hatte. Er sah aus, wie sie sich die meiste Zeit fühlte: besorgt, unsicher, angespannt, als wisse er nie recht, was er tun sollte, müsse aber trotzdem eine Entscheidung treffen und konnte nur das Beste hoffen.

»Vielleicht werde ich selbst hinfahren«, sagte er. »Danke für den Rat.«

»Gern geschehen.«

»Also, weshalb wolltest du mich sehen?«

»Ich suche Faye.«

»Sie trifft sich mit Mattie Forsyth zum Mittagessen.«

»Oh.« Leo ließ sich auf einen Stuhl sinken, ohne eine Einladung abzuwarten.

»Wie gut kennst du Mattie?«, erkundigte sich Benjamin. Die Frage klang zu gezwungen, um aufrichtig gemeint zu sein, und sie rief Leo unwillkürlich in Erinnerung, wie sie im *Romany Marie's* mit Everett getanzt und Benjamin sie zusammen gesehen hatte. Sofort verringerte sich das Mitgefühl, das sie gerade noch für Benjamin empfunden hatte.

»Matties Familie hat mich nach New York begleitet. Das weißt du doch bestimmt noch.«

Benjamin zündete sich eine Zigarette an. »Kennst du Everett gut?«

*Besser als irgendjemanden sonst auf der Welt, abgesehen von mir selbst,* dachte Leo. »Ich bin ihm auf dem Schiff ein paarmal begegnet.« Das war keine Lüge, aber die Wahrheit war zu kostbar, um sie Benjamin anzuvertrauen. »Wenn Faye beim Mittagessen ist, was wird dann aus dem Termin bei *Forsyths*?«, fragte sie, um das Thema zu wechseln.

»Den hatte sie schon um neun.«

»Um neun? Mir hat sie gesagt, er wäre um elf.«

»Sie musste ihn vorverlegen. Außerdem wolltest du doch gar nicht an die Kaufhäuser herantreten. Sie hatte die Befürchtung, dass du dir deine Zweifel bei einem Treffen zu deutlich anmerken lässt.«

Es erforderte all ihre Selbstbeherrschung, nicht an die Decke zu gehen. »*Richier Cosmetics* ist wie ein Teil von mir. Ich würde meine Zweifel bei jeder Besprechung im Zaum halten, weil ich will, dass unsere Produkte gut ankommen. Ich fasse es nicht, dass Faye mir nichts davon gesagt hat, und du auch nicht!«

Plötzlich wurde Leo bewusst, dass sie aufgesprungen war. Und dass sie ihren Chef anschrie, der das ganze Unterfangen mit einem Fingerschnippen beenden könnte. »Tut mir leid«, sagte sie und setzte sich wieder. »Ich wollte nur …« Sie verstummte. *Ich wollte nur sicherstellen, dass Faye das Richtige sagt.* Denn Faye wusste nicht, wie die Produkte hergestellt wurden, sie kannte die Details ihrer Werbekampagne nicht, für sie war *Richier Cosmetics* keine Herzensangelegenheit.

»Du bist sehr schön, wenn deine Gefühle mit dir durchgehen«, sagte Benjamin. »Lass uns eine Spritztour machen.«

»Jetzt? Aber wie ist Fayes Termin denn gelaufen?«

»Das erzählte ich dir gleich. Wenn du eine Spritztour mit mir machst.« Benjamin hielt ihr den Arm hin.

Leo unterdrückte ein frustriertes Stöhnen. »Also gut«, sagte sie und hakte sich bei ihm unter. Sie musste sich beruhigen, bevor sie es sich mit Benjamin endgültig verscherzte.

Sie wechselten kein Wort miteinander, während der Chauffeur sie ins Vergnügungsviertel Tenderloin in Midtown fuhr, wo Benjamin ausstieg.

»Warum sind wir hier?«, fragte Leo. Der Gehsteig war um diese Zeit so gut wie leer; die Prostituierten, die sonst auf der Straße ihrem

Geschäft nachgingen, erholten sich noch von letzter Nacht, und die Männer, die ihre Dienste in Anspruch nahmen, verdienten ihr täglich Brot. An diesem Ort war nichts Schönes zu finden, kein Anzeichen davon, dass ein paar Blocks entfernt die Promenade an der Fifth Avenue lag, der Weg zu Ruhm und Reichtum. Hier, abseits des Broadway und der vornehmen Upper East Side, strahlten keine hellen Lichter mehr, und die Pfandleihhäuser und Ramschläden luden alle, die Geld benötigten, ein, auch die letzten Wertsachen zu Bargeld zu machen.

Die Hochbahn ratterte über sie hinweg, der Ruß rieselte auf ihre Köpfe. Benjamin wartete, bis sie vorbeigedonnert war, dann ergriff er das Wort. »*Forsyths* hat unser Angebot abgelehnt.«

Obwohl Leo es gar nicht bei *Forsyths* hatte versuchen wollen, krampfte sich ihr Magen zusammen – noch ein Fehlschlag …

»Warum?«

»Aus genau dem Grund, den du genannt hast. Wir haben noch nicht gezeigt, dass wir genug produzieren können. Sie wollen nicht schon so kurz nach Eröffnung ihres Kaufhauses ein solches Risiko eingehen.«

Leo legte eine Hand auf einen Stuhl, der verlassen vor einer Bar mit vernagelten Fenstern stand. Weit und breit war niemand zu sehen; Benjamin und Leo standen sich allein vor einer heruntergekommenen Kneipe gegenüber.

»Hör zu, Leo. Auf dem Schiff oder nach unserer Ankunft in New York hättest du ohne Weiteres eine Möglichkeit finden können, mit mir zu schlafen. Dann hättest du mir das Baby unterschieben und mich nötigen können, dich zu heiraten.«

Leo konnte sich ein Lachen nicht verkneifen. »Benjamin, die Vorstellung, dass jemand wie du jemanden wie mich heiratet, ist lächerlich. Du bist für eine Angehörige der feinen Gesellschaft bestimmt – jemanden wie Dorothea Winterbourne. Und Faye würde schon bei dem Gedanken ausflippen.«

»Mach dir um Faye keine Sorgen«, wiegelte Benjamin ab. »Damit will ich sagen: Es wundert mich, dass du dich wegen einer verpatzten Verhandlung mit einem Warenhaus um die Zukunft von *Richier Cosmetics* sorgst. Dabei solltest du doch Freudensprünge machen, weil uns jetzt nichts anderes übrig bleibt, als einen eigenen Salon zu eröffnen.«

»Wirklich?«

Benjamin deutete auf die Kneipe hinter Leo. »Das war das erste Geschäft, das mein Vater gekauft hat. Wir haben unser Geld mit Spirituosen verdient, bevor er in die Produktion gegangen ist. Als ich das Geschäft übernahm, hatte sich das Viertel, in das er investiert hatte, stark verändert, und ich habe alle Kneipen verkauft. Und jetzt sieh dir diesen Schuppen an. Hättest du je gedacht, dass sich alles, was ich erreicht habe, hierher zurückverfolgen lässt?«

Leo starrte Benjamin erstaunt an. »Ich hatte keine Ahnung.«

»Damit gehe ich auch nicht hausieren. Aber ich komme hin und wieder her, wenn es nicht gut läuft.« Benjamin holte zwei Zigaretten heraus, zündete sie an und reichte Leo eine davon.

Mit dem Rücken an die baufällige Wand gelehnt, rauchten sie eine Weile schweigend. Leo genoss den Moment der Kameradschaft, der Ehrlichkeit, in dem sie das Herz unter dem Anzug des Geschäftsmanns zu sehen bekam. »Ich mag es, wenn du so redest«, sagte sie leise.

»Wenn ich gewusst hätte, dass du mich mehr magst, wenn ich dich hierher bringe, hätte ich das schon viel früher getan«, sagte er lächelnd. »Das Tenderloin ist der Weg zu allen möglichen Reizen einer Frau, aber wer hätte gedacht, dass es auch der Weg zu ihrem Herzen ist?«

»Jetzt flirtest du aber«, meinte Leo lachend und hatte ausnahmsweise einmal nichts dagegen, denn das Bild von Benjamin als Mann, der sich aus dem Alkohol-Geschäft zum Besitzer eines der größten Industriekonzerne Amerikas hochgearbeitet hatte, berührte sie. Ein Mann, der jahrelang vaterlos gewesen war und Faye so gut wie allein großgezogen hatte. Wenn es ums Geschäft ging, neigte er zur Rücksichtslosigkeit, aber vielleicht hatte er nur so überleben können.

»Faye gefällt es sicher nicht, wenn wir jetzt doch einen Salon eröffnen«, sagte Leo. »Aber ich werde mit ihr reden. Das musst du nicht für mich erledigen. Ich will sie dabeihaben; sie kennt die richtigen Leute und ist bestimmt gut darin, so gern sie auch über ›Ladenmädchen‹ herzieht.«

»Nun denn, fahren wir zurück zum Büro. Du kannst es bestimmt kaum erwarten, mit der Planung des Salons anzufangen.« Benjamin reichte ihr die Hand, um sie zum Auto zurückzuführen, und Leo nahm sie lächelnd.

»Als Erstes muss ich geeignete Räumlichkeiten finden. Kannst du dir vorstellen, die Worte *Richier Cosmetics* auf einer Markise in der Fifth Avenue zu sehen?« In ihrer Aufregung umfasste sie seine Hand fester.

»Ich kenne genau den richtigen Ort.« Benjamin beugte sich zum Fahrer vor und sprach kurz mit ihm. »Wir sehen es uns gleich an.«

Die Fifth Avenue mit all dem Verkehr, den unzähligen Geschäften und Menschen war eine willkommene Abwechslung zum Tenderloin, und schon bald hielt das Auto vor einem Gebäude, bei dessen Anblick Leo sofort wusste, dass es perfekt war – nur ein paar

Blocks von *Forsyths* entfernt und weit genug im Norden, dass die Frauen, die sie anlocken wollte, gerne hier einkaufen würden.

»Wann kann ich es mir von innen ansehen?«, fragte Leo und lehnte sich so weit aus dem Fenster, dass ihr der Wind fast den Hut vom Kopf wehte. »Ich will, dass unser Salon aussieht, als gehöre er zu einem Nachtclub. Ein intimer Ort, wo sich eine Frau hübsch machen kann, bevor sie eine Flüsterkneipe betritt.«

Benjamin lachte. »Ich sage meiner Sekretärin, sie soll den Immobilienmakler anrufen und fragen, ob wir das Gebäude noch heute Nachmittag besichtigen können.«

»Heute Nachmittag!«, rief Leo aufgeregt und zog den Kopf zurück ins Auto. »Ich werde den ganzen Tag an nichts anderes denken können. Aber wird das nicht schrecklich teuer?«

»Du wirst einfach dafür sorgen müssen, dass das Geschäft schnell Geld einbringt.«

»Danke! Dieser Tag hat schrecklich angefangen, aber jetzt will ich, dass er nie zu Ende geht.«

»Wenn man lange genug wartet, bekommt man immer, was man sich wünscht«, sagte Benjamin und musterte sie eindringlich. »Ich dachte keine Sekunde lang, dass Faye bei *Forsyths* Erfolg haben würde. Jetzt hat sie keine Wahl mehr, was den Salon angeht. Man gewinnt mehr, wenn man die andere Person ihre Fehler selbst machen lässt.«

Leo ließ die Hand, mit der sie vor Freude die seine umklammert hatte, abrupt sinken. »Hast du das auch gemacht?«, fragte sie leise. »Mit mir?«

Benjamin zuckte die Achseln. »Ich wusste, dass du dein Ziel ohne Geld niemals erreichen würdest. Dass du, wenn ich warte …«

»… Geld von dir erbetteln würde«, vollendete Leo den Satz. »Also war alles, was du auf dem Schiff zu mir gesagt hast, über entschlossene Leute und wie sehr du meine Entscheidung bewunderst, eine Lüge?«

»Aber nein, im Gegenteil. Ich wusste einfach, dass du, wenn es dir wichtig genug wäre, deine Skrupel irgendwann überwinden und mein Angebot annehmen würdest.«

Da war sie wieder, diese Rücksichtslosigkeit, die Leo wieder fünf Schritte zurückweichen ließ, wenn sie gerade einen großen Schritt auf ihn zugemacht hatte. »Aber wovon hängt dein Angebot ab?«

»Ich denke, ich habe kein Geheimnis daraus gemacht, dass ich dich will.« Benjamin sah ihr fest in die Augen, und diesmal machte er keinen Hehl aus seiner Begierde.

»Dann muss ich dir etwas sagen«, erwiderte Leo. »Ich will genauso ehrlich sein wie du.«

»Lass es mich einfacher für dich machen«, sagte Benjamin. »Du liebst mich nicht. Jemand hat dir das Herz gebrochen. Ich bin nicht auf der Suche nach Liebe. Du bist vielleicht nicht die Einzige mit einem gebrochenen Herzen.«

Hinter der Begierde flackerte etwas anderes in seinen Augen auf – ein tiefer Schmerz, den sie nur allzu gut kannte.

»Zusammen wären wir unaufhaltsam«, sagte er. »Du hast ein Händchen fürs Geschäft.«

Er hatte ihre Frage nicht beantwortet. Also stellte sie sie erneut: »Aber wie viel von dem Geschäft hängt davon ab, ob wir zusammenkommen? Würdest du mich auch unterstützen, wenn es keine Chance gäbe …«

»Gibt es denn keine Chance?«

»Ich weiß es nicht.«

Benjamin zuckte die Achseln. »Nun, das ist zumindest kein klares Nein. Geschäft ist Geschäft. Ich will Profit machen, und das werde ich, ganz gleich, was passiert.«

Sie entschied, ihm zu glauben, froh, das Thema auf sich beruhen zu lassen. Sie hatte gefragt, und er hatte ihr eine Zusage gegeben. Sie konnte Jia versichern, dass alles in Ordnung war.

Das Auto hielt am Bürogebäude von *Richier Industries*, und Leo öffnete die Tür.

Benjamin hielt sie zurück. »Du wartest doch nicht etwa auf Everett Forsyth, oder?«

Leo erstarrte, nur ihr Atem beschleunigte sich so sehr, dass sie kein Wort herausbrachte.

»Mattie würde ihn nie gehen lassen«, fuhr er fort. »Besonders jetzt, da er ein sehr erfolgreiches Unternehmen leitet. Er hat Geld, die beiden haben ein Kind. Ich hätte vorhin sagen sollen, dass sich manche Wünsche erfüllen, wenn man lange genug wartet. Nicht alle.«

Leo zwang sich zur Ruhe. »Ich gehe wieder an die Arbeit«, sagte sie und wandte sich zum Gehen. »Schließlich muss ich Profit machen, nicht wahr?«

# Kapitel 15

Im September 1920 feierte der Salon seine Eröffnung. An diesem Tag stand Leo mit Jia und Lottie im Hauptraum, und als sie sich das Ergebnis ihrer Bemühungen ansah, erfüllte sie ein tiefer Stolz. Das Grammophon spielte Al Jolsons »Avalon«, die Wände waren mit Drucken der Bilder dekoriert, die auch die Deckel ihrer Puderdosen zierten, und sie hatte die Kosmetika im Vorzimmer ausgestellt – geöffnet, damit ihre Kundinnen sie gleich ausprobieren konnten. Das einzig Traurige war, dass Joan nicht hier war; sie wäre völlig aus dem Häuschen, wenn sie sehen könnte, wie weit Leo gekommen war, seit sie in der Apotheke Leos erste schwarze Wimperntusche ausprobiert hatte. Leo verdrängte den Gedanken. Joan würde nicht zurückkommen; das war ihr nun klar. Sie hatte zu viel verlangt, als sie Joan gebeten hatte, ihr mit dem Baby zu helfen, und so ihre Freundin für immer verloren.

Doch es brachte nichts, der Vergangenheit nachzuhängen. Leo kehrte in die Gegenwart zurück, schenkte drei Gläser Champagner ein und reichte Jia und Lottie je eines. »Stoßen wir darauf an, dass der *Richier's Salon* einer der meistbesuchten Läden der Upper East Side wird.«

»Hört, hört«, riefen Lottie und Jia wie aus einem Munde.

Leo stellte ihr Glas ab und lächelte verlegen. »Das muss er auch – ich bin so gut wie pleite.«

»Bekommst du keinen Lohn?«, fragte Lottie entsetzt.

»Zwanzig Dollar die Woche. Benjamin bietet immer wieder an, mir mehr zu bezahlen, er kann also nichts dafür«, versicherte Leo, »aber das will ich nicht, solange der Salon noch kein Geld einbringt.« Sie setzte sich auf den nächstbesten Stuhl. »Jede Nacht, wenn ich ins Bett gehe, habe ich schreckliche Angst, dass ich Benjamins Geld ausgebe und nichts dabei herauskommt. Dass unsere Produkte niemandem gefallen werden. Dass es keine Marktlücke für uns gibt, weil Elizabeth Arden alles okkupiert.« Sie schüttelte den Kopf. »Ist das so ungefähr die schlechteste Motivationsrede, die ich am Eröffnungstag halten könnte?«

»Wir müssen nur dafür sorgen, dass die Leute zufrieden sind«, sagte Lottie zuversichtlich. »Bei unserer Werbung werden sie garantiert kommen.«

»Vergiss nicht, dass wir auch auf Faye zählen können«, sagte Jia trocken. »Glaubt ihr, sie erscheint zur Eröffnung?«

»Das lässt sie sich ganz sicher nicht entgehen«, sagte Leo. »Wenn niemand kommt, wird sie es uns ordentlich unter die Nase reiben, und wenn die Leute uns die Bude einrennen, wird sie dafür die Lorbeeren einheimsen.«

Alle lachten. In diesem Moment klopfte es an der Tür, und Leo ließ Lil Delancey herein, die Frau, die ihnen mit ihrer Werbekampagne geholfen hatte. »Ich brauche Mascara«, sagte sie mit einem Grinsen.

»Natürlich«, sagte Leo und grinste zurück. Sie holte Mascara, Rouge, Lippenstift und Puder aus dem Schaukasten, packte alles in eine Tüte und reichte sie Lil. »Nimm das.«

Lil öffnete ihre Geldbörse, aber Leo schüttelte den Kopf. »Das geht aufs Haus«, sagte sie. »Als Dank.«

Lils Grinsen wurde noch breiter. »Ich danke *dir*«, sagte sie. »Dafür, dass du Mascara zu etwas machst, das ich nicht heimlich per Post bestellen muss, als wäre sie genauso anrüchig wie Opium oder geschmuggelter Alkohol. Ich glaube, dein Salon wird viel bewirken, Leo.«

Leo strahlte übers ganze Gesicht. Genau das hatte sie sich gewünscht: Frauen eine Wahl und die Gelegenheit zu geben, etwas Neues für sich zu entdecken.

Während sie Lil noch nachblickte, sah sie ein Auto vor dem Salon halten. Ein Mann mit einem Strauß roter Rosen stieg aus, winkte Leo zu, und sie öffnete die Tür für Everett Forsyth.

»Herzlichen Glückwunsch«, sagte er, überreichte ihr die Blumen und drückte ihr einen keuschen Kuss auf die Wange.

»Danke.« Leo wusste, dass ihr die Freude über seinen Besuch im Gesicht geschrieben stand, aber das kümmerte sie nicht.

»Ich stelle die Blumen für dich in eine Vase«, bot Lottie an.

»Das kann ich doch selbst machen«, erwiderte Leo.

»Nein, bleib du hier. Ich habe hinten sowieso noch ein paar Sachen zu erledigen.«

»Und ich muss in die Fabrik. War nett, dich zu sehen, Everett.« Jia winkte ihnen zu und sauste davon.

Leo lachte. »War das ihre nicht gerade subtile Art, uns allein zu lassen?«

Auch Everett lachte. »Ich glaube schon.« Er hielt inne. »Wissen sie …?«

»Ich habe es ihnen nicht erzählt. Aber ich glaube, sie können es sich denken.«

Everett machte einen Schritt in Richtung Tür. »Ich wollte dir nur sagen, dass ich heute an dich gedacht habe. Aber ich bleibe nicht lange, ich hatte schon Sorge, Benjamin wäre hier.«

»Ich habe das seltsame Gefühl, dass er abwartet, ob der Salon ein Erfolg wird, bevor er sich persönlich hier blicken lässt. Irgendwie verstehe ich das sogar, schließlich möchte ja niemand mit einem Misserfolg in Zusammenhang gebracht werden.«

»Dein Salon wird kein Misserfolg, Leo«, sagte Everett sanft.

Als Leo es wagte, ihn direkt anzusehen, bereute sie es sofort, denn es war nahezu unerträglich, die Lippen zu sehen, die sie einst so leidenschaftlich geküsst hatte, den Körper, den sie in den Armen gehalten hatte, den Mann, mit dem sie ihr ganzes Leben verbringen wollte. »Danke, dass du an mich glaubst«, sagte sie.

»Ich denke immer noch, dass du einen größeren Anteil an dem Unternehmen verlangen solltest«, meinte er. »Und zwar jetzt, bevor es richtig losgeht. Das hast du verdient. Was hat Faye denn wirklich geleistet? Oder Benjamin?«

»Na ja, er hat eine Menge Geld in dieses Unternehmen investiert«, erwiderte Leo.

»Und ich wette, du hast eine Menge Zeit und Fachkenntnis hineingesteckt.«

Leo seufzte. »Es ist schwierig, Benjamin um etwas zu bitten.«

»Weil er eine Gegenleistung will?«

»Vielleicht. Und er hat etwas gesagt, das ganz danach klang, als hätte er von Anfang an gewusst, dass er mich irgendwann preiswert bekommt – wenn ich verzweifelt genug bin. Wahrscheinlich möchte er nicht mehr für etwas bezahlen, das er im Grunde schon hat.«

»Willst du damit sagen, dass er und du …«

»O nein!«, antwortete Leo hastig. »Wir sind nicht zusammen. Ich habe von unserer Geschäftsbeziehung geredet. Aber die ist genauso kompliziert.«

»Ich habe Mattie um die Scheidung gebeten.«

»Wirklich?«, flüsterte Leo und hasste sich für die zarte Hoffnung, die bei seinen Worten in ihr aufkeimte; eine Scheidung war schmerzhaft, das wusste sie, so etwas sollte man niemandem wünschen.

»Ich habe Mattie alles gegeben, was sie wollte.« Everett rieb sich erschöpft das Gesicht. »Aber wir verstehen uns einfach nicht. Ich habe getan, was ich ihr versprochen habe. Jetzt ist es an der Zeit, dass ich tue, was *ich* will. Das heißt, falls du immer noch …«

»Aber natürlich.« Sie lächelte ihn an und sah ihre eigene Freude in seinem Gesicht widergespiegelt. »Aber was hat Mattie dazu gesagt?«

»Sie hat sich geweigert, darüber zu sprechen. Aber das hätte ich bei meinem ersten Versuch auch nicht anders erwartet. Ich bin sicher, ich kann sie umstimmen. Ich werde ihr bezahlen, so viel sie will; es ist mir völlig gleichgültig. Alles, was ich will, ist Alice.«

»Wie geht es ihr?«

»Sehr gut«, sagte er mit einem liebevollen Lächeln. »Sie ist im Auto. Der Chauffeur passt auf sie auf. Möchtest du sie sehen?« Er hob die Hand. »Natürlich nicht. Entschuldige, das war eine dumme Frage.«

»Aber nein, ich möchte sie liebend gern kennenlernen«, sagte Leo.

Everett führte sie zum Auto. Eine Tür war geöffnet, um frische Luft hineinzulassen, davor stand der Chauffeur Wache. In einem Körbchen auf dem Rücksitz schlief ein kleines Mädchen. Leo blieb fast das Herz stehen, und sie klammerte sich Halt suchend an Everetts Arm. »Wie alt ist sie?«, flüsterte sie.

»Tut mir leid«, sagte Everett kopfschüttelnd. »Ich wollte dich nicht verletzen.«

»Das hast du nicht.« Leo versuchte zu lächeln. »Es kommen nur so viele Gefühle auf einmal hoch.«

»Sie ist sieben Monate alt«, sagte Everett stolz.

Sieben Monate. Ungefähr so alt wie Leos Tochter, wo immer sie sein mochte. Leo war froh, dass Everett sie stützte, denn in diesem Kind hatte sie einen Geist gesehen. Den Geist des kleinen Mädchens, nach dem sie jedes Mal suchte, wenn sie ein Baby sah, auch wenn sie noch nie eines als ihr eigenes erkannt hatte. Wahrscheinlich würde das nie geschehen. »Warum ist sie nicht zu Hause bei Mattie?«

»Das Kindermädchen ist krank. Und Mattie findet es … schwierig, allein auf Alice aufzupassen.«

Leo verzog das Gesicht bei dem Gedanken, dass Mattie das Baby, das sie zu ihrem großen Glück hatte behalten können, so vernachlässigte, während Leo fast jede Minute an ihr verlorenes Kind dachte.

»Ich nehme Alice oft mit zur Arbeit«, fuhr Everett fort. »Sie schläft in meinem Büro. *Forsyths* hat viele weibliche Angestellte, daher bekommt sie pausenlos Zuwendung.«

Das Baby regte sich und öffnete die Augen. Es blinzelte ein paar Mal, dann erblickte es seinen Vater, und auf seinem Gesicht breitete sich das glücklichste Lächeln aus, das Leo je gesehen hatte. Alice strampelte ihre Decke weg, kicherte und streckte eine Hand nach Everett aus.

»Sieh doch nur!«, rief Leo entzückt.

Everett beugte sich ins Auto, um seine Tochter herauszuholen. Sie schmiegte sich an seine Schulter, für sie offensichtlich der gemütlichste, sicherste und schönste Ort der Welt.

Leo strich Alice sanft über die Wange. »Sie ist wunderschön. Und du bist offensichtlich ein wundervoller Vater.«

»Leo.« Everett blickte sie über den Kopf seiner Tochter eindringlich an.

Es tat unsäglich weh, ihn so zu sehen; der Mann, in den sie noch immer verliebt war, ein Vater, der sein Kind über alles liebte, jedoch verheiratet mit einer anderen Frau.

Ein Auto rauschte an ihnen vorbei und riss Leo aus ihren Gedanken. Sie durfte nicht mit Everett an der Fifth Avenue stehen und die Wange seiner Tochter streicheln. »Ich sollte wieder reingehen«, sagte sie. »Vielen Dank für die Blumen. Und dass du gekommen bist.«

»Deinen Eröffnungstag hätte ich mir um nichts in der Welt entgehen lassen. Und ich werde weiter mit Mattie über eine Scheidung reden, das verspreche ich dir.«

»Ich würde dir gern viel Glück wünschen, aber das klingt herzlos.«

»Es ist nicht so, als hätten Mattie und ich uns je geliebt.«

Behutsam legte Everett seine Tochter, die ihn immer noch strahlend anlächelte, in ihr Körbchen zurück, und Leo beobachtete diesen perfekten Moment gegenseitiger Liebe, der von Everetts nächsten Worten noch bestärkt wurde: »Trotz allem bin ich unendlich froh, Alice zu haben.«

—

»Ich bin beschwipst und in Hochform!« Zwei Minuten vor neun flog die Tür auf, und herein rauschte Faye. Ihr Kleid hatte einen Riss, ihr Make-up war eine Katastrophe, und sie stank nach Alkohol.

Leo starrte sie entsetzt an. Wie konnte Faye am Eröffnungstag so aufkreuzen? »Du musst sofort nach Hause und dich frisch machen. Ich komme den Vormittag schon ohne dich zurecht.«

»Das lasse ich mir um nichts in der Welt entgehen«, verkündete Faye. »Ich brauche nur ein neues Kleid, ein neues Gesicht und ein Glas Champagner.«

»Ich glaube, davon hattest du schon mehr als genug«, erwiderte Leo, fasste Faye am Arm und führte sie nach hinten zu ihrem Büro, so weit weg wie möglich von den Türen, durch die jeden Moment die ersten Kundinnen kommen konnten. »Ich habe ein Kleid, das ich dir leihen kann.«

Sie nahm das Ersatzkleid vom Bügel, das sie immer an der Tür hängen hatte, weil sie so oft Überstunden machte, dass es leichter war, die Nacht über zu bleiben, statt nach Hause zu gehen. Es war eine exakte Kopie des Kleids, das sie gerade trug, ursprünglich ein *Worth*-Design, fließende Seide mit einem Stufenrock, der wie ein Wasserfall bis zur Mitte ihrer Wade fiel. Ihr Kleid war rosafarben, und sie reichte Faye das andere, blaue.

»Wir werden aussehen wie Zwillinge«, sagte Faye lachend. »Womöglich werden die Leute denken, wir wären verwandt.« Sie fuchtelte mit einem Finger vor Leos Gesicht herum. »Und genau das willst du.«

»Faye, du musst dein Make-up in Ordnung bringen«, sagte Leo, ohne auf ihre absurde Bemerkung einzugehen. »Bist du sicher, dass du nicht lieber nach Hause gehen möchtest?«

»Auf keinen Fall. Ich will sehen, was hier passiert.«

Leo eilte in den Salon und fühlte, wie ihre gelassene Fassade trotz aller Bemühungen Risse bekam. *Das wird schon*, sagte sie sich immer wieder. Faye würde nicht absichtlich die Eröffnung sabotieren, denn dann müsste sie sich vor Benjamin dafür verantworten.

Trotzdem machte das Warten sie immer nervöser. Sie ging im Salon umher, rückte Schminkdosen zurecht, die schon richtig standen, und säuberte Pinsel, die bereits sauber waren, doch angesichts Fayes Zustands ging sie schließlich los, um nach dem Rechten zu sehen. In ihrem Büro fand sie Faye über den Schreibtisch gebeugt, wie sie ein weißes Pulver schnupfte.

Leo schloss die Augen. Das konnte doch nicht wahr sein! Sie hatte mit so vielen Eventualitäten gerechnet, aber dass Faye am Eröffnungstag nicht nur betrunken sein, sondern unter Drogen stehen würde, wäre ihr niemals in den Sinn gekommen. In diesem Moment klingelte die Glocke über der Eingangstür; vermutlich eine Kundin. Vielleicht würde Faye ja einschlafen und Leo die ganze Arbeit überlassen. Sie hoffte es inständig.

Sie eilte zurück in den Salon und reichte den beiden jungen Frauen, die hereingekommen waren, lächelnd die Hand. »Ich bin Leo East. Willkommen im *Richier's Salon*.«

»Das ist also der Ort, an dem wahrscheinlich die Sitten einer ganzen Generation ruiniert werden«, erwiderte die eine der beiden Frauen.

Leo lachte. »Sie haben in der Presse über uns gelesen?«

»Allerdings.«

Die Werbungen, die Lil Delancey für sie kreiert hatte, waren die letzten zwei Wochen in der *Vogue* veröffentlicht worden. Die Zeitungen hatten sofort davon Wind bekommen und *Richier Cosmetics* mit F. Scott Fitzgerald und den Flapper Girls in Verbindung gebracht, mit skrupellosen Mädchen, die alle möglichen Sünden begingen – genau die Art von öffentlicher Aufmerksamkeit also, von der Leo geträumt hatte.

»Ich bin Gloria Morgan«, stellte die Frau sich vor. »Und das ist meine Schwester Thelma.«

»Bitte setzen Sie sich doch«, sagte Leo und versuchte, ihre Aufregung im Zaum zu halten. Die Morgan-Schwestern waren für ihr gigantisches Vermögen bekannt. Sie dirigierten die gehobene Gesellschaft von New York, obwohl sie noch Teenager waren. Es war bekannt, dass der millionenschwere Unternehmer Reggie Vanderbilt Gloria umwarb, und angeblich hatte ein Prinz ein Auge auf Thelma geworfen.

»Wir werden bald sechzehn«, sagte Thelma. »Zu diesem Anlass feiern wir eine Party und möchten unseren Gästen etwas ganz Besonderes als kleines Geschenk geben.«

»Wie ich sehe, hast du die Morgans getroffen.«

Leos Magen krampfte sich zusammen. Das war unverkennbar Fayes Stimme.

»Faye. Wie schön, dich zu sehen.« Gloria schenkte Faye ein Lächeln, das nicht ganz echt war, und Leo beschlich der Verdacht, dass Faye und die Morgan-Schwestern nicht gut aufeinander zu sprechen waren.

»Ich hole euch ein Glas Champagner«, sagte Faye. »Dann kann ich euch meinen Salon zeigen.«

*Fayes* Salon? Das tat weh. Aber natürlich hatte Faye recht. An der Tür stand nicht Leos Name.

»Nein, danke. Leo kümmert sich sehr gut um uns.«

Erneut bimmelte die Glocke über der Tür, und diesmal krampfte sich Leos Magen nicht nur zusammen, sondern drehte sich um, denn sie sah Mattie Forsyth durch die Tür marschieren.

»Sieht aus, als hätte Leo noch eine Kundin, um die sie sich kümmern muss.« Faye grinste. »Mattie braucht bestimmt deine Fachkenntnis. Du stellst das Zeug ja her und weißt am besten, womit man einen attraktiven Mann wie Everett Forsyth an sich bindet.« Damit brachte Faye die Morgan-Schwestern zu den Stühlen am anderen Ende des Raumes, ließ den Korken einer Champagnerflasche knallen, stellte das Grammophon lauter und begann, Schminkdöschen vor sich auf den Tisch zu türmen.

Leo fürchtete, sich übergeben zu müssen. Wie war es möglich, dass es Faye trotz all des Alkohols und der Drogen nicht ebenso erging? »Mattie«, stammelte sie. »Wie kann ich dir helfen?«

»Ich hätte gern mehr Farbe im Gesicht«, sagte Mattie herrisch. »Nach einer Geburt ist man immer so blass.«

Leo zeigte ihr ein Töpfchen mit Rouge. »Wollen wir vielleicht damit anfangen, deine Wangen zu betonen? Deine Haut ist wundervoll, ein sanfter Pfirsichton würde dir gut stehen.«

»Ich dachte, Rouge wäre nur was für Flittchen«, erwiderte Mattie und starrte auf Leos geschminkte Wangen.

»Aber nein«, sagte Leo und hoffte, ihre Stimme würde sie nicht im Stich lassen. »Viele junge Frauen tragen Rouge, um ihre natürliche Schönheit zu betonen.« Sie klang hölzern, als hätte sie eine Rede einstudiert. Sie versuchte es noch einmal: »Wollen wir einfach etwas davon auflegen, damit du dir selbst ein Bild machen kannst?«

Mattie nickte, und Leo begann, ihr Gesicht zu pudern. Der Puder war weich und angenehm auf der Haut, und er roch wie ein exotischer Garten.

»Was ist das für ein herrlicher Geruch?«, fragte Gloria Morgan, kam zu Leo herüber und nahm das silberne Puderdöschen vom Tisch. »Sieh dir das an, Thelma. Den könnte man glatt essen! Und er riecht, als käme er direkt aus dem Orient.«

»Ich finde den Geruch penetrant«, bemerkte Mattie.

Faye setzte sich, schlürfte ihren Champagner und beobachtete das amüsante Spektakel.

»Ich wette, wenn ich das im *300 Club* trage, laufen mir die Männer nach, als wäre ich der Rattenfänger von Hameln«, fuhr Gloria fort.

»Wenn dir so etwas gefällt«, sagte Mattie abfällig.

»Dir etwa nicht?«, erwiderte Gloria. »Welche Frau will keinen geheimen Zauber, der die Männer vor ihr auf die Knie fallen lässt?«

»Ich dachte, der nennt sich Geld«, schnaubte Faye.

Leo wusste nicht, wie sie reagieren sollte, aber die Morgan-Schwestern lachten. Irgendwie musste Leo Faye die Champagnerflasche unauffällig entwenden, doch da auch die Morgans trotz der frühen Stunde dem Champagner zusprachen, sollte er wohl bleiben.

»Hier ist das Rouge, das ich dir empfehlen würde«, sagte Leo und hielt Mattie die Dose hin. Mattie reagierte, als sei sie schockiert.

»Das ist viel zu gewagt«, rief sie.

»Aber wenn du nur ein klein wenig hier aufträgst« – Leo tupfte Mattie das Rouge mit dem Pinsel auf die Wangenknochen –, »dann strahlt dein Gesicht.«

Thelma klatschte in die Hände. »Oh, das ist fabelhaft! Du siehst aus wie ausgewechselt!«

Mattie begutachtete sich kritisch. »Das ist nichts für mich«, fauchte sie, und Leo betete, dass die Morgans Mattie als das sahen, was sie war – eine reizbare Frau –, und sich nicht von ihrem Vorhaben, Partygeschenke zu kaufen, abbringen lassen würden.

»Mehr Champagner!«, brach Faye das Schweigen, wie immer die Stimmungskanone in Person, und ausnahmsweise war Leo froh darüber. Sie wünschte nur, Mattie würde auch einen Schluck trinken und sich entspannen. Sie wollte unbedingt wissen, was Faye den Morgans zeigte. Warum hatte sie die Puderquasten geholt, obwohl die doch eindeutig nicht das Richtige waren?

Gloria ging zurück zu Faye, und Leo hörte sie sagen: »Wir wollten etwas Besonderes. Etwas, das niemand sonst hat.«

»Ihr wisst genauso gut wie ich, dass es so etwas an der Upper East Side nicht gibt. Wir haben alle alles«, erwiderte Faye.

Leo stand auf, obwohl sie Mattie bedienen sollte. Sie holte eine Dose Rouge aus der Tasche und zeigte den Morgans das Bild von einem tanzenden Pärchen auf dem Deckel. Die Frau schmiegte den Kopf an die Schulter des Mannes, als hätte sie einen Platz gefunden, den sie nie wieder verlassen wollte.

»Die könnten wir für Sie herstellen«, sagte Leo. »Mit einem eigens angefertigten Bild von Ihnen beiden, wie Sie tanzen, als wären Sie im *300 Club*, umschwärmt von allen Männern.«

»Das wäre ja großartig«, hauchte Thelma und küsste Leo auf die Wangen. Doch Leo hatte keine Zeit, sich zu freuen, denn Mattie beschwerte sich: »Ich dachte, du wolltest mir helfen.«

»Selbstverständlich«, versuchte Leo sie zu beschwichtigen. »Fangen wir noch einmal von vorne an.«

»Wenn das doch nur möglich wäre«, sagte Faye kichernd.

»Faye, vielleicht könnest du aufschreiben, wie viele Rougedöschen wir herstellen sollen und wann die Party stattfindet«, sagte Leo in eisigem Ton.

»Das wollte ich gerade machen«, lallte Faye.

Leo sah den Blick, den die Morgans austauschten – wenn die Produkte nicht so schön gewesen wären, hätten sie wahrscheinlich längst das Weite gesucht.

Leo entfernte das Rouge von Matties Gesicht und fing neu an. Ein paar Minuten später standen die Morgans auf, ohne sich bei Faye zu bedanken, blieben bei Leo jedoch kurz stehen. »Es war schön, Sie kennenzulernen«, sagte Thelma.

Dann schwebten die beiden Schwestern davon.

»Vielleicht kann mir Faye jetzt helfen«, grummelte Mattie.

»Wenn dir das lieber ist«, sagte Leo höflich.

»Legen wir los.« Faye gab sich keine Mühe, ihren Schluckauf zu verbergen, und ließ sich auf einen Stuhl gegenüber von Mattie plumpsen. »Hol mir Mascara«, sagte sie zu Leo.

»Ich glaube nicht, dass Mattie Mascara will«, erwiderte Leo.

»Natürlich will sie das«, widersprach Faye. »Das wird ein Spaß«, drängte sie Mattie, die tatsächlich nickte.

Um den Mascara-Block zu holen, musste Leo ans andere Ende des Raumes. Faye und Mattie senkten die Stimme zu einem Flüstern, doch Leo war dennoch sicher, dass sie das Wort »Everett« hörte. Mit der Mascara in der Hand kehrte sie zu den beiden zurück.

»Wir brauchen sie doch nicht«, sagte Faye. »Mattie ist ziemlich aufgebracht, und wenn sie anfängt zu heulen, verläuft das Zeug doch bloß.«

Mattie sah nicht im Geringsten aufgebracht aus, sie wirkte so ruhig wie ein Gesellschaftszimmer an der Upper East Side und genauso protzig. »Gibt es ein Problem?«, erkundigte sich Leo trotzdem.

»Nein, nicht mehr«, antwortete Mattie. »Faye hat mich nur an etwas erinnert, nämlich dass Kinder bei ihren Müttern bleiben sollten. Und dass ein Mann, wenn er seine Kinder liebt, bei ihr bleiben sollte.«

Matties Worte trieften vor unterschwelliger Bedeutung, und Leo wusste, dass es am besten gewesen wäre, einfach zu gehen und eine Zigarette zu rauchen. Aber ihr riss der Geduldsfaden. »Ich bin nicht sicher, ob *Richier Cosmetics* die Produkte herstellt, die zu dir passen, Lady Mattie«, meinte sie ironisch.

Nach einer kurzen, angespannten Stille überspielte Mattie ihre Niederlage, indem sie sagte: »Rouge ist definitiv nur etwas für Flittchen«, bevor sie davonstürmte.

»Nun, ich gehe dann mal einen Kaffee trinken.« Faye grinste breit. »Als kleinen Muntermacher.«

*Das Letzte, was du brauchst, ist ein Muntermacher*, schrie Leo innerlich, als Faye durch die Tür stolzierte, dann nahm sie ein Glas und schleuderte es an die frisch gestrichene Wand. Es zerbarst in tausend Stücke und hinterließ Champagner-Flecken auf der weißen Tapete.

Das Geräusch lockte Lottie an. »Was war das?«

Leo ging zu dem Tisch, an den sich Faye gesetzt hatte, angeblich, um sich Notizen zu machen. Sie hielt ein Blatt Papier hoch. »Das sollte eine Liste der Stückzahl und Liefertermine einer großen Bestellung Rougedöschen für die Morgan-Schwestern sein – genau die Leute, die wir als Kunden haben wollen.«

»Da steht aber nichts«, sagte Lottie.

»Keine Telefonnummer, keine Lieferadresse, keine Angaben zur Bestellung, nichts.« Leo zeigte auf den Tisch. »Dort ist das Rouge, das ich kreiert habe.« Sie zeigte auf die Bilder an den Wänden. »Das sind die Werbe-Entwürfe, an denen du wochenlang gearbeitet hast.« Sie nahm ein weiteres Produkt zur Hand. »Das ist die Mascara, die Jia mir geholfen hat zu verfeinern. Fayes Beitrag zu diesem Unternehmen sind leere Champagnerflaschen, mit Lippenstift verschmierte Gläser, die sie nie abwäscht, und die fehlende Bestellung unserer ersten Kundinnen. Wenn nur Faye hier arbeiten würde, wäre *Richier's* innerhalb eines Monats bankrott.«

»Kannst du sie nicht irgendwie loswerden?«, fragte Lottie freiheraus.

Leo schüttelte den Kopf. »Ich bin ihre Angestellte. Sie kann höchstens mich loswerden.«

»Dann sprich mit Benjamin.«

»Ich will nicht, dass er denkt, ich würde nicht mit Faye fertig.«

»Wirst du denn mit Faye fertig?«

*Verdammt.* Sie wollte nicht, dass Lottie an ihr zweifelte. Sie wollte nicht jedes Mal zusammenzucken, wenn Faye den Salon betrat. Und vor allem wollte sie nicht darüber nachdenken, was Mattie über Kinder und ihre Mütter gesagt hatte – wie sie den winzigen Hoffnungsschimmer, der nach ihrem Treffen mit Everett in ihr aufgeflackert war, im Keim erstickt hatte.

# Kapitel 16

Leo ließ Lottie ein Produktdesign für die Morgan-Schwestern entwerfen, dann brachte sie es noch am selben Nachmittag mit einer Geschenkbox voller *Richier*-Produkte für jede und haufenweise Entschuldigungen bei ihnen zu Hause vorbei. Zum Glück konnte sie die beiden überzeugen, dass nur *Richier Cosmetics* imstande war, die richtigen Party-Geschenke zu liefern, was, nachdem sie Lotties Design gesehen hatten, nicht einmal besonders schwer war.

Überglücklich und mit einer Bestellung in der Hand machte sie sich auf den Rückweg. Jetzt brauchte sie dringend eine Pause. Mit nur einem Salon konnten sie nicht genug verkaufen, um wirklich etwas zu bewirken, aber wenn sie sich einen Namen machten und die Frauen anfingen, in Kaufhäusern nach ihren Produkten zu fragen, wären sie im Geschäft.

An der Ecke Fifth Avenue und East 59th Street brachte der Geruch von gebuttertem Mais ihren Magen zum Knurren. Sie hatte gerade einen frisch gerösteten Kolben gekauft, als sie jemanden ihren Namen rufen hörte.

»Ich bin gerade aus dem *Plaza* gekommen«, sagte Benjamin, »da habe ich dich gesehen. Wie war der erste Tag?«

»Großartig«, antwortete sie und hielt eine Serviette unter den Maiskolben, um die tropfende Butter aufzufangen. »Wir stellen Partygeschenke für die Morgan-Schwestern her.«

»Wirklich?« Benjamin wirkte überrascht. »Das ist ja phantastisch.«

»Ich weiß«, bestätigte Leo stolz.

»Klingt, als hättest du an meiner Stelle im *Plaza* feiern sollen.«

»Ich bin ganz zufrieden mit Maiskolben. Was hast du gefeiert?«

Benjamin nahm ihr den Mais ab und warf ihn in den nächsten Mülleimer. »Du verdienst Austern«, sagte er. »Ich habe das Ende des Streiks gefeiert. Du hattest recht; ich war in der Fabrik und habe mit den Männern geredet, und jetzt haben wir einen neuen Vertrag mit der Gewerkschaft ausgehandelt. Also, warum gehen wir nicht heute Abend zusammen essen? Mein Auto steht ganz in der Nähe. Komm mit zu mir. Leih dir was zum Anziehen von Faye. Heute Abend gehen wir endlich in den Empire Room.«

Leo verdrängte ihre Bedenken. Was, wenn sie nur an Benjamin zweifelte, weil sie ihn noch nicht gut kannte und ständig mit Everett verglich? Sie hatte ihm nie eine Chance gegeben, obwohl er ihr einen Teil seines Unternehmens überlassen hatte. Er hatte ihr vertraut. Sollte sie ihm nicht zumindest die Höflichkeit erweisen, das Vertrauen zu erwidern? Denn obwohl Everett sich scheiden lassen wollte, plagte sie seit Matties Besuch im Salon die Befürchtung, dass eine Zukunft mit ihm unwahrscheinlicher war denn je.

---

Benjamin führte Leo die Treppe hinauf in Fayes Zimmer. An der Tür hielt Leo inne. »Ich glaube, sie wird sich nicht freuen, mich zu sehen. Und schon gar nicht darüber, dass sie mir ein Kleid leihen soll.«

»Sie wird tun, worum ich sie bitte«, sagte Benjamin.

*Wie wir alle*, dachte Leo, dann schüttelte sie den Kopf. Sie war hier, um Benjamin besser kennenzulernen. Um zu sehen, was für ein Mann er wirklich war.

Als Leo die Tür öffnete, sah sie, dass Faye dabei war, haufenweise Kleider aus ihrem Schrank zu zerren und aufs Bett zu werfen.

»Was hast du denn hier verloren?«, fragte sie, ohne innezuhalten.

»Ich gehe mit Ben aus. Er hat gesagt, ich solle mir von dir was zum Anziehen leihen. Wir gehen in den Empire Room.«

»Ach ja?«, fragte Faye, zog die Augenbrauen hoch und nippte an ihrem allgegenwärtigen Champagnerglas. »Such dir was aus, wenn ich fertig bin.«

Faye durchstöberte den Haufen Seide, dann drehte sie Pirouetten in einem wunderschönen indigofarbenen Kleid, dessen dunkles Blau an den Himmel über Manhattan erinnerte, bevor die Sonne verschwand und die Lichter der Stadt aufleuchteten. »Well mir die Haare«, blaffte sie ihr Dienstmädchen an.

Dann wickelte sie sich etwas um die Brust, und Leo musste einfach fragen: »Was ist das?«

»Boyshform-Büstenhalter. Du weißt schon. Damit siehst du flacher aus. Brüste sind total aus der Mode. Solltest du auch mal probieren, das lenkt mehr Aufmerksamkeit auf deinen Lippenstift.«

Leo schüttelte den Kopf, ging zu Fayes Bett und sah die Kleider durch. Das Dienstmädchen verließ das Zimmer, um etwas für Faye zu holen, und als Leo aufblickte, sah sie, dass Faye sie im Spiegel beobachtete. Ihr Gesichtsausdruck war unerwartet offen, Überheblichkeit und Feindseligkeit hatten für den Moment einem tiefsitzenden Schmerz Platz gemacht. Leo schloss die Augen; sie wollte Faye nicht so verletzlich sehen – die Tochter eines Kneipenbesitzers, der gestorben war, als sie noch ein Kind war, so verzweifelt auf der Suche nach Liebe, dass sie mit einem zwielichtigen Mann nach England durchgebrannt war, mit einem Bruder, den sie vergötterte, aber der weit weniger streng mit ihr umging, als gut für sie war. Vielleicht waren der Alkohol und die Drogen ihre Art, die Leere in ihrem Innern zu füllen.

»Du hast Ben nie gesagt, dass ich schwanger war, oder?«, fragte Leo.

»Nein.«

»Warum nicht?«

Faye nahm sich Zeit für ihre Antwort. »Ich dachte, die Drohung würde ausreichen«, sagte sie schließlich. »Ich hatte nicht damit gerechnet, dass du es ihm selbst erzählen würdest.«

»Ich konnte kein Geld für ein gemeinsames Geschäft annehmen, ohne es ihm zu sagen.«

»Oder du wusstest, dass ich es ihm verraten würde, wenn du es nicht tust.«

Ein Klopfen an der Tür durchbrach die angespannte Stille. »Bist du fertig?«, rief Benjamin.

»Gleich«, antwortete Leo und griff sich das erstbeste Kleid, während Faye hinausging. Als die schwarze Robe über ihren Körper glitt, hatte sie das Gefühl, das Gewicht der Dollarscheine zu spüren, die es gekostet hatte. Auf dem hinten eingenähten Etikett stand *Vionnet*, der Nackenträger des tief ausgeschnittenen Oberteils war mit rabenschwarzen Perlen besetzt, die von vorn nach hinten immer größer wurden und unter den Schulterblättern endeten. Um die gerüschte Taille schlang sich asymmetrisch eine Schärpe, der in unzählige schmale Falten gelegte Rock war hinten fast bodenlang, reichte vorn jedoch nur über die halbe Wade.

Sie schminkte sich schnell und band ihre Haare zu einem niedrigen, festen Knoten zusammen. Sie betrachtete das Gesamtwerk nicht im Spiegel, denn sie wollte nicht die Nerven verlieren.

Benjamin blickte auf, als sie die Treppe herunterkam, und trat vor Überraschung einen Schritt zurück. Es dauerte einen Moment, bis er seine Stimme wiederfand. »Du siehst … ich wollte ›wunderschön‹ sagen, aber das erscheint mir unzureichend. Du siehst atemberaubend aus.« Er reichte ihr den Arm. »Wollen wir?«

»Ja«, sagte Leo und hakte sich bei ihm ein. »Wir wollen.«

—

Der Empire Room war ebenso luxuriös, wie der Name vermuten ließ, und alles hier war gedämpft: leise Gespräche, blasse Seidenkleider, konservative Frisuren und definitiv kein Rouge. Leo spürte, wie die Leute sie verächtlich anstarrten, als sie den Raum betrat, aber sofort den Blick abwandten, als sie Benjamin an ihrer Seite sahen. Offensichtlich war er ihre Eintrittskarte.

Sie setzten sich, und Benjamin bestellte Champagner, Austern und Kaviar. »Auf unser lang ersehntes Date«, sagte er und hob sein Glas.

Leo stieß mit ihm an und lächelte. »Ich muss dir etwas sagen, das ich wahrscheinlich schon vor einer Weile hätte sagen sollen.«

»Oh, jetzt habe ich Angst«, sagte Benjamin und stellte sein Glas ab.

Leo lachte. »Nein, keine Sorge. Ich wollte nur sagen, dass du wirklich ein bemerkenswerter Mann bist. Ein solches Risiko wäre außer dir kaum jemand für mich eingegangen. Danke.«

Benjamin entspannte sich sichtlich. »Und ich danke dir«, sagte er. »Das ist das Netteste, was ich heute gehört habe.«

Leo nahm seine Hand. Er lächelte sie an, und sie lächelte zurück, ließ sich von dem Mann betören, der so viel für sie getan hatte. »Vermutlich nehmen sich die Leute nicht oft die Zeit, sich beim Firmenchef zu bedanken.«

»Nein. Aber es gefällt mir, wenn sie es tun.«

Während sie einander so tief und mit einer Intimität, die Leo bis zu diesem Moment nie für möglich gehalten hätte, in die Augen schauten, wurde sie plötzlich von einem Blitzlicht geblendet.

»Für den Gesellschaftsteil«, erklärte der Mann, der sie fotografiert hatte. »Halten Sie in der *Times* nach dem Bild Ausschau. Eine Frau wie Sie schafft es mit Sicherheit in die Zeitungen.« Er grinste Leo frech an.

Im gleichen Moment erschien der Kellner und stellte mit großer Geste ihren Hauptgang vor sie auf den Tisch. Als er ging, sah Leo, dass am Nebentisch ein Mann kniete und einer Frau, die so glücklich aussah, als wären gerade all ihre Träume in Erfüllung gegangen, ein blaues Schmuckkästchen von *Tiffany & Co.* überreichte.

»Wahre Liebe«, sagte Benjamin, der Leos Blick gefolgt war. »Ich frage mich, wann die beiden merken, dass nicht alles so grandios ist, wie allgemein behauptet wird.« Er nahm seine Gabel. »Jetzt denkst du bestimmt, ich wäre zynisch.«

»Ich denke, wahre Liebe ist nicht grandios, sondern ziemlich schmerzhaft.« Leo schüttelte den Kopf. »Ich weiß nicht, warum ich das gesagt habe. Keine geeignete Konversation zum Essen, oder?«

»Aber du hast völlig recht.«

Auf einmal sah Leo wieder denselben Schmerz in seinem Gesicht, den sie damals im Tenderloin hatte aufflackern sehen, als er ihr gesagt hatte, sie sei nicht die Einzige mit einem gebrochenen Herzen. »Was ist dir passiert?«

»Vor zwei Jahren«, sagte er, »habe ich mich zu schnell und zu heftig verliebt. Ich dachte, sie würde das Gleiche für mich empfinden. Aber sie hat mit zwei weiteren Männern dasselbe Spiel getrieben, allen so viel Geld wie möglich abgeknöpft und das Ganze in vollen Zügen genossen. Schließlich hat sie den reichsten von uns geheiratet und sich nach einer Weile einen Neuen gesucht.«

In seinen Augen schimmerten Tränen, als er zu Ende gesprochen hatte, doch das überspielte er schnell, indem er seine Hand wegzog und den Kellner zu sich winkte. »Wir brauchen mehr Wasser«, sagte er, obwohl sie noch genug hatten.

»Wie viele reiche Männer sie wohl noch unglücklich macht?«, sagte Leo in heiterem Ton, denn sie spürte, dass Benjamin eine Aufmunterung brauchte.

Tatsächlich lachte er und vertrieb die Erinnerung an seinen Herzschmerz. »Zum Glück gibt es in Manhattan einen großen Vorrat. Also, was hältst du davon, wenn wir jetzt über etwas ganz Nüchternes reden? Wie wäre es zum Beispiel mit Bilanzen?«

Auch Leo musste lachen. »Ja, okay.« Und sie erzählte ihm von den Ausgaben, die ihr Sorgen bereiteten – besonders die Kosten für einige der Kosmetikzutaten.

»Du solltest die Preise neu aushandeln«, sagte er. »Die Bestellmengen haben sich vergrößert, daher bist du berechtigt, ein besseres Angebot zu verlangen.«

»Das habe ich mir auch schon überlegt, aber da wir die Vereinbarung gerade erst getroffen haben, wollte ich zumindest eine Zeit lang daran festhalten. Sozusagen als Zeichen meines guten Willens.«

»Aber es darf dich nicht mehr als angemessen kosten. Du hast dich nicht auf einen Zeitrahmen festlegen lassen, oder?«

»Nein.«

»Dann sei nicht so entgegenkommend. Lass den Auftrag ausschreiben.«

»Okay! Ich höre auf, nett zu sein.«

Benjamin lächelte. »Nur, wenn es ums Geschäft geht, Leo. Nicht zu mir.«

Das war das erste Mal, dass er sie Leo genannt hatte, nicht Leonora, und das fühlte sich an wie ein großer Schritt in die richtige Richtung, als hätten sie die Kluft zwischen ihnen endlich überbrückt. Mit wem außer Jia und Lottie konnte sie sonst auf diese lockere Art über ihr Geschäft reden? Mit jedem Tag, der verging, entdeckten Benjamin und sie mehr Gemeinsamkeiten. »Ich denke, das lässt sich machen«, sagte sie mit einem warmen Lächeln. Doch dann bemerkte sie plötzlich, dass außer ihnen niemand mehr im Restaurant war. »Oh, ist es schon so spät? Ich habe gar nicht gemerkt, wie schnell die Zeit vergeht.«

»Du klingst so überrascht.«

»Ich war mir nicht sicher, wie unser Treffen werden würde«, sagte sie ehrlich. »Aber ich denke, es hätte kaum besser laufen können.«

»Es gibt da etwas, das es mit Sicherheit noch besser machen würde«, sagte Benjamin, beugte sich vor und küsste sie zärtlich auf den Mund.

Der Kuss dauerte nicht lange, nur ein paar Sekunden, und er war sanft, sogar angenehm. »Das war schön«, sagte sie leise.

»Fürs Erste gebe ich mich damit zufrieden«, sagte Benjamin. »Aber ich habe definitiv höhere Ziele. Vielleicht müssen wir das irgendwann noch einmal probieren, um zu sehen, was passiert.«

Das Bild war auf der Titelseite aller renommierten Zeitungen: Leonora und Benjamin, die einander anstarrten wie frisch Verliebte. Kurz darauf traf im Salon ein Strauß teurer Gewächshaus-Orchideen von Benjamin ein, mit einer großen Flasche französischem Champagner, über die sich Faye sofort hermachte.

»Großartig, jetzt brauche ich kein Frühstück mehr«, sagte sie.

Leo nahm die Blumen an sich, die in einer Porzellanvase geliefert worden waren. Der Lieferant hatte sie direkt neben die Rosen gestellt, die Everett ihr gestern geschenkt hatte, wodurch die Orchideen dünn und dürftig wirkten, während die Rosen aussahen, als könnten sie ewig blühen.

An diesem Morgen war es ruhig im Salon, und Leo blätterte den *Atlantic Monthly* durch, um sich zu beschäftigen, hielt jedoch erschrocken inne, als sie auf einen Artikel mit der Überschrift »Höfliche Gesellschaft« von einem gewissen Mr Grundy stieß. Der Beitrag war anscheinend der erste in einer Reihe von Artikeln über die jüngere Generation, die das Magazin veröffentlichen würde, und Leo konnte nicht anders, als den ersten Abschnitt, der ihr ins Auge sprang, laut vorzulesen: »Wenn Frauen zu barbarischen Methoden greifen, um junge Männer zu erobern, müssen alte Männer zurückschlagen, indem sie unzivilisierte Kriegsführung einsetzen, um die Frauen zu unterwerfen. Es liegt an uns Vätern und Onkeln mittleren Alters, unseren Teil dazu beizutragen, dass wieder Gesetz und Ordnung einkehren – friedlich, wenn möglich, gewaltsam, wenn nötig.«

»›Unzivilisierte Kriegsführung und Gewalt‹«, wiederholte Leo mit kaum verhohlener Abscheu zu niemand Bestimmtem, aber ihre Stimme war laut genug, dass Lottie aus ihrem Büro kam und Faye die Champagnerflasche abnahm. »Damit soll die *Barbarei* des Tanzens, Flirtens und natürlich des Lippenstifts bekämpft werden. Fast jeden Tag sehe ich in den Wohnblocks Männer ihre Frauen und Kinder schlagen, und niemand zuckt auch nur mit der Wimper. Aber wenn eine Frau Rouge auflegt, schreien sie nach Waffen, um es ihr auszutreiben.«

»Lass mich mal sehen.« Faye überflog die Seite und schnaubte. »Hört euch das mal an.« In gespielt ernstem Ton las sie vor: »Wir müssen Mütter ermutigen, ihre Töchter wahrheitsgemäß und klar auf die Konsequenzen hinzuweisen, die ihre Freizügigkeit bei den Männern hat, deren moralische Integrität sie dadurch schwächen.«

»Natürlich schwächen wir die moralische Integrität der Männer«, rief Lottie zornig. »Ohne die barbarischen Frauen wären alle Männer rechtschaffen und tugendhaft.«

»Vor allem ohne unsere Mascara«, fügte Faye hinzu.

»Ist das denn zu glauben?«, rief Leo fassungslos. Doch dann schüttelte sie den Kopf. »Eigentlich weiß ich gar nicht, warum ich das gefragt habe, ich kann es ja nur zu gut glauben.«

»Und dann noch das hier.« Lottie beugte sich über Fayes Schulter und zeigte auf die Stelle, die sie meinte.

Im selben albern-ernsten Ton, den sie vorhin angeschlagen hatte, las Faye vor: »Lasst sie tanzen, flirten und so frivol sein, wie sie wollen; ermahnt sie nur, nicht zu vergessen, dass die Mädchen, mit denen die Männer tanzen und denen sie Komplimente machen, nicht diejenigen sind, die sie sich als Ehefrauen aussuchen. Das beliebteste Adjektiv bei den Mädchen von heute ist ›fetzig‹ – ein Wort, das seine Bedeutung im Klang trägt –, und diese Eigenschaft ersetzt anscheinend den Charme, den die Frauen sich früher als undefinierbaren sozialen Magneten ersehnt haben.«

»Das müssen wir verwenden«, sagte Leo. »Der Slogan unserer

nächsten Werbekampagne lautet: *Das beliebteste Adjektiv bei den Mädchen von heute ist ›fetzig‹*. Und dazu ein Bild von einer Frau, die lacht und tanzt und den perfekten Lippenstift trägt.«

»Gehen wir es an«, sagte Lottie.

»Je früher, desto besser«, stimmte ausnahmsweise sogar Faye zu, und alle lächelten.

—

Am ersten Tag ihrer Werbekampagne gab es plötzlich Unruhe vor der Tür des Salons. Eine gut gekleidete ältere Dame verteilte Flugblätter an alle Frauen, die vorbeikamen.

»Weißt du, wer das ist, Faye?«, fragte Leo.

»Verdammt«, fluchte Faye. »Das ist Mary Weston. Sie verkauft Keuschheitsgürtel und viktorianische Moralvorstellungen.«

»Was hat sie denn vor unserem Salon zu suchen?«, wollte Leo wissen.

»Keine Ahnung.«

Leo trat auf den Bürgersteig hinaus. »Kann ich Ihnen helfen?«

Mrs Weston erschauderte und kehrte Leo den Rücken zu.

»Könnte ich eines davon haben?«, hakte Leo nach und deutete auf die Flugblätter.

Doch Mrs Weston ignorierte sie weiter.

»Dürfte ich bitte mal sehen?«, fragte Leo daraufhin eine Passantin, der Mrs Weston eins ihrer Flugblätter aufgedrängt hatte. Die junge Frau reichte das Papier an Leo weiter, die es las, in der Faust zerknüllte und wütend in den Salon zurückstürmte.

»Sie ruft dazu auf, unseren Salon zu boykottieren«, schimpfte sie und wedelte aufgebraucht mit dem zerknüllten Papier vor Faye und Lottie herum. »Sie behauptet, wir würden Produkte verkaufen, die junge Frauen zu Sündhaftigkeit, Sittenverfall und Unzüchtigkeit verführen sollen. Dass wir zwar keinen Alkohol, dafür aber Teufeleien feilbieten, die die Welt ins Unglück stürzen werden.«

Faye lachte. »Erstaunlich, wie viel Macht so ein kleiner Lippenstift hat.«

»Das ist nicht lustig, Faye«, sagte Leo. »Solange diese Frau da draußen steht, werden keine Kundinnen reinkommen. Dem Spießrutenlauf setzt sich niemand aus.«

»Sie wird das nicht lange durchhalten«, sagte Faye achselzuckend. »Ignorier sie einfach.«

Doch zwei Stunden später stand Mary Weston immer noch da, und keine einzige Kundin war in den Laden gekommen. »Okay«, sagte Leo schließlich. »Wenn diese Frau sich da draußen rumtreiben kann, kann ich es auch. Lottie, platzier du dich ein Stück die Gasse runter, die zur Hintertür führt, ich stelle mich vorn an die Ecke und schicke die Kundinnen zu dir. Du kannst sie dann zum Hintereingang des Salons bringen. Wenn Mrs Weston uns sowieso schon als Verbrecherinnen abstempelt, können wir unsere Kunden auch durch einen Geheimgang in den *Richier*-Sündenpfuhl führen.«

»Du kannst dich doch nicht einfach an die Straßenecke stellen«, protestierte Faye.

»Doch, das kann und werde ich«, erwiderte Leo. »Ich bin nicht zu stolz, um unseren Kunden eine Möglichkeit zu verschaffen, ungeschoren an Mrs Weston vorbeizukommen.« Sie durchstöberte den Salon nach einem Stück Pappe und wurde rasch fündig. »Kannst du darauf ›Zu *Richier's Salon* hier entlang‹ in einer schöneren Schrift schreiben als mein Gekrakel?«, fragte sie Lottie.

»Klar.« Lottie machte sich gleich an die Arbeit und entwarf in nicht mehr als fünf Minuten ein Schild, auf dem ein schelmisch zwinkerndes Mädchen zu sehen war.

»Perfekt!«, rief Leo begeistert.

»Du willst also draußen rumstehen und dieses Schild hochhalten?«, sagte Faye. »Was sind wir, ein Billigladen?«

»Nein«, erwiderte Leo, »aber wir werden Frauen wie Mrs Weston zeigen, dass es viel Schlimmeres gibt als Mascara und Rouge.« Damit marschierte Leo aus dem Salon und bezog an der Straßenecke Stellung, vor Mrs Weston und ihren Flugblättern. Lottie wartete in der Gasse.

Es dauerte nicht lange, bis eine Frau Leo ansprach. »Ich dachte, zum Salon gehe es da lang«, sagte sie und deutete auf die Markise.

»Heute benutzen wir den Geheimgang.« Leo lächelte. »Anscheinend sind wir für manche Leute zu ausgefallen, aber davon lassen wir uns nicht aufhalten, oder?«

»Meine Güte, nein«, antwortete die Frau ohne Zögern.

»Sie brauchen nur das Losungswort«, sagte Leo. »Heute lautet es ›Unrecht‹. Wenn Sie es der Frau dort drüben nennen« – sie deutete auf Lottie, die ihnen zuwinkte –, »wird sie Sie in den Salon bringen.«

»Gut«, sagte die Frau grinsend. »Ich hätte meine Mädels mitbringen sollen. Das macht ja fast so viel Spaß wie ein Tanzabend.«

»Im Salon wird es noch besser. Schnell!«, drängte Leo sie. »Mrs Weston sieht schon zu uns herüber!«

Die Frau eilte lachend die Gasse hinunter, und Lottie führte sie in den Salon. So ging es weiter; Leo und ihr Schild kämpften gegen Mrs Weston und ihre Flugblätter, die angesichts von Losungswörtern und Geheimgängen immer weniger Abnehmer fanden.

»Ich hoffe, ihr seid darauf gefasst, von unserem Herrgott für eure Schandtaten zur Rechenschaft gezogen zu werden«, zeterte Mrs

Weston, als sich überdeutlich zeigte, wessen Waren gefragter waren.

»Ich mache mir mehr Sorgen um die Männer, die denken, es wäre akzeptabel, Frauen mit gewaltsamen Mitteln zu unterdrücken. Warum sollten wir uns unterwerfen?«

»Weil es der Herr so sagt«, beharrte Mrs Weston.

»Tja, dann liegt der Herr wohl falsch«, erwiderte Leo, wandte sich ab und zeigte einer weiteren jungen Frau den Weg zu Lottie.

Kurz darauf erschien ein Zeitungsjournalist und machte ein Foto von Mrs Weston und Leo, wie sie mit ihren so unterschiedlichen Anliegen nicht weit voneinander an der Straße standen. »Ich befürchte, Sie machen nur Werbung für uns«, meinte Leo. Tatsächlich gab Mrs Weston wenig später auf, nahm ihre Flugblätter und ihre Vorurteile und verschwand.

Mit einem erleichterten Seufzen kehrte Leo in den Salon zurück. »Wir können wieder wie gewohnt weitermachen.«

»Aber mir hat meine neue Rolle gefallen«, sagte Lottie.

»Hat echt Spaß gemacht, oder?«, meinte Leo grinsend.

»Spaß?«, rief Faye fassungslos. »Das war eine Blamage.«

»Haben wir nicht einiges verkauft?«, hielt Leo dagegen.

Faye zuckte nur die Achseln, aber Lottie stimmte freudestrahlend zu: »Allerdings! Ich glaube, wir müssen einen neuen Posten Rouge produzieren, es ist kaum noch etwas da.«

»Also dann«, sagte Leo, »war es wohl doch keine so schlimme Blamage, oder?«

»Ich gehe nach Hause«, verkündete Faye und nahm ihre Handtasche.

Leo machte eine kurze Inventur und war fast fertig, als das Telefon klingelte.

»Was ist bei euch los?«, fragte Benjamin, als sie abnahm. »Ich habe von Faye und einem Reporter gehört, dass du heute Morgen mit einem Schild an der Straßenecke standst.«

»Dafür gibt es einen guten Grund«, erwiderte Leo ungehalten. »Ich sollte dir die ganze Geschichte erzählen.«

Er hörte ihr schweigend zu und sagte schließlich: »Ich gebe Faye recht. Das war ein billiger Trick.«

»Was hätte ich denn tun sollen? Diese Mrs Weston einfach weiter unsere Kundschaft vertreiben lassen? Sie stand direkt vor der Tür und hat den Eingang versperrt.«

»Irgendwann wäre sie schon gegangen«, meinte Benjamin.

»Oder sie wäre noch länger geblieben, weil ihre Taktik funktionierte!«, rief Leo aufgebracht. »Wir haben ein Spiel daraus gemacht – eines, bei dem unsere Kundinnen sehr gern mitgemacht haben. Und wir haben heute Morgen mehr verkauft als je zuvor, also hat sich wohl niemand von meinem ›billigen Trick‹ beleidigt gefühlt.«

Erst durch Benjamins Schweigen fiel Leo auf, wie laut sie gerade geworden war. »Wir haben eine Lösung gefunden, die erfolgreich war. Findest du es richtig, zu verlangen, dass Frauen mit Gewalt unterdrückt werden, nur weil sie Lippenstift tragen?«

»Natürlich nicht. Aber frag mich nächstes Mal vorher«, sagte Benjamin.

Leo knallte den Hörer auf die Gabel. So würde es also immer sein. Jeder Mann in der Stadt würde Mr Grundys Ansichten entweder billigen oder ignorieren. Und die Frauen von Manhattan würden noch mehr Angst davor haben, etwas so Harmloses zu tun, wie Wimpertusche zu tragen. Ihre Wut hielt den ganzen Nachmittag und bis zum frühen Abend an, als Jia im Salon erschien.

»Ich bin noch nicht ganz fertig«, begrüßte Leo sie. »Du solltest heute ohne mich nach Hause gehen.«

»Ich muss dir etwas sagen.« Jia klang niedergeschlagen.

»Was ist los?«

»Ich kann die Rouge-Döschen für die Morgans nicht herstellen. Wir haben kein Geld mehr.«

»Ich habe unser Budget erst letzte Woche überprüft. Wir haben noch genug.«

»Es ist weg.«

»Weg?«

»Ja.«

»Wie kann das sein?«, fragte Leo und versuchte, sich ihre Panik und Verzweiflung nicht anhören zu lassen.

»Ich weiß es nicht. Ich fahre zur Fabrik zurück und sehe, was ich tun kann. Aber wenn wir nicht einen Haufen Geld auf der Türschwelle finden …« Jia unterbrach sich, als sie Leos Gesicht sah.

Leo wusste, dass sie kreidebleich war. »Wir müssen es irgendwie schaffen.«

»Ich weiß«, sagte Jia.

Leo stand auf. »Da muss ein Irrtum vorliegen, nichts weiter. Ich kläre das, und dann können wir die Materialien, die wir brauchen, spätestens morgen bestellen. Danke, aber du hättest auch einfach anrufen können. Du musstest nicht herkommen, um mir das persönlich zu sagen.« Sie umarmte ihre Freundin und bemühte sich, ihr eine Zuversicht zu vermitteln, die sie selbst nicht empfand.

Als Jia weg war, rief Leo die Bank an. Bestimmt war es irgendein gigantisches Versehen.

Ihr Bankier nahm kein Blatt vor den Mund. »Auf dem Konto ist kein Geld, Miss East.«

»Aber wo ist es hin? Vor zwei Tagen war es noch da. Ich weiß, dass wir seitdem etwas davon ausgegeben habe, aber nur einen sehr geringen Anteil.«

»Sie haben alles ausgegeben.«

»Nein, das habe ich ganz sicher nicht.«

»Nicht Sie persönlich, sondern die Mitinhaberin, Miss Richier. Sie hat Geld an *Bergdorf Goodman, Saks & Company* und mehrere Restaurants überwiesen und den Rest bar abgehoben. Genauer gesagt hat sie das Konto überzogen, und Sie schulden uns neunhundert Dollar.«

»Neunhundert Dollar!«, rief Leo entsetzt. Dann biss sie die Zähne zusammen. »Danke für die Information. Sie werden Ihr Geld in Kürze bekommen.«

Leo legte auf und ging zurück in den Salon – ihren Salon, nicht Fayes; den Salon, den sie verlieren würde, wenn sie nicht schleunigst einen Weg fand, sowohl ihre Schulden zu bezahlen als auch genug Geld aufzutreiben, um das nötige Material für die Bestellung der Morgan-Schwestern zu kaufen. »Verdammt, verdammt, verdammt«, fluchte sie. *Richier Cosmetics* war also für Faye eine Möglichkeit, ihre kostspieligen Abendessen, Kleider und Drinks sowie ihren Drogenkonsum zu finanzieren, ohne dass Benjamin etwas davon mitbekam. Wie hatte Leo nur so dumm sein können, das nicht schon früher zu erkennen?

Sie ließ sich auf einen Stuhl fallen, stützte die Ellbogen auf den Tisch und vergrub das Gesicht in den Händen. Wie hatte sie je denken können, mit Faye ein Geschäft zu eröffnen wäre eine gute Idee? Faye konnte brillant sein, wenn sie wollte. Doch jetzt war sie weiter nichts als ein Mühlstein um ihren Hals. Leo brauchte dringend Geld – eigenes Geld. Aber wo um alles in der Welt sollte sie das herbekommen? Sie öffnete eine von Fayes Champagnerflaschen und machte sich nicht die Mühe, sich ein Glas zu holen. Sie setzte sie einfach an die Lippen und kippte den Champagner hinunter wie Wasser. Ihr Kopf schwirrte, und ihr Hals brannte.

Ihr Blick fiel auf einen Artikel im Kulturteil der Zeitung über die bevorstehende Geburtstagsfeier der Morgan-Schwestern. Dort waren die Gäste aufgelistet: Mary Pickford, Pola Negri, Zelda Fitzgerald. All diese Frauen würden *Richier Cosmetics* in den Händen halten, wenn Leo es nur irgendwie schaffte, die Partygeschenke herzustellen.

Leo blätterte die Zeitung von vorne bis hinten durch. Sie hatte jeden Tag nachgeschaut, aber bisher hatte sie noch keinen Artikel über eine bevorstehende Scheidung der Forsyths gesehen. Hieß das, sie würde nie stattfinden? Warum ging bloß alles so schrecklich schief?

Doch dann dachte sie plötzlich an das, was Everett am Tag der Eröffnung zu ihr gesagt hatte: *Stell dein Licht nicht unter den Scheffel.* War es möglich, dass er recht hatte – dass sie tatsächlich mehr wert war als fünf Prozent? Vielleicht war es an der Zeit, endlich um das zu kämpfen, was sie verdient hatte.

# Kapitel 17

Früh am nächsten Morgen ging Leo in die Wall Street zu den Büros von *Richier Industries.*

Weder Benjamin noch seine Sekretärin waren da, also setzte Leo sich in Benjamins Büro und wartete. Punkt acht Uhr ging die Tür auf, er kam herein. Als er sie sah, breitete sich ein Lächeln auf seinem Gesicht aus.

»Was für eine schöne Überraschung«, rief er und küsste sie auf die Wange. »Ich bitte Anna, uns einen Kaffee zu machen.« Er bestellte den Kaffee, dann setzte er sich zu ihr. »Du siehst aus, als müsstest du dir etwas von der Seele reden.«

»Das tue ich.« Sie zögerte. »Aber lass uns noch auf den Kaffee warten.« Es dauerte eine gefühlte Ewigkeit, bis Anna mit der Kaffeekanne und zwei Tassen hereinkam, ihnen einschenkte, Milch und Zucker dazugab und sich erkundigte, ob sie sonst noch etwas brauchten.

Als sie endlich allein waren, sprang Leo ins kalte Wasser, bevor sie der Mut verließ. »Ich hab dir doch erzählt, wie wichtig der Auftrag der Morgan-Schwestern für das Geschäft ist?«

Benjamin nickte.

»Ich muss heute Morgen dringend die nötigen Materialien bestellen, aber wir haben kein Geld. Faye …« Leo hatte sich die ganze Nacht den Kopf zerbrochen, wie sie ihm das sagen konnte, ohne anklagend zu klingen, aber ihr war nichts eingefallen. »Faye hat ein paar Einkäufe getätigt, die unser Budget vollständig erschöpft haben. Ich brauche …« Ihre Stimme stockte. *Ich brauche Geld.* Sie klang so schwach, so erbärmlich. *Ich brauche, ich brauche* … Das war alles, was sie dachte, alles, was sie fühlte – ein ständiges Bedürfnis nach mehr, nach etwas, das sie sich noch nicht selbst erarbeiten konnte.

»Faye war gestern Abend bei mir«, sagte Benjamin.

»Ach ja?« Leos Magen krampfte sich zusammen.

»Sie hat gesagt, du seist pleite, und hat mir eine Liste gezeigt, wofür das Firmengeld ausgegeben wurde: Kleider, Schuhe, Restaurantbesuche.«

*Verdammt sollst du sein, Faye,* dachte Leo. *Verdammt und auf ewig an einen düsteren, trostlosen Ort verbannt, wo es keinen Champagner gibt.* Wie konnte sie es wagen, ihre verschwenderischen Einkaufsorgien auf Leo zu schieben?

»Deswegen trägst du jedes Mal, wenn wir uns sehen, eins von drei selbst geschneiderten Kleidern«, fuhr Benjamin fort. »Und dieselben Schuhe.« Er lächelte. »Eine Frau, die zweihundert Dollar im Luxuskaufhaus *Bergdorfs* ausgibt, würde ihre neuen Kleider wahrscheinlich auch tragen.«

Vor Erleichterung wäre Leo fast in Tränen ausgebrochen. Er wusste, dass Faye dafür verantwortlich war. Er stand auf ihrer Seite. Vielleicht konnte sie ihr Anliegen doch vorbringen. »Weil Faye ein so großer Teil des Unternehmens gehört, kann sie mit dem Geld machen, was sie will. Ich bin machtlos dagegen.« Sie hielt inne. Benjamin liebte Faye; wenn sie zu viel sagte, könnte sie ihn leicht verärgern.

»Faye hat auch die Vermutung geäußert, dass du mich wahrscheinlich um einen größeren Geschäftsanteil bitten würdest.«

Am liebsten hätte sie Faye an einen noch schlimmeren Ort geschickt als die Hölle. Um sich zu beruhigen, nahm sie sich eine Zigarette. »Ich habe keine andere Wahl, als entweder jedes Mal zu dir zu rennen, wenn ich Geld brauche, was sowohl erniedrigend als auch Zeitverschwendung ist. Oder ich fordere als Gegenleistung für mein Fachwissen und eine bessere Führung unseres Unternehmens einen größeren Geschäftsanteil. Dann treten solche Probleme nicht mehr auf.«

»Also, was schlägst du vor?«

»Dass ich den gleichen Anteil bekomme wie Faye.«

Leo erwartete, Benjamin würde schockiert reagieren, aber entweder war er ein guter Schauspieler, oder er hatte sie nicht richtig gehört. »Wenn du mir fünfundzwanzig Prozent von deinem Anteil abgibst, hätten Faye und ich beide dreißig Prozent. Und du hättest mit vierzig Prozent trotzdem am meisten.« Immer noch keine Reaktion. »Ich bekomme weiterhin dasselbe Gehalt, was weniger ist, als ich woanders verdienen würde. Das tue ich ein Jahr lang, als Teilzahlung für deine Anteile. Den Rest bekommst du in Form von Kosmetik-Rezepturen zurück, die ich entwickelt habe. Das ist ein fairer Handel. Die Anteile sind im Moment noch nicht viel wert.«

»Aber in Zukunft wird sich das hoffentlich ändern.« Benjamin nahm einen Zug von seiner Zigarette und stieß den Rauch langsam aus.

»Natürlich.«

»Noch Kaffee?«, fragte er und vermied es gekonnt, Leos Frage zu beantworten.

Leo schüttelte den Kopf.

Dennoch ging er zur Tür und rief nach Anna. »Wir hätten gern noch einen Kaffee. Und Kekse«, sagte er und fügte, an Leo gewandt, hinzu: »Reden macht hungrig.«

Wieder kehrte Stille ein, bis die Sekretärin zurückkehrte und ihnen Kaffee und Kekse auf eine Art kredenzte, die das *Waldorf Astoria* vor Neid hätte erblassen lassen.

»Wenn ich deinen Bedingungen zustimme, musst du als Inhaberin eines großen Geschäftsanteils mit gutem Beispiel vorangehen«, erklärte Benjamin. »Ich habe dir ja schon oft gesagt, dass du wunderschön bist, aber mit dem Gehalt, das du derzeit bekommst, kannst du dir die Kleider, die Schuhe, den Schmuck und die anderen Accessoires nicht leisten, die du brauchst, um als die ideale *Richier*-Vorzeigefrau aufzutreten. Wie Faye es tut.«

»Ich finde aber nicht, dass ich schäbig aussehe.«

»Nein, aber du könntest glamouröser wirken – wie letztens bei unserem Date.«

»Du meinst, als ich Fayes *Vionnet*-Kleid anhatte, das wahrscheinlich mein ganzes Jahresgehalt gekostet hat?«, erwiderte sie in eisigem Ton.

»Genau.«

Leo zog die warme Kaffeetasse näher zu sich. Solche Kleider würde sie sich niemals leisten können, nicht mit einem normalen Verdienst, und schon gar nicht mit dem Hungerlohn, den sie momentan bekam. »Ist das wirklich so wichtig?«

»Selbstverständlich«, sagte Benjamin. »Und du solltest nicht an der Straßenecke um Kundschaft betteln.«

Leo umfasste das Porzellan so fest, dass sie sich fragte, warum es nicht zerbrach. Aber wahrscheinlich hatte er recht. Sie konnte sich nicht vorstellen, dass die Vanderbilts, die Rockefellers oder andere reiche Menschen so etwas getan hätten. Aber es hatte funktioniert. War das nicht das Wichtigste?

»Lass mich darüber nachdenken«, sagte Benjamin. »Ich teile dir meine Entscheidung in zwei Wochen mit.«

»Und das Geld, das ich für die Morgans brauche?«, fragte Leo.

»Schau auf dem Weg nach draußen bei Anna vorbei. Sie kümmert sich darum.«

---

Leo musste bis Ladenschluss warten, bevor sie mit Faye reden konnte, die, wie Leo zugeben musste, heute nur so angeheitert gewesen war, dass sie dafür sorgte, dass alle Kunden ihren Spaß hatten und niemand mit leeren Händen nach Hause ging.

»Danke«, sagte Leo, als sie die Tür abschloss. »Mit deiner Hilfe haben wir heute eine Menge verkauft.«

»Ich weiß eben, wie man mit den Mädels der Upper East Side reden muss«, sagte Faye.

»Ja, allerdings«, stimmte Leo zu und ließ sich nicht provozieren. »Und genau deshalb möchte ich dir ein Angebot machen.«

»Du willst *mir* ein Angebot machen? Dann mal los, ich kann es kaum erwarten.« Faye ließ sich auf einen Stuhl sinken, steckte sich eine Zigarette zwischen die Lippen und sah Leo erwartungsvoll an.

»Wir hatten Geldprobleme – ich denke, du weißt davon.«

»Ups. Pelzmäntel sind manchmal dermaßen teuer.«

»Das kannst du laut sagen«, erwiderte Leo trocken. »Also, mein Angebot lautet folgendermaßen: Du kannst weiterhin einen Teil des Geldes für deine Einkaufstouren ausgeben, aber nicht so viel wie bisher. Im Gegenzug musst du nur das Trinken und … andere Angewohnheiten auf abends beschränken, wenn der Salon geschlossen ist.«

»Wenn ich dich und deine kleine Dose roter Lippenfarbe auf dem Schiff nicht gesehen hätte, wärst du gar nicht hier.«

»Du kannst gerne Benjamin um Geld für deine ›Pelzmäntel‹ bitten.« Leo bemühte sich um einen gelassenen Ton und unterdrückte die heftige Abscheu, die sie bei der Vorstellung überkam, Fayes Ausschweifungen zu finanzieren.

»Klar, ich bin einverstanden«, sagte Faye fröhlich. »Ich würde alles tun, um jedes Mal, wenn ich einkaufen war, diesen Ausdruck in deinem Gesicht zu sehen.«

»Was habe ich dir bloß getan?«, fragte Leo frustriert.

Faye lachte. »Vielleicht stehe ich einfach auf Beziehungen mit ein bisschen Feuer. Das macht die Sache interessant.« Sie stand auf. »Ciao! Ich komme morgen erst gegen Mittag. Vorher muss ich noch ein paar Einkäufe erledigen.« Damit rauschte sie davon.

---

Abgesehen von ihrer Auseinandersetzung mit Faye waren die nächsten zwei Wochen ein endloses Roulette, bei dem der Ball immer auf der richtigen Zahl landete. Die Morgans gaben ihre Party, und in den darauffolgenden Tagen verzeichnete *Richier Cosmetics* mehr als das Doppelte des gewohnten Umsatzes. Der Einkäufer von *Lord & Taylor* gab eine Bestellung auf. Dann auch der Einkäufer von *Saks & Company*. Die Schauspielerinnen auf der Party der Morgan-Schwestern nahmen das Rouge nach Kalifornien mit, und zwei Kaufhäuser an der Westküste bestellten ebenfalls. Und die Deadline, die Benjamin für seine Entscheidung gesetzt hatte, rückte immer näher.

Leo berief eine Besprechung mit Lottie, Jia und Faye ein, um zu diskutieren, wie sie die rasant gestiegene Anfrage bewältigen würden. »Wir brauchen ein Vertriebsteam«, sagte sie. »Und Leute, die unsere Produkte in den Kaufhäusern vorstellen. Wir müssen unsere Werbekampagne ausweiten, während alles so gut läuft. Was noch?«

»Einen zusätzlichen Mischkessel für die Fabrik«, sagte Jia. »Die Lippenstifte sind am begehrtesten, und um der Nachfrage nachzukommen, brauchen wir eine größere Kapazität.«

»Nichts davon klingt billig«, warf Faye ein.

»Nein, aber unsere Produkte sind auch nicht billig, oder?«, erwiderte Leo. »Auf eine so große Bestellmenge schon so früh waren wir nicht vorbereitet.«

»Und wessen Schuld ist das?« Faye beäugte Leo durch eine dichte Rauchwolke.

»Meine«, gab Leo zu. »Aber ich habe noch nie Verkäufe für ein Geschäft kalkuliert, und ich wollte nicht zu hoch pokern. Ich habe die Nachfrage unterschätzt. Deshalb haben wir jetzt schon so viele Bestellungen, wie wir bis Mitte nächsten Jahres erwartet haben, aber sie bleiben auf meinem Tisch liegen. Niemand ist daran schuld, und mit diesen Diskussionen vergeuden wir nur kostbare Zeit. Wir brauchen dein Einverständnis, Faye, um unsere Ausgaben nächsten Monat zu erhöhen.«

»Ich wüsste nicht, wozu wir ein Vertriebsteam brauchen. Oder Leute, die unsere Produkte präsentieren.«

»Wirst du kreuz und quer durchs Land reisen, um unsere Produkte in großen Kaufhäusern vorzustellen?«, brauste Leo auf. »Um Himmels willen, Elizabeth Arden hat sogar ihr eigenes Schulungszentrum. Ich bitte dich nur um ein paar Leute, die ich in meiner Freizeit anlernen werde, damit wir unsere Produkte verkaufen können.«

»Und du verlangst einen neuen Mischkessel.«

»Willst du, dass ich die Läden anrufe und ihnen sage, dass wir es nicht schaffen, ihren Bestellungen nachzukommen?«

Faye antwortete nicht.

»Dann müssen wir etwas unternehmen. Ich bin schon von sechs Uhr morgens bis Mitternacht im Salon. Lottie und Jia arbeiten genauso lange. Jia kann nicht die Fabrik verlassen und stattdessen unsere Produkte vorführen. Und Lottie kann auch nicht all die Werbungen und Illustrationen, die sie für uns entwirft, links liegen lassen und in den nächsten Zug nach Kalifornien springen. Vielleicht sollte ich selbst fahren, aber wer erledigt dann meine Arbeit?« Plötzlich merkte Leo, dass sie aufgesprungen war, ihre Stimme mit jedem Wort lauter geworden war, und dass Lottie und Jia sie mit fast ehrfürchtiger Faszination beobachteten. Sie setzte sich wieder und faltete die Hände im Schoß.

Faye zog das Schweigen immer weiter in die Länge. Sie drückte ihre Zigarette aus. Zündete sich noch eine an. Nahm einen tiefen, langsamen Zug. »Das kann ich nicht spontan entscheiden. Schreib mir einen Bericht. Am besten noch heute. Dann habe ich alle Informationen, die ich brauche, um eine überlegte Entscheidung zu treffen.« Damit marschierte Faye davon, und Leo wusste, dass sie für ihren Ausbruch bestraft wurde. Und sie hatte unbeabsichtigt Lottie und Jia mit in ihre Auseinandersetzung hineingezogen.

Sie stieß ein frustriertes Stöhnen aus. »Jetzt müssen wir den ganzen Tag hier sitzen und einen Bericht schreiben, um zu rechtfertigen, dass wir eingegangene Bestellungen ausführen müssen. Wann bitte sollen wir alles andere erledigen?«

Faye streckte noch einmal den Kopf zur Tür herein. »Ich gehe jetzt zum Mittagessen, übernimm du den Salon, Leo. Tschüs!«

»Klar«, murrte Leo. »Um zehn Uhr morgens isst doch jeder zu Mittag, oder?« Sie seufzte. »Okay, Jia, kannst du in der Fabrik anrufen und Bescheid geben, dass du heute von hier aus arbeitest? Und es wäre großartig, wenn du unsere derzeitigen Lippenstift-Bestellungen und die ausstehenden Aufträge auflisten und anhand dessen zeigen könntest, dass wir mit den vorhandenen Mischkesseln nicht genug produzieren. Lottie, von dir brauche ich für den Bericht lediglich eine Übersicht über die Werbung, die wir an der Westküste veröffentlichen werden. Ich stelle heute Abend dann alles zusammen.«

»Sie wird das nicht jedes Mal von uns verlangen, wenn eine neue Bestellung eingeht, oder?«, fragte Jia fassungslos.

»Wer weiß?«, seufzte Leo.

»Meinst du, sie wird den Bericht überhaupt lesen?«, fragte Lottie.

»Ich habe keine Ahnung. Aber es könnte schon sein, und wir wollen ihr keinen Vorwand liefern, Nein zu sagen. Also müssen wir es richtig machen.«

»Kannst du nicht einfach Benjamin …«, setzte Jia an, aber Leo unterbrach sie.

»Nein, ich werde Benjamin nicht fragen. Diesmal spielen wir nach Fayes Regeln, vielleicht bekommen wir dann, was wir wollen.«

Doch sie wusste, dass das Geschäft nicht so weiterlaufen konnte. Wenn sie dreißig Prozent von *Richier Cosmetics* besaß, würde sie Mischkessel bestellen und zusätzliche Mitarbeiter engagieren, anstatt Ausflüchte zu machen und ihre Zeit damit zu vergeuden, sich für die einzig vernünftige Vorgehensweise zu rechtfertigen.

Jia und Lottie blieben bei ihr, während sie auf ihrer Schreibmaschine herumhackte, und das Ergebnis konnte sich sehen lassen. Allein schon Jias Angaben waren ein gutes Argument, Lotties Überblick über ihre Werbekampagne war herausragend, und Leo verwob alles mit einer Geschichte, wie erfolgreich *Richier Cosmetics* werden könnte, wenn sie etwas mehr investierten.

»Das ist exzellent«, sagte sie, als sie das letzte Wort tippte und das Papier aus der Schreibmaschine holte.

»Dazu kann sie nicht Nein sagen«, pflichtete ihr Jia bei.

»Das will ich hoffen«, sagte Leo grimmig und legte den Bericht auf Fayes Schreibtisch, damit sie ihn gleich sehen würde, wann immer sie morgen aufkreuzte.

# Kapitel 18

Leo hatte gehofft, bei ihrer Ankunft am nächsten Morgen den Bericht mit dem Stempel »*Genehmigt*« auf ihrem Schreibtisch vorzufinden. Stattdessen erwartete sie im Wirtschaftsteil der *New York Times* ein Artikel über *Richier Cosmetics*, der den Geschäftssinn von Benjamin Richier pries, weil er eine Marktlücke entdeckt und als Erweiterung des Portfolios von *Richier Industries* ein weiteres landesweit erfolgreiches Unternehmen gegründet hatte. Auch Fayes Engagement wurde erwähnt, aber kein Wort von Leo – es war, als wäre sie nicht beteiligt gewesen.

Sie setzte sich an ihren Tisch und drückte die Finger an die Schläfen. Eine Frage – *was bleibt mir ohne Richier Cosmetics*? – ging ihr immer und immer wieder durch den Kopf. Sie hatte Lottie und Jia; zwei Freundinnen, die sie um nichts in der Welt eintauschen würde, auf die sie sich hundertprozentig verlassen konnte. Aber das war es auch schon. Sie hatte keine Familie. Sie hatte Joan verloren. Sie wohnte in einem winzigen Zimmer in der Wohnung von Jias Mutter. Sie hatte eine Arbeitsstelle, bei der sie sehr schlecht verdiente. Drei selbst geschneiderte Kleider, die Benjamin als »zweitklassig« bezeichnet hatte. Und einen schwachen Hoffnungsschimmer, wie eine Schneeflocke, die bereits schmolz, dass Everett sich von Mattie würde scheiden lassen und sie doch noch zusammen sein könnten.

Das Telefon schrillte, und sie zuckte erschrocken zusammen.

»Hast du den Artikel in der *New York Times* gesehen?«, fragte Benjamin.

»Ja«, sagte Leo. »Gratuliere.«

»Genau die Art Presse brauchen wir – nicht einen Artikel im *Sun and Herald* über eine Keilerei zwischen dir und der Tugend in Person.«

*Ja, weil unsere Kundinnen alle den Wirtschaftsteil der* Times *lesen …*, dachte Leo im Stillen, behielt den Gedanken aber für sich. »Ich denke, jede Publicity hilft«, erwiderte sie ruhig.

»Und jetzt ist es Zeit.«

»Zeit wofür?«

»Für eine richtige Markteinführung mit dazugehöriger Feier. Um New York zu zeigen, dass wir es mit der Kosmetik ernst meinen.«

»Das ist auch überfällig«, meinte sie trocken.

»Ich sage Faye, sie soll etwas organisieren«, sagte Benjamin.

»Das kann ich doch machen.«

»Du hast schon genug zu tun. Die Feier wird Freitagabend stattfinden. An unserem besonderen Datum.«

Dem Datum, an dem er ihr seine Entscheidung mitteilen wollte. »Aber bis dahin haben wir nur noch zwei Tage«, sagte sie. »Das ist nicht genug Zeit.«

»Es ist reichlich Zeit«, widersprach Benjamin.

In diesem Moment rauschte Mattie Forsyth Arm in Arm mit Faye herein.

»Mattie braucht noch Puder«, sagte Faye zu Leo, die sich gerade von Benjamin verabschiedet hatte und den Hörer auflegte. »Kannst du uns welchen holen?«

»Selbstverständlich«, sagte Leo und rang sich ein Lächeln ab.

»Ich soll zu einem Mittagessen anlässlich irgendeiner lächerlichen Wohltätigkeitsveranstaltung für ein Krankenhaus gehen«, erzählte Mattie Faye. »Es ist ein Kinderkrankenhaus, darum hatte irgendjemand die glorreiche Idee, alle Familien einzuladen. Ehemänner, Ehefrauen und Kinder! Gehen wir nicht deshalb überhaupt Mittag essen – um die Kinder eine Zeit lang loszuwerden? Aber Mrs Astor hat uns eingeladen, also muss ich hingehen.« Mattie lachte, und Faye stimmte mit ein.

Mattie öffnete die Dose, die Leo ihr gereicht hatte, puderte sich Nase und Wangen, und knallte den Deckel wieder zu. »Everett kommt vom Geschäft rüber, um mich abzuholen«, sagte sie. »Eigentlich wollte ich ihn auf dem Weg hierher treffen, aber er hing am Telefon, und ich konnte nicht auf ihn warten.« Mattie lächelte Leo selbstzufrieden an, und Leo ahnte, dass sie ihr gleich unter die Nase reiben würde, wie wunderbar es zwischen ihr und Everett lief.

»Ich glaube, ich mache einen kurzen Spaziergang«, sagte Leo mit matter Stimme zu Faye. Sie wollte Mattie und Everett nicht zusammen sehen, sie wollte nicht versuchen zu erraten, ob Everett Fortschritte in Sachen Scheidung machte.

»Du kannst jetzt nicht einfach verschwinden«, erwiderte Faye. »Du musst dich um die Kundschaft kümmern. Ich bin mit Mattie beschäftigt.« Sie holte Gläser und eine Flasche. »Gönnen wir uns etwas Champagner, während wir warten«, sagte sie zu Mattie.

»Ich glaube, ohne überlebe ich dieses Mittagessen auch nicht.«

Leo ließ die beiden allein und setzte sich an ihren Tisch am anderen Ende des Salons. Sie brannte darauf, Faye zu fragen, ob sie den Bericht gelesen hatte, wusste aber, dass es keine gute Idee wäre, sie jetzt darauf anzusprechen. Also erledigte sie eine Zeit lang irgendwelchen Papierkram, und als sie aufblickte, sah sie Everett auf den Salon zukommen. Als er sich Matties Auto näherte, blieb er stehen, als würde er lauschen. Dann trat ein Ausdruck in sein Gesicht, den Leo erst ein einziges Mal gesehen hatte – in jener schrecklichen Nacht auf dem Schiff, als er außer sich vor Wut gewesen war, weil er sich mit Mattie verloben musste. Er riss die Autotür auf, beugte sich hinunter und holte ein Baby heraus. Ein schreiendes Baby mit puterrotem Gesicht, völlig verzweifelt.

Alice. Everett nahm sie fest in den Arm, küsste sie, und als sie sich einigermaßen beruhigt hatte, stieß er die Tür zum Salon auf. »Wie lange liegt sie schon allein im Auto, während du hier Champagner schlürfst?«

Leo wusste nicht, wie er das schaffte, aber sein Ton blieb gefasst. Nur auf seinem Gesicht zeigte sich seine Wut.

Überrascht blickte Mattie auf. Leo hielt es für das Beste, sich ins Büro im hinteren Teil des Salons zurückzuziehen, aber sie konnte dennoch jedes Wort hören.

»Babys heulen doch die ganze Zeit«, sagte Mattie leichthin. »Ihr fehlt nichts.«

»Du hast sie also Gott weiß wie lange im Auto alleingelassen!«

»Es waren nur zwanzig Minuten. War der Chauffeur nicht bei ihr?«

»William wartet am Eingang des Salons auf dich. Alice war vollkommen allein.«

»Ich konnte sie nicht mit reinbringen. Ihr Korb bleibt immer an meinem Kleid hängen.«

»Dann hol sie aus dem Korb und nimm sie auf den Arm«, erwiderte Everett mit steinerner Miene. »Zeig ihr wenigstens ein bisschen Zuneigung. Du kannst ein Kind nicht einfach allein lassen.«

»Davon kriegt sie doch nichts mit.« Mattie klang gänzlich uneinsichtig. »Sie kann sowieso nicht sprechen und versteht auch nichts. Warum machst du wegen ein bisschen Geheul so einen Aufstand?«

»Wir sollten gehen«, sagte Everett.

Mattie erhob sich. »Faye, bitte entschuldige, dass mein Mann so unhöflich ist. Danke für den Puder.«

Leo hörte, wie die Tür auf- und zuging. Als sie sicher war, dass die beiden weg waren, ging sie zurück in den Salon.

»Was für eine rührende Szene«, sagte Faye grinsend.

»Hast du den Bericht gelesen?«, fragte Leo und bemühte sich um einen gelassenen Ton.

»Ich bin noch nicht dazu gekommen – du hast doch gesehen, dass ich mit unserer Kundschaft beschäftigt war, wie du immer von mir verlangst.«

»Könntest du ihn bitte bald lesen?«, fragte Leo, auch wenn sie wusste, wie verzweifelt sie klang. »Ich muss den Kaufhäusern in Kalifornien Bescheid geben, ob wir ihnen jemanden schicken, der unsere Produkte vorstellt.«

»Aber zuerst muss ich einen Veranstaltungsort für unsere Eröffnungsfeier organisieren. Das hat Priorität – schließlich soll sie schon übermorgen stattfinden.«

Damit marschierte Faye davon und ließ Leo mit dem Wissen allein, das wie ein Felsbrocken auf ihrem Herzen lastete: Wenn das, was sie gerade miterlebt hatte, so gang und gäbe war, wie es den Anschein hatte, würde Everett Alice niemals Mattie überlassen, um selbst glücklich zu werden. Und Leo wollte auch gar nicht, dass er seinem Kind das antat – aber es würde bedeuten, dass sie ihn endgültig verloren hatte, und dieser Gedanke war einfach zu schmerzhaft. Sie nutzte den ruhigen Nachmittag, um eine Faye-würdige Menge Champagner zu trinken. Aber das änderte nichts.

Weil Faye für die Organisation zuständig war, fand die Feier im *300 Club* statt. Leo hatte den Einfall gehabt, jeder Einladung einen *Richier's Reddest Red*-Lippenstift beizulegen, weil sie hoffte, einige der Frauen würden ihn zu diesem Anlass auftragen. Und das taten sie – mit atemberaubenden Ergebnissen.

Am Bankett, beleuchtet von einer der chinesischen Laternen, die darüber hingen, stand Pola Negri mit einem Filmstar-Lächeln auf den mit Leos Lippenstift geschminkten Lippen. Leo wusste, dass sie das nicht besser hätte inszenieren können, und als ihr klar wurde, wie nah sie dem Erfolg war, breitete sich auch auf ihrem Gesicht ein Lächeln aus, das umso strahlender wurde, als sie Zelda Fitzgerald voller Neid auf Polas Lippen zeigen sah.

*Das ist der große Moment*, dachte Leo und grinste Jia und Lottie zu, die an der Bar standen und sich ebenfalls über die allgegenwärtigen roten Lippen freuten. *So fängt es an.* Denn wenn Frauen ihre Vorbilder so freiheraus Kosmetik tragen sahen, würden sie es vielleicht auch ausprobieren. Eine normale Frau wie Leo, wie Jia, wie Lottie, wie die Frauen, die in einem Büro an der Wall Street Briefe tippten – sie alle würden sehen, dass sie Mascara tragen und sich schön fühlen konnten, wann immer sie wollten, und dass es allein ihre Sache und nicht die der Gesellschaft war, darüber zu bestimmen.

Leo begrüßte Texas und schlenderte dann etwas unentschlossen durch den gut gefüllten Saal. Heute fühlte sich Leo zum ersten Mal in ihrem Leben auf dem Gipfel eines Erfolgs, der ihr so sensationell erschien wie die Niagarafälle, und es sah ganz danach aus, als würde sie nicht gleich wieder abstürzen, sondern endlich lernen zu fliegen.

»Wollen wir tanzen?«, fragte Benjamin, der unerwartet an ihrer Seite erschien.

»Ja«, antwortete sie, lächelte ihn an und drückte seine Hand. »Danke noch mal. Für alles. Ohne dich wäre ich heute nicht hier.«

»Ich glaube, du selbst hattest auch etwas damit zu tun«, erwiderte er.

Auf der Tanzfläche zog er sie dicht an sich, und sie ließ es geschehen. Warum sollte sie nicht mit dem Mann tanzen, der ihr geholfen hatte, ihren Traum zu verwirklichen? Die Magie dieses Abends, das berauschende Wissen, dass all diese Leute hier waren, um *Richier Cosmetics* zu feiern, dass Filmstars einen Lippenstift trugen, den sie kreiert hatte, brachte Leo dazu, ihre Wange an Bens zu schmiegen, ihn noch ein wenig fester zu umarmen und sich alle Mühe zu geben, Everett aus ihrem Herzen zu verbannen.

Genau in diesem Moment wurde Leo von einem Zigarettenmädchen in einer schimmernden blauen Hose gerempelt.

»Entschuldige dich gefälligst«, herrschte Benjamin das Mädchen an, das ebenso schnell außer Fassung geriet, wie die Zigaretten aus dem Verkaufskasten purzelten.

»Nicht so schlimm.« Leo legte Benjamin beschwichtigend eine Hand auf den Arm. »Jetzt kommen die richtigen Tänzerinnen, setzen wir uns doch erst mal«, versuchte Leo die Situation zu retten, da auf der Bühne eine Reihe spärlich bekleideter Mädchen mit Körben voller Kirschen erschienen und begannen, ein verrücktes Loblied auf das mitgebrachte Obst zu trällern. Beim Refrain stimmten auch Kellner und Gäste mit ein und schmetterten aus voller Kehle: »Kirschen! Kirschen!« Leo musste sich auf die Lippe beißen, um beim Anblick der reichen, glamourösen – und betrunkenen – Manhattaner, die grölten wie italienische Obstverkäufer an der Bleecker Street, nicht laut loszulachen.

Dann schlängelten sich die Mädchen durch den Raum, steckten

den Männern Kirschen in den Mund, zerzausten ihnen die Haare und ließen sich von dem einen oder anderen die Hand küssen. Beim Anblick erwachsener Männer, die sich in sabbernde Schuljungen verwandelten, weil ihnen ein Mädchen eine Kirsche an die Lippen drückte, verdrehte Leo unwillkürlich die Augen, doch da auch Benjamin die Mädchen beobachtete, ließ sie den Blick etwas gelangweilt durch den Saal schweifen und zuckte zusammen, als sie an der Bar einen Mann sah, dessen blaue Augen sie einst mit einem sonnigen Sommerhimmel verglichen hatte.

Genau diesen Moment wählte Benjamin, um aufzustehen und zwei Gläser klirrend aneinanderzustoßen, um für Ruhe zu sorgen. Die Mädchen hörten auf, Kirschen zu verteilen, und der Lärm flaute zu einem leisen Gemurmel ab.

»Danke, dass ihr euch heute Abend in den *300 Club* bemüht habt, auch wenn ich weiß, dass die meisten von euch hier leben«, sagte Benjamin.

Zustimmender Jubel ertönte, Champagnergläser wurden gekippt – mit einer Ausnahme. Leo sah, wie Everett an seinem Old Fashioned nippte.

»Wir sind hier, um mein neues Interesse an Kosmetik zu feiern, mit der wir New York im Sturm erobern werden, wenn meine Schwester Faye ein Wörtchen dabei mitzureden hat.« Damit erntete er Gelächter. Benjamin fuhr mit seiner Rede fort, die perfekt auf sein Publikum abgestimmt war, denn die meisten Leute im Saal nickten, lachten über die Witze, die er hin und wieder einstreute, und hörten aufmerksam zu. Er war zweifellos ein bewundernswerter Mann … aber Everett auch. Schnell verdrängte Leo den Gedanken.

»Zum Schluss möchte ich etwas tun, was ich schon tun will, seit ich diese Frau in einer mondbeschienenen Nacht auf einem Schiff, das über den Atlantik segelte, zum ersten Mal gesehen habe«, sagte Benjamin.

Leo lächelte ihn erwartungsvoll an. Ganz bestimmt hatte Benjamin vor, endlich anzuerkennen, was sie für *Richier Cosmetics* geleistet hatte. Dass die Produktlinie zwar seinen und Fayes Namen trug, aber in jeder anderen Hinsicht ihr zu verdanken war. Sie machte sich bereit aufzustehen.

Doch Benjamin griff in seine Jacketttasche und holte eine kleine, quadratische Schachtel heraus, auf der das Wort *Cartier* eingraviert war.

Hinter einem Schleier tanzender Mädchen, die nicht auf ihr Stichwort gewartet hatten und Snowballs an die Gäste verteilten, ergriff Benjamin erneut das Wort. Doch Leo konnte ihn nicht hören, weil alle um sie herum die leckeren Süßigkeiten, wie es Brauch war, der Person zuwarfen, mit der sie in der nächstbesten dunklen Gasse knutschen oder die sie am liebsten gleich mit nach Hause nehmen wollten.

Als sich der Tumult etwas legte, fragte Benjamin, ob Leo ihn heiraten wolle, und öffnete die *Cartier*-Schatulle. Darin war ein mit mehreren Diamanten besetzter Platinring. Der größte Stein befand sich in der Mitte des Rings und verschlug Leo den Atem, doch er war zu beiden Seiten noch von sechs weiteren flankiert.

Sie sah zur Bar. Everett nickte ihr zu – kein förmliches Nicken zum Abschied, sondern ein Nicken, das ihr mitzuteilen schien, dass er ihr seinen Segen gab, Benjamin zu heiraten. Allerdings sprachen seine Augen eine andere Sprache – sie blickten feucht und finster, keine Spur eines sonnigen Himmels war mehr zu erkennen. Auch Leo war den Tränen nahe, denn sie wusste, dass es vorbei war. Dass

Mattie, genau wie Leo es befürchtet hatte, Everett damit gedroht hatte, ihm Alice wegzunehmen.

Benjamin steckte ihr den Ring an den Finger und überreichte Leo zudem noch ein Schriftstück, mit dem er ihr dreißig Prozent von *Richier Cosmetics* übertrug.

Als Leo aufblickte, sah sie Everett den Club verlassen. Faye hatte sich von einer Tänzerin einen rosa Straußenfeder-Fächer geschnappt, die Träger ihres Kleids ihre Schultern hinunterrutschen lassen und tanzte mit der Gruppe durch den Saal, wobei sie hier und da stehen blieb, um sich an die Brust eines Mannes zu schmiegen oder im Vorübergehen ein Glas Champagner zu stibitzen. Die meisten Gäste jedoch hatten sich um Benjamin geschart, um ihm überschwänglich zu gratulieren. So saß Leo mit einem Ring am Finger und dem für sie kostbarsten Stück Papier der Welt in der Hand am Tisch, während die für sie kostbarste Person nach Hause zu seiner Frau und seinem Kind fuhr.

Entschlossen stand sie auf, drängte sich durch die Menschenmenge zur Bar, setzte sich und bestellte einen Old Fashioned. Dann leerte sie das Glas in einem Zug und stellte es gerade ab, als Jia und Lottie neben ihr erschienen.

»Ich glaube, viele Frauen würden alles für so einen Ring tun, oder nicht?«, sinnierte Jia. »Besonders, wenn er von einem attraktiven Mann kommt, den wir dringend auf unserer Seite brauchen.« Sie musterte Leo.

Leo zeigte ihr die Schriftrolle.

»Dreißig Prozent!«, rief Jia aus. »Das heißt, wir müssen keine Berichte für Faye mehr schreiben.«

»Wirklich?« Lottie beugte sich mit ihr über den Tisch. Jia und Lottie, Leos Freundinnen und wahre Geschäftspartnerinnen, verdienten es, dass ihre Arbeit angemessen entlohnt wurde – mit einer Sicherheit, für die Leo nur sorgen konnte, indem sie Benjamin heiratete.

»Ja, wirklich«, sagte Leo leise. »Dreißig Prozent.«

»Was ist mit Everett?«, fragte Lottie und setzte sich neben sie.

»Everett muss sich um seine Tochter kümmern«, sagte Leo. »Er kann sich nicht scheiden lassen, weil er Alice niemals Mattie anvertrauen würde.«

»Und Benjamin ist ein ziemlich guter Fang«, warf Jia ein.

»Aber er ist nicht Everett«, erwiderte Lottie und nahm Leo die Worte aus dem Mund.

»Nein, ist er nicht«, sagte Leo. »Aber warum sollte ich ihn dafür bestrafen?«

Sie rutschte von ihrem Barhocker, bahnte sich einen Weg zu Benjamin und tippte ihm auf die Schulter – mit der Hand, an der jetzt sein Ring glitzerte.

»Gefällt er dir?«, fragte er.

»Er ist gigantisch.« Sie hielt einen Moment inne. »Komm, setzen wir uns. Wir müssen reden.«

Umgeben vom Trubel der feiernden Gäste, begann Leo: »Ganz bestimmt gibt es irgendwo da draußen eine Frau, die dir viel mehr geben kann als ich.«

»Und mich dabei ausnimmt wie eine Weihnachtsgans«, sagte er bitter. »Ich habe gesehen, wie du die letzten Monate gelebt hast, daher weiß ich, dass du mein Geld nicht aus dem Fenster werfen wirst. Ich bin überzeugt, dass mein Herz bei dir in sicheren Händen ist.«

Was nicht viel zu bedeuten hatte.

»Ich habe nicht vor, mich jemals wieder zu verlieben«, sagte er.

Die schreckliche Endgültigkeit dieses Wortes brach Leo fast das Herz. »Ben, das kannst du nicht ernst meinen.«

Er hob eine Hand. »Ich brauche kein Mitleid. Ich dachte, dir gehe es genauso.«

»Ich wollte die Liebe nie aufgeben«, flüsterte Leo.

»Aber das hast du.«

*Nein, habe ich nicht*, wollte sie widersprechen. *Ich habe es aufgegeben, jemals mit Everett zusammen zu sein. Aber nicht, ihn dennoch zu lieben.*

Benjamin musterte sie eindringlich, und sie wollte die Augen schließen, damit er nicht sehen konnte, was sie dachte. »Liebe und Ehe lassen sich nicht miteinander vereinbaren«, sagte er. »Wir verstehen uns gut, Leo. Du bist wunderschön und genau die Art Ehefrau, die ich brauche; ein Geschäftsmann wird als vertrauenswürdiger angesehen, wenn er eine Frau an seiner Seite hat, und die Presse brennt schon eine Weile darauf, dass ich endlich heirate. Aber vor allem bist du klug. Dein Rat bezüglich des drohenden Streiks war genau, was ich brauchte. Wir hätten unser Leben lang eine Menge, worüber wir reden und womit wir einander helfen können.«

»Was ist mit Sex?«, platzte sie heraus.

»Ich würde sehr gern mit dir schlafen.« Er grinste. »Ich glaube, die Existenz von Prostituierten beweist, dass keine Liebe nötig ist, um Sex zu genießen.«

Leo entfuhr ein leiser Aufschrei, so verblüfft war sie. »Ich brauche eine Zigarette.«

Benjamin zündete eine an und reichte sie ihr. »Wäre es wirklich so schlimm, mich zu heiraten?«

»Natürlich nicht!« Leo hörte die Unsicherheit in seiner Stimme und verstand plötzlich, wie verletzlich er sich gemacht hatte, als er vor all diesen Leuten um ihre Hand anhielt. »Das wäre überhaupt nicht schlimm. Du hast recht, wir verstehen uns wirklich gut. Die meiste Zeit«, fügte sie grinsend hinzu, und er schenkte ihr ein halbherziges Lächeln. »Und wir haben wirklich viel, worüber wir reden können. Das hat mir unser Abendessen letztens gezeigt. Ich wollte mich nur vergewissern, dass du wirklich nicht lieber auf jemanden warten willst, der dich vorbehaltlos liebt.«

»Ich möchte nicht warten. Du bist in jeder Hinsicht die perfekte Frau für mich.«

Und vielleicht war Benjamin Richier auch der perfekte Mann für Leo. Jemand, der sie heiraten wollte, obwohl sie ihm nur eine unvollkommene Liebe anbieten konnte. Jemand, der ihr ein neues Leben in Form eines Geschäfts und eines erfüllten Traumes geschenkt hatte. »Dann lautet meine Antwort Ja«, sagte sie.

Eine Weile herrschte Schweigen, als könne keiner von ihnen recht glauben, was geschehen war.

»Zwei Wochen«, sagte Benjamin. »Ende des Monats heiraten wir. Abgemacht?«

»Abgemacht«, sagte Leo. Und diesmal beugte sie sich zu ihm und küsste ihn. Denn wenn sie sich zu dieser Heirat entschloss, dann würde sie es verdammt nochmal richtig machen.

Benjamin erwiderte ihren Kuss stürmisch, zog sie von ihrem Stuhl hoch und zeigte ihr, dass er sie zwar nicht liebte, aber dennoch leidenschaftlich begehrte.

# Kapitel 19

Trotz Lotties und Jias Protest bat Leo die beiden, sie allein zu lassen, während sie sich im Anwesen der Richiers für die Hochzeit zurechtmachte.

Sie schlüpfte in ihr gewagtes trägerloses *Worth*-Hochzeitskleid aus elfenbeinfarbener Seide, das an einer Hüfte gerüscht war, vorne fast bis zu den Fußknöcheln reichte und hinten in eine elegante Schleppe überging. Das Glanzstück aber war eine türkisgrüne Schärpe, die sich, auf der Stirn mit einer Reihe von Kristallen verziert, um ihren Kopf legte, von dort erst über den Nacken und schließlich vorn über die eine und hinten über die andere Schulter fiel. Auf der einen Seite war sie bodenlang, auf der anderen schlängelte sie sich zurück um die Taille und war an der Hüfte mit einer Kristallnadel befestigt. Der Kontrast zwischen der elfenbeinfarbenen Seide und dem Türkisgrün der Schärpe war atemberaubend, und Leo hatte sogar elfenbeinfarbene Schuhe gefunden, die perfekt zu dem Ensemble passten.

Als sie sich im Spiegel betrachtete, fühlte sie sich wie eine Hochstaplerin – eine vornehme, elegante Fassade, hinter der sich ein Mädchen verbarg, das früher mit wild wehenden Haaren durch Herbstblätter getollt war.

Das Einzige, was ganz und gar sie selbst war, war ihr Lidschatten, der sicher weggehen würde wie warme Semmeln, wenn sie ihn nächste Woche auf den Markt brachten. Der *Cat's Meow*, wie sie ihn getauft hatten, hatte genau den richtigen Petrolton, so dass grüne Augen wie Leos besonders verführerisch wirkten.

Plötzlich öffnete sich die Tür, und Faye kam herein. Ihr Kleid hatte einen extrem tiefen Rückenausschnitt und war mit geriffelten Rüschen verziert, die sich von der Rückseite des Kleids nach vorne kringelten und an Fayes rechter Hüfte abstanden wie ein Fächer. Im Vergleich zu ihr hätte selbst Dynamit zahm gewirkt.

»Du hast also bekommen, was du wolltest«, lallte sie, und Leo konnte sehen, dass sie betrunken war – und höchstwahrscheinlich nicht nur das.

Leo antwortete nicht.

Faye holte eine Zigarette aus ihrem goldenen Etui, zündete sie an und blies Leo den Rauch ins Gesicht. »Ich habe Everett und Mattie zu der Hochzeit eingeladen. Sie werden beide zusehen, wie du Benjamins Frau wirst.«

Leo ließ die Schultern sinken. »Faye, ich habe jetzt keine Zeit für so ein Gespräch.«

»Doch, das hast du.« Faye lächelte. »Dafür hast du definitiv Zeit.«

In ihrer Stimme schwang etwas mit, das bei Leo ein flaues Gefühl im Magen auslöste. Sie setzte sich auf den Sessel an der Tür und gab sich jedoch zunächst gelassen.

»Rate mal, von wem Matties Baby wirklich ist«, begann Faye.

»Everett hat mir schon gesagt, dass er nicht der Vater ist.«

Fayes Grinsen wurde breiter. »Natürlich. Und das würde er dir nur erzählen, wenn ihr beide so wart.« Sie überkreuzte Zeige- und Mittelfinger ihrer rechten Hand. »Damit hast du bewiesen, was ich die ganze Zeit schon geahnt habe. Aber an der Sache ist noch mehr dran.« Sie schlenderte zur Chiffonier-Kommode und schenkte sich ein Glas Whiskey ein. »Möchtest du auch einen?«

Leo schüttelte den Kopf, auch wenn sie am liebsten die ganze Flasche geleert hätte.

Faye prostete Leo zu. »Matties Baby ist eigentlich meines.«

Es war so still, dass Leo die Standuhr im Erdgeschoss hören konnte, die tickte und dann die volle Stunde schlug – eine Mahnung, dass es höchste Zeit war, in die Kirche zu gehen. Von draußen hörte sie einen einsamen Vogel sehnsüchtig nach einem Gefährten rufen, in ihrem Innern pochte ihr Herz vor Angst immer lauter.

»Hat es dir die Sprache verschlagen?« Faye nippte an ihrem Whiskey. »Ist dir das zu viel an dem Tag, der eigentlich der glücklichste deines Lebens sein sollte? Den Rest der Geschichte erzähle ich dir morgen. Ich will nicht zu spät zur Hochzeit kommen.« Faye ging zur Tür.

Leo packte sie am Handgelenk. »Nein, du erzählst sie mir jetzt.«

Faye warf ihre Zigarette auf den Boden und drückte sie mit dem Absatz aus. »Ich hatte etwas, das Mattie wollte. Und ich habe es ihr gegeben.«

»Du warst schwanger?«

»Zur gleichen Zeit wie du. Wir haben beide ein Baby bekommen. Aber Mattie nicht.«

»Was ist mit Matties Baby passiert? Das ist doch lächerlich, Faye.« Leo stand auf.

»Mattie war nie schwanger.«

»Was?« Leos Stimme war so leise, dass sie nicht sicher war, ob sie überhaupt gesprochen hatte. »Sie hat gesagt … Auf dem Schiff … Das verstehe ich nicht.«

Leo ließ sich auf den Sessel zurückfallen.

In aller Ruhe nahm Faye Platz und arrangierte die lächerlich steifen Rüschen ihres Kleids ordentlich um sich herum. Dann zündete sie sich die nächste Zigarette an, trank noch einen Schluck Whiskey und begann: »Sie hat behauptet, sie sei schwanger, um sich Everett unter den Nagel zu reißen. Sie brauchte sein Geld, um ihre Mutter und den Ruf ihrer Familie zu retten. Und sich selbst natürlich – Mattie ist alles andere als selbstlos«, fügte Faye mit unnötigem Sarkasmus hinzu. »Niemand sonst hätte eine so tief verschuldete Frau wie sie geheiratet. Und da sie nicht mehr genug Geld hatte, um monatelang in den Kreisen zu überleben, in denen sie einen Kerl hätte an Land ziehen können, der reich genug war, ihr Kleider nach ihrem Geschmack zu kaufen und obendrein noch ihre Schulden zu begleichen, musste es schnell gehen.« Faye lachte. »Außerdem dachte sie, wenn sie erst mal mit Everett verlobt wäre, würde sie schnell schwanger werden – sie hat nicht begriffen, dass er gegen ihren Charme immun ist und niemals mit ihr ins Bett gehen würde, ganz gleich, was sie versucht.«

Bei der Vorstellung, wie Mattie versuchte, Everett zu verführen, zuckte Leo zusammen.

Faye bemerkte ihre Reaktion, grinste und fuhr fort: »Sie wollte nach der Hochzeit einen Unfall vortäuschen und so tun, als hätte sie das Baby verloren. Aber dann habe ich ihr von meinem Dilemma erzählt. Und da hat sie sich entschieden.«

»Was hat sie entschieden?«

»Mein Baby als ihres auszugeben. Es war perfekt. Auf diese Weise musste sie keine Fehlgeburt vortäuschen; das hätte Everett nur misstrauisch gemacht, und wahrscheinlich hätte er sich von ihr scheiden lassen. Zu diesem Zeitpunkt wusste sie bereits, dass Everett ihr nie nahe genug kommen würde, um zu bemerken, dass sie nicht schwanger war, sondern sich nur entsprechend auspolsterte. Und der Zeitrahmen passte ziemlich gut. Also hat sie mein Baby genommen.«

Wie konnte jemand so heimtückisch sein? Wie war jemand fähig, eine solche Intrige zu spinnen, die darauf abzielte, das Leben eines anderen Menschen zu ruinieren? Schlimm genug, dass Leo gedacht hatte, Mattie hätte Everett mithilfe eines Babys, das nicht einmal seines war, zur Heirat gezwungen, aber zu wissen, dass es nie ein Kind gegeben und Mattie sich das Ganze nur ausgedacht hatte ... das erforderte eine Niedertracht, die Leos Vorstellungskraft überstieg. Während es vorher den Anschein gehabt hatte, als wäre Mattie wenigstens ihm gegenüber ehrlich gewesen, als sie ihm von ihrer ungewollten Schwangerschaft erzählt hatte, war jetzt klar, dass sie die ganze Zeit gelogen hatte. Und Faye hatte ihr dabei geholfen.

Leo wollte zu Everett laufen und ihm alles erzählen, sie wollte Faye ohrfeigen, wollte ihre Wut und Trauer herausschreien, wie sie es damals auf dem Schiff getan hatte. Stattdessen starrte sie auf ihre Hände hinunter und lauschte ihrem eigenen viel zu lauten Atmen.

»Warum hast du es nicht einfach ...« Leo konnte den Satz nicht beenden.

»Abtreiben lassen?«, fragte Faye und zog eine Augenbraue hoch. »Das habe ich in London schon einmal gemacht und wäre dabei fast gestorben. Und ich wollte mich nicht noch mal in Lebensgefahr begeben.«

»Wer ist der Vater?«

Faye zuckte die Achseln.

Und Leo glaubte sofort, dass Faye die Art Frau war, die den Überblick über ihre Liebhaber verlor. »Warum erzählst du mir das ausgerechnet jetzt?«, fragte sie mit matter Stimme.

»Damit du meinen Bruder nicht heiratest.«

»Du denkst, ich werde es Everett erzählen?«

»Natürlich«, sagte Faye im Brustton der Überzeugung. »Warum

denn auch nicht? Ist das nicht deine einzige Chance, ihn zurückzuerobern? Ich kann immer noch kaum glauben, dass Mattie mir vorgeschlagen hat, es dir zu verraten, aber Mattie war schon immer unberechenbar.«

»Mattie hat gewollt, dass du es mir verrätst?«, wiederholte Leo fassungslos. »Warum denn das?«

Doch plötzlich verstand sie es: Everett davon zu erzählen würde nichts ändern, denn er liebte Alice. Er betrachtete sie als seine Tochter. Und er würde Faye nie dazu bringen, vor Gericht einzugestehen, was sie getan hatte. Mattie würde das alleinige Sorgerecht für Alice einfordern, wenn er sich von ihr scheiden ließ, indem sie genau wie auf dem Schiff behauptete, Alice sei ihr Kind, aber nicht seines. Und sobald Alice alt genug war, würde Mattie ihr erzählen, dass der Mann, der sie über alles liebte und den sie vergötterte, nicht ihr Vater war. Everett kannte Matties hinterlistigen Charakter, aber wenn er merkte, wie boshaft sie war, würde er ihr Alice um keinen Preis überlassen. Das wusste Mattie. Und sie wollte, dass Leo es auch wusste.

Es klopfte an der Tür, und bevor Leo »Nicht jetzt!« rufen konnte, ließ Faye den Butler herein.

»Madam«, sagte er zu Leo. »Das Auto wartet schon.«

»Ich komme«, murmelte Leo, stand auf und zwang sich, tief durchzuatmen, um nicht in Ohnmacht zu fallen.

»Ich fahre mit«, verkündete Faye fröhlich. »Ich freue mich schon so darauf.«

»Du kannst ein anderes Auto nehmen«, erwiderte Leo.

»Aber das erlaubt Hampton nicht.« Faye sah den Butler mit einem demonstrativen Schmollen an.

»Hampton, ab heute bin ich die Herrin des Hauses«, erklärte Leo mit fester Stimme und richtete sich zu ihrer beachtlichen Größe auf.

Damit wandte sie sich ab, eilte die Treppe hinunter und saß im Auto, bevor sich Faye erholt hatte.

Die Fahrt zur Kirche erschien Leo kürzer als sonst. Sie wusste, dass Benjamin bereits auf sie warten würde. Wahrscheinlich hätten ihm alle angesehen, dass er nervös war, aber er würde sich bemühen, die Gäste bei Laune zu halten. Natürlich würde Leo auch Mattie begegnen, womöglich mit einem höhnischen Lächeln auf den Lippen, weil sie gegen ihre Intrigen machtlos war.

Also nahm sie sich vor, aus dem Auto zu steigen, als wäre alles in Ordnung, ein Lächeln aufzusetzen und sich auf Benjamin zu konzentrieren, wenn sie zum Altar schritt. Er war ihr Fels in der Brandung. Als sie sich auf dem Schiff kennengelernt hatten, hatte er ihr ein Kosmetikgeschäft versprochen, und er hatte sein Versprechen nicht nur gehalten, sondern ihr auch seine Freundschaft geschenkt. Und obwohl er all ihre Zweifel kannte, hatte er um ihre Hand angehalten. Er hatte ihr so viel gegeben, und heute würde sie sich revanchieren und ihm den schönen Hochzeitstag schenken, den er verdiente.

Als sie sich dem Altar näherte, sah sie Mattie tatsächlich triumphierend lächeln. Sie hatte gewonnen. Sie musste nicht die Schmach einer Scheidung erdulden. Aber vor allem hatte sie dafür gesorgt, dass ihre Lüge auf dem Schiff vor über einem Jahr Leo die Liebe ihres Lebens gekostet hatte.

Als sie das Kirchenschiff durchquert hatten und im farbenprächtigen Licht der Buntglasfenster standen, nahm Leo Benjamins Hand und flüsterte: »Es tut mir so leid.«

Sein Kiefer entspannte sich. »Ist alles in Ordnung mit dir?«

»Ja.« Sie zwang sich, ihn strahlend anzulächeln. »Lass uns heiraten.«

An die Hochzeitszeremonie konnte sie sich später kaum erinnern. Anschließend fuhren sie zum *Waldorf Astoria*, wo der Empfang stattfand; es war nur ein kurzer Weg, und Leo hatte kaum Zeit, ein paar Worte mit Benjamin zu wechseln, bevor sie den großen Ballsaal betraten. Leo legte den Kopf in den Nacken, um die ganze Pracht zu bewundern: die Marmorsäulen, die den Raum säumten, die mit Bildern von Tanz und Musik bemalte Kuppeldecke, die wunderschönen, duftenden Blumen überall, die Benjamin eigens für Leo nach New York hatte liefern lassen.

Dann wurde Benjamin ans Telefon gerufen und verschwand. Als er zurückkam, hatte sich sein Gesichtsausdruck drastisch verändert.

Die Sorge in seinen Augen riss Leo aus ihrer Benommenheit. »Was ist los?«, fragte sie.

»In einer meiner Fabriken im Norden ist ein Feuer ausgebrochen. Ich muss sofort hinfahren. Hunderte von Männern sind dort, vielleicht sitzen sie fest, und es würde nicht gut aussehen, wenn der Leiter der Firma hier Champagner schlürft, während sie womöglich um ihr Leben kämpfen. Das verstehst du doch bestimmt?«

»Natürlich«, sagte Leo. »Ich komme mit. Vielleicht kann ich helfen.«

»Nein. Bleib du hier und genieße die Feier. Damit wenigstens einer von uns dabei ist.«

Bevor sie Widerspruch einlegen konnte, eilte er davon und ließ sie in der Obhut eines Mannes namens Jeffrey, den er hastig damit beauftragt hatte, sich um sie zu kümmern. Aber sie hatte kein Interesse an der Sauce Mousseline, den Shrimps auf Salatbett oder der Schildkrötensuppe, die sie Jeffrey zufolge unbedingt probieren musste. Im Saal war es unerträglich heiß, Leos Wangen brannten, ihre Handflächen waren schwitzig, und ihr Kleid kam ihr zu eng vor.

»Entschuldigen Sie mich«, flüsterte sie, floh aus dem Ballsaal und suchte ein ruhigeres Plätzchen.

Sie lief einen Korridor hinunter, bog irgendwo falsch ab und fand sich im Oak Room wieder, dem Herrenzimmer – Leder, offene Kamine und Zigarren. An der Bar lehnte Everett, mit tieftraurigem Gesicht, die Augen dunkel von Schmerz.

Um ein Haar hätte sie aufgeschrien. Doch in diesem Moment blickte er auf, und als er sie sah, ging sie zu ihm. Am liebsten hätte sie ihre Hand auf seine gelegt, als könne sie ihnen beiden mit der Geste Trost spenden.

»Möchtest du einen Drink?«, fragte er.

»Ja bitte, und zwar einen großen«, antwortete sie.

»Leo!« Wie aus dem Nichts tauchte Faye auf. »Da bist du ja. Warum versteckst du dich hier drinnen, wenn du doch tanzen solltest? Rett, ich befehle dir, mit mir eine flotte Sohle aufs Parkett zu legen, und Leo, das ist Mr Wright, der liebend gern mit dir tanzen würde.«

Mr Wright war um die sechzig, klein und fett, und er roch, als hätte er noch nie etwas von einer Badewanne gehört. Fast hätte sich Leo der Magen umgedreht.

Ohne zu wissen, wohin sie ging, drängte sie sich an Faye vorbei und floh. Schon bald fand sie sich in der gigantischen Lobby wieder, durchquerte von dort die Peacock Alley, die das *Waldorf* mit dem *Astoria* verband, und war endlich draußen auf der fast menschenleeren Fifth Avenue. Plötzlich wurde ihr bewusst, wie kalt es war. Aber sie hatte nichts zum Überziehen dabei, sie war in ihrer Hochzeitsnacht allein und jagte einem Phantom nach, das ihre Vernunft doch längst in die Vergangenheit verbannt hatte. Niedergeschlagen ließ sie sich auf die Treppe sinken und lehnte den Kopf an eine Säule. Sie hörte nichts, keine Schritte, nur eine Stimme: »Leo?«

Sie blickte auf in das Gesicht des Mannes, den sie liebte. »Was mache ich hier bloß?«, flüsterte sie.

»Ich weiß es nicht.« Everett setzte sich neben sie.

»Was sind wir für ein jämmerlicher Anblick, wie wir hier in der Kälte kauern. Dabei könnten wir doch im vornehmsten Hotel der Stadt sein. Eine Frau im Hochzeitskleid. Und ein Mann, der ...« Leo unterbrach sich. Wie sollte sie diesen Satz beenden?

Wie von selbst lehnte sich ihr Kopf an Everetts Schulter. Everett nahm ihre Hand, legte den Arm um sie und ließ seinen Kopf an ihrem ruhen. So saßen sie eine Weile vollkommen reglos beisammen, um diesen perfekten Moment nicht zu zerstören, den sie so lange wie möglich festhalten wollten.

Sanft landete eine Träne in ihrem Haar.

»Was habe ich nur getan?«, flüsterte sie.

Everett drückte ihre Hand. »Du hast getan, was du tun musstest.«

»Genau wie du.« Sie wischte sich über die Augen.

»Bitte weine nicht. Ich ertrage es nicht, dich weinen zu sehen.«

»Dann darfst du aber auch nicht weinen.«

Er zog sie fester an sich, und Leo konnte hören, wie er schluckte und seine Trauer ihr zuliebe zügelte, genau wie sie umgekehrt ihr Schluchzen zurückhielt.

»Alice braucht dich«, stieß sie hervor.

»Ich weiß«, sagte er schlicht. »Es tut mir leid. Ich habe das Gefühl, als sei das alles, was ich noch zu dir sage. Ich hätte dich nie ...«

»Doch, hättest du«, widersprach Leo entschieden. »Ganz gleich, wie weh das tut. Wenigstens hatte ich die wahrhaftigste Liebe, die man sich vorstellen kann.«

»Und sie wird dir immer gehören. Auch wenn ich es nicht zeigen kann.«

Wieder blickte sie zu ihm auf und war sich schmerzhaft bewusst, dass sie ihn aller Wahrscheinlichkeit nach zum letzten Mal so sah – so verletzlich, ihr so nahe, dass sie die Hand ausstrecken und seine Wange streicheln konnte. Er lächelte sie an, und einen Moment sah er unglaublich jung aus, als sei er wirklich erst sechsundzwanzig und hätte keine betrügerische Frau und kein Kind, das er von Herzen liebte, aber das als Druckmittel gegen ihn verwendet wurde und ihn an diese Frau fesselte.

Das Schwerste, was Leo je im Leben getan hatte, war, aufzustehen, ohne ihn zu küssen, ohne mehr zuzulassen als eine Umarmung und ein kurzes Gespräch. Aber wenn er stark genug war, es Alice zuliebe ein Leben lang mit Mattie auszuhalten, dann konnte sie auch stark sein. »Ist es möglich«, fragte sie, »in einer lieblosen Ehe zu leben?«

»Mit einem Kind, ja«, sagte er.

Mit einem Kind. Eine Träne rann ihr über die Wange. Sie weinte um ihre Tochter, die irgendwo dort draußen war und hoffentlich von einer anderen Familie geliebt wurde. Sie schlug die Hand vor den Mund und wandte sich ab. »Leb wohl, Everett«, sagte sie.

»Ich liebe dich, Leo.« Die Worte waren nicht mehr als ein heiseres Flüstern, aber Leo hörte sie dennoch, bevor sie in der kalten, unbarmherzigen Oktobernacht verhallten.

# Kapitel 20

Die Zeit verging wie im Flug. *Richier Cosmetics* eröffnete Salons in London und Paris, und ab 1922 verkaufte jedes Kaufhaus in Amerika ihre Produkte. Lottie hatte sich verliebt und geheiratet, arbeitete aber entgegen der Konvention weiter, und Leo ernannte sie zur Kreativdirektorin. Jia und Jimmy waren in eine größere Wohnung gezogen, ebenfalls in Chinatown und nur einen Katzensprung von Jias Mutter entfernt. Jia war jetzt Betriebsleiterin von *Richier Cosmetics*. Eine Firma mit drei Frauen in leitenden Positionen – so etwas hatte es noch nie gegeben. Selbst Elizabeth Arden umgab sich nur mit Männern. All das wurde überschattet von Leos kontinuierlichem, mühsamem Bestreben, Everett aus dem Weg zu gehen, was noch dadurch erschwert wurde, dass sie sich in denselben Kreisen bewegten und oft dieselben Partys besuchten. Leo wusste nicht, wie Everett damit zurechtkam, aber sie sank in den meisten Nächten mit Kopfschmerzen ins Bett, weil sie den ganzen Abend angestrengt versucht hatte, seinem Blick auszuweichen und nicht an ihn zu denken, während ihre Hand ihr Glas umklammerte.

Auf den Tag genau zwei Jahre nach der Hochzeit erwachte Leo frühmorgens in Benjamins Armen und spürte, wie er sie zärtlich an sich drückte. Er zündete eine Zigarette für sich und eine für sie an und sagte: »Heute darfst du anfangen.«

Sie nahm die Zigarette entgegen, atmete tief ein und stieß den Rauch aus, noch verschlafen, wohlig warm und behaglich an seine nackte Brust geschmiegt. Das war ihre Lieblingstageszeit, die Stunde, wenn die Morgendämmerung den Himmel lila färbte, wenn außer ihnen noch niemand wach war und er wenigstens ein paar Augenblicke nicht ihr Chef war.

Die Stunde vor Sonnenaufgang war eine Zeit fernab der Welt, ein kleiner Platz, den sie für sich reserviert hatten und an dem sie festhielten. Hier war Benjamin der Mann, mit dem sie reden konnte, den sie verstand und bewunderte, der sie – zumindest für kurze Zeit – ebenfalls verstand. In dieser Stunde fühlte sich ihre Beziehung viel intimer an als die endlosen Dinnerpartys, zu denen sie fast jede Nacht eingeladen waren, er als erfolgreicher Geschäftsmann, sie als seine glamouröse Ehefrau. Selbst nach zwei Jahren und weltweitem Erfolg ärgerte sie sich immer noch darüber, dass sie in den Zeitungen und der Artikelreihe, die im *Time Magazine* veröffentlicht wurde, immer als »Benjamin Richiers Ehefrau« und kaum je als die Frau bezeichnet wurde, die *Richier Cosmetics* leitete. Aber hier, frühmorgens im Bett mit Benjamin, konnte sie sein, wer sie wirklich war.

»Ich habe nicht viel zu berichten«, sagte sie. »Aber ich habe über Australien nachgedacht. Helena Rubinstein hat Salons dort. Vielleicht sollten wir auch welche eröffnen.«

»Australien«, sagte Benjamin nach einem Moment. »Weiß man dort überhaupt, was ein Lippenstift ist?«

Leo lachte. »Nun, wenn nicht, kann ich es den Leuten sicher beibringen.«

»Du müsstest aber nicht hinfahren, oder?«

»Vielleicht für eine Weile. Warum? Würdest du die Fotos von Mr

Benjamin Richier und seiner Frau in der *Times* vermissen?«, neckte sie ihn.

Benjamin schwieg einen Augenblick, dann sagte er: »Ja, genau das würde ich vermissen.« Er drückte ihr einen Kuss auf die Stirn und wälzte sich aus dem Bett. »Vergiss nicht, dass wir heute mit den Schwabs zum Abendessen im *Riverside* verabredet sind. Es werden auch ein paar widerspenstige potenzielle Kunden da sein, die du hoffentlich beeindrucken kannst. Ich werde ein Kleid von *Saks* für dich bestellen.«

»Ich finde bestimmt in meinem Schrank etwas, das ich tragen kann«, rief Leo ihm nach, aber er war schon im Badezimmer und hörte sie nicht.

—

Am Abend lag tatsächlich ein hübsches neues *Lanvin*-Kleid auf dem Bett für sie bereit. Es war weiß, was ihr eine Heidenangst machte; wahrscheinlich würde sie sich beim Essen bekleckern und einen grässlichen Fleck hinterlassen. Aber es war auch hinreißend – ein knöchellanges Seidenkleid, um die Taille mit Rosen aus aufgerollter malvenfarbener Seide geschmückt, die von dort in zwei Bahnen bis zum Boden hinabfiel. Benjamin – oder seine Sekretärin – hatte ihr sogar dazu passend einen kurzen silbern bestickten Umhang aus zartem Tüll gekauft.

Benjamin lächelte, als er sie sah. »Du siehst umwerfend aus«, sagte er und küsste sie zärtlich – noch ein schöner Moment, in dem sich Leo zu gerne verloren hätte, der aber wie üblich so schnell verging, dass sie es nie wagte. Gerade hatte sie die Augen geschlossen, da löste er sich schon von ihr und trug dem Butler auf, dem Chauffeur zu sagen, er solle das Auto vorfahren.

Die Party verlief anders als erwartet. Es waren viel weniger Gäste eingeladen als bei solchen Zusammenkünften üblich, und Leo fühlte, wie Benjamin zusammenzuckte, als sie hereinkamen und feststellten, dass nur vier andere Paare anwesend waren – und dass eines dieser Paare die Forsyths waren.

Leo gab sich alle Mühe, ihren Arm zu entspannen, mit dem sie sich bei Benjamin untergehakt hatte, und sich nicht anmerken zu lassen, dass sie der Anblick von Everett Forsyth immer noch aus der Bahn warf. Durch eine grausame Fügung des Schicksals saß sie Everett beim Essen direkt gegenüber, und nach ein paar Stunden schmerzte ihr Nacken, so angestrengt versuchte sie, den Blick nicht von dem Mann neben ihr abzuwenden, den sie auf Benjamins Bitte um den Finger wickeln sollte. Normalerweise verärgerte es sie, wenn er sie um so etwas bat, aber heute Abend war sie froh darüber, weil es ihr eine dringend benötigte Ablenkung verschaffte.

Als das Dessert serviert wurde und der Herr neben ihr damit beschäftigt war, den Kellner auf die unzureichende Menge Sahne auf seinem Teller hinzuweisen, wandte sie sich um, rieb sich gedankenverloren den Nacken – und begegnete Everetts Blick. Sie hüteten sich beide, Blickkontakt zueinander zu halten, daher war es nur ein flüchtiger Moment, doch er reichte aus, um zu erkennen, dass es ihn genauso aus der Fassung brachte, nur eine Armlänge von ihr entfernt zu sitzen und zu wissen, dass er lediglich das Bein ausstrecken müsste, um ihres zu berühren.

»Gehen wir«, flüsterte Benjamin ihr wenig später zu, und sie nickte, denn auch sie sehnte sich danach, endlich die Flucht zu ergreifen.

Er drapierte ihren Umhang um ihre Schultern und legte ihr besitzergreifend eine Hand auf den Rücken, als sie sich verabschiedeten. Auf der Heimfahrt war er ungewöhnlich still. Sie saß neben ihm, hielt seine Hand und fragte sich, ob er sie wegen Everett zur Rede stellen würde. Doch zum Glück tat er es nicht sofort.

Erst, als sie sich ausgezogen hatte und gerade ihr Nachthemd überstreifte.

»Wie du ihn immer noch ansiehst …«, setzte er an, verstummte jedoch gleich wieder.

Leo zupfte ihr Nachthemd zurecht und wollte gerade etwas Scherzhaftes erwidern – dass ihn das nicht wirklich kümmerte, weil er nie gewollt hatte, dass sie ihn liebte –, als sie sein Gesicht sah. O Gott! Sie hatte ihn verletzt. Sie hatte getan, was sie nie tun wollte, was sie hatte verhindern wollen, indem sie ihn in der Nacht, in der er ihr den Antrag gemacht hatte, hatte schwören lassen, dass seine Gefühle für sie nicht über Freundschaft hinausgingen. Aber diesen Gesichtsausdruck hatte nur ein Mann, der von der Frau verletzt worden war, die er liebte.

»Ben«, sagte sie, ging zu ihm und schloss ihn in die Arme.

Er ließ die Umarmung einen kurzen Moment zu, dann löste er sich von ihr. »Bemitleide mich nicht«, sagte er schroff, verließ das Schlafzimmer und kam die ganze Nacht nicht zurück.

Leo lag eine Stunde lang wach im Bett und starrte zur Decke, dann machte sie sich auf die Suche nach ihm. Die Tür zu Benjamins Arbeitszimmer war geschlossen, aber durch den Schlitz unter der Tür fiel Licht. Sie hörte das Grammophon eine Symphonie spielen – kein mitreißendes, triumphales Stück, sondern ein leises, melancholisches. Sie klopfte an die Tür.

»Alles in Ordnung«, rief er barsch. »Geh ruhig ins Bett.«

Sie wusste, dass es keine gute Idee wäre, zu ihm zu gehen – nicht, wenn er so mit ihr sprach, in dem Tonfall, den er am Arbeitsplatz benutzte. Er wollte nicht, dass sie ihn so sah. Er wollte sie nicht wissen lassen, was er fühlte.

---

Leo beschloss, am nächsten Abend mit ihm zu reden. Doch als er um acht Uhr hereinstürzte, rief er ihr zu, er habe Faye versprochen, sie um halb neun am *Plaza* abzuholen – dort wohnte sie, seit Benjamin und Leo verheiratet waren –, und Leo solle sich sofort fertig machen.

Also tat Leo wie geheißen und sagte sich, dass es vermutlich leichter sein würde, mit ihm zu reden, wenn sie beide etwas getrunken hatten und entspannter waren.

Auf der Fahrt redete Benjamin ausschließlich über die Arbeit. Als Faye einstieg, war sie schon so betrunken, dass das Gespräch zu einem Lästermarathon über ihre Bekannte verkam. Schon bald erreichten sie den *300 Club*, und sofort verwandelte sich Faye in die übliche Stimmungskanone. Der Alkohol floss in Strömen, Jazzmusik spielte, die Leute tanzten, und Leo trank zu viel Champagner. Wie auch Benjamin; genau genommen war er es, der ihr Glas immer wieder auffüllte und darauf bestand, dass sie noch etwas mit ihm trank, während er den Alkohol hinunterkippte, als verfolge er damit einen Plan. Schließlich war er betrunkener, als sie ihn je gesehen hatte.

Dann begann George Gershwin Klavier zu spielen, und Rudolph Valentino verabschiedete sich gerade von Texas, als die Eingangstür aufflog und eine Horde von Polizisten hereingestürmt kam.

»Hallo, ihr Verlierer«, begrüßte Texas sie, wie es ihre Art war. »Was soll ich sagen? Meine Gäste haben den Alkohol einfach mitgebracht.

Ich bin nur eine Frau; ich kann nicht jeden Mann rausschmeißen, der mit einer Flasche Whiskey unter dem Arm reinkommt.«

»Lass uns verschwinden«, flüsterte Leo Benjamin zu.

Er packte Faye am Arm, aber sie sagte schmollend: »Warum sollen wir denn jetzt gehen? Der Spaß hat doch gerade erst angefangen!«

»Wir müssen hier weg«, beharrte Leo – sie war nicht zu betrunken, um zu wissen, dass sie nicht in eine Razzia geraten sollten. »Sofort!«

»Dann geht doch. Ich finde schon jemand anderen, der mich nach Hause bringt.« Faye lächelte dem Mann neben ihr verführerisch zu.

»Leo, nimm den Hinterausgang«, flüsterte Benjamin. »Ruf ein Taxi. Ich bringe Faye im Auto nach Hause.« Er erhob sich auf wackligen Beinen.

»Ich warte auf dich«, sagte Leo.

Aber er schüttelte den Kopf. »Ich will nicht, dass du meinetwegen verhaftet wirst. Geh, solange du noch kannst. Vergeuden wir keine Zeit, indem wir noch länger diskutieren.«

Mit unergründlichem Blick starrte er sie an, sie hatte keine Ahnung, was er dachte. Aber natürlich hatte er recht; sie vergeudete Zeit. Wenn sie jetzt ging, konnte er sich darauf konzentrieren, Faye in Sicherheit zu bringen.

»Sei vorsichtig«, sagte sie und wollte ihn küssen, doch er wandte in letzter Sekunde den Kopf ab, so dass der Kuss auf seiner Wange landete.

Dann eilte er Faye nach.

Die Polizisten trieben die Gäste am Eingang des Clubs zusammen, also schloss Leo sich den Leuten an, die durch den Hinterausgang flohen, und eilte die West 54th Street hinunter zur Fifth Avenue. Eine heftige Übelkeit breitete sich in ihr aus. Etwas in Benjamin hatte sich radikal verändert, und sie wusste, dass sie der Grund dafür war. Doch das bedeutete, dass sie es auch wieder in Ordnung bringen konnte.

Sie beschloss, zu Fuß nach Hause zu gehen, um in Ruhe nachzudenken. Vielleicht konnten sie zusammen Urlaub machen, die Arbeit – und alles andere – eine Weile vergessen. Was, wenn sie irgendwo an einem Strand einfach nur als Leo und Benjamin eine gemeinsame Zeit genießen würden? Vielleicht würden sie sich dann beide ein bisschen entspannen und einander näherkommen. Was, wenn er immer der Mann sein konnte, an dessen nackte Brust sie sich in der Morgendämmerung kuschelte, der ihre Haare streichelte, während sie zusammen ihre Zigaretten rauchten? Wirklich ihr Ehemann? Plötzlich spürte Leo, wie sich auch in ihrem eigenen Inneren etwas veränderte. Die Übelkeit war verschwunden, an ihre Stelle war etwas anderes getreten. Einsamkeit. Mehr noch. Vielleicht Sehnsucht? Denn sie begriff, dass sie diesen Mann lieben könnte. Und seit sie letzte Nacht sein Gesicht gesehen hatte, war sie sicher, dass er das Gleiche empfand. Dass er sie nur auf Distanz hielt, weil er fürchtete, sie werde ihm das Herz brechen.

Doch plötzlich riss sie ein grauenerregendes Quietschen, gefolgt von einem ohrenbetäubenden Krachen, aus ihrer Grübelei. Es schien von weit hinter ihr zu kommen – Metall war mit solcher Wucht auf Metall geprallt, dass es meilenweit zu hören gewesen war. Sie erschauderte.

Nicht mehr weit, sagte sie sich; sie war schon fast beim Haus der Richiers. Dort würde sie auf Benjamin warten und ihm einen wohlverdienten gemeinsamen Urlaub vorschlagen. Sie würde ihn überzeugen, dass sie einfach losfahren sollten, mit leichtem Gepäck, nur sie beide.

Sie kam am *St. Regis* und am *Cornell Club*, dem gigantischen *Cornelius Vanderbilt House*, dem *Hotel New Netherland* und dem *Millionaires Club* vorbei, der den Anfang der Millionaires' Row kennzeichnete. Dann das Haus der Astors, der Whitneys, der Fricks, der Clarks, der hebräische Tempel – all die Multimillionäre Manhattans, gemischt mit einer Prise Religion – und schließlich, an der gegenüberliegenden Ecke, die Villa der Richiers. Sie schloss die Tür auf und rannte die Treppe hinauf in ihr Zimmer.

Eine Weile hielt sie am Fenster nach Benjamin Ausschau, aber sie war so müde, dass sie schließlich auf ihr Bett sank, ohne sich umzuziehen, und die Augen schloss. Schon nach kurzer Zeit war sie eingeschlafen und träumte von einem Auto, das lichterloh brennend aus dem obersten Stockwerk eines hohen Gebäudes stürzte und zu Asche zerfiel, noch bevor es auf dem Boden aufschlug.

—

»Leo! Wach auf!«

Sie träumte noch immer. Aber das Auto war fort, und Everett redete mit ihr.

»Leo!«

Sie konnte sein Eau de Cologne riechen.

Erschrocken riss sie die Augen auf. Everett war in ihrem Zimmer und schüttelte sie wach, dabei konnte Ben doch jeden Moment nach Hause kommen!

Hastig rückte sie von ihm weg. »Was machst du hier?«

Unterbewusst nahm sie wahr, dass es bereits Morgen war; Licht drang durchs Fenster. Sie hatte vergessen, die Vorhänge zuzuziehen. Wo war Ben? Warum um alles in der Welt war Everett hier? Sie erinnerte sich an zu viel Champagner im *300 Club*. An die Razzia. Sie schüttelte den Kopf und versuchte, ihre bruchstückhaften Erinnerungen zu einem sinnvollen Ganzen zusammenzusetzen.

Everett setzte zu einer Erklärung an, zögerte dann aber. Leo schaute ihn zum ersten Mal richtig an, wagte es, ihren Blick über sein Gesicht gleiten zu lassen, und was sie dort sah, machte ihr Angst. Er hatte Tränen in den Augen. »Leo, wenn ich mich zu dir aufs Bett setzen und dich in den Arm nehmen könnte, während ich dir das sage, würde ich es tun, aber ich weiß, das geht nicht. Benjamin hatte letzte Nacht einen Unfall.«

Das gewaltige Quietschen und Krachen, das sie letzte Nacht gehört hatte. Das abstürzende Auto, das zu Asche zerfallen war, bevor es auf dem Boden aufschlug. Aber das war nur ein Traum gewesen, eine Phantom-Kollision, die ihr vom Alkohol benebelter Verstand heraufbeschworen hatte. »Nein«, flüsterte sie. »Nein …«

»Faye hat letzte Nacht schreiend an unsere Tür gehämmert«, fuhr Everett fort. »Sie wollte zu Mattie, aber sie hatte ein blaues Auge und eine Platzwunde am Kopf – überall Blut. So viel Blut. ›Wo ist Ben? Er schafft das schon‹, hat sie ständig wiederholt.«

Leo versuchte, ihm zu folgen. Er hatte gesagt, Ben sei verunglückt, aber jetzt redete er von Faye. Also war Faye verletzt, aber wahrscheinlich hatte sie gar nichts davon mitbekommen, so viel Kokain, wie sie gestern geschnupft hatte.

»Faye hat Mattie erzählt, dass … dass Benjamin gefahren ist.« Everetts Stimme brach. »Über die West Street, aus irgendeinem Grund. Anscheinend hatte er ihr gesagt, dass er die ganze Nacht fahren und den Wind im Gesicht spüren wollte. Das Dach war heruntergeklappt. Und Faye dachte, um diese Zeit wären keine Autos auf der Straße unterwegs. Also hat sie das Lenkrad gepackt, weil sie unbedingt Schlangenlinien fahren wollte. Und sie hatte Glück, in gewisser Hinsicht. Es waren wirklich keine anderen Autos da. Nur das Ende der West Street, was sie nicht miteinberechnet hatte, so dass sie mit viel zu hoher Geschwindigkeit im Battery Park landeten. Benjamin wurde aus dem Auto geschleudert.«

Nicht Ben. Nein. Sie würden doch zusammen in Urlaub fahren. Sie waren so kurz davor herauszufinden, wer sie wirklich waren. Oder nicht?

—

Er sah nicht aus wie Ben. Sein Körper war vollkommen reglos, sein Mund stand offen, als wolle er ihr etwas Wichtiges sagen, und sein Gesicht war blau angelaufen.

Sie stand an seiner Seite, wagte es jedoch nicht, ihn anzufassen. Ihr einziger Gedanke war, dass sie sich, als Everett von einem Unfall gesprochen hatte, niemals so etwas vorgestellt hätte.

»Mrs Richier?« Ein Arzt erschien in der Tür.

Einen Moment sah Leo sich nach der Person um, die auf diesen Namen reagieren würde, doch dann wurde ihr klar, dass er natürlich mit ihr redete. Sie nickte.

»Vielleicht sollten Sie sich setzen.«

Leo schüttelte den Kopf.

»Mrs Richier, Ihr Mann hat eine schwere Kopfverletzung erlitten, er ist bewusstlos, und auch sein Gehirn ist in Mitleidenschaft gezogen.«

»Aber er wird wieder gesund!«, sagte Leo mit fester Stimme, wie

Faye es getan hätte, auf diese Art, mit der sie andere Leute dazu brachte, nach ihrer Pfeife zu tanzen.

»Er liegt im Koma. Je nachdem, als wie schwer sich das Hirntrauma herausstellt, wird er womöglich nicht wieder aufwachen.«

Leo wandte sich ab. Sie würde sich das nicht länger anhören. Ben war ein Richier. Richiers waren unbezwingbar.

»Gibt es jemanden, den Sie anrufen möchten?«, fragte der Arzt. »Vielleicht einen Anwalt oder einen Freund …«

»Wir brauchen keinen Anwalt. Was wird für ihn getan?« Eine bittere Kälte erfasste sie, ließ ihre Stimme eisig werden und ihr Blut langsamer fließen, so dass sich Arme und Beine bald ebenso taub anfühlten wie ihre Sinne. »Was tun Sie für ihn?«, wiederholte sie und gab sich alle Mühe, hart zu sein wie Faye – unverwüstlich.

»Sie können sehen, dass wir ihn künstlich beatmen. Hoffentlich wird das seinen Blutdruck stabil halten. Zum selben Zweck verabreichen wir ihm Atropin. Im Lauf des Vormittags werden wir versuchen, den Druck auf sein Gehirn durch Trepanation zu verringern.«

»Trepanation?«

»Sind Sie sicher, dass es niemanden gibt, der hier bei Ihnen sein sollte?« Der Arzt blickte sich hektisch um, als hoffe er, jemand Vernünftiges würde unter dem Bett hervorkommen und ihm die Hand schütteln.

»Was ist eine Trepanation?«

»Wir bohren ein kleines Loch in den Schädel, um den Druck zu senken.«

Mit jedem Wort zog sich Leos Brustkorb zusammen wie ein Korsett und schnürte ihr immer mehr die Luft ab. Einen unerträglich langen Moment rang sie nach Atem. Aber sie wusste, dass sie für Ben sprechen musste, der es nicht konnte. Die Worte blieben ihr fast in der

Kehle stecken, aber sie presste sie hervor. »Das werden Sie ihm nicht antun.«

»Wenn wir es nicht tun, wird er mit Sicherheit sterben«, entgegnete der Arzt schroff.

»Nein. Das wird er nicht.« Es kostete sie all ihre Kraft, zu sprechen. Vor ihren Augen tanzten winzige Farbpunkte wie Schneeflocken in der endlosen Dunkelheit. »Bitte lassen Sie mich einen Moment allein«, flüsterte sie und ließ sich auf einen Stuhl am Bett ihres Mannes sinken.

Die Schritte des Arztes entfernten sich. Leo griff nach Bens Hand, die immer so stark und elegant gewesen war und nun schlaff und kraftlos dalag. Sie drückte sie an ihre Lippen, und ein zarter Hauch von Benjamins Geruch stieg ihr in die Nase. Die Benommenheit fiel von ihr ab, eine Flut von Erinnerungen strömte auf sie ein. Wie sie mit Ben an Deck eines Schiffes stand und zusah, wie die Freiheitsstatue im Licht der Sonne funkelte.

»Es ist meine Schuld«, flüsterte sie. Er war letzte Nacht nur deswegen betrunken gewesen, weil er ihr nicht die Wahrheit sagen konnte, weil er verzweifelt zu verbergen versucht hatte, was ihm in der Nacht davor herausgerutscht war. Wie lange hatte er diese Gefühle schon gehabt? Warum war sie gestern Abend nicht einfach in sein Arbeitszimmer gegangen und hatte ihn danach gefragt?

Weil sie Angst davor gehabt hatte, was er sagen und was sie darauf erwidern würde. Weil sie sich beide zu sehr vor dem Schmerz gefürchtet hatten, der in ihrer Vergangenheit lauerte – und jetzt war Ben so schwer verletzt, dass er sich womöglich nie erholen würde. Das hätte sie verhindern können. Wenn sie im *300 Club* mit ihm geredet hätte, wären sie jetzt auf einem Schiff nach Paris, nicht im Krankenhaus.

Sie hielt seine Hand an ihre Lippen, küsste sie und drückte sie an ihre tränennasse Wange. »Ich verbiete dir zu sterben«, schluchzte sie. »Du bist mein Mann, und ich will, dass du bei mir bleibst.«

—

Ein paar Tage schaffte Leo es, die Nachricht aus der Presse herauszuhalten. Doch dann las sie es schwarz auf weiß: RICHIER-MAGNAT ERLEIDET GEHIRNSCHADEN BEI AUTOUNFALL. ÄRZTE UNSICHER HINSICHTLICH GENESUNG.

Die Schlagzeile wurde Leo vom Butler mit ihrem Rührei zum Frühstück serviert.

»Nehmen Sie die Zeitung wieder mit. Und das Rührei auch«, sagte sie zu ihm. »Nichts davon ist wahr. Mr Richier wird schon bald wieder mit uns frühstücken.«

Der Butler nickte steif und zog sich zurück.

Leo stand auf und rief nach dem Chauffeur. Sie war zu nervös, um selbst zu fahren. Man hatte ihr endlich erlaubt, Faye zu besuchen. Endlich konnte sie sie anschreien: *Was zur Hölle hast du Ben angetan?*

Was würde Faye darauf erwidern? *Was immer mit Benj passiert ist, hast du zu verantworten, Leo.*

Aber ganz gleich, was Faye ihr entgegenschleuderte, es konnte nicht schlimmer sein als die Vorwürfe, die Leo sich die letzten Tage selbst gemacht hatte. Jeden Tag saß sie an Bens Krankenbett. Nichts veränderte sich. Letztlich hatte sie die Trepanation zugelassen, aber der Eingriff hatte nichts gebracht.

Leo rüstete sich mit einem langen, ausgestellten Mantel aus rotem Kascha-Satin mit Ärmelaufschlägen aus Leopardenfell für den

Kampf. Dann stieg sie ins Auto und wurde zum Bellevue Hospital gefahren, wo sowohl Faye als auch Benjamin lagen.

Die psychiatrische Abteilung war zu still. Leos Absätze klackerten laut auf dem Boden, obwohl sie versuchte, leise aufzutreten, um Faye nicht vorzuwarnen. Es war so typisch Faye, dass sie so tat, als wäre sie verrückt, um den Konsequenzen ihrer Tat zu entgehen.

Eine Krankenschwester führte Leo zu Fayes Zimmer. Das Bett war leer. Wo war sie? Und wer war diese Person, die zusammengekauert auf einem Stuhl saß, die Arme fest um die Beine geschlungen, als versuche sie, buchstäblich in sich zusammenzuschrumpfen?

»Geben Sie mir Bescheid, wenn Sie irgendetwas brauchen, Ma'am«, sagte die Krankenschwester und ließ Leo mit der zusammengekauerten Frau allein, die die gleiche Haarfarbe hatte wie Faye, aber ihre Haare waren fettig und strähnig, nicht mehr zu rötlich goldenen Wellen onduliert.

»Faye?«, fragte Leo ungläubig. Diese Person war nicht Faye; sie war bestimmt im falschen Zimmer.

Die Frau blickte auf und starrte Leo mit gespenstisch leuchtenden Augen an. »Leo«, flüsterte sie. »Liebliche Leo.«

»Faye? Bist du es wirklich?«, fragte Leo erneut. Denn es war Faye – oder das, was von ihr übrig war.

»Leo, Leo, liebliche Leo. Leo, Leo, glückliche Leo.« Faye wiederholte die Worte in sanftem Singsang wie ein Lied, einen Kinderreim, den man so lange aufsagte, bis die Worte ihre Bedeutung verloren – wie das Influenza-Lied, das Leo in Sutton Veny gehört hatte: *I opened the door and in flu enza.*

Wo war die Person, die sie anschreien und für alles, was geschehen war, verantwortlich machen konnte? Faye war nicht wirklich hier, und das bedeutete, dass die Schuld allein auf Leos Schultern lastete.

»Ich hätte nicht herkommen sollen«, flüsterte sie und wich zurück, bis sie gegen die Tür stieß. Dann floh sie aus dem Zimmer und den Korridor hinunter, während Fayes Lied noch immer in ihrem Kopf nachhallte: *Leo, Leo, liebliche Leo. Leo, Leo, glückliche Leo.*

Um diese Zeit letzte Woche war Ben noch kerngesund gewesen, Faye einfach nur eine Frau, die zu viel Geld hatte und zu viele Drogen nahm, und Leo ein Mädchen, das einen Mann liebte, den sie nicht haben konnte, mit einem Mann verheiratet war, den sie haben konnte, den sie hätte lieben müssen.

Was waren sie jetzt, wenn sie all das nicht mehr waren? Was war Faye – in den Wahnsinn getrieben von dem Wissen, dass sie das Leben ihres Bruders zerstört hatte? Was war Ben? Irgendwo gefangen, wo ihn niemand erreichen konnte? Was war Leo ohne die beiden? Sie blieb vor dem Krankenhaus stehen, stützte sich mit einer Hand an die Wand und drückte die andere auf den Mund, um ihr nutzloses Schluchzen zu unterdrücken. Denn sie wusste, wenn sie könnte, würde sie womöglich tun, was Faye getan hatte, und sich so tief in ihrem eigenen Innern vergraben, dass sie nicht mehr denken konnte: *Benj war nur deinetwegen betrunken und wollte die ganze Nacht fahren, Leo. Weil er nicht nach Hause gehen und dir gestehen wollte, dass er sich in dich verliebt hatte.*

—

Benjamin lebte – wenn man das so nennen konnte – noch zwei Jahre nach dem Unfall weiter. Zwei Jahre, in denen Leo ihn täglich im Krankenhaus besuchte, täglich die Ärzte anflehte, ihn wieder gesund zu machen, täglich schreckliche Ängste vor einer Wundinfektion ausstand und ihm täglich einen Kuss auf die Stirn drückte.

Doch eines Tages Ende 1924 hörte der Teil seines Gehirns, der noch funktioniert hatte, plötzlich auf zu arbeiten. Leise glitt Benjamin aus dem Leben – zu leise für einen solchen Mann –, und Leo verließ das Krankenhaus mit geballten Fäusten und tränenüberströmtem Gesicht. Sie lief zum Hafen, die Arme fest um sich geschlungen, das Herz bleischwer, und traf eine Entscheidung.

—

Everett kam zu Benjamins Beerdigung, wie Leo vermutet hatte. Sie fing ihn am Eingang der Kirche ab und zog ihn beiseite. »Du musst gehen«, sagte sie. »Was immer wir hatten, ist vorbei. Endgültig. Es ist hoffnungslos. Wir verletzen Menschen, wir töten sie sogar – und wofür? Wegen einer einzigen Nacht vor langer Zeit.«

»Das ist nicht alles, Leo. Es ist so viel mehr als eine Nacht vor langer Zeit«, sagte er leise.

Leo sog scharf die Luft ein. »Aber das ist alles, was es jetzt noch sein kann. Ben hat mitbekommen, wie ich dich auf der Dinnerparty der Schwabs angesehen habe. Am nächsten Abend hat er sich mit Faye ins Auto gesetzt und ist bei einem Unfall ums Leben gekommen. Ich kann dich nicht ansehen, nicht in deiner Nähe sein oder auch nur an dich denken. Nie wieder.«

Damit floh sie zurück in die Kirche und suchte tränenblind an den Bänken Halt. Ihr Entschluss war gefasst.

# Teil 4

# Kapitel 21

AUGUST 1939 | »Fast im Alleingang hat Leo Richier die Kosmetikindustrie Amerikas von Grund auf verwandelt. Ihrer Führung und ihrem Weitblick haben wir es größtenteils zu verdanken, dass die Branche von vierzig Millionen Dollar zu einem Wert von über vierhundert Millionen Dollar angewachsen ist. Kosmetika aller Art sind ein unverzichtbarer Teil unseres täglichen Lebens geworden, sie werden nicht mehr als billiges, ausschließlich von Frauen fragwürdiger Moral genutztes Beiwerk angesehen. Bitte begrüßen Sie Leo Richier, unsere heutige Gastrednerin.«

Wie Leo es erwartet hatte, hielt der Beifall sich in Grenzen; sie war die erste Frau, die je vor dem *Yale Club of New York City* gesprochen hatte, und sie wusste, dass die Männer im Saal, fast allesamt Absolventen der Yale University, hier waren, um zu frühstücken, und nicht, um ihr zuzuhören. Schließlich hatte das Wirtschaftsmagazin *Fortune* noch vor ein paar Jahren Kosmetik und Mode als unwesentliche Industriezweige abgetan und erklärt, der Verkaufserfolg von Kosmetikprodukten sei wirtschaftlich völlig unbedeutend. »Vierhundert Millionen Dollar – völlig unbedeutend!«, hatte sie damals bei Lottie geschimpft und die Zeitschrift auf den Schreibtisch geknallt.

Daher war sie heute wild entschlossen, die Mitglieder des *Yale Club* am Ende ihrer Rede zu wesentlich mehr Enthusiasmus zu zwingen. Denn, so rief sie sich in Erinnerung, die Person, die man soeben vorgestellt hatte, war sie – Leo Richier. Die Kosmetik-Visionärin. Nicht die verwitwete Arbeitssüchtige, die sie morgens als Erste und abends als Letzte im Spiegel erblickte.

Heute Morgen hatte sie ihrem Äußeren extra viel Zeit gewidmet und ihrem Schutzschild aus Kleidung, Make-up und Frisur besonders viel Aufmerksamkeit geschenkt. Ihre Lippen waren in ihrem bevorzugten Rotton geschminkt, ihre Haut dank ihres neuesten Gesichtspuders absolut makellos. Die Haare fielen ihr in großen, glänzenden Locken über die Schultern, untadelig frisiert, eine Spur kürzer als früher. Auf Teekleider sowie praktische Röcke und Jacken hatte sie absolut keine Lust mehr und sich deshalb für eine rote Bluse mit Schößchen und Taillengürtel entschieden. Ein kühner V-Ausschnitt zeigte zwar das Schlüsselbein, endete jedoch über dem Brustansatz, der schmal geschnittene Rock bedeckte gerade eben die Knie.

So trat sie auf die Bühne und wartete – sie war nicht bereit, um Ruhe zu bitten. Allem Anschein nach hatte sie Kleidung, Frisur und Make-up gut gewählt, denn es trat fast augenblicklich Stille ein.

»Man stelle sich vor«, begann sie und hielt einen Lippenstift in die Höhe. »Dieses kleine Ding, dieses Kinkerlitzchen, für das Ihre Ehefrauen wahrscheinlich viel zu viel Geld ausgeben –«, hier war von den Männern leises, bestätigendes Lachen zu hören, »stellen Sie sich vor, es würde verschwinden.« Leo schloss die Hand um den Lippenstift, so dass er nicht mehr zu sehen war. »Stellen Sie sich außerdem ein wirtschaftliches Defizit von vierhundert Millionen Dollar in unserer Ökonomie vor. Daran, dass wir im Großen Krieg an allen Ecken sparen mussten, erinnern wir uns ja alle noch sehr gut. Sicher auch an die Knappheit des letzten Jahrzehnts der wirtschaftlichen Depression. Die Unternehmen, die zusammenbrachen, weil einfach nicht genug Geld in Umlauf war. Nun, das nächste Mal, wenn Ihre Frau zur Damentoilette geht, um ihren Lippenstift aufzufrischen, sollten Sie ihr dankbar sein. Ohne Lippenstift würden viele in diesem Raum vertretene Unternehmen nicht existieren. Wer im Saal produziert Metall? Wer besitzt eine Kaufhauskette? Wer ist im Ölgeschäft tätig? Sie alle brauchen den Lippenstift.«

Leo hielt einen Moment inne, um das Kopfnicken zu beobachten. Dann hielt sie eine Seite aus einer Zeitschrift in die Höhe, die Anzeige eines Konkurrenten, der ihr besonders verhasst war. »Vermutlich sind Sie gewohnt, die Dinge so zu sehen. Werbung, die Ihrer Frau sagt, sie solle Lippenstift tragen, um für ihren Mann schön zu sein. Aber Ihre Frau weiß es besser.« Wieder machte Leo eine Pause für das leise Gelächter. »Sie trägt den Lippenstift für sich selbst. Weil sie weiß, dass sie damit gut aussieht. Und Sie sollten ihr dankbar sein. Wir wollen kein Vierhundert-Millionen-Dollar-Loch in unserer Wirtschaft, gerade jetzt, da wir wieder an der Schwelle eines Kriegs stehen. Wenn Ihre Frau also das nächste Mal zur Damentoilette geht, um ihren Lippenstift nachzuziehen, sollten Sie nicht stöhnen und sich darüber beklagen, dass sie so lange braucht. Denn sie tut etwas sehr Wichtiges. Sie schminkt sich keineswegs nur die Lippen, sondern sie erfüllt ihre patriotische Pflicht für ganz Amerika!«

Jetzt wurde begeistert geklatscht. Leo lächelte, obwohl sie weit davon entfernt war, sich glücklich zu fühlen: über einen neuen Krieg zu sprechen, wenn es sich noch anfühlte, als wäre der letzte gerade gestern gewesen, einen Vortrag über Lippenstift zu halten, wenn in ein paar Monaten womöglich schon wieder Menschen im Kampf sterben würden, zu wissen, dass sie über Lippenstift sprechen musste, da diese einflussreichen Männer, die politische Entscheidungen trafen, die Kosmetikbranche sonst weiterhin als unbedeutenden Industriezweig behandeln, ihre Fabriken übernehmen, ihre Versorgungsgüter rationieren und *Richier Cosmetics* unter dem Absatz ihrer Stiefel zermalmen würden, war ihr zuwider.

Trotzdem blieb sie noch eine Weile und redete mit den Männern, mit denen sie reden musste – den Direktoren von *International Paper*, die ihr vielleicht mit Papphülsen für ihre Lippenstifte aushelfen mussten, falls Metall kriegsbedingt rationiert wurde, mit den Senatoren Wagner und Mead, die sich geweigert hatten – oder vielleicht auch unfähig gewesen waren –, ihr am Telefon etwas zu versprechen, jetzt aber in der Lage zu sein schienen, ihr die Welt zu Füßen zu legen. Mit zusammengebissenen Zähnen ertrug sie eine Hand, die über ihren Hintern streichelte, zwei weitere Hände, die sich in ihr Kreuz pressten und versuchten, sie im Saal umherzusteuern, und Dutzende von Augen, die mit ihren Brüsten sprachen, als erwarteten sie, dass von dort Weisheit sprudle.

Sie tat so, als lächle sie, als ein Mann zu ihr sagte: »Wir dürfen nicht zulassen, dass ein nationaler Glamour-Notstand ausbricht, denn das würde die Moral unserer Männer schwächen, wenn sie zum Kampf gerufen werden.« Allerdings lehnte sie mehrere Einladungen zu einem Drink ab, denn der Teil von ihr, der sich früher einmal mit Männern eingelassen hatte, existierte nicht mehr. Doch als eines dieser Angebote von einem Augenzwinkern begleitet war, konnte sie sich die Erwiderung nicht verkneifen: »Eine Geschäftsfrau lernt ziemlich schnell, niemals durstig zu sein.« Um den Schlag zu mildern, lächelte sie dabei weiter und hoffte, dass der Mann sie verstand. Doch das tat er offensichtlich nicht, denn er grinste begeistert und sagte: »Na, dann ein andermal!«

Danach ging sie, fuhr zurück zur Richier-Villa, wie sie das Haus in Gedanken noch immer nannte, sah auf die Uhr, und obwohl sie wusste, dass der Butler die Krankenschwester hereinlassen würde, wollte sie das lieber selbst erledigen und sie informieren, wie Fayes Nacht gewesen war. Die Schwester stand bereits auf der Schwelle, die Hand zum Klopfen ausgestreckt, aber es war nicht Anne, die sich normalerweise um Faye kümmerte. Diese Frau hatte hellbraune Haare und sah, obwohl ihr Gesicht ein paar Falten mehr hatte als bei ihrer letzten Begegnung, sehr vertraut aus.

»Joan?«, stieß Leo hervor.

»Leo!« rief Joan, drückte die Hand aufs Herz und wäre fast die Treppe rückwärts wieder hinuntergestolpert. Zum Glück erwischte Leo sie gerade noch rechtzeitig am Arm.

»Anne, meine Kollegin, liegt mit einer Lebensmittelvergiftung im Bett, und es herrschte so eine Hektik, dass man mir nur die Adresse gegeben hat, ohne mir einen Namen zu sagen«, erklärte Joan aufgeregt.

»Lass uns reingehen – ich kann gar nicht glauben, dass du es tatsächlich bist!«, sagte Leo und öffnete die Tür.

»Ich auch nicht! Aber du hast dich überhaupt nicht verändert, du siehst immer noch aus wie zwanzig.«

Leo umarmte ihre alte Freundin. *Du hast dich überhaupt nicht verändert.* Anscheinend war ihre Fassade noch intakt und verbarg all das, was sich in ihrem Inneren unwiderruflich verändert hatte. »Ich glaube nicht, dass das stimmt, aber danke für das Kompliment.«

Sie gingen in den Salon, wo Joan alles eine ganze Weile stumm und staunend in Augenschein nahm – die Decke, die in perfektem Trompe-l'œil mit einem blauen Himmel und weißen Wattewölkchen bemalt war, die Kronleuchter im Art-déco-Stil, die Man-Ray-Fotos maskierter Frauen an der mit honiggelbem Holz vertäfelten und mit Silberleisten in Rechtecke unterteilten Wand.

Schließlich stieß sie einen anerkennenden Pfiff aus und meinte: »Das Zimmer sieht viel besser aus als früher.«

»Die Party!« Leo erinnerte sich. »Stimmt. Ich hatte ganz vergessen, dass du schon mal hier warst, bevor …« Ihre Stimme verebbte. *Bevor ich Benjamin umgebracht habe. Bevor du verschwunden bist.* »Setz dich doch. Willst du einen Kaffee?«

»Ich sollte eigentlich für dich arbeiten, nicht gemütlich mit dir plaudern«, gab Joan zögernd zu bedenken. »Wer ist meine Patientin?«

»Faye.«

»Ich habe von dem Unfall gelesen.«

Um nicht über den Unfall reden zu müssen, plapperte Leo weiter. »Es gibt nicht viel zu tun. Vergewissere dich einfach, dass sie sich wäscht, sich anzieht und etwas isst. Sie verlässt ihr Zimmer nicht, und wenn, würde sie nur trinken. Ich weiß, ich bräuchte eigentlich keine Pflegerin, aber ich möchte, dass jemand nach ihr schaut, wenn ich bei der Arbeit bin, sonst …« Noch ein unvollendeter Satz. »Na ja, eine Krankenschwester schien mir die beste Lösung zu sein. Und ich freue mich wirklich sehr, dich wiederzusehen.« So war es auch. Am liebsten hätte Leo die Hand ihrer Freundin gepackt und gedrückt, um sicher zu sein, dass sie wirklich da war, aber sie wusste nicht, ob Joan ihr überhaupt noch freundschaftliche Gefühle entgegenbrachte.

»Zurzeit arbeite ich nur für die Agentur und springe ein, wenn jemand krank wird. Ich habe zwei Kinder«, erzählte Joan schüchtern. »Deshalb mache ich nicht so gern die Nachtschicht im Krankenhaus.«

»Zwei Kinder!«, rief Leo. »Das ist ja wundervoll.« Ihrer Reaktion war nicht anzumerken, wie weh ihr diese Nachricht tat – und der Gedanke, dass sie selbst nie Kinder haben würde. Dass sie das einzige Kind, das sie jemals haben würde, zur Adoption freigegeben hatte. Sie verstummte, denn sie wusste, dass ihre Stimme nicht so zuverlässig war wie ihr Lächeln.

Eine Weile schwiegen sie beide, Stille senkte sich herab, schwer von Fragen. *Wieso bist du vor fast zwanzig Jahren verschwunden? Wo warst du?*

Als hätte sie die unausgesprochenen Fragen gehört, platzte Joan schließlich unvermittelt heraus: »Ich möchte dir erzählen, was damals los war, als ich abgehauen bin. Du sollst nicht denken, dass ich ein furchtbarer Mensch bin.«

»Das denke ich ganz bestimmt nicht.«

»Aber ich will es dir trotzdem erzählen.«

»Warte, ich lasse uns Kaffee bringen.« Leo ging zur Tür, gab der Haushälterin Anweisungen und setzte sich dann neben Joan aufs Sofa. »Was ist passiert?«, fragte sie leise, denn einerseits wollte sie es hören, andererseits lieber nicht. Denn was würde sie tun, wenn sie herausfand, dass sie unwissentlich noch etwas Schreckliches getan hatte, etwas, das Joan dazu gebracht hatte, sich von ihr zurückzuziehen?

»Es war wegen Faye«, sagte Joan.

Leo bekam eine Gänsehaut.

»Ich wollte, ich könnte dir sagen, du sollst weglaufen, weit, weit weg von ihr«, fuhr Joan eindringlich fort. »Aber jetzt ist sie krank, und du musst für sie sorgen. Was genau ist eigentlich los mit ihr?«

Leo zögerte. »Früher war ich überzeugt, Faye sei der stärkste Mensch, den ich kenne«, antwortete sie dann und dachte dabei an die junge Frau, die im *300 Club* eine Polonaise angeführt hatte. »Aber anscheinend ist sie das nicht. Niemand weiß hundertprozentig, was mit ihr nicht stimmt. Einige Ärzte sind der Ansicht, dass sie geistesgestört ist und ich sie ins Rockland State Hospital schicken sollte, in die Nervenheilanstalt. Ich habe mir die Klinik angeschaut, das bringe ich nicht übers Herz – Türen und Fenster sind vergittert, ich habe die Insassen schreien hören, sogar von draußen. Meiner Meinung nach weiß Faye einfach nicht, wie sie in einer Welt ohne ihren Bruder zurechtkommen soll, vielleicht fühlt sie sich auch so schuldig, dass sie dem Leben nicht mehr ins Gesicht sehen kann.« Leo erzählte das, als ginge es ihr nicht ganz genauso. Aber Leo lebte, sie leitete ein Unternehmen. Nur nachts rollte sie sich im Bett zusammen, genau wie Faye es tat.

Als die Haushälterin den Kaffee brachte, bedankte sich Leo, schickte sie aber gleich wieder weg und schenkte selbst ein.

»Ich kann immer noch nicht glauben, dass du eine Angestellte hast, die dir sogar den Kaffee kocht«, scherzte Joan. »Anfangs hatten wir in Manhattan zusammen ein Zimmer, das kleiner war als deine jetzige Eingangsdiele.«

Leo lächelte. »Schon unglaublich, oder nicht? Aber ich habe nur einen Butler und eine Haushälterin. Keinen Chauffeur, ich fahre lieber selbst. Wenn ich könnte, würde ich ausziehen, aber ich behalte das Haus für …«

»Für Faye.«

»Ja. Obwohl sie, glaube ich, die Hälfte der Zeit gar nicht weiß, wo sie ist.« Leo nippte an ihrem Kaffee.

Auch Joan nahm ihre Tasse, trank einen Schluck und begann zu erzählen: »Als ich im Entbindungsheim gearbeitet habe, gehörte Faye zu meinen Patientinnen. Sie war schwanger.«

*Hör lieber auf,* hätte Leo gern gesagt. *Es tut viel zu weh, mich in die Zeit zurückzuversetzen, in der ich die Bewegungen meines Babys in mir gefühlt habe.*

»Ja, sie hat mir gesagt, dass sie ein Kind zur Welt gebracht hat«, sagte Leo, darauf bedacht, diesen Teil der Geschichte möglichst rasch hinter sich zu bringen. »Darüber weiß ich Bescheid. Sie konnte es ja gar nicht abwarten, mir ausführlich unter die Nase zu reiben, dass sie ihr Baby Mattie gegeben hatte.«

Mit einem lauten Klappern setzte Joan Tasse und Untertasse auf den Tisch. »Wie bitte?«, stieß sie hervor und starrte Leo entgeistert an.

»Aus irgendeinem Grund war es Faye sehr wichtig, mich ausführlich darüber zu informieren, dass sie ihr Baby Mattie gegeben hat, um ihr die Möglichkeit zu geben, ihre eingebildete Schwangerschaft zu vertuschen.«

»Nein, das kann nicht sein.« Joan schüttelte heftig den Kopf. *Nein. Nein.*

»Was ist denn?«, fragte Leo und nahm nun doch Joans Hand. »Du wirkst so …« Sie brach ab. Wie sollte sie es beschreiben? Joan sah völlig erschüttert aus, als wisse sie nicht mehr weiter.

Doch dann kamen die Worte wie ein Sturzbach aus ihrem Mund. »Fayes Baby war nicht gesund«, begann Joan. »Es wollte nicht atmen. Ich weiß es nicht mit Sicherheit, weil ich mich um Faye gekümmert habe und nicht um das Baby, aber ich habe angenommen, der Sauerstoffmangel würde mindestens zu einer Schädigung führen – oder es würde sogar …«

Wie in einer Zeitschleife war Leo plötzlich in der Vergangenheit und hörte eine Stimme, die murmelte: *Ich sehe die Zukunft. Deinem Baby wird es gut gehen. Dem anderen nicht.*

Abrupt stand sie auf. »Na ja, letztlich muss ja mit dem Baby alles wieder in Ordnung gewesen sein. Ich habe Matties und Everetts Tochter mit eigenen Augen gesehen. Sie ist lebendig und gesund. Aber das alles spielt auch nicht die geringste Rolle.«

»Doch, möglicherweise schon«, entgegnete Joan langsam. »Hast du gestern den Artikel in der *New York Times* gelesen? Den über Everett Forsyth?«

»Ich lese nie etwas über Everett.«

»Es war ein langer Bericht, nicht nur über ihn und die Kaufhäuser, sondern auch über seine Familie.« Joan machte eine Pause. »Da stand, dass Alice Forsyth am Valentinstag 1920 geboren ist.«

*Valentinstag 1920*, wiederholte Leo in Gedanken, denn sie erinnerte sich noch ganz genau, was sie am Valentinstag 1920 getan hatte. »Das war, als …« Unmöglich. Sie konnte den Satz nicht vollenden.

»Der Tag, an dem auch dein Baby auf die Welt gekommen ist.«

Wie seltsam, dachte Leo, dass das Kind, das Everett großgezogen hatte, am gleichen Tag geboren war wie das Kind, das wirklich von ihm war. Sie schüttelte den Kopf. »Aber was hat das mit deinem Verschwinden zu tun?«

»Nichts«, antwortete Joan. »Ich wusste nur nicht, dass Faye ihr Baby Mattie gegeben hat. Oder dass sie es dir erzählt hat. Fayes Baby ist auch am 14. Februar geboren. Also muss Mattie ja an diesem Tag ein Kind mit nach Hause genommen haben. Vielleicht hat Faye dir die Wahrheit gesagt, aber es fällt mir schwer zu glauben, dass es ihrem Kind so gut ging, dass es noch am gleichen Tag das Entbindungsheim verlassen konnte. Was bedeuten würde, dass Mattie ein anderes Kind mitgenommen hat.«

*Ein anderes Kind. Ein gesundes Kind.*

Leo ging zum Kaminsims, nahm eine Zigarette aus der Packung und schaffte es sogar, das Feuerzeug ruhig zu halten.

Die Stille war schockierend, und auf einmal tat Leo alles weh, sogar das Atmen, des Denken. Leugnen war die einzige Option, denn sonst musste sie eine Frage stellen, die so verlockend und zugleich so unheimlich war, dass Leo nicht einmal richtig daran denken konnte. Sie drückte ihre gerade erst angezündete Zigarette im Aschenbecher aus.

Doch Joan stellte die Frage an ihrer Stelle. »Wenn Fayes Baby krank oder behindert war, könnte das Entbindungsheim dann deines an Mattie abgegeben haben?«

*Nein.* Mit aller Macht wehrte Leo sich gegen den Gedanken. Vielleicht hatte Fayes Baby sich schneller erholt, als Joan gedacht hatte. Vielleicht hatte der Sauerstoffmangel ihm gar nicht geschadet. Vielleicht hatte Mattie das Kind einer ganz anderen Frau mitgenommen. Nicht das von Leo. Denn das konnte doch nicht sein.

»Joan …« Konnte sie dieses unerträgliche Gespräch beenden? »Wie ist Faye eigentlich ausgerechnet in das Entbindungsheim gekommen, in dem du gearbeitet hast?«

»An dem ersten Abend damals im *300 Club* habe ich herausgefunden, dass sie schwanger war. Ihr ist übel geworden, weißt du noch?«

Leo nickte.

»Sie hatte eine schwierige Schwangerschaft und musste sich des Öfteren übergeben. Nun, am nächsten Tag kam sie in die Pension und hat nach der Adresse des Entbindungsheims gefragt, in dem ich arbeitete. Ich glaube … ich glaube, sie hatte Angst, weil sie in England eine verpfuschte Abtreibung hatte, und es war ihr wichtig, jemanden in ihrer Nähe zu haben, den sie kannte. Als sie dann ins

Entbindungsheim kam, wollte sie sich von keiner anderen Schwester auch nur anfassen lassen. Nur von mir.«

»Und an dem Tag, als die Wehen bei Faye eingesetzt haben?« Leo zwang sich, die Frage zu stellen. »Warst du dabei, als mein Baby adoptiert worden ist? Oder das von Faye?«

»Nein. Mrs Parker, die Leiterin, hat alle Adoptionen organisiert, aber die Treffen mit den Interessenten liefen immer streng vertraulich ab. Ich habe ihr dein Baby gegeben, als ich morgens zur Arbeit kam. Da habe ich es das letzte Mal gesehen, weil Faye in den Wehen lag und stark geblutet hat. Deshalb habe ich auch nicht gesehen, was mit ihrem Baby passiert ist. Ich weiß nur, dass es nicht geatmet hat. Sicher, es besteht die Möglichkeit, dass man es im Kinderzimmer dazu gebracht hat. Aber wäre es gesund genug gewesen, um noch am gleichen Tag zu einer Familie nach Hause gebracht zu werden? Das weiß ich nicht.«

»Es könnte aber so gewesen sein.«

Joan zuckte die Achseln. »Vielleicht, vielleicht auch nicht. Und das bedeutet, es ist möglich, dass …«

Leo fiel ihr ins Wort. »Sind an dem Tag noch weitere Babys auf die Welt gekommen?«

»Meines Wissens nicht, nein.«

Also war es möglich. Es war möglich, dass Mattie Leos Kind mitgenommen hatte und nicht das von Faye. Dass Alice Forsyth Leos und Everetts Tochter war. Doch als dieser verlockende und wunderbare Gedanke in Leos Kopf auftauchte, schob sie ihn schnell wieder weg und sagte: »Aber wenn du das alles nicht gewusst hast, wieso bist du dann verschwunden?«

Joan seufzte. »Faye wollte nicht, dass Benjamin etwas von ihrer Schwangerschaft erfährt. Sie hat mir vertraut, dass ich ihr Geheimnis für mich behalte, bis das Baby auf die Welt gekommen war, aber direkt nach der Geburt ist sie ein bisschen durchgedreht. Ich glaube, sie war traurig und ist stattdessen lieber wütend auf mich geworden. Sie hat von mir verlangt, dass ich mich von dir fernhalte, sie wollte ganz sicher sein, dass ich es dir nicht erzähle, denn sie ging fest davon aus, du würdest mit der Information sofort zu Benjamin laufen, wenn du davon Wind bekämst. Außerdem hat sie mir damit gedroht, wenn ich Kontakt mit dir habe, würde sie Benjamin erzählen, dass *du* ein Baby bekommen hast. Und ich wusste ja, dass er dir Geld angeboten hat und an dir interessiert war, und das wollte ich nicht kaputtmachen – weder deine Beziehung zu Benjamin noch deinen Traum mit der Kosmetik.«

Leo legte ihrer Freundin den Arm um die Schultern. »Du hättest es mir sagen müssen. Dann hätten wir einen Weg gefunden, mit Faye umzugehen. Nebenbei bemerkt, habe ich Benjamin sowieso von meinem Baby erzählt.«

Erschüttert sah Joan sie an. »Dann war also alles umsonst.«

Einen Augenblick schwieg Leo, dann fragte sie: »Glaubst du, Faye weiß etwas von der ganzen Geschichte? Hat sie mich angelogen?«

»Warum fragst du sie nicht einfach?«, meinte Joan in ihrer nüchternen Art.

»Weil ...« Leo stand auf. Sie wollte nicht fragen, weil sie dann unweigerlich gehofft hätte, dass die winzige Chance Realität werden könnte. Und sie hatte Angst davor, eine schreckliche Enttäuschung zu erleben. »Ich sollte dich zu ihr bringen.«

Sie führte Joan nach oben zu Fayes Zimmer, öffnete die Tür und spähte in die Dunkelheit. Um ein Haar wäre ihr übel geworden von dem Gestank, der ihr entgegenschlug. Er passte gut zu dem, was man in einer heißen Sommernacht in der Lower East Side erlebte, eine Mixtur aus Alkohol, Fäulnis und allen Arten von Schmutz. »Ich weiß, ich sollte sie das Zeug nicht trinken lassen, aber …«

Leo erinnerte sich nur allzu gut, was vor fünfzehn Jahren passiert war, bevor sie eine Pflegerin angeheuert hatte. Damals hatte sie sich geweigert, Faye etwas anderes zu trinken zu geben als Wasser und Kaffee, und daraufhin war Faye für drei Tage verschwunden. Leo hatte die Polizei und alle Bekannten angerufen, hatte Fayes Stammkneipen abgeklappert, bis sie irgendwann einen Anruf aus einem Knast in Hell's Kitchen bekam. Was sie dort vorfand, war eine noch erbärmlichere Faye als diejenige, die weggelaufen war – die fast bewusstlose Hülse einer Frau, die es darauf abgesehen hatte, sich selbst mit Alkohol und Drogen zu zerstören. So hatte Leo eine Vereinbarung mit ihr geschlossen: Sie erlaubte Faye eine Menge Alkohol, die jedem normalen Menschen das Bewusstsein geraubt hätte, aber keine Drogen mehr. Sosehr Faye nachts auch schrie und jammerte, niemand würde ihr noch etwas bringen. Leo wusste nicht, was Faye in der Zeit ihrer Abwesenheit passiert war, jedenfalls verschwand sie von diesem Tag an nie wieder.

Leo seufzte, sie wollte Joan nicht auch noch mit dieser Geschichte belasten. Doch Joan verzog nicht einmal das Gesicht. Vielleicht war sie an solche Gerüche gewöhnt, vielleicht sah sie des Öfteren Frauen, die einmal stark und makellos gewesen waren, reglos und schweigend irgendwo liegen? Genau wie Benjamin auf dem Sterbebett, dachte Leo jedes Mal, wenn sie Faye so sah. Anfangs hatte Leo einmal probiert, sie anzuschreien, um zu sehen, ob sie wohl darauf reagieren würde, aber nichts dergleichen geschah. Danach hatte sie begonnen zu glauben, dass Faye ihr nichts vorspielte, sondern dass alles, was sie zu einem menschlichen Wesen gemacht hatte, von Scham und Schuldgefühlen verschlungen worden war.

»Ich kann sie nicht danach fragen«, stieß Leo hervor, zog sich, so schnell sie konnte, aus dem Zimmer zurück, die Treppe hinunter, packte ihre Handtasche und rannte aus der Tür, um nach Luft zu schnappen. Doch es war feucht und schwül und machte nichts besser. Am liebsten hätte sie sich auf die Treppe vor dem Haus gesetzt, aber wenn die Nachbarn sie dort sähen, würden sie angelaufen kommen und die arme verwitwete Nachbarin bemitleiden, die Geld wie Heu hatte, aber niemanden, den sie lieben konnte. Leo wusste, was man sich über sie erzählte, sie hatte es in den Zeitungen gesehen. Normalerweise zuckte sie nur die Achseln, drehte sich wieder zu ihrem Schreibtisch um und ließ sich ein neues Produkt für die Regale von *Richier Cosmetics* einfallen.

Aber jetzt hielt sie sich die Hand vor den Mund, um das Schluchzen zu unterdrücken. Was, wenn sie dazu bestimmt war, Alice Forsyth zu lieben? Sie musste herausfinden, wer Alices Mutter war. Und dann entscheiden, ob sie Everett erzählen sollte, was sie erfahren hatte, oder nicht.

# Kapitel 22

Alice Forsyth spannte ihre Muskeln an, fest entschlossen, ihr Bein um keinen Preis absinken zu lassen. Vor Anstrengung zitterte sie, und sie befürchtete schon, sich übergeben zu müssen. Fast wie nach einer Choreographie senkte eine Ballerina nach der anderen das Bein, bis nur noch Irina und Alice übrig waren. Und Irinas Bein schien ganz ruhig.

Alice spürte, wie ihr der Schweiß über den Rücken lief, von ihrem Gesicht auf den Boden tropfte, aber sie hielt durch, hielt, hielt und hielt, ließ den Blick über den Raum hinaus schweifen, jenseits der Spiegel, der Schwingböden und der weißen Wände, der Ballettstange und der Tänzerinnen in ihren verschwitzten Trikots. Sie blickte ins Leere, in den Raum jenseits des Schmerzes, der Erschöpfung, der unerreichbaren Ausdauer.

Auf einmal verrutschte ihr Bein ein bisschen, und sie musste kämpfen, wenn schon nicht darum, es wieder in die vorige Position zurückzuhieven, so doch wenigstens, die jetzige zu halten. Doch ihre Willenskraft reichte nicht, das Bein sackte ab, und sie sah, dass auch Irinas nicht mehr oben war. Aber welches hatte zuerst nachgegeben? Alice wusste es nicht. Stöhnend ließ sie sich auf den Boden sinken. Balanchine würde es ihnen schon mitteilen.

»Irina oder Alice wird meine *Première Danseuse*. Ihr könnt jetzt gehen«, sagte Balanchine.

Alice lächelte, jedoch alles andere als entspannt. Sie vergrub das Gesicht zwischen den Knien, und wenn sie nicht gewusst hätte, dass es nicht gut war, sich so bloßzustellen, hätte sie am liebsten mehrere *Grands Jetés* hintereinander vollführt. Gerade als sie aufstehen wollte, hörte sie wieder Balanchines Stimme. »Das ist Jesse Valero, unser neuer *Premier Danseur* für die Gala.« Mit dieser Bombe verließ Balanchine den Raum.

Ein neuer *Premier Danseur*? Unzufriedenes Geflüster machte sich im Raum breit. Vor allem von Pierre. Auf einmal hatte er Konkurrenz, genau wie Alice. Doch der neue Tänzer verneigte sich nicht, nahm auch den Schock der Gruppe nicht zur Kenntnis, sondern stand einfach nur da, als fordere er sie heraus, ihm womöglich das Recht abzusprechen, im letzten Monat vor der Gala als *Premier Danseur* in die School of American Ballet zu marschieren. Aber niemand sagte etwas. In einem Ballettensemble wurden Auseinandersetzungen nie vor Publikum geführt. Man zischte sich vor den Garderobenspiegeln halblaute Vorwürfe zu, so dass klar war, worum es ging, riskierte aber nie eine direkte Konfrontation.

Alice betrachtete Jesse, er gefiel ihr. Keine blasse Haut und weißblonden Haare wie so viele russische Tänzer, sondern Sonnenbräune. Mit einem Namen wie Valero hatte er wahrscheinlich italienische Vorfahren. Dunkle Augen, kräftig, schmal und groß gewachsen – größer als alle anderen Männer im Raum. Ihre Blicke trafen sich, und Alice wandte sich verlegen ab, weil sie beim Starren erwischt worden war.

»Ich führe dich ein bisschen herum.« Irina schenkte ihm ein majestätisches Lächeln.

»Okay«, sagte Jesse, und Irinas Lächeln wurde zu einem Feixen, als sie merkte, dass Alice sie beobachtet hatte.

Alice nahm ihr Handtuch und wischte sich den Schweiß ab. Leider entgingen ihr dank der im Probenraum allgegenwärtigen Spiegel weder ihr von der Anstrengung glühendes Gesicht noch ihr schweißdurchtränktes Trikot oder die Tatsache, dass ihre Haare sich zum großen Teil aus dem Dutt gelöst hatten und wild vom Kopf abstanden.

Früher hatte sie immer gedacht, Ballett sei glamourös, aber inzwischen wusste sie, dass Balletttänzerinnen hart schuften mussten, um ihren Unterhalt zu verdienen. Im letzten Jahr war die Metropolitan Opera kurz davor gewesen, Balanchine samt seiner Truppe hinauszuwerfen, weil sie zu experimentell arbeiteten, daher hatte Alice hauptsächlich bei von ihm choreographierten Broadwayaufführungen mitgemacht. Doch das war nicht das, was sie machen wollte. Eigentlich war es nur die für das Monatsende geplante Gala, die sie zum Weitermachen motivierte. Danach war sie mit ihrer Ausbildung fertig, konnte sich ein Ballettensemble suchen und auch Geld verdienen – vorausgesetzt, dass sie als *Première Danseuse* ausgewählt wurde, denn letztlich waren es nur die Tänzerinnen im Scheinwerferlicht, die von den Talentsuchern wahrgenommen wurden. Zum Abkühlen machte sie ein paar Minuten Dehnübungen und verließ dann den Probenraum.

»Alice, das hier ist für dich gekommen.«

Natalia, Balanchines Assistentin, streckte ihr einen Umschlag entgegen. »Nimm ihn, ehe Balanchine auf die Idee kommt, du benutzt sein Ballettensemble als dein persönliches Postfach.«

»Danke.« Alice lächelte ihre Freundin dankbar an.

»Du wirst garantiert *Première Danseuse*«, sagte Natalia und drückte Alices Hand. »Nicht Irina.«

»Das hoffe ich sehr.« Alice hatte alles fürs Ballett gegeben, ihre ganze Kindheit, sie besuchte die Ballettschule gegen den Willen ihrer Mutter, die wollte, dass sie Robbie Austin heiratete, viele Babys bekam und ihre Ambitionen als frischen Schneefall betrachtete, der ebenso rasch schmolz, wie er gekommen war. Alice seufzte und riss den Umschlag auf.

*Liebe Miss Forsyth,*
Richier Cosmetics *möchte Sie einladen, bei unserer nächsten Werbekampagne unser Star zu werden. Wir würden uns freuen, wenn Sie bereit wären, die Frau zu sein, die auf der ganzen Welt unsere Produkte verkörpert.*

*Ich habe Sie schon mehrmals tanzen sehen und finde, dass Ihre Kombination von Schönheit, Grazie und Talent Sie zum perfekten Gesicht für* Richier Cosmetics *macht. Wir würden Sie von Man Ray fotografieren lassen; seine Fotos erscheinen dann in Zeitschriften und auf Plakatwänden.*

*Falls Sie Fragen haben, beantworte ich diese natürlich sehr gern. Bitte rufen Sie mich einfach an. In der Hoffnung, bald von Ihnen zu hören,*

*mit freundlichen Grüßen*
*Leo Richier*

Diesmal drückte Alices Bewegung genau das aus, was sie fühlte: Sie tanzte eine perfekte Pirouette. Doch als sie ihren Freudentanz mit einer Arabeske enden lassen wollte, bemerkte sie, dass sie mit ihrem ausgestreckten Fuß jemanden getreten hatte – was auf einem normalen Korridor eigentlich kein Wunder war.

»O nein!«, rief sie erschrocken, wandte sich um und stand vor Jesse Valero. »Alles in Ordnung?«

»Dein Bein müsste um einiges stärker sein, damit du mir wirklich wehtun könntest«, meinte er.

»Meine Beine sind stark!«, fauchte sie.

Er lächelte sie an. »Ich weiß, ich meinte auch nur, dass es nicht wehgetan hat.«

»Oh. Entschuldigung. Ich bin nur ...« Sie konnte es nicht zurückhalten. »Heute Vormittag wollte ich unbedingt die Letzte sein, die das Bein noch oben hat. Die Beste.«

»Warst du doch auch fast.«

»Fast ist nicht gut genug.«

»Ich weiß.«

Natürlich wusste er, dass der zweite Platz für eine Tänzerin auf ihrem Niveau keine Option war. »Wenn Alicia Markova in meiner Position gewesen wäre, hätte sie das Bein nicht sinken lassen«, ergänzte Alice nachdenklich.

»Das kannst du nicht wissen«, widersprach er, und auf einmal war sein Ton ganz sanft. »Inzwischen ist sie brillant, klar, aber als sie neunzehn oder zwanzig war, hatte sie garantiert auch eine Irina, mit der sie konkurrieren musste. Manchmal wird man dadurch ja besser.«

Jetzt lächelte auch Alice. »Du findest Alicia Markova also brillant? Die meisten tun sie als zweitrangig ab, weil sie Engländerin ist. Als könnte man nur wirklich eine Primaballerina sein, wenn man aus Russland kommt.«

»Tja, dann sind wir jedenfalls mächtig in Schwierigkeiten.«

Alice lachte. »Stimmt. Von welcher Truppe kommst du eigentlich?«, fragte sie.

»Ich habe gerade sechs Monate in Europa getanzt. Aber dort bahnt sich ein Krieg an, ich musste weg, solange es noch möglich war. Mein Ballettmeister hat mich mit Balanchine bekannt gemacht, weil er einen Tänzer für die Gala braucht – und hier bin ich.«

»So einfach«, meinte Alice. Anscheinend war er wirklich ein exzellenter Tänzer, wenn alles für ihn so reibungslos lief.

Jesse streckte die Hand aus, als wolle er eine Haarsträhne zurückstreichen, die Alice in die Stirn gefallen war, aber ausgerechnet in diesem Augenblick erschien Irina. Sie trug nicht mehr ihr verschwitztes Trikot, war geschminkt, hatte ihre glänzend hellblonden Haare gebürstet und wirkte zierlich und sehr hübsch – auf eine Art, die Alice, die groß war und wilde, rot-goldene Locken hatte, nie würde nachahmen können.

»Wollen wir?«, fragte Irina.

Jesse nickte. »Wir gehen was trinken«, erklärte er, an Alice gewandt. »Magst du mitkommen?«

Irina warf ihr einen drohenden Blick zu, und Alice wollte sich nicht aufdrängen. »Nein, danke.«

»Dann bis morgen.« Jesse ging mit Irina davon, aber Alice sah, wie er über die Schulter zu ihr zurückblickte, und drückte den Brief von Leo Richier fest an die Brust. *Wenigstens habe ich die Chance, an einer Werbekampagne teilzunehmen*, tröstete sie sich. Aber ihre Stimmung sank bei dem Gedanken daran, dass sie es ihrer Mutter sagen musste. Mattie würde ihr so etwas niemals erlauben.

---

Nach einer ganzen Reihe morgendlicher Besprechungen traf Leo in ihren Büroräumen ein, die jetzt das ganze Gebäude über ihrem ursprünglichen Salon in der Fifth Avenue in Anspruch nahmen. Der Salon arbeitete auch weiterhin, aber eher aus nostalgischen als aus

Profitgründen. Inzwischen war Leo keine Einzelhändlerin mehr, sondern ganz auf die Produktion umgestiegen, und ihr Betrieb lieferte Tausende von Produkten an Geschäfte überall in Amerika, Australien und Europa.

Wie immer durchquerte sie auf dem Weg zu den Büros den Salon, denn die Frauen dort freuten sich immer, sie zu sehen, schüttelten ihr die Hand, bewunderten ihren Lippenstift oder ließen sich von ihr Tipps geben, welcher Lidschatten ihre Augenfarbe am besten zur Geltung bringen würde. Heute war alles wie immer. Nach einer Weile verabschiedete sich Leo und stieg hinauf in den vierten Stock, wo ihre Kreativdirektorin Lottie, die gerade eine Woche in Kalifornien gewesen war, bereits auf sie wartete.

»Wie war deine Rede?«, fragte Lottie.

Leo winkte sie in ihr Büro. »Du wirst dich bestimmt gruseln, wenn ich dir erzähle, was ich gesagt habe.«

Doch Lottie schüttelte entschieden den Kopf. »Nein, bestimmt nicht. Vor allem nicht, wenn dabei herauskommt, dass wir dieses Zeug hier nie zum Einsatz bringen müssen.« Sie hielt ein paar Prototypen der Lippenstifthülsen aus Pappe hoch, an denen Leo sie zu arbeiten gebeten hatte. »Den ungefärbten Karton mag ich noch am liebsten«, fuhr Lottie fort. »Wir könnten alles so sparsam gestalten, dass die Lippenfarbe die Heldin des Produkts ist, nicht die Packung. Aber noch lieber möchte ich beim Metall bleiben.«

»Ich auch«, sagte Leo. »Hoffentlich muss nicht rationiert werden, aber wir müssen darauf vorbereitet sein. Ich schaue mir deine Vorschläge gleich an und gebe dir Bescheid. Außerdem sollten wir Bräunungscreme produzieren – für Damenbeine, falls auch Seidenstrümpfe rationiert werden.«

»Wir bereiten uns also tatsächlich auf einen Krieg vor«, schloss Lottie sachlich.

»Ja, ich denke, das müssen wir.« Leo seufzte. »Ich rede mit Jia über die Bräunungscremes, am besten ein paar verschiedene Brauntöne. Vielleicht könntest du ein bisschen mit Verpackungsideen herumspielen. Das wird uns ablenken.«

»Vermutlich hast du recht«, meinte Lottie mit einem halbherzigen Lächeln. »Oh, und Jen ist krank, deshalb habe ich ein Telefongespräch für dich angenommen, während du weg warst. Du hattest eine seltsame Nachricht.«

Leo gab sich alle Mühe, so zu tun, als wüsste sie nicht, wovon Lottie sprach.

»Sie war von Alice Forsyth«, fuhr Lottie fort. »Ist das nicht die Tochter von Everett? Was geht da vor sich?«

»Nichts«, log Leo.

»Everett Forsyths Tochter ruft dich an, und nichts geht vor?«

»Okay, doch, es geht etwas vor, aber ich bin nicht sicher, was genau. Also – was macht mein liebster Patensohn?«, fragte Leo in dem Versuch, das Thema zu wechseln. Lottie war seit Jahren verheiratet und hatte einen wundervollen Sohn.

»Er ist sehr stolz, seit er heute Morgen entdeckt hat, dass er größer ist als ich«, sagte Lottie, »mit vierzehn!«

Leo lachte. »Also, darauf kann man doch wirklich stolz sein.«

Lottie drohte Leo mit dem Finger. »Lach nicht! Bevor du dich versiehst, ist er größer als du. Ich werde jetzt erst einmal mit Jia über die Prototypen sprechen. Soll ich ihr irgendetwas ausrichten?«

»Nein, danke.«

Mit einem Winken verabschiedete sich Lottie, und Leo sank in einen ihrer beiden wunderbar bequemen Sessel. Ihr Büro war ein echtes Paradestück des Art déco: glänzendes Parkett, ein Sofabezug in eigenwilligem Zebramuster, ein Cocktail-Set aus Chrom und das Walnuss-Grammophon, das sie sich angeschafft hatte, weil Musik ihr oft am besten half, durch einen schwierigen Tag zu kommen. Aber all dem schenkte sie keine Beachtung, sondern ging zum Fenster, das auf die Fifth Avenue hinausging, wo mit der üblichen nachmittäglichen Betriebsamkeit das Leben weiterging, als wäre jeder Tag gleich und nichts würde sich jemals verändern. Doch etwas war anders.

Fünfzehn Jahre lang hatte sie sich an ihren Schwur gehalten, nie mehr mit Everett zu sprechen. Schon lange wurden ihre Produkte bei *Forsyths* verkauft, aber deren Verkaufsleiterin erledigte alles dafür Notwendige. Gelegentlich waren Everett und Leo zu den gleichen Partys eingeladen, und wenn sie beide daran teilnahmen, blieb Everett immer mit den Männern in der Nähe der Bar, während Leo sich mit den Frauen unterhielt, was ohnehin die beste Methode war, Recherchen für *Richier Cosmetics* anzustellen. Sie hatte jede Menge Gerüchte über Matties Affären und Seitensprünge gehört, aber nichts Entsprechendes über Everett. Nur, dass er trotz allem mit Mattie verheiratet blieb.

Aber jetzt hatte Leo einen Brief an Alice geschickt.

Sie hob den Telefonhörer ab und rief Jia an, sprach mit ihr über Bräunungscremes und fragte am Ende des Gesprächs mit einer extrem schlechten Überleitung: »Du hast doch damals gleich nach der Geburt mein Baby gesehen – war mit meiner Tochter wirklich alles in Ordnung?«

Jia reagierte zu spontan, um zu lügen. »Sie war perfekt. Warum fragst du?«

»Sie war also nicht krank oder so?«

»Leo, du machst mir Angst. Aber die Antwort ist Nein. Sie war ein kerngesundes Baby, alles, wie es sein sollte. Warum?«

»Entschuldige.« Leo lächelte und hoffte, dass man es in ihrer Stimme hörte. »Ich bin nur nostalgisch.«

Jias Schweigen war deutlich zu entnehmen, dass sie Leo keine Sekunde glaubte, aber nicht neugierig sein wollte. »Komm doch am Wochenende zum Abendessen«, sagte sie. »Jimmy hat wieder mal ein paar Entwürfe gezeichnet, die er dir gern zeigen möchte.«

»Oh, darauf freue ich mich«, antwortete Leo. Jimmys Traum war es, Art Director bei einer Werbefirma zu werden, obgleich das für einen Menschen chinesischer Herkunft, der ja immer noch dem Chinese Exclusion Act unterlag, so gut wie unmöglich war. Trotzdem hatte er Leos Beschäftigungsangebote bisher allesamt mit der Begründung abgelehnt, dass er es allein versuchen wollte, und arbeitete als allgemeiner Handlanger in der Werbeabteilung der Bank of China. Was, wie er unumwunden zugab, der langweiligste Job der Welt war, ihm aber die Möglichkeit bot, einflussreiche Menschen zu treffen. Und er liebte es, Leo seine Werbe-Ideen für alle möglichen Produkte zu unterbreiten – von Autos bis hin zu Cola –, die sie sich nur allzu gern ansah.

Als sie den Anruf bei Jia erledigt hatte, wählte sie schnell, bevor der Mut sie verließ, die Nummer, die Alice hinterlassen hatte. Die Empfangsdame der School of American Ballet brauchte eine Weile, um Alice zu finden, und als sie sich meldete, klang sie atemlos.

»Hallo, Alice, hier spricht Leo Richier. Es klingt, als hätte ich Sie von einem leidenschaftlichen *Pas de deux* weggeholt.«

Alices Lachen war kräftig und kam von Herzen. »Nein, nur von einem unglaublich schwierigen doppelten *Fouetté en tournant*, bei dem man sich vorkommt, als müsse man auf einem Bein am Rand der Brooklyn Bridge stehen und sich ein Lächeln abringen, während man auf die Felsen runterschaut.«

Leo lachte. »Da bin ich aber froh, dass ich keine Tänzerin bin. Lippenstift herzustellen ist eindeutig weniger gefährlich.«

»Aber sehr glamourös.«

»Na ja, manchmal schon.« Leo hielt inne. »Haben Sie meinen Brief bekommen?«

»Ja – und ich möchte gern zusagen. Aber meine Eltern sind vielleicht nicht so ...« Sie zögerte.

»Begeistert?«, schlug Leo vor.

Einen Moment sagte Alice nichts, dann platzte sie heraus: »Meine Mutter möchte nicht mal, dass ich Ballett tanze. Gott sei Dank hat mein Vater gewonnen. Aber ich mag mir gar nicht vorstellen, was sie dazu sagen würde, wenn ich Werbefotos mache. Deshalb habe ich mit Robbie darüber gesprochen – er ist mein Freund, und Mutter möchte, dass ich ihn heirate, weil sein Vater Besitzer von *Austin Ironworks* und demzufolge sehr reich ist –, aber er hat nur gelacht und gemeint, ich sei doch nicht Claudette Colbert. Das weiß ich ja selbst, aber Tänzerin kann ich nicht für immer bleiben – wenn ich Glück habe und mich nicht verletze, schaffe ich es die nächsten paar Jahre, also wäre es sicher gut auszuprobieren, was ich sonst noch machen könnte.« Alice hielt inne, aber ehe Leo etwas sagen konnte, sprach sie weiter. »Und jetzt habe ich gequasselt wie die typische Neunzehnjährige, und Sie wollen mich sowieso nicht mehr für die Werbefotos haben.«

Zwar war Leo ebenso nervös, wie Alice sich anhörte, aber sie bemühte sich nach Kräften, ihre Stimme ruhig klingen zu lassen. »Vielleicht haben Sie einfach eine Menge zu sagen und niemanden, dem Sie es sagen können. Warum kommen Sie nicht einfach vorbei, und wir reden darüber? Dann können Sie mir alle Ihre Fragen stellen und auf dieser Grundlage entscheiden, ob Sie mein Angebot wirklich annehmen möchten.«

»Ich könnte heute Abend nach den Proben vorbeischauen«, schlug Alice vor. »So gegen fünf.«

»Wissen Sie denn, wo der Salon ist?«

»Aber selbstverständlich! Jedes Mädchen in New York weiß, wo *Richier's Salon* ist.«

Als Leo den Hörer auflegte, klopfte ihr Herz, als wäre es eine Jazzband im *Cotton Club*. Denn unter jedem Wort, das sie gesagt hatte, lag natürlich der wahre Grund, warum sie Alice sehen wollte.

—

Punkt fünf öffnete sich die Tür zum Salon. Leo holte tief Luft, als sie einer atemberaubenden jungen Frau gegenüberstand, die umso bemerkenswerter war, da sie mit ihren neunzehn Jahren ja noch in sich selbst hineinwachsen und ein entsprechendes Selbstbewusstsein entwickeln musste. In den Konturen ihres Gesichts war bereits der Schatten der Frau zu erkennen, zu der Alice Forsyth werden würde, und die Anzeichen waren beeindruckend.

Leo hatte Alice schon des Öfteren tanzen sehen. Von Anfang an war sie eine Förderin der School of American Ballet gewesen, also schon lange, bevor Alice dazugehörte. Eines Abends vor etwa zwei Jahren hatte sie eine Tänzerin im Gleitschritt, der *Glissade,* auf die Bühne kommen sehen, mit dieser schwer greifbaren Kombination aus Charme und Anziehungskraft, die sofort Leos Aufmerksamkeit geweckt hatte. Als sie dann im Programm den Namen »Alice Forsyth« gelesen hatte, war sie fassungslos gewesen, jedoch bis zu dem

Gespräch, das sie vor einer Woche mit Joan geführt hatte, war sie nie auf die Idee gekommen, Kontakt zu der jungen Frau aufzunehmen.

»Freut mich, Sie kennenzulernen, Alice«, sagte Leo und reichte ihr die Hand. »Setzen Sie sich doch. Möchten Sie vielleicht etwas trinken? Es ist doch bestimmt schon Zeit für Champagner.«

»Danke, gern.« Alice nahm auf dem Sofa Platz und starrte die Wände des Salons an, die mit Schwarz-Weiß-Fotos von Man Ray dekoriert waren, allesamt von Tänzerinnen, eine Richier-Tradition. Tänzerinnen der Ziegfeld Follies, Gilda Gray, Zelda Fitzgerald, Josephine Baker oder Ginger Rogers – auf jedem Bild war eine Frau in einem Augenblick großer Schönheit festgehalten.

»Fotos dieser Art würde ich gern von Ihnen machen lassen«, sagte Leo. »Wie Sie eine Pirouette drehen oder springen, alle Bilder schwarz-weiß und wunderschön, der Fokus nicht auf dem Lippenstift, der Ihre Lippen rot, pink oder pfirsichfarben gefärbt hat, sondern auf der Tatsache, dass Sie von Kopf bis Fuß großartig sind. Die Fotos werden in sich ein Kunstwerk sein, lediglich diskret in einer Ecke mit dem Schriftzug *Richier Cosmetics* versehen. Keine Produkte, nur Sie und der Name Richier.«

»Das ist sehr mutig«, meinte Alice mit vor Aufregung blitzenden Augen.

»Ich glaube, dass wir bald in den nächsten Krieg verwickelt sein werden. Trotz allem, was gesagt wird, drängt sich mir der Gedanke auf, dass er genau wie der letzte lang und tödlich sein wird. Nicht die richtige Zeit für Frivolitäten, sondern für Augenblicke der Schönheit, die gebraucht werden, wenn alles andere in die Tragödie versinkt«, meinte Leo ruhig.

»Robbie sagt, wenn es Krieg gibt, wird er schnell vorbei sein, denn um Hitler zu besiegen, muss man sich nicht groß anstrengen. Aber Robbie redet gern geschwollen daher.« Alice fingerte am Stiel ihres Sektglases herum.

»Sie haben Robbie schon am Telefon erwähnt.«

»Meine Mutter will, dass ich ihn heirate.«

»Und was wollen Sie?«

»Sie sind die Erste, die mich das fragt«, meinte Alice nachdenklich. »Ich will tanzen. Ende August veranstaltet Balanchine eine Gala, und wenn ich die *Première Danseuse* werde, bekomme ich sicher ein Stellenangebot von einem Ballettensemble. Dann kann ich mir eine Wohnung mieten und raus aus dem behüteten Leben, das ich im Haus meiner Eltern in der Upper East Side führe. Aber wenn ich Robbie heirate, werde ich nie etwas anderes kennenlernen.«

»Ich weiß noch gut, wie es ist, wenn man einfach mehr will. Vor langer Zeit dachte ich einmal, mein Leben würde sich in einem englischen Dorf abspielen, vielleicht als Ehefrau eines dort ansässigen Bauern. Aber jetzt bin ich hier.«

»Was für eine inspirierende Geschichte. Und wenn Sie es geschafft haben, aus einem englischen Dorf hierher zu kommen, kann ich ja vielleicht tatsächlich Ballerina werden.«

»Da bin ich sogar sicher. Wenn Sie es nur genug wollen.« Unwillkürlich griff Leo nach Alices Hand, ein Impuls, eine schlichte Geste des Mitgefühls. Doch sie hatte einen Kloß im Hals, weil sie mit Alice über solche Dinge sprach und dabei ihre Hand hielt.

»O ja, das will ich. Unbedingt. Wenn ich es laut ausspreche, macht mich das sogar noch sicherer. Der Streit mit meiner Mutter, damals, als ich auf die Ballettschule wollte, war so schlimm, dass ich seither einfach getan habe, was sie wollte. Aber vielleicht ist es jetzt damit vorbei.« Alice deutete auf die Fotos an der Wand. »Darf ich?«

»Aber natürlich. Sie können sich die Bilder gern genauer anschauen.«

Leo verschlug es fast den Atem, als Alice sofort aufsprang – sie war so jung, so unschuldig, so unberührt von der Welt. Auf einmal wünschte sie sich, sie könnte die Zeit anhalten und verhindern, dass Alice jemals Leid oder Verlust erleben oder irgendeine der schmerzhaften Erfahrungen machen musste, die das Leben nun einmal mit sich brachte.

»Ich möchte die Fotos gern machen«, sagte Alice nach einer Weile sehr entschlossen. »Ich werde meinen Vater überzeugen, dann kann er mich bei meiner Mutter unterstützen.«

Leo nippte an ihrem Glas. »Haben Sie ein enges Verhältnis zu Ihrem Vater?«

»Ja. Er ist der Beste, mein Held. Wahrscheinlich finden Sie das albern.«

»Ich kann mir keinen besseren Helden für Sie vorstellen.« Leo strengte sich an, ihre Stimme ruhig zu halten.

»Kennen Sie ihn denn?«

»*Richier Cosmetics* werden auch in *Forsyths*-Kaufhäusern verkauft«, erklärte Leo, obwohl das eigentlich keine Antwort war.

Alice trank ihr Glas leer. »Wann wollen Sie die Fotos denn machen lassen?«

»Wann immer Sie Zeit haben.«

»Momentan proben wir für die Gala, und ich muss viel üben. Da ist nämlich diese andere Tänzerin – Irina –, und sie ist sehr gut.«

»Besser als Sie, Alice?«

»Ich weiß nicht. Vielleicht nicht, wenn ich genug übe.«

Leo stand auf und stellte sich neben sie. »Wir können bis nach der Gala warten, das ist kein Problem. Ich möchte der Verwirklichung Ihres Traums auf keinen Fall im Weg stehen.«

»Nein. Ich möchte den Termin nicht zu weit hinausschieben, sonst verliere ich womöglich noch den Mut. Am besten spreche ich gleich mit meinen Eltern.« Alice nahm ihre Handtasche, ging aber nicht zur Tür. »Heute hat ein neuer Tänzer bei uns angefangen«, sprudelte es dann aus ihr hervor. »Ich … ich möchte gern mit ihm tanzen, glaube ich.«

»Ist er hübsch, dieser neue Tänzer?«, erkundigte Leo sich leichthin, und ihr fiel auf, dass Alice rot geworden war.

Alice errötete noch mehr. »Sehr.«

»Hübscher als Robbie?«

Alice lachte. »Ich kann es gar nicht glauben, dass Sie mich so was fragen! Aber ja, er ist viel hübscher. Dunkle Haare, dunkle Augen. Ich glaube, er ist Italiener.«

Leo musterte Alice mit ihren rotblonden Haaren und den blaugrünen Augen. »Wenn Sie mit ihm zusammen tanzen, würde das bestimmt wundervoll aussehen. Vielleicht können wir für die Anzeigen auch eine Aufnahme von einem *Pas de deux* machen?«

»Um so etwas könnte ich ihn niemals bitten.«

»Das würde ich übernehmen. Dann können wir herausfinden, ob er wirklich so hinreißend ist, wie er aussieht.«

»Im Ernst?«

»Im Ernst.«

Alice sah aus, als könne sie ihr Glück nicht fassen. »Da ich nicht in Ihrer Gegenwart loskreischen will wie ein kleines Mädchen, sollte ich jetzt lieber gehen.« Alice beugte sich zu Leo, um sie auf die Wange zu küssen. »Ich lasse Sie wissen, was meine Eltern sagen.«

»Viel Glück!«, rief Leo ihr nach, als Alice den Salon verließ und übermütig die Straße hinunterhüpfte. Dann lehnte sie den Kopf an die Glastür und flüsterte: »Was zum Teufel tue ich da?«

Mit Leos Brief in der Hand öffnete Alice die Haustür und wusste sofort, dass nur ihre Mutter da war. Es hatte etwas mit den Schwingungen zu tun, die von den beiden ausgingen, sie waren sehr verschieden, ein Echo ihrer beiden Persönlichkeiten. Bei ihrem Vater war es eine heroische Symphonie, bei ihrer Mutter eher ein Schlagzeug, das den Takt angeben wollte und versuchte, alles andere zu übertönen.

»Da bist du ja.« In einem eng anliegenden schwarzen Anzug mit Leopardenmuster, der ihre üppigen Kurven wie üblich aufdringlich zur Schau stellte, kam Mattie Forsyth hüftschwingend die Treppe herunter.

Schnell versuchte Alice Leos Brief in ihre Tasche zu stopfen, ehe ihre Mutter ihn entdeckte.

»Was hast du denn da?«, fragte diese aber schon mit honigsüßer Stimme, unter der sich ein weit schlimmerer Stachel verbarg als der einer Biene. »Etwas, das ich anscheinend nicht sehen soll, was?« Ohne ihr Lächeln zu unterbrechen, streckte sie die Hand aus.

Widerwillig gab Alice ihr den Brief.

Beim Lesen leuchteten Matties Augen auf, und einen Moment dachte Alice, sie habe ihre Mutter vielleicht falsch eingeschätzt. Womöglich wollte sie bei ihren Freundinnen, mit denen sie sich gelegentlich zum Lunch traf, damit angeben, dass ihre Tochter als Star einer Werbekampagne auftrat. Auf Alices Gesicht erschien ein zaghaftes Lächeln, doch Matties Worte fegten es sofort wieder weg.

»Dieser Brief gehört genau wie seine Autorin nirgendwo anders hin als in den Müll«, sagte Mattie.

Normalerweise hätte Alice sich an dieser Stelle leise davongeschlichen. Doch sie hatte Leo gesagt, sie wolle mutiger werden. »Bitte«, sagte sie und hasste ihre Stimme, die so kläglich klang.

Als sich die Haustür hinter Alice öffnete, wirbelte sie sofort herum und packte ihren Vater am Arm. »Bitte Daddy, kannst du diesen Brief lesen?«

»Was ist denn los?« Everett Forsyth strich seiner Tochter über die Wange und blickte dann von ihr zu Mattie.

»Ja, diesen Brief solltest du unbedingt lesen«, sagte Mattie und grinste, als habe sie schon des Längeren nicht mehr so viel Spaß an etwas gehabt.

Die Hände ineinander verkrampft, beobachtete Alice ihren Vater beim Lesen und wünschte sich mit aller Macht, dass er ihre Mutter beschwichtigen und sich auf Alices Seite stellen würde, wie er es in den meisten Fällen tat.

Aber er seufzte und faltete den Brief zusammen. »Deine Mutter hat recht«, sagte er, sah dabei jedoch Mattie an und nicht Alice. »Das kannst du nicht machen.«

»Aber warum denn nicht?«, rief Alice verzweifelt, während Mattie schon zufrieden davonschlenderte.

»Warum nicht?«, wiederholte Alice leise und starrte ihren Vater fassungslos an, die Augen voller Tränen.

Doch Everett legte den Finger an die Lippen. »Lass mich mit Leo sprechen … mit Mrs Richier, meine ich. Ich möchte mehr über diesen Vorschlag wissen. Dann entscheiden wir.«

»Danke«, sagte Alice. »Ich weiß, wenn du mit Leo sprichst, wird sie dich überzeugen.«

Aber ein grimmiges »Wir werden sehen« war alles, was ihr Vater zu sagen hatte, ehe er mit großen Schritten das Haus verließ.

---

»Was zum Teufel tust du denn hier?«

Drei Stunden nach ihrem Gespräch mit Alice ging Leo die Treppe zu ihrem Haus hinauf und wäre um ein Haar über Everett gestolpert, der vor der Tür auf sie wartete.

»Du hast mir gesagt, ich soll dich in Ruhe lassen«, sagte er. »Und das habe ich getan. Aber jetzt hast du meiner Tochter einen Brief geschrieben.«

Noch nie hatte sie Everett so wütend erlebt. Und ihn hier zu sehen und zum ersten Mal seit fünfzehn Jahren wieder mit ihm zu sprechen, überwältigte sie so, dass sie kein Wort mehr herausbrachte.

»Warum hast du Kontakt mit Alice aufgenommen?«, fragte er mit harter Stimme.

Gott, er hasste sie! Jedenfalls klang er so. »Ich …«, setzte sie an, brach aber gleich wieder ab.

»Was?«

Wie konnte sie es ihm erklären? Ausgerechnet jetzt, wenn er so zornig war und offensichtlich nicht einmal mehr die geringste Sympathie für sie übrighatte? Aber ehe sie es verhindern konnte, waren die Worte aus ihrem Mund: »Ich muss dir etwas sagen.«

Er wartete, aber seine Augen blitzten sie noch immer wütend an. So konnte sie nicht mit ihm sprechen, dafür musste sie ruhig und gefasst sein. Jetzt würde sie alles vermasseln, und dann würde er sich umdrehen und auf Nimmerwiedersehen verschwinden. Ohne einen Blick zurück. Und sie wäre vernichtet.

»Am Union Square ist ein Automatenrestaurant von *Horn & Hardart*«, sagte sie schnell. »Dort können wir uns morgen früh um sechs treffen, wenn wir uns beide wieder etwas beruhigt haben.«

Wortlos drehte sich Everett um und ging die Treppe hinunter. Erst als er den Gehweg erreichte, fand sie die Kraft, ihm nachzurufen: »Wirst du kommen?«

»Ich weiß noch nicht«, antwortete er und verschwand.

# Kapitel 23

Leo ging ins Haus, aber sie konnte sich nur ganz langsam wieder beruhigen. Auf dem Flurtisch lag eine Nachricht von Joan, sie habe gewartet, bis Faye fest schlief, und sei dann erst gegangen. Leo konnte einen Seufzer der Erleichterung nicht unterdrücken – wenn Faye schlief, brauchte sie jetzt nicht nach ihr zu schauen. Außerdem stand auf dem Zettel, dass Faye sogar ihr Zimmer verlassen und jemand für sie angerufen habe. Eine ganze Weile starrte Leo die Nachricht verwundert an. Faye hatte seit langer Zeit nicht mehr gesprochen – jedenfalls nicht mit Leo. Wenn Leo nach Hause kam, war sie immer stark alkoholisiert, deshalb hatte Leo angenommen, dass sie sich tagsüber im gleichen Zustand befand.

Gerade wollte sie die Lichter löschen und zu Bett gehen, als das Telefon klingelte. An der Art, wie Burton, ihr Anwalt, sagte: »Es gibt Neuigkeiten«, erkannte sie sofort, dass die Neuigkeiten nicht gut waren.

»Was ist denn?«, fragte sie.

»Es geht um die Fabriken.«

»Gab es einen Unfall?«

»Wenn Sie hören, was passiert ist, werden Sie sich vielleicht wünschen, es ginge um einen Unfall.«

»Erzählen Sie«, forderte sie ihn auf, obwohl sie am liebsten gesagt hätte, er solle sie in Ruhe lassen. Momentan konnte sie wirklich keine schlechten Nachrichten gebrauchen. Doch sie ließ sich nichts anmerken und reagierte mit der Gelassenheit, die sie sich im Lauf der letzten fünfzehn Jahre angeeignet und perfektioniert hatte: die Führungskraft Leo Richier, die sich niemals von ihren Gefühlen überwältigen ließ und ungeachtet der Umstände die Ruhe selbst blieb.

»Ihre Betriebe werden überprüft. Wenn es wirklich Krieg gibt, könnte jemand in den nächsten Jahren eine Menge Geld mit ihnen machen.« Er sprach, als versuche er, sie auf einen unvermeidlichen Schlag vorzubereiten.

»Ich habe gesagt, dass ich bereit bin, zwei Produktionsstätten zugunsten der Kriegsanstrengungen zur Verfügung zu stellen, falls es gewünscht wird«, sagte Leo. »Dann würde nur noch eine Kosmetika produzieren.«

»Aber Sie sind immer noch die Besitzerin der Betriebe. Daher würden Sie den Profit einstreichen.«

»Den ich, wie ich angekündigt habe, ebenfalls für die Kriegsanstrengungen zur Verfügung stellen würde. Waffengeld möchte ich nicht haben.«

»Nun möchte aber jemand diesen Profit selbst einstreichen.« Burton räusperte sich. »Sie erinnern sich ja sicher, dass die Eigentumsverhältnisse im Testament nie geklärt wurden. Dass ich nur die Vereinbarung habe, die Ihnen und Faye jeweils dreißig Prozent von *Richier Cosmetics* zuschreibt, während Benjamin die verbleibenden vierzig Prozent behält.«

»Aber warum ist das alles denn auf einmal so wichtig?«, fragte Leo. »Wenn ich siebzig Prozent des Unternehmens besitze, wie kann jemand es übernehmen?«

Am anderen Ende der Leitung herrschte einen Moment Schweigen. »Besitzen Sie denn wirklich siebzig Prozent des Unternehmens? Haben Sie das schriftlich?«

»Das ist nicht notwendig. Ich habe das Geschäft die letzten siebzehn Jahre geleitet.«

»Weil es niemanden gekümmert hat. Bis jetzt.«

Leo drückte die Hand an die Stirn und versuchte, sich an die Details dessen zu erinnern, was sie damals, als Benjamin langsam, aber sicher aus ihrem Leben verschwunden war, vereinbart hatten.

»Ich besitze das Haus. Sie haben mir gesagt, das ist vom Erbfolgegesetz so geregelt. Und mir gehören meine Anteile an *Richier Cosmetics* und stellvertretend auch die von Faye, weil sie keine Entscheidungen treffen kann. Und sicher auch die von Benjamin, oder nicht? Also besitze ich doch praktisch das ganze Unternehmen.«

»Das gilt nicht unbedingt für alle Anteile von Benjamin«, erklärte Burton freundlich, geduldig, aber dennoch klangen seine Worte hart. »Nicht an *Richier Industries* und wahrscheinlich auch nicht an *Richier Cosmetics*. Es wurde nie angefochten. Sie haben auch keine gültige Vollmacht für Faye. Doch jetzt, da Fabriken begehrt sind, werden viele Eigentumsarrangements hinterfragt.«

»Wenn ich nicht alle Anteile von Benjamin besitze, wem gehören sie denn dann?«

»Wenn die Inhaberschaft des Geschäfts angefochten werden sollte, ist es wahrscheinlich, dass Sie ein Anrecht auf die Hälfte von Benjamins Teil haben und Faye auf die andere.«

»Also jeweils fünfzig Prozent des Unternehmens«, folgerte Leo bedächtig.

»Ja.«

Ihr wurde flau im Magen, und die Angst stieß wie ein Adler mit ausgestreckten Klauen auf sie herab. Sie lehnte sich ans Kopfteil des

Betts und ließ sich alles, was Burton gesagt hatte, noch einmal durch den Kopf gehen. Jetzt erinnerte sie sich, dass er Fragen über die Inhaberschaft von *Richier Industries* einschließlich des Kosmetikunternehmens aufgeworfen hatte, als Benjamin noch bewusstlos im Krankenhaus gelegen hatte. Er hatte Leo gesagt, dass sie und Faye, da Leo und Benjamin keine Kinder hatten, die Einzigen waren, die Anspruch auf Benjamins Vermögen erheben konnten. Aber Faye konnte nicht einmal aus dem Bett aufstehen, von einer Unternehmensführung ganz zu schweigen. Damals hatte Burton Leo geraten, möglichst die wichtigsten Manager für sich zu gewinnen, ihnen in den verschiedenen Abteilungen Vizepräsidenten-Stellungen zu versprechen, wenn sie ihr erlaubten, weiterhin den kosmetischen Bereich des Unternehmens zu leiten. Leo hatte ihnen gesagt, sie sei Fayes Bevollmächtigte, und niemand hatte das infrage gestellt, weil niemand mit Faye sprechen konnte. Und auch nicht mit Benjamin.

So hatte Leo die Verantwortung für *Richier Industries* übernommen, aber mithilfe einer exzellenten Belegschaft, die von Benjamin hervorragend geschult worden war, hatte sie sich die meiste Zeit ausschließlich um die Kosmetikabteilung kümmern können. Alle zwei Wochen traf sie sich mit den Chefs der anderen Abteilungen, die kompetente Geschäftsleute waren und Leo selbstständig arbeiten ließen. Alle waren glücklich gewesen – bis jetzt. Leos Gedanken wanderten umher und landeten bei einer einzigen Person.

»Aber nur Faye könnte das vor Gericht bringen«, sagte sie.

»Theoretisch ja. Sie oder jemand, der für sie arbeitet.«

Leo fluchte, schlimmer als je in ihrem Leben, aber nur leise – sie brauchte Burton, sie konnte ihn nicht verprellen. »Wer könnte das denn sein?«

»Den Gerüchten nach ist es eines der großen Stahlunternehmen. *Austin Ironworks.*«

»Austin«, wiederholte Leo, und plötzlich fiel ihr ein, dass sie erst vor Kurzem mit jemandem über *Austin Ironworks* gesprochen hatte. Und dann wusste sie es: Robbie Austin war der junge Mann, den Alice Forsyth heiraten sollte. Wenn es nach Mattie ging. Wie seltsam, dass dieser Übernahmeversuch mit Leos Kontaktaufnahme zu Alice zusammentraf. Sie schluckte. »Ich kümmere mich darum.«

»Ich würde Ihnen raten, es nicht auf die lange Bank zu schieben«, sagte Burton auf seine typisch dezente Art, die Leo für gewöhnlich sehr schätzte.

Als sie den Hörer aufgelegt hatte, zwang sie sich aufzustehen. Jetzt durchzudrehen würde ihr nichts nützen. Morgen früh würde sie etwas Schickes anziehen, sich ein perfektes Gesicht schminken und zu ihrem Treffen mit Everett gehen. Nachmittags würde sie mit Faye über ihre jeweiligen Anteile sprechen, und keiner würde erfahren, dass Leo Richier in diesem Moment so viel Angst hatte wie noch nie in ihrem ganzen Leben. Angst, nicht nur ihr Geschäft zu verlieren, sondern auch jeden Rest des Respekts, den Everett noch für sie hegen würde, wenn sie ihm von ihrem Baby erzählt hatte.

—

»Hast du mit ihr gesprochen? Was hat sie gesagt?« Alice stürzte sich auf ihren Vater, kaum dass er zur Tür hereingekommen war, aber ihre Freude verpuffte, als sie sein grimmiges Gesicht sah und seinen Whiskey-Atem roch. Was auch immer bei seiner Begegnung mit Leo geschehen sein mochte, es sah jedenfalls nicht gut aus. Aber wie war das möglich? Wieso hatte diese glamouröse, stilsichere Frau ihn nicht überzeugen können?

»Wenn wir hier draußen reden, hört uns deine Mutter«, erklärte er barsch und führte Alice in sein Arbeitszimmer, wo er sich als Erstes noch einen Whiskey einschenkte. Alice runzelte die Stirn. Ihr Vater sah nicht aus, als brauche er noch mehr Alkohol – und warum in aller Welt brachte ihn die Idee von ein paar Fotos denn so durcheinander?

»Was ist los?«, fragte sie und hörte selbst die Nervosität in ihrer Stimme.

Zwar lächelte ihr Vater sie an, aber ohne dass das Lächeln seine Augen erreichte, und sie sah, dass es nur überdecken sollte, was er wirklich dachte. »Ich liebe dich, Alice.«

»Das heißt, du wirst Nein sagen.«

»Es war schwer genug, deine Mutter dazu zu überreden, dich auf die Ballettschule gehen zu lassen. Ich weiß nicht, ob ich schlau genug bin, sie von der jetzigen Geschichte ebenfalls zu überzeugen«, scherzte er. Doch dann wandte er sich hastig ab, und Alice hätte schwören können, dass in seinen Augen Tränen glitzerten.

»Aber wenn du zustimmst, wird sie mich in Ruhe lassen. Also liegt die Entscheidung in Wahrheit bei dir.« Sie wusste, dass sie ihn damit bat, gegen seine Frau und stattdessen für seine Tochter Stellung zu beziehen. Aber ihr war auch klar, dass ihre Eltern sich nicht liebten. Und das erwartete sie auch nicht mehr von ihnen. Die meisten Leute im Alter ihrer Eltern sahen ihre Ehepartner kaum, ganz zu schweigen davon, dass sie wirklich miteinander sprachen. Genau genommen hatten die meisten Paare nicht viel mehr als den Namen gemeinsam, und das wünschte sich ihre Mutter jetzt auch für Alice und Robbie. Also konnte es ihren Vater doch keine allzu große

Überwindung kosten, seine Tochter anstelle seiner Frau zu unterstützen.

Everett legte die Hände aufs Fensterbrett und blickte hinaus über den Central Park, wo jetzt in der Abenddämmerung die Laternen schimmerten wie Perlen an einem prachtvollen Schmuckstück. Er schüttelte den Kopf. »Nein, diesmal nicht, fürchte ich.«

»Aber wieso denn nicht? Man Ray fotografiert – und es geht um *Richier Cosmetics*. Jede Frau benutzt *Richier*-Produkte. Du verkaufst sie in allen deinen Läden. Es wird mir für meine Karriere als Tänzerin nutzen, wenn ich wahrgenommen werde.« Alice ging auf ihren Vater zu und versuchte, ihn dazu zu bringen, dass er sie ansah. Doch er starrte nur weiter aus dem Fenster, und auf einmal begriff sie, dass das, was er sah, etwas sehr Persönliches war, über das er nicht mit ihr zu sprechen bereit war.

»Vor langer Zeit kannten deine Mutter und Leo sich. Aber sie sind nicht … nicht gut miteinander ausgekommen. Für deine Mutter kommt es nicht infrage, dich etwas tun zu lassen, was eine Verbindung zu Leo Richier hat.« Endlich riss er sich doch vom Fenster los. »Ich brauche noch was zu trinken.«

»Das glaube ich nicht«, wandte Alice ein.

Er sah in ihr ernstes Gesicht und lächelte, wenn auch halbherzig. »Kaffee?«

Sie nickte und sagte dem Dienstmädchen Bescheid. Dann setzte sie sich und wartete, dass ihr Vater weitersprechen würde. Die Zeit dehnte sich, obwohl es in Wirklichkeit nur fünf Minuten waren, und in Alices Kopf rasten die Gedanken. Was würde sie machen, wenn er Nein sagte? Würde sie ihm die Stirn bieten? Bisher hatte sie sich nicht einmal vorstellen können, etwas zu wollen, was ihr Vater missbilligte.

Endlich kam der Kaffee. Erst als die Hausangestellte wieder weg war, setzte ihr Vater sich auf den Stuhl neben Alice und begann zu sprechen. »Ich liebe dich wirklich, Alice«, sagte er leise.

Alice kamen die Tränen. Auf einmal begriff sie, dass sie ihn verletzt hatte, ihren Vater, ihren Helden, der sie so unerschütterlich in allem unterstützte – und sie wusste nicht, wie sie das angestellt hatte. »Es tut mir leid«, flüsterte sie.

»Dir muss nichts leidtun«, sagte ihr Vater, und er lächelte sie auf seine zärtliche Art an, als sei sie das Wundervollste auf der Welt. Er schloss sie in die Arme und küsste sie auf ihre roten Haare. »Ich treffe mich bald noch einmal mit Mrs Richier«, sagte er. »Wir haben etwas zu besprechen … etwas Geschäftliches. Dann reden wir auch weiter über das andere Thema.«

»Danke!« Alice gab ihm einen Kuss auf die Wange. Dann sagte sie: »Ich möchte ein anderes Leben als Mutter. Das versteht sie nicht, aber ich hoffe, dass du es nachvollziehen kannst. Und ich möchte diese Werbeaufnahmen machen.«

»Das weiß ich.«

»Und du weißt, dass ich dich auch liebe.«

»Gott sei Dank«, antwortete ihr Vater, und seine Stimme klang so stockend, dass es ihr fast das Herz brach.

—

Am nächsten Morgen wachte Leo um vier Uhr auf. Noch zwei Stunden bis zu ihrem Treffen mit Everett. Zwei Stunden, bis sie gezwungen war, ihm zu erzählen, dass sie vor neunzehn Jahren ein Baby von ihm bekommen hatte. Zwei Stunden, bis sie ihm sagen würde, was Joan ihr verraten hatte. Zwei Stunden, bis sie herausfinden würde, ob er die Hoffnung, an die sie sich klammerte, für real hielt, und ob das für ihn überhaupt eine Rolle spielte.

Obwohl es noch viel zu früh war, stand sie auf und machte sich bereit, denn wenn sie sich aufs Anziehen konzentrierte, überlegte sie wenigstens nicht dauernd, was Everett sagen würde, wenn sie ihm reinen Wein einschenkte. Sie wählte ein schwarzweißes Seidenkrepp-Kleid von Lucien Lelong mit geometrischem Muster, hochgeschlossen, mit einem wundervollen Rock, der bis kurz unterhalb der Taille so raffiniert in Falten gelegt war, dass er kaskadenförmig bis auf die Füße fiel. Als Gegengewicht zum starken Mustereffekt des Kleids legte sie natürlich roten Lippenstift auf.

Als sie fertig war, sah sie in den Spiegel. Und trat unwillkürlich einen Schritt zurück – sie sah so vollkommen anders aus als die Leo East, der Everett Forsyth damals zum ersten Mal begegnet war, so anders als das Mädchen mit den zerzausten roten Haaren in einem derben Wollkleid. Sicher, schon damals hatte sie rote Lippen gehabt, aber das war die einzige Ähnlichkeit zwischen Leo East und Leo Richier. Sie schauderte. Würde sie auf Everett wie eine Fremde wirken? Spielte das überhaupt eine Rolle? Schließlich bestand doch sowieso keinerlei Aussicht, dass sie jemals zusammen sein würden. Es sei denn … Leo schloss die Augen. Es sei denn, Alice war weder Fayes noch Matties Tochter.

Sie fuhr zur Ecke Broadway und 14th Street, betrat das Automatenrestaurant und stellte sich in die Schlange, um ein paar Dollarscheine in Fünf-Cent-Münzen zu wechseln. Vor ihr wartete Everett Forsyth, und als er an der Reihe war, wechselte er sein Geld, als hätte er sein ganzes Leben nirgendwo anders gegessen.

»Du bist wohl Stammkunde hier, was?«, scherzte sie, denn sie wollte auf keinen Fall wieder die unangenehme Atmosphäre ihres letzten Treffens aufkommen lassen.

Als er sah, dass ihre Augen verschmitzt glitzerten, lächelte er, und Leos Erleichterung war so groß, dass sie es im ganzen Körper spürte: Ihr Atem wurde ruhiger, ihre Hand, die krampfhaft ihre Tasche umklammert hatte, entspannte sich etwas, ihr Nacken fühlte sich nicht mehr ganz so steif an.

»Das ist das erste und wahrscheinlich letzte Mal, dass ich mich in einem Automatenrestaurant aufhalte«, meinte er trocken.

Er wartete, bis sie ihre Münzen eingesammelt hatte, und als sie zu den Glasfenstern hinübergingen, hinter denen die Teller mit den Fertiggerichten standen, fragte er: »Was würdest du mir empfehlen – mit Käse überbackene Makkaroni, Baked Beans oder Rahmspinat?«

»Es schmeckt alles scheußlich«, antwortete Leo. »Als ich nach New York gekommen bin, habe ich das Zeug dauernd gegessen, ich weiß Bescheid. Deshalb weiß ich auch, dass wir hier keine Bekannten treffen werden.«

»Hm – und wie ist der Kaffee?«

»Auch scheußlich. Aber ich nehme trotzdem einen.« Leo steckte die Münze in den Schlitz, drehte den Griff, hob den Glasdeckel und nahm sich ihren Kaffee. Everett folgte ihrem Beispiel. Neben den mit ungenießbaren Gerichten gefüllten Automaten fanden sie einen freien Tisch und setzten sich.

Leo staunte, wie leicht sie ins Gespräch zurückfanden. Ohne Peinlichkeit, nicht wie am Abend zuvor …

»Wie ist das Geschäft?«, fragte Everett. »Deine Rede im *Yale Club* war ja anscheinend ein Erfolg.«

»Meinst du die Rede, in der ich die Männer im Saal ermahnt habe, sie sollten ihre Ehefrauen ruhig weiterhin so viel Geld für Lippenstift ausgeben lassen, wie sie wollen?«

Everett lachte. »Ja, genau die meine ich. Ich wusste von Anfang an, dass aus der Frau, die ich im Regen in einem Gasthof kennengelernt habe, etwas ganz Spektakuläres werden würde.«

Leo fragte sich, ob sie richtig gehört hatte, und als sie ihn fragend anblickte, durchströmte sie plötzlich das überwältigende Verlangen, sich zu ihm zu beugen und zu wissen, dass er sie immer noch genauso wollte wie sie ihn. Aber das war leider unmöglich.

»Tut mir leid.« Leo nahm ihre Handtasche. »Vielleicht sollten wir das hier doch nicht tun. Ich zerstöre den Frieden, den wir so mühsam gefunden haben.«

»Ich habe keinen Frieden gefunden«, widersprach Everett und musterte sie aufmerksam. »Du etwa?«

»Du hast diesen Frieden doch mit deiner Tochter.«

Everett nickte. »Das stimmt. Und wir sind hier, um über sie zu sprechen.«

»Ich glaube, ich brauche noch einen Kaffee.«

»Leo«, sagte Everett in dem Ton, den sie so vermisst hatte – nicht hart wie am Vorabend, sondern sanft wie eine Hand, die ihr zärtlich über den Rücken strich. »Du hast noch nicht mal den getrunken, der vor dir steht.«

Leos Blick wanderte durch das Restaurant, nahm die verschlafenen Gesichter der Menschen wahr, die früh aufgestanden waren und sich kein Frühstück anderswo leisten konnten, die Teller mit den Fertiggerichten, und auf einmal wusste sie, dass sie ihm hier nicht sagen konnte, was sie ihm sagen musste. »Lass uns lieber woanders hingehen. Komm mit.«

Everett folgte ihr aus der Tür, und schweigend wanderten sie Block für Block den Broadway hinunter, hinein nach Chinatown. Dort bog Leo auf die Canal Street ab, die sie mit ihrer üblichen intensiven Geruchsmischung von Fischgeschäften, Gemüseständen und dem allgegenwärtigen Weihrauch empfing. Trotz der frühen Stunde waren die Menschen hier alle schon wach, und die Rufe der Verkäufer an den Ständen wurden untermalt von Judy Garlands Stimme, die mit »Somewhere Over the Rainbow« verheißungsvoll aus der offenen Haustür eines Gebäudes drang.

»Was tun wir hier eigentlich?«, fragte Everett.

»Gleich sind wir da.«

Sie führte ihn eine schmale Gasse zwischen öden Mietshausfassaden und Imitationen griechisch-antiker Architektur entlang, die Mauern durchzogen von den schwarzen Linien der Feuertreppen, wie Bahnlinien auf einer Straße ins Nirgendwo. Schließlich erreichten sie eine Treppe, und Leo begann, sie hinunterzusteigen. »Die Bar, in der ich früher Stammgast war«, erklärte sie.

Auf der untersten Stufe blieb Everett stehen und betrachtete den prächtigen Raum mit seinen von Goldfäden durchwirkten Seidentapeten. An der Decke hingen Papierlaternen, die sich in dem Windhauch, der ihnen durch die Tür folgte, leise bewegten. Tische und Stühle waren schwarz lackiert, auf der Bar standen mit Pfingstrosenknospen gefüllte orientalische Porzellanvasen. An den Tischen saßen noch einige Gäste, die offenbar nicht daran glauben wollten, dass es tatsächlich schon Morgen und damit Zeit geworden war, nach Hause zu gehen. Leo setzte sich an einen Tisch.

Der Kellner kam, um sie zu bedienen, als sei es vollkommen normal, um halb sieben morgens in einer Bar zu erscheinen. Genau deshalb war Leo ja hier. Aus Erfahrung wusste sie, dass der heiße

Reiswein so stark war, dass er einem die Gurgel versengte, und sie beobachtete, wie Everett sein Glas kippte und zusammenzuckte, als das Feuer durch seinen Gaumen rann. Leo lachte.

»Ich hätte dich warnen sollen«, sagte sie, schüttete ihre Portion hinunter und schnitt eine Grimasse, als das Getränk seine Wirkung tat. »Verdammt, das erste Glas ist immer das schlimmste.«

Auch Everett lachte, lockerte seine Krawatte, öffnete den Kragenknopf und fuhr sich mit der Hand durch die Haare, so dass ihm eine Strähne in die Stirn fiel. Jetzt wusste Leo, dass sie das Richtige getan hatte. An diesem Ort konnte sie ehrlich zu ihm sein, vor allem, wenn Everett endlich aussah wie ihr Everett, nicht wie der Mann von *Forsyths*, der mit Mattie verheiratet war.

»Noch einen?«, fragte sie. »Man gewöhnt sich daran, versprochen.«

»Na, in dem Fall – warum nicht?«

Der Kellner schenkte ihnen noch einmal ein. Diesmal stießen sie an, Everett zählte: »Eins, zwei, drei«, und sie kippten den Wein gleichzeitig hinunter.

»Das ist besser«, sagte Leo. »Jetzt habe ich das Gefühl, ich kann es dir sagen.«

»Was immer es ist, es kann nichts Gutes sein, wenn wir etwas derart Starkes brauchen, um uns darauf vorzubereiten.«

Leo fingerte an ihrem Glas herum. »Erinnerst du dich, wie du mir gesagt hast, dass Alice nicht deine biologische Tochter ist?«, begann sie dann. »Dass Mattie von einem anderen Mann schwanger geworden sei?«

Everett nickte bedächtig. »Zwar war dieses Thema so ziemlich das letzte, das ich erwartet habe, aber ich erinnere mich, ja.«

»An meinem Hochzeitstag hat Faye mir eine andere Version der Ereignisse eröffnet.«

Everett winkte dem Kellner. »Wenn das, was du mir sagen willst, Faye ins Spiel bringt, brauche ich noch einen.«

»Gute Idee«, sagte Leo. Sie wusste, dass sie in ungefähr zwanzig Minuten sturzbetrunken sein würde, aber wahrscheinlich war das ein der Situation angemessener Zustand. So kippte sie auch das dritte Glas rasch hinunter und begann: »Faye hat mir erzählt, dass Mattie nie schwanger war, dass sie die Geschichte von der Schwangerschaft nur erfunden hat, um dich in Zugzwang zu bringen, und dich mit Kissen und Ähnlichem an der Nase rumgeführt hat, damit du nichts merkst. Aber Faye war wirklich schwanger. Sie hat Mattie das Baby überlassen und mir gesagt, Alice sei ihr Kind.«

Everett sagte kein Wort, hielt sein Glas in der Faust, als wolle er es erdrosseln, und Leo konnte sehen, dass er wütend war. Doch sie wusste nicht, ob sein Zorn sich gegen Mattie und Faye oder gegen sie richtete, weil sie ihm nicht früher davon erzählt hatte. Sie machte weiter. »Hat Mattie Alice in einem Krankenhaus zur Welt gebracht? Warst du dort?«

»Nein«, antwortete er kurz. »Sie hat Alice zu Hause bekommen. Ich war bei der Arbeit, und anscheinend war die Geburt kompliziert. Eine Hebamme war bei ihr, um zu helfen. Zumindest hat man mir das gesagt.« Jedes Wort, das Everett sagte, war wie Stahl, eine Pfeilspitze aus purer Wut.

Für den nächsten Satz suchte Leo eine ganze Weile nach den richtigen Worten. »Damals habe ich dir nichts davon gesagt, weil du Alice geliebt hast und es niemandem genutzt hätte, davon zu wissen. Du hättest Mattie gehasst, aber du musstest ja mit ihr leben, Alice zuliebe.«

»Warum erzählst du es mir dann jetzt?«

Wie sollte sie es ihm erklären, wenn er ihr gegenübersaß und sie anstarrte, als wolle er sie erwürgen? Und wenn er sie jetzt schon erwürgen wollte, dann würde er sie in Stücke reißen, wenn sie ihm den Rest der Geschichte erzählte. Sie blinzelte. »Ich habe zur gleichen Zeit wie Faye ein Kind bekommen«, flüsterte sie.

»Was?« Tränen glitzerten in seinen Augen, und er sah aus, als hätte jemand – nämlich Leo – ihm gerade das Herz aus der Brust gerissen.

»Ich bin schwanger geworden, als wir zusammen waren. Und habe das Baby zur Adoption freigegeben.«

Sein Schweigen war schlimmer als die bittersten Vorwürfe.

Durch den Kloß in ihrem Hals versuchte sie, es ihm zu erklären. »Du warst verheiratet, und ich war schwanger mit einem unehelichen Kind. Wenn ich das Baby bei mir behalten hätte, wäre ich mittellos gewesen, hätte irgendwo mit einem Dutzend anderer Menschen in einer Wohnung hausen müssen, weil mir niemand Arbeit gegeben oder ein anständiges Zimmer vermietet hätte. Ich hätte nie genug verdienen können, um ein Kind zu ernähren, und es wäre wahrscheinlich innerhalb eines Jahres gestorben. Du weißt doch, dass es so gekommen wäre. Und du weißt auch, wie Mattie reagiert hätte, wenn herausgekommen wäre, dass ich ein Kind von dir habe.«

Endlich begann Everett zu sprechen. So leise, dass Leo ihn kaum hören konnte, und sie wünschte sich, die Tränen in seinen Augen würden überquellen, damit sie sie wegwischen und etwas tun könnte, um den Schmerz zu lindern, den sie ihm zugefügt hatte. »Wo ist das Baby jetzt?«, fragte er.

Leo stand auf und glitt auf den Stuhl neben ihm. »Ich hatte keine Ahnung, dass Alice am 14. Februar geboren ist«, antwortete sie stockend. »Doch letzte Woche habe ich meine Freundin Joan nach fast zwanzig Jahren das erste Mal wiedergesehen. Sie hat mich damals entbunden. Und auch Faye. Sie hat mir erzählt …« Leo hielt inne und holte tief Luft, denn ihr graute davor, laut auszusprechen, was zugleich grotesk war und zu schön, um wahr zu sein.

»Was hat sie dir erzählt?«

So wiederholte Leo schließlich das, was Joan ihr gesagt hatte. Dass Fayes und Leos Kinder beide am Valentinstag 1920 auf die Welt gekommen und vom gleichen Entbindungsheim zur Adoption freigegeben worden waren. Dass Joan der Meinung war, Fayes Baby sei nicht gesund genug gewesen, um sofort adoptiert werden zu können, womöglich nicht einmal lebensfähig. Doch Mattie hatte am selben Tag ein Baby mit nach Hause genommen. »Da habe ich mich gefragt«, kam Leo zum Ende ihres Berichts, »ich habe mich gefragt, ob … ob Faye mir etwas Falsches erzählt hatte. Vielleicht hat sie Mattie gar nicht *ihr* Kind gegeben. Vielleicht ist Alice in Wahrheit …«

»… unser Kind?«

Als Everett es aussprach, wurde Leo klar, wie lächerlich es klang. Wie wahrscheinlich war es denn, dass Everett neunzehn Jahre lang ihr gemeinsames Kind großgezogen hatte?

Everett stand auf. »Ich muss gehen«, sagte er nur und machte sich auch schon auf den Weg zur Tür.

Leo wurde übel. Bestimmt verabscheute er sie jetzt – aber sie hatte trotzdem gehofft, er würde durchschauen, wie unlogisch das alles war, und ihr bestätigen, dass Alice tatsächlich ihr gemeinsames Kind sein konnte. Dass er sich von Mattie scheiden lassen würde. Dass Alice, Leo und Everett zu dritt als Familie zusammenleben würden. Was für ein verdammt dummer Witz das alles war. Warum zum Teufel musste sie an den Narben der letzten zwanzig Jahren herumkratzen, bis die Wunden wieder aufbrachen?

»Tanz mit mir.«

Als Leo durch den Tränenschleier aufblickte, sah sie, dass Everett noch hier war und ihr die Hand entgegenstreckte, und sie ließ sich von ihm zur Tanzfläche führen, während die Kellner so stoisch weiter Gläser polierten, als seien sie es gewohnt, dass Verrückte um sieben Uhr früh zusammen tanzten.

Zu Glenn Millers »Moonlight Serenade« schloss Everett sie in die Arme. Sie legte die Hand in seinen Nacken und den Kopf an seine Wange. Keiner sagte ein Wort, sie tanzten einfach, ihre Körper berührten sich, ihre Brust schmiegte sich an seine, sie spürte seinen Atem an ihrem Ohr. Die Bewegung brachte sie noch näher zusammen, und es war eine herrliche Qual, zu fühlen, wie sehr auch er sie begehrte.

»Everett«, flüsterte sie und legte den Kopf in den Nacken, so dass sie in seine Augen sehen konnte, in denen Verlangen und Entschlossenheit schimmerten.

»Das musste ich tun«, flüsterte er. »Ich musste dich endlich wieder fühlen, es ist so lange her, und ich musste einfach wissen, ob du das Gleiche empfindest …« Er hielt inne und strich ihr über das Haar. »Die ganzen letzten zwanzig Jahre habe ich dich nie so berührt, weil ich verheiratet bin. Aber Mattie hat so viele Lügen erzählt, dass es mir gleichgültig ist, ob ich das Richtige tue. Wir müssen es herausfinden. Denn was wäre, wenn es wahr ist?«

»Das wäre das Wunderbarste der Welt.«

»Und es würde keinen Grund mehr geben, warum …«

*Warum wir nicht zusammen sein könnten.* »Sprich es nicht aus. Noch nicht. Ich glaube, ich würde es nicht ertragen, es zu hören, wenn es nicht wirklich passiert.« Als sie mit den Fingern über seine Unterlippe strich, öffnete er leicht den Mund, und sie spürte, wie sich seine Faust auf ihrem Rücken ballte. »Du darfst mich nicht küssen«, sagte sie. »Ich habe nicht genug Willenskraft, um dir zu widerstehen, und wir müssen unsere sieben Sinne zusammenhalten.«

Everett schloss einen Moment die Augen. »Du hast recht«, sagte er dann. »Ich werde einen Eimer kaltes Wasser suchen und mir über den Kopf schütten.«

»Vielleicht sollten wir über Mattie sprechen. Und darüber, was sie weiß. Das würde mit Sicherheit auch das stärkste Feuer löschen.«

Everett zuckte zusammen. Er drehte sich um und stützte sich auf die Bar. »Jeden Tag wache ich auf mit dem Gedanken, dass ich mich von Mattie scheiden lassen will. Aber ich wusste immer, wenn ich auch nur andeutungsweise damit drohte, würde sie Alice erzählen, dass ich nicht ihr Vater bin. Und obwohl das keinen Sinn ergibt, wollte ich nie riskieren, dass sie es erfährt. Denn was, wenn sie beschlossen hätte herauszufinden, wer ihr wirklicher Vater war? Was, wenn sie nichts mehr mit einem Mann zu tun haben wollte, der überhaupt nicht mit ihr verwandt war? Und nachdem ich dich verloren hatte, konnte ich den Gedanken, auch noch Alice zu verlieren, nicht ertragen. Also, um herauszufinden, ob sie wirklich meine biologische Tochter ist …«

Er blinzelte und brachte kein Wort mehr heraus.

»Everett«, sagte Leo und hätte ihn am liebsten wieder in den Arm genommen und die Qual der Vergangenheit gelindert.

Er richtete sich auf und fuhr nach einer Weile mit festerer Stimme fort: »Wir müssen diese Mrs Parker von diesem Entbindungsheim finden. Oder die Krankenschwester, die sich um Fayes Baby gekümmert hat. Und um unseres.«

»Ich spreche mit Joan.«

»Und ich schaue nach, ob ich zu Hause irgendwelche Papiere über Alice finden kann.«

Er wandte sich zum Gehen, ganz offensichtlich ebenso begierig darauf, die Suche zu beginnen, wie sie – etwas zu finden, das ihnen unanfechtbar beweisen würde, dass Alice ihr gemeinsames Kind war. Doch dann hielt er plötzlich inne. »Ich liebe dich«, flüsterte er, ein zärtliches Lächeln auf den Lippen, ein Funkeln in den Augen.

Leo konnte kaum atmen. »Ich liebe dich auch«, sagte sie und wusste, dass es der wahrste Satz war, der ihr jemals über die Lippen gekommen war, und dass sie diesmal alles tun würde, was notwendig war, um wieder mit Everett zusammen zu sein.

# Kapitel 24

»Alice?«

Die Stimme riss Alice aus der Erinnerung an das Gespräch mit ihrem Vater am Abend zuvor. Jesse stand am Eingang zum Studio, grinste sie an, und sie konnte nicht anders, als ihn ebenfalls anzulächeln.

»Alles in Ordnung?«, fragte er.

In ihrer Gewohnheit, erst zu reden und dann erst nachzudenken, antwortete sie: »Ich hatte gestern Abend eine Auseinandersetzung mit meinem Vater und …« Sie hielt inne. Dafür interessierte Jesse sich doch bestimmt nicht.

Doch zu ihrer Überraschung hakte er nach. »Worüber denn?«, fragte er und folgte ihr ins Studio.

Alice setzte sich und zog ihre Ballettschuhe an. Jesse wartete gespannt, als interessiere es ihn wirklich. »*Richier Cosmetics* möchte Werbefotos von mir machen«, gestand sie dann. »Und meine Mutter findet das absolut indiskutabel.«

»Und du?«, fragte er, während er seinen Fuß auf die Stange legte und die Oberschenkelmuskeln dehnte.

»Ich möchte es machen. Würdest du das etwa nicht?«

»Ja, schon, aber mich würde keiner fragen. Ich kenne nicht die richtigen Leute.«

Alice blickte auf. »Ich kenne auch niemanden bei *Richier Cos-*

*metics*«, fauchte sie. »Leo Richier hat mich tanzen sehen, und deshalb möchte sie mich. Ich mache mich da drüben warm.« Alice deutete auf eine weit von Jesse entfernte Stelle.

Jesse hob die Hand. »Sorry. So hab ich das nicht gemeint.«

»Wie denn dann?«

Jesse besaß tatsächlich den Anstand, zu erröten. »Du bist viel temperamentvoller, als du aussiehst.«

»Ach, wie sehe ich denn aus?«, erwiderte sie ziemlich scharf.

»Momentan sogar noch schöner als Alicia Markova.«

Jetzt errötete Alice, und zwar von Kopf bis Fuß. Zum Glück begann in diesem Moment das Klavier zu spielen, und alle mussten ihren Platz an der Stange einnehmen. So konnte sie Jesse nicht mehr ausweichen, denn er stand direkt hinter ihr. Sie bemühte sich, sämtliche Figuren perfekt zu machen, damit er sehen konnte, dass sie von *Richier Cosmetics* und von Balanchine aus keinem anderen Grund als wegen ihrer Anmut und Beweglichkeit ausgewählt worden war. Am meisten musste sie an ihrem *En dehors* arbeiten, dem Ausdrehen der Beine in den Hüftgelenken, weshalb sie die Hüften vor dem Unterricht immer gern extra gut aufwärmte. Dafür hatte sie heute keine Zeit gehabt, doch es war ihr umso wichtiger, dass sie das beste *En dehors* der ganzen Gruppe schaffte, und sie strengte sich mächtig an. Tatsächlich entspannten sich ihre Hüften schon nach kurzer Zeit, und ihre Füße nahmen die von ihr gewünschte Position ein.

»Bei mir sind es die Schultern, an denen ich am meisten arbeiten muss«, hörte sie Jesse sagen.

»Dann brauchst du für den *Pas de deux* sicher eine leichte Ballerina«, sagte sie, ohne sich zu ihm umzudrehen.

»Stimmt.«

Irina war leicht. Aber Alice ebenfalls. Obwohl Irina einige Zentimeter kleiner war, was natürlich schnell den Ausschlag zu ihren Gunsten geben konnte.

Danach bekam die Klasse die Aufgabe, ihre *Promenades* zu üben, und Alice wurde Jesse als Partner zugeteilt. Als sie *en pointe* stand, passten seine Hände genau in die Wölbung ihrer Taille, sie neigte sich in eine Arabeske, senkte einen Arm *en penché* bis zum Boden und hob ein Bein ganz gerade in die Höhe – vom Boden zum Himmel. Jesse drehte sie im Kreis, und mit einem Schauer der Erregung fühlte sie, dass ihre gemeinsame Technik geradezu makellos funktionierte, eine ideale Dynamik, die weder ihr Bein noch ihren Körper absinken ließ. Instinktiv hatte Jesse Alices Zentrum gefunden, ohne seine Hände oder den eigenen Schwerpunkt verlagern zu müssen.

»Mademoiselle Forsyth!«

Mit einem Ruck hob Alice den Kopf, und ihr Bein ging zu Boden.

»Genau so macht man das«, fuhr der Ballettmeister jedoch fort.

Einen Augenblick dachte Alice, er wolle sie korrigieren, doch dann begriff sie, dass er sie dem Rest der Klasse als Vorbild präsentierte.

»Noch einmal!« Er klatschte in die Hände, die Musik begann, und alle hielten inne, um Alice und Jesse zuzuschauen.

Wieder ging Alice *en pointe*, und Jesses Hände berührten ihre Taille. Sie lächelte ihn an, und er erwiderte das Lächeln, als fühle er ihre freudige Erregung, ausgewählt worden zu sein. Dann hob sie sich in die Arabeske, senkte die Hand zum Boden und hob das Bein zum Himmel. Wieder fühlte sie, wie Jesse ihren Schwerpunkt perfekt einschätzte, so dass sie die Linie genau einhielt und ohne Krümmung, ohne Wackeln dabei blieb, während sie die Drehung der *Promenade* vollführte.

Der Ballettmeister machte die Anderen auf Alices Beinhaltung aufmerksam, auf ihre Position in Bezug auf Jesse, die Platzierung von Jesses Händen, seinem aufrechten, nicht zu seiner Partnerin geneigten Stand. Aber Alice hörte kaum zu, so bezaubert war sie von der Art, wie sich ihr Körper neben Jesses bewegte. Wenn sich schon eine einzige Übung in seinen Armen so traumhaft anfühlte, wie würde es dann erst sein, ein ganzes Ballett mit ihm zu tanzen? Oder die verführerische Glorie eines *Pas de deux,* zum Beispiel in »Schwanensee«?

Ihr war heiß am ganzen Körper, und das nicht nur von der Anstrengung. Sie hob sich in die Aufrechte und senkte das Bein. In der halben Sekunde, die sie brauchte, um beide Füße wieder auf den Boden zu stellen und sich gerade hinzustellen, sah sie in Jesses Gesicht. Auch er wirkte deutlich erhitzter, als zu erwarten gewesen wäre.

Doch viel zu schnell kippte dieser großartige Tag ins Negative. Bei den Proben für die Gala kam Balanchine herein und ließ Irina mit Jesse tanzen – als Belohnung dafür, dass sie tags zuvor das Bein am längsten hatte hochhalten können, wie er erklärte. Die beiden tanzten hervorragend zusammen, und Alice war sicher, dass sie keine Chance mehr hatte – obwohl es genau genommen nur an Jesse lag, dass Irina so gut war. Bei der *Promenade* hatte sie beispielsweise nicht die gleiche Linie wie Alice, aber Jesse richtete seinen Körper nach ihrem aus und stellte die Harmonie wieder her. Im unterstützten *Grand Jeté* sprang Irina zu weit, so dass Jesse sich anstrengen musste, den Sprung unter Kontrolle zu bekommen.

Im Gegensatz zu vielen anderen Tänzern, die sich beschwerten und die Fehler ihrer Partnerinnen hervorhoben, um sich selbst nichts vorwerfen zu müssen, war Jesse sehr großzügig. Für ihn stand der Tanz an erster Stelle, das war Alice sofort klar.

Am Ende der Probe schlenderte Irina mit Jesse zu den Umkleideräumen, während Alice auf dem Boden saß und wartete, bis sie sicher sein konnte, dass die meisten Mitglieder der Truppe nach Hause gegangen waren. Dann begann sie zu tanzen, übte die Figuren, die Irina mit Jesse getanzt hatte, als hätte sie einen imaginären Partner neben sich. Wenn ein Schritt auch nur ansatzweise ihrem Anspruch nicht genügte, wiederholte sie ihn zehn, ja zwanzig Mal, bis er völlig fehlerfrei funktionierte. Bis sie nicht mehr vorausdenken und sich an die Folgebewegung erinnern musste, sondern das Muskelgedächtnis diese Aufgabe übernahm.

Sie drehte Pirouetten, lief auf ihren Phantasiepartner zu, tat so, als würde sie von ihm einhändig in die Höhe gehoben, was Irina nicht gelungen war, weil sie die Beine nicht im Spagat hatte halten können. Mitten in der Bewegung bemerkte sie plötzlich, dass ihr imaginärer Partner Realität geworden war – in der Mitte des Studios stand Jesse, bereit, sie aufzufangen und in die Luft zu heben. Alice hatte keine Ahnung, ob sie bei einem einhändigen *Presage Lift* tatsächlich einen Spagat schaffen würde, aber sie hielt nicht inne, um sich darüber Sorgen zu machen, sondern wirbelte auf ihn zu und fühlte, wie seine Hände sich bewegten, um sie in Empfang zu nehmen, dann flog sie hoch, und statt den *Lift* zuerst mit zwei Händen zu probieren, nahm Jesse einfach eine Hand weg, als Alice die Beine in den Spagat brachte und in der Luft schwebte. Es war großartig, sie beide waren großartig.

Sonst verlor Alice sich beim Tanzen immer ganz im Gefühl des Ballettstücks, aber jetzt war es anders. Sie war nicht mehr Alice. Sie war furchtlos, und Jesse ebenfalls. Als sie sich von ihm löste und mit einer Abfolge von *Grands Jetés* über den Boden schwebte, war er da, um sie wieder zu sich zu ziehen. Vorhin hatte Alice beobachtet, wie schwer es Irina gefallen war, leidenschaftlich auszusehen, doch bei ihr kam der Ausdruck natürlich und ganz von selbst.

Die letzte Position war ein *Boat Lift*, den sie ebenfalls bravourös bewältigten. Danach sollte Alice an Jesses Körper hinuntergleiten, so dass sie am Ende aneinandergeschmiegt dastanden. Hier hatte Irina ein wenig gepatzt, da sie sich nicht gänzlich in der Bewegung verlieren und deshalb auch in engem Körperkontakt nicht entspannen konnte. Doch Alice wusste, dass es keine andere Möglichkeit gab, denn jeder andere Schluss wäre eine Enttäuschung gewesen. Langsam ließ Jesse sie herab und zog seine Arme zurück, um zu verhindern, dass sie ein Stück von ihm entfernt aufkam, wie es der Tradition entsprach. Vielmehr neigten sie, während ihr Körper an seinem hinabglitt, die Köpfe aufeinander zu und küssten sich genauso, wie sie getanzt hatten – ohne die geringste Hemmung.

Sofort öffnete Alice den Mund für Jesse, fühlte seine Zunge an ihrer und drückte sich noch enger an ihn. Als sie seinen durchtrainierten Tänzerkörper an dem ihren spürte, konnte sie ein Keuchen nicht unterdrücken. Jesse trug kein Hemd – er hatte es schon nach den ersten Minuten abgestreift –, und ihre Hände wanderten über seinen nackten Rücken, fühlten seine Muskeln, genossen die Berührung seiner Haut, während sich sein Mund leidenschaftlich auf den ihren presste.

Zum Glück hörten sie, als sich auf dem Holzboden der School of American Ballet jemand näherte, der keine Ballettschuhe trug, und beim Geräusch eiliger Schritte sprangen sie auseinander. Alice bückte sich und tat, als binde sie sich die Schuhe, Jesse begann, sich mit seinem Handtuch den Schweiß abzuwischen, und als Natalia den Kopf durch die Tür streckte, zeugte außer ihrer erhitzten Haut und den keuchenden Atemzügen – die ja durchaus Folge des anstrengenden Tanzens sein konnten – nichts von dem, was sie gerade getan hatten.

»Ich dachte, es wären alle weg«, stellte Natalia fröhlich fest.

»Wir wollten noch ein bisschen üben«, sagte Alice leichthin, als wäre sie nicht gerade kurz davor gewesen, nicht nur sich selbst, sondern auch Jesse die Kleider vom Leib zu reißen. Wahrscheinlich dachte Jesse jetzt, sie sei leicht zu haben – sie kannte ihn gerade einmal zwei Tage und ließ sich von ihm berühren und küssen wie noch nie zuvor von einem Mann.

»Dann schließe ich erst oben ab und warte, bis ihr fertig seid.«

»Wir sind schon fertig«, beteuerte Alice schnell.

»Dann gute Nacht!«, rief Natalia im Weggehen.

»Woher hast du gewusst, dass ich noch da bin, Jesse?«, fragte Alice und warf ihm einen vorsichtigen Blick zu.

Als er lächelte, wusste sie, dass er genau wie sie gern herausgefunden hätte, wie es wäre, nicht nur die *Promenade* zusammen zu tanzen, sondern auch den *Pas de deux*. Jetzt wussten sie es. Es war wie eine Explosion.

»Ich habe draußen auf dich gewartet, aber du bist nicht gekommen. Da dachte ich, du bist bestimmt hier.«

»Warum hast du auf mich gewartet?«

»Komm, wir ziehen uns um. Dann zeige ich es dir.«

—

Sie duschte schnell und war dankbar, dass sie sich am Morgen für ihr Lieblingskleid entschieden hatte. Es war weinrot, mit enger Taille und weitem Rock, der bis auf die Knie fiel, ein verspieltes, fröhliches, aber dennoch elegantes Kleid, das ihre schlanke Mitte und ihre Brüste betonte. Als sie ihre weißen Handschuhe überstreifte und ihren Hut aufsetzte, wunderte sie sich wieder einmal, dass noch vor wenigen Augenblicken ein enges Trikot akzeptabel gewesen war, während sie jetzt Hände und Kopf bedecken musste, nur um draußen herumzulaufen.

Sie trat hinaus auf die Madison Avenue.

»Cookie! Endlich krieg ich dich mal wieder zu sehen.«

Auf den Stufen wartete nicht Jesse Valero, sondern Robbie Austin – ein schwerfälliger Mensch, der sich sportlich am liebsten mit Golf und der Jagd auf Enten, Rehe und allen möglichen anderen dekorativen und hilflosen Kreaturen beschäftigte.

Alices Lächeln erstarb. »Was machst du denn hier?«

»Ich hab dich eine ganze Woche nicht gesehen, Cookie. Deine Mutter hat gemeint, hier hätte ich die besten Chancen, dich zu treffen.«

Verzweifelt sah Alice sich nach Jesse um, wobei sie sich zugleich große Mühe gab, nicht auszusehen, als suche sie etwas. »Ich war beschäftigt«, sagte sie. »Wir proben für eine Gala, erinnerst du dich?«

Robbie schüttelte verwirrt den Kopf, und Alice war sofort klar, dass er ihr entweder nicht zugehört oder die Information der Einfachheit halber gleich wieder vergessen hatte. »Genau genommen bin ich schon spät dran für … für meinen Termin«, stammelte sie. »Die Proben haben länger gedauert.«

Und dann entdeckte sie Jesse, der ein Stück weiter weg auf dem Gehweg stand und über das, was er mitangehört hatte, lachte. Er kannte ja den wahren Grund, warum die Proben länger gedauert hatten.

»Ich glaube, wir sollten uns lieber nicht mehr sehen, Robbie«, platzte sie heraus, und obwohl das der Wahrheit entsprach und sie es sagen wollte, wusste sie, dass Zeit und Ort sehr schlecht gewählt waren. »Tut mir leid«, fügte sie hinzu und legte vorsichtig die Hand auf Robbies Arm.

Doch Robbie grinste nur. »Ist das etwa deine Art, mir zu sagen, ich soll dir endlich einen Antrag machen? Botschaft empfangen, laut und deutlich. Obwohl ich eigentlich dachte, ich könnte noch ein paar Monate das Junggesellendasein genießen. Anscheinend sollte ich mich lieber auf den Weg zum nächsten Juwelier machen.«

»Das hast du vollkommen falsch verstanden«, entgegnete Alice. »Ich möchte keinen Ring. Wieso möchtest du mich überhaupt heiraten, wo du nicht mal die grundlegendsten Dinge über mich weißt?«

»Meine Familie kennt deine Familie seit Jahren. Wie kannst du da meinen, ich weiß nichts über dich? Ich hätte dir schon früher einen Antrag machen sollen. Da hast du natürlich recht, ich bin ganz zerknirscht. Siehst du?« Er zog ein Gesicht wie ein unartiges Kind, das seine Mutter um Milde anfleht. Alice schauderte.

»Wann ist mein Geburtstag?«, fragte sie. »Was ist mein Lieblingsballett? Mein liebstes Musikstück? Du hast am 22. November Geburtstag, du hast kein Lieblingsballett, weil du nie eines gesehen hast, und deine Lieblingsmusik ist ›The Girl With the Ironing Board‹, gesungen von Joan Blondell im Film *Dames*.«

»Na so was – du weißt alles, was es über mich zu wissen gibt!«, rief Robbie und schüttelte staunend den Kopf. »Deshalb sollten wir heiraten. Du bist einfach die Beste, Cookie.« Er machte Anstalten, sie zu küssen, aber Alice war vorbereitet.

»Ich muss los«, sagte sie entschieden und duckte sich weg. Sie hatte sich klar ausgedrückt. Wenn er sie absichtlich missverstehen wollte, war das sein Problem.

»Ich ruf dich an«, rief er ihr nach. »Dann lade ich dich irgendwo zum Essen ein und gebe dir den Ring.«

Bebend vor Wut darüber, dass er ihr einfach nicht zuhörte, marschierte Alice die Straße hinunter. Sie hatte dem Nachmittag mit Jesse voll gespannter Erwartung entgegengesehen, jetzt war sie so verärgert, dass sie nicht einmal darauf achtete, in welche Richtung sie ging, sondern nur mit Riesenschritten vor Robbie davonlief.

Doch schon eine Minute später fühlte sie jemanden hinter sich, der ihre Hand ergriff. »Er ist weg«, flüsterte Jesse. »Ein Freund von dir?«

»O Gott. Dass du das alles sehen musstest!«

»Hast du es ernst gemeint?«, fragte Jesse. »Was du ihm gesagt hast?«

»Klar hab ich das!«, bekräftigte Alice. »Ich war nie in Robbie Austin verliebt, was, wie ich weiß, in den Kreisen, in denen meine Mutter verkehrt, kein Hinderungsgrund dafür ist, jemanden zu heiraten. Aber ich will das nicht.«

»Was willst du denn?«

»Erst mal will ich wissen, wohin wir gehen«, antwortete sie ausweichend.

»Dann sollten wir uns lieber beeilen.« Jesse begann zu laufen, und sie folgte seinem Beispiel. Mit einer Hand hielt sie ihren Hut fest, die andere überließ sie Jesse. Viele Passanten, die sie so die Fourth Avenue hinunterrennen sahen, lächelten ihnen amüsiert zu.

An der U-Bahn-Station 59th Street machte Jesse halt, kaufte zwei Tickets, und sie stiegen in die Sea Beach Line. Nun wusste Alice, wohin sie unterwegs waren.

»Wir fahren also nach Coney Island?«

»Genau«, bestätigte Jesse.

»Da war ich noch nie«, gestand Alice verlegen.

»Das hab ich mir gedacht.«

»Warum Coney Island?«

»Weil das ein Ort ist, an dem alles passieren kann.«

Jesse hielt Alices Hand, ließ den Daumen über ihre Handfläche gleiten und auf ihrem Handgelenk zur Ruhe kommen. Sogar solche kleinen Berührungen brachten die Schmetterlinge in ihrem Bauch heftig in Aufruhr. Sie wollte die Augen nicht von seinem Gesicht wenden, hatte aber die Befürchtung, dass sie, wenn sie ihn länger ansah, nicht widerstehen könnte, näher an ihn heranzurücken und ihn auf eine Art zu küssen, die sie in einem öffentlichen Verkehrsmittel für nicht angemessen hielt.

»Ich muss mal eine Weile aus dem Fenster schauen«, sagte er. »Du bist zu schön, um dich längere Zeit nur anzusehen.«

»Reden wir stattdessen ein bisschen«, schlug sie vor. »Ich weiß nichts über dich, außer dass du der beste Tänzer bist, den ich je gesehen habe.«

»Was möchtest du denn wissen?«, fragte er.

»Erst mal vielleicht … Wo wohnst du?«

»Erst mal?« Jesse zog eine Grimasse. »Wird das ein Verhör?«

Alice lachte. »Ich verhöre dich doch nicht, ich möchte nur wissen, wer du bist.«

»Und das erfährst du, wenn du weißt, wo ich wohne?« Jetzt starrte Jesse auf seine Hände, und Alice fragte sich, warum sie ihn mit ihrer Frage so nervös gemacht hatte.

»Natürlich nicht.« Sie drückte sich nicht richtig aus, sie klang ja schon fast wie ihre Mutter, die tatsächlich glaubte, man brauche weiter nichts über einen Menschen zu wissen, als wo er wohnte. »Du musst es mir nicht sagen, wenn du nicht willst.«

»Entschuldige«, sagte er. »Ich bin ein Trottel. Aber es könnte ja sein, dass du, wenn du herausfindest, dass ich nicht aus deinen Kreisen komme, die nächste Bahn zurück nach Manhattan nimmst. Ich wohne in Queens.«

Am liebsten wäre Alice aus dem Zug gesprungen, als sie sich sagen hörte: »Na ja, das ist doch nicht so übel.« Entsetzt schlug sie sich die Hand vor den Mund. »Das hab ich nicht so gemeint! Ich wollte nur sagen, dass ich gar nicht verstehe, warum du denkst, du solltest mir das nicht verraten.«

»Irina hat mir ein bisschen von dir erzählt«, erwiderte er und sah dabei aus dem Fenster auf die draußen vorbeisausenden Straßen von Brooklyn.

Sie seufzte. »Sie möchte mich nicht unbedingt im besten Licht darstellen.«

»Also, das Licht war ziemlich gut. Eine reiche Erbin. Du wohnst in einer Villa in der Upper East Side. Dein Vater ist der Besitzer von *Forsyths*.«

»Wie du gesagt hast – wo ich wohne und was mein Vater tut, hat nicht unbedingt etwas über mich zu sagen.« Sie beugte sich zu ihm, und als es ihr gelang, Blickkontakt aufzunehmen, sah sie etwas wie Angst in seinen Augen. Auf einmal verstand sie, dass er sich zu schützen versuchte, falls sie weiter nichts von ihm wollte, als sich einen Tag mit einem Kerl aus dem falschen Viertel zu amüsieren.

Sie war so ehrlich wie möglich und sagte: »Für mich spielt es keine Rolle, ob du in Spanish Harlem lebst oder sonst wo. Ich habe noch nie jemanden so geküsst, wie ich dich geküsst habe.«

Behutsam legte Jesse einen Finger unter ihr Kinn, und sie sah, dass die Angst aus seinen Augen verschwunden war. »Ich habe mich auch in meinem ganzen Leben noch nie so gefühlt, wenn ich jemanden geküsst habe.«

Alice lächelte ein bisschen schief. »So habe ich es aber nicht ausgedrückt. Ich habe gesagt, dass ich noch nie jemanden so geküsst habe. Du offensichtlich schon.«

Im gleichen Moment hielt die Bahn in Coney Island, und Jesse führte sie durch die Menge. Sie machten vor einer Bude halt, in der Sehenswürdigkeiten von grotesker Schönheit angepriesen wurden. Ein Mann rief in ein Megaphon: »Schnell, schnell, schnell, bei uns gibt's was zu sehen, kostet nur zehn Cent. Seltsame Dinge aus allen Ecken der Welt. Wie wär's mit der Frau ohne Kopf? Es gibt Dünne, es gibt Dicke ...«

»Eine Frau ohne Kopf – die müssen wir sehen!«, rief Alice begeistert.

Schon war sie unterwegs zur Kasse, doch Jesse packte sie am Arm. »Deine Augen sind so grün, wenn du lächelst. Wie ... wie die Bilder, die man in Büchern vom Tropenmeer sieht. Aber lebendig.« Er wollte sie an sich ziehen.

»Wenn du mich jetzt küsst, halten wir die ganze Schlange auf, weil ich nämlich nicht glaube, dass ich es schaffen würde, so schnell wieder damit aufzuhören«, flüsterte sie.

Er strich ihr eine Haarsträhne hinters Ohr. »Okay, keine Küsse.« Doch er fügte schnell hinzu: »Im Moment jedenfalls.«

So schlenderten sie durch die *Hall of the Strange and Wondrous* und machten dann ein Autoscooter-Rennen, das Alice jämmerlich verlor, weil sie keinerlei Übung im Autofahren hatte.

»Aber du hast doch bestimmt auch kein Auto, oder?«, protestierte sie, als er ihr beim Aussteigen half. »Balletttänzer können sich kein Auto leisten.«

»Nein, aber ich habe früher gegenüber von einer Autowerkstatt gewohnt, und Vic, der Besitzer, hat mich und meine Kumpels in den Autos rumklettern und uns auch fahren lassen, wenn die Besitzer nicht in der Nähe waren.«

»Hast du mal was kaputt gefahren?«, fragte Alice.

Jesse tat, als sei er tief verletzt. »Hast du nicht gesehen, wie gut ich bin?«

»Du hast mich mehrmals gerammt!«

»Nur, um nachzuprüfen, ob du weißt, dass du am Leben bist.«

»Oh, das weiß ich, ganz sicher«, erwiderte Alice leise.

Jesse streckte die Hand aus, um sie zu sich zu ziehen, fing sich aber in letzter Sekunde. »Küssen verboten! Wie wäre es mit den schlechtesten italienischen Spaghetti, die du je gegessen hast?« Er hielt ihr die Tür zur Italian Kitchen auf, wo man einen Teller Spaghetti für zwanzig Cent bekommen konnte.

»Wie könnte ich so ein Angebot ablehnen?«

Sie setzten sich an einen fettverschmierten Tisch, Jesse bestellte Rotwein und Spaghetti. Kurz darauf wurden ihnen zwei gehäufte Teller serviert.

»Du bist aber nicht beleidigt, wenn ich nicht alles schaffe, oder?«, fragte Alice.

»Das ist überhaupt nicht schlimm«, antwortete er grinsend. »Und denk jetzt bloß nicht, dass das echte italienische Spaghetti sind.«

»Wie sollten die echten italienischen Spaghetti denn sein?«

»Mehr Knoblauch. Und frische Kräuter. Und nur ein kleiner Klecks Sauce.«

Alice nippte an ihrem Wein. »Das klingt, als hättest du schon eine Menge Spaghetti gegessen.«

»Wie könnte ich mit einem Namen wie Valero denn etwas anderes als Italiener sein?«

»Wann sind deine Eltern nach Amerika gekommen?«

»1919, direkt nach dem Krieg.« Gekonnt drehte er einen Bissen Spaghetti um seine Gabel.

»Wohnst du bei ihnen?«, fragte Alice im gleichen Moment, als Jesse sagte: »Irgendwann koche ich mal richtige Spaghetti für dich.«

Vor Staunen vergaß Alice ihre Frage. »Du kannst also kochen?«

»Du etwa nicht?«

Alice wurde rot, und sie starrte auf ihren Teller. »Ich hab es noch nie versucht.«

»Hey, ich hab doch bloß Spaß gemacht«, tröstete Jesse und beugte sich über den Tisch zu ihr.

»Ich weiß. Es ist nur so, dass ich heute gemerkt habe, wie lebensunfähig ich im Grunde bin. Ich kann nicht Auto fahren, nicht kochen, ich war noch nie in Coney Island. Vielleicht sollte ich diejenige sein, die sich entschuldigt – dafür, dass ich als verwöhnte Göre in der Upper East Side aufgewachsen bin.«

»Wenn du wissen willst, was verwöhnt wirklich bedeutet, solltest du mal bei einer Ballettaufführung im *Palais Garnier* in Paris mitmachen und danach die reichen Pariser Mädchen treffen.«

»Ich weiß nicht, auf welchen Teil des Satzes ich zuerst eingehen will«, erwiderte Alice ungläubig. »Du hast im *Palais Garnier* getanzt? Nach den Pariser Mädchen frage ich sicher auch noch, aber als Tänzerin interessiere ich mich mehr für die anderen Informationen.«

Nun errötete Jesse wieder. »Ja, ich habe im *Palais Garnier* getanzt.«

»Du bist wirklich richtig gut.«

»Ich weiß«, antwortete er, und Alice wusste, dass er nicht prahlte, sondern lediglich eine Tatsache feststellte. Er war ein großartiger Tänzer. Und darauf konnte er stolz sein.

Alice schob ihren Teller weg. »Ich kann nicht mehr.«

»Für eine winzige Ballerina hast du das aber sehr gut gemacht.«

»Ich bin alles andere als winzig, ich bin größer als die meisten Frauen.«

»Ich habe deinen Körper gefühlt. Du bist vielleicht groß gewachsen, aber trotzdem zierlich.«

Alice zog die Augenbrauen hoch. »Wir müssen irgendetwas dagegen tun, dass du dauernd ins Flirten verfällst. Wie wäre es mit einer Fahrt mit dem Big Wheel?«

Aber als sie dort ankamen, entdeckte Alice, dass sie sich auf noch wesentlich gefährlicheres Terrain begeben hatten – zusammen in eine Gondel gesperrt, bewegten sie sich dem Himmel entgegen. Zuerst hielt Jesse einigermaßen Abstand, und sie musterte ihn fragend.

»Du wirst schon sehen«, sagte er nur.

Kurz darauf begannen die Gondeln sich nicht nur nach oben zu bewegen, sondern gleichzeitig so heftig hin und her zu schwingen, dass Jesse fast auf Alices Schoß gelandet wäre.

»Wusstest du, dass etwas Derartiges passieren würde?«, fragte sie lachend.

Jesse grinste. »So eine Chance konnte ich mir doch nicht entgehen lassen.«

Vom Big Wheel aus beobachteten sie, wie sich die Dämmerung herabsenkte und die bunten Lichter des Vergnügungsparks Tausende winzige Regenbogen an den Himmel malten.

»Meine Eltern sind beide tot«, sagte Jesse und blickte aufs Meer hinaus, in die Dunkelheit. Offenbar hatte er nicht vergessen, dass

Alice ihn vor einer Weile nach seinen Eltern gefragt hatte, führte das Gespräch aber jetzt erst fort.

»Ich möchte nicht sagen, dass es mir leidtut, das klingt so banal. Was ist passiert?«

»Sie hatten Typhus. Ich auch. Und mein Bruder ebenfalls. Ich bin der Einzige von uns, der überlebt hat.«

Alice stockte der Atem. Ein Leben ohne Familie konnte sie sich gar nicht vorstellen. Vor allem kein Leben ohne ihren Vater. »Wie alt warst du damals?«

»Fünf.«

»Fünf?«, wiederholte Alice. Dann nahm sie Jesse in den Arm. »Bei wem hast du gelebt? Und wie bist du ohne Hilfe ein so ein guter Tänzer geworden?«

Jesse zuckte die Achseln. »Wir haben in einer italienischen Nachbarschaft gewohnt, und eine Weile hat eine Familie auf der anderen Seite des Hausflurs mich bei sich aufgenommen. Dann war ich eines Tages bei Vic in der Werkstatt und bin irgendwann einfach nicht mehr zurückgegangen. Er hatte nichts dagegen. Er war alt, so um die fünfzig, und seine Frau war Ballerina gewesen. Sie ist auch an Typhus gestorben, um die gleiche Zeit wie meine Familie.«

Einen Moment hielt Jesse inne, als falle es ihm schwer, weiterzumachen. Doch nach einer Weile fuhr er fort: »Vic hat mich zum Ballett mitgenommen, weil er immer mit seiner Frau hingegangen war, und ich glaube, auf diese Art hat er sich ihr nahe gefühlt. Er hat die Musik aller großen Balletts auf dem Grammophon gespielt. Als ich angefangen habe, dazu zu tanzen, fand er, ich sei ein Naturtalent, und hat mich zu einer Freundin seiner Frau geschickt, die Tanzunterricht gab. Zuerst wusste ich nicht, ob ich lieber tanzen oder Autos reparieren wollte, aber als ich die Musik von *Don Quichotte* hörte, konnte ich nicht mehr zurück zu den Motoren.«

Alice wischte sich die Augen und schniefte.

»Hey, jetzt weine doch nicht meinetwegen«, sagte Jesse.

»Ich glaube, du bist der beeindruckendste Mensch, den ich kenne.«

»Ich bin aber nur ein Tänzer aus Queens, der auf der Welt keine großen Spuren hinterlassen wird.«

»Bei mir schon«, flüsterte sie, und das hob alles andere auf.

Sein Bein presste sich an ihres, und sie sah nur noch seine tiefen, dunklen Augen und den wild schlagenden Puls an seinem Hals. Sie streckte die Hand aus, um die Stelle zu berühren, hörte ihn scharf Luft holen – dann küssten sie sich ihrer Abmachung zum Trotz, und diesmal war es noch aufregender, weil sie schon vorher wusste, wie gut es sich anfühlen würde. Seine Hände verharrten artig auf ihrem Rücken, erst als Alice nach hinten fasste und die eine Hand an ihre Lippen führte, um seine Fingerspitzen zu küssen, wanderte die andere hinunter zu ihrer Brust. Unter seiner Berührung richtete sich die Brustwarze sofort auf, und Alices Hand glitt wie von selbst unter Jesses Hemd.

Doch dann ließ er die Hand wieder sinken. »Alice«, sagte er, und seine Stirn berührte die ihre. »Ich bin kurz davor, dir das Kleid auszuziehen und hier auf dem Big Wheel mit dir zu schlafen, aber angesichts der Tatsache, dass mich das blitzschnell hinter Gitter bringen würde, wo ich nichts mehr von dir hätte, sollten wir lieber aufhören.«

Zwar entfachte das die Hitze in ihrem Körper noch heftiger, aber sie rückte widerwillig von ihm ab. Gerade noch rechtzeitig, denn ihre Gondel hatte den Boden erreicht.

»Erzähl mir von Robbie – das Thema eignet sich bestimmt als Spaßbremse«, meinte Jesse mit einem ironischen Grinsen, nahm aber ihre Hand, und sie machten sich auf den Rückweg zur Station.

Alice seufzte tief. »Muss ich? Na ja, wahrscheinlich hast du recht, ich sollte wenigstens ehrlich sein. Meine Mutter will, dass ich Robbie heirate. Aber das werde ich nicht, versprochen.«

»Verändere in deinem Leben meinetwegen nicht zu viel. Ich bin ganz bestimmt nicht die Art von Mann, die deine Eltern sich für dich wünschen würden. Die meisten Abende und Wochenenden arbeite ich bei Vic in der Werkstatt, so verdiene ich meinen Lebensunterhalt. Du bist die einzige Person, die ich kenne, die aus einer richtig wohlhabenden Familie kommt.«

»Vor zwei Jahren hatte ich einen Riesenkrach mit meiner Mutter, weil ich ihr gesagt habe, dass ich bei Balanchine anfangen möchte.« Alice zuckte die Achseln, als wäre es unerheblich, aber Jesse drückte ihre Hand, und sie wusste, dass er verstand, wie sie sich gefühlt hatte. »Damit will ich hauptsächlich sagen, dass meine Mutter keine Ahnung hat, was gut für mich ist.«

Sie stiegen in die Bahn, und als sie einen Platz gefunden hatten, fuhr Alice fort: »Meine Mutter hatte mich Ballettunterricht nehmen lassen, weil sie dachte, Tanzen sei gut für meine Haltung, und dass ich, weil ich groß bin, lernen müsste, mich anmutig zu bewegen – ihrer Meinung nach ist das alles, was eine junge Frau können muss, um einen reichen Mann abzukriegen. Es ist für sie auch vollkommen unwichtig, dass ich gerne tanze und gut darin bin.« Alice legte den Kopf auf Jesses Schulter. »Mein Vater weiß das, er ist zu allen meinen Aufführungen gekommen und hat gesagt, ich könne weitermachen, solle mich aber noch eine Weile mit Robbie treffen, um meiner Mutter das Gefühl zu geben, sie hätte gewonnen. Und so schlimm war es nicht – aber jetzt ist mir klar geworden, dass ich kaum einmal um etwas gekämpft habe, was ich wirklich wollte, denn ich wusste immer, mein Vater würde alles für mich regeln. Das macht mich wirklich zu einer verwöhnten Göre, oder? Aber damit ist es jetzt vorbei.«

»Was, wenn deine Mutter nicht will, dass du dich mit mir triffst?«, fragte Jesse.

Alice hakte sich bei ihm unter. »Dann ziehe ich aus.«

»Ich fahre mit dir zurück«, sagte er, als die Bahn sich Manhattan näherte. »Und begleite dich bis zu deiner Haustür.«

»Das ist aber ein Umweg für dich.«

»Ich möchte es gern.«

Alice begriff, dass ihn genau das zu einem Gentleman machte – und nicht, wo er wohnte oder wie er seinen Lebensunterhalt verdiente. Das machte ihr Mut, ihm die Frage zu stellen, die sie schon den ganzen Tag im Kopf hatte. »Wen wird Balanchine nehmen, was glaubst du?«

»Du meinst, dich oder Irina?«

Alice nickte.

Jesse seufzte. »Bitte versteh mich nicht falsch, aber ich habe keine Ahnung. Mit dir tanze ich besser als mit Irina, aber vielleicht spielt das für ihn keine Rolle. Balanchine stellt seine Tänzer gern vor eine Herausforderung. Mir ist klar, dass es dir lieber wäre, wenn ich sage, dass er bestimmt dich nehmen wird, und das hoffe ich auch, aber …« Er zuckte die Achseln.

Ein Blick in sein Gesicht bestätigte ihr, dass er es ehrlich meinte. Sie musste es mit Fassung tragen. »Danke für den wundervollen Tag«, sagte sie lächelnd, als der Zug in ihre Station einfuhr.

Viel zu schnell erreichten sie die Straße, in der Alice wohnte, und sie wusste, dass sie Jesse nicht gehen lassen konnte, ohne ihn wenigstens noch einmal zu küssen.

»Komm mit«, flüsterte sie und zog ihn in eine dunkle Gasse, in der sie nur seine Augen sehen konnte, die im Sternenlicht funkelten. Dort zog sie ihn an sich und schlang die Arme um ihn, und seine Lippen legten sich wie selbstverständlich auf ihre.

Langsam glitten seine Finger über ihre Wange zum Halsansatz, Hitze durchströmte ihren Körper. Seine Hand wanderte zu ihrem Rocksaum hinunter, liebkoste nun ihren Schenkel und umfasste schließlich ihr Gesäß, während sie ihr Bein nach oben schob und um ihn schlang. Sanft streichelte er ihre Hüfte, doch er wandte den Blick keine Sekunde von ihrem Gesicht ab, und Alice erkannte in seinen Augen die gleiche Sehnsucht, die sie selbst in sich spürte. Einen Moment verharrten sie so, und sie brauchte all ihre Kraft, um den Mann, in den sie sich heute verliebt hatte, einfach nur anzuschauen. Vielleicht fühlte er das Gleiche?

»Aber nicht so«, flüsterte er und zog seine Hand zurück. »Nicht in einer dunklen Gasse, als hätten wir etwas zu verbergen. Wenn ich mit dir schlafe, möchte ich in einem richtigen Zimmer mit dir sein, alle Lampen müssen leuchten, damit ich dich sehen und alles von dir fühlen kann, um sicherzugehen, dass du es auch willst.«

Für das, was er sagte, musste sie ihn noch einmal küssen – *wenn ich mit dir schlafe*.

Nicht *falls*. Sondern *wenn*.

---

»Wo warst du?« Alice war kaum durch die Tür, da stand auch schon ihre Mutter vor ihr und musterte sie mit durchdringendem Blick. Unwillkürlich wanderte Alices Hand zu ihrem Kinn, das noch von Jesses Bartstoppeln brannte.

Sofort war auch Matties Hand dort, drehte den Kopf ihrer Tochter grob nach rechts und links und zischte in einem Ton, der sogar einen Eisberg hätte frösteln lassen: »Mit wem warst du zusammen?«

Alice errötete von den Schlüsselbeinen bis zum Haaransatz. Doch hier war ihre Chance, all das anzusprechen, wofür sie sich einzustehen vorgenommen hatte. Es war Zeit für sie, ihre Kämpfe selbstständig auszufechten. »Ich war mit Jesse Valero in Coney Island.«

»Ach ja?«, entgegnete Mattie mit großen Augen, und ihre Lippen verzogen sich zu einem höhnischen Lächeln. »Dann gehen wir doch lieber ins Gesellschaftszimmer und diskutieren bei einem Drink über die Sache.«

Für Alice gehörte das Gesellschaftszimmer ausschließlich ihrer Mutter; sie selbst und ihr Vater mieden den Raum so weit wie möglich. Ihn direkt zu durchqueren war unmöglich, man musste sich zwischen antiken Stühlen und Tischchen mit streichholzdünnen Beinen hindurchschlängeln, obendrein schienen die darauf platzierten Blumenvasen es darauf abgesehen zu haben, sich auf den Boden zu stürzen, wenn Alice vorbeikam. Wenn sie dieses Zimmer jetzt betrat, war sie verloren, das wusste Alice. Mattie würde sich majestätisch in einem Sessel niederlassen, eine Zigarette rauchen und Alice keine andere Wahl lassen, als stehen zu bleiben, ängstlich darauf bedacht, nur ja keines der albernen Zierelemente aus dem Gleichgewicht zu bringen.

Sie hob die Hand, um ihre Mutter aufzuhalten, und konzentrierte sich wie beim Tanzen auf die Musik. »Erledigen wir es lieber gleich hier. Jesse Valero ist Tänzer.«

»Du siehst aus, als hättest du mehr mit ihm getan, als nur zu tanzen.«

Die arrogante Stimme ihrer Mutter provozierte in Alice Zorn, nicht Mut – doch dieser Zorn zwang sie, die Wahrheit zu sagen.

Neunzehn Jahre, ihr ganzes Leben lang, hatte sie sich mit der Gehässigkeit ihrer Mutter arrangiert, mit dem Gift, das sie ihrem Vater entgegenschleuderte, aber jetzt hatte sie davon ein für alle Male genug. »Ja, ich habe ihn geküsst«, fauchte sie. »Mehr als geküsst – möchtest du es vielleicht noch genauer wissen? Ich habe Dinge mit ihm getan, die du dir wahrscheinlich nicht einmal vorstellen kannst, weil dich seit einer Ewigkeit niemand mehr geküsst hat.«

Alice hätte noch viel mehr sagen können, aber sie wollte nicht die Waffen ihrer Mutter anwenden, in nichts wollte sie ihr jemals ähneln. Aber Matties Gesichtsausdruck veränderte sich nicht, das verächtliche Grinsen blieb, es gab keinerlei Anzeichen, dass Alices Worte sie vielleicht verletzt hätten. Anscheinend hat sie eine Elefantenhaut, dachte Alice. »Ich werde Robbie nicht heiraten«, fügte sie schließlich hinzu.

»Dann fürchte ich, dass ich dich nicht mehr unter diesem Dach dulden kann«, säuselte Mattie in honigsüßem Ton, der Alice jedoch wenig beeindruckte. Sie konnte warten, bis ihr Vater nach Hause kam, er würde Mattie in ihre Schranken weisen und sie zwingen zurückzurudern. Aber Alice konnte doch nicht einerseits die Frau sein, die mit Jesse Valero schlafen wollte, und andererseits ein Kind, das seinen Vater brauchte, um ihr die Steine aus dem Weg zu räumen!

»Ich habe volle zwei Jahre investiert, um die Freundschaft der Austins zu gewinnen«, fuhr Mattie fort. »Das habe ich für dich getan, und ich werde nicht zulassen, dass du mich blamierst.«

»Dann packe ich jetzt meine Sachen«, sagte Alice und erwartete, dass ihre Mutter sie auslachen würde.

Aber nichts dergleichen. »Du hast ja keine Ahnung, wie es ist, kein Geld zu haben, Alice«, erwiderte Mattie. »Alles tun zu müssen, um einen Mann zu heiraten, der genug Geld hat, um dir Sicherheit zu bieten. So einer ist Robbie Austin. Aber Jesse Valero ganz sicher nicht.«

»Das ist mir gleichgültig.«

»Weil du immer alles hattest, was du dir wünschen konntest.«

»Das hattest du doch auch«, konterte Alice.

Diesmal lachte Mattie tatsächlich, ein bösartiges Lachen, das Alice lieber nicht gehört hätte und auch nicht verstand. »Auf dich allein gestellt wirst du nicht überleben. Ich gebe dir drei Tage, bis du entdeckst, dass du Geld brauchst, um anderswo zu leben als in diesem Haus. Am Sonntag werde ich dich wiedersehen.«

Alice machte sich nicht die Mühe, ihr zu antworten, sondern ging direkt in ihr Zimmer, packte ein paar Tanztrikots und ein paar Kleider in eine Tasche, dazu ihre Toilettensachen und die Reste der Würde, die ihre Mutter ihr noch nicht genommen hatte. Sie wusste, dass Mattie sie beobachtete, als sie die Treppe wieder herunterkam. Aber Alice ging mit hoch erhobenem Kopf und so aufrecht, wie sie es im Tanzunterricht gelernt hatte, an ihrer Mutter vorbei, denn sie wollte sich um keinen Preis anmerken lassen, dass sie am liebsten in Tränen ausgebrochen wäre.

Aber es passierte nicht. Matties Blick verfolgte Alice bei jedem Schritt zur Haustür, doch kein Wort wurde gewechselt. Das war nicht nötig. Wenn Alice sich ihr Leben lang gefragt hatte, ob ihre Mutter überhaupt so etwas wie Zuneigung für sie empfand, war es damit jetzt endgültig vorbei.

Als die Tür hinter ihr ins Schloss fiel, hatte Alice plötzlich eine Idee, wohin sie gehen könnte. Wahrscheinlich war es lächerlich, aber sie war sicher, dass sie dort wenigstens für eine Nacht willkommen sein würde. Und es war nicht weit, nur ein paar Blocks in Richtung Downtown. Eine Viertelstunde später war sie da, wurde von einem Butler hereingelassen und hörte die angenehm melodische Stimme, die so gut zu ihrer Besitzerin passte, sagen: »Ich habe niemanden erwartet.« Und als Leo sie entdeckte, nahm diese Stimme den zärtlichen Unterton an, den Alice sich von ihrer Mutter erhofft hatte.

»Was ist passiert?«, fragte Leo.

Auf einmal war Alices Selbstbeherrschung verschwunden. Sie rannte in Leos ausgebreitete Arme, unfähig, ihre Tränen noch länger zurückzuhalten. Endlich fühlte sie sich beschützt. Als hätte ein einziger Ton, der bisher gefehlt hatte, schließlich doch den Weg in die Symphonie gefunden, zu der er gehörte.

# Kapitel 25

Alice Forsyth auf ihrer Türschwelle vorzufinden, war so ziemlich das Letzte, was Leo am Vorabend erwartet hatte, aber als sie am nächsten Morgen vorsichtig in Alices Zimmer spähte, fand sie, dass es der bei Weitem schönste Tagesbeginn war, den sie sich hätte vorstellen können: Alices friedlich entspanntes Gesicht zu sehen, so perfekt wie die Oberfläche eines Sees in einem windstillen Augenblick.

Leo lehnte den Kopf an den Türrahmen, plötzlich überwältigt von einem heftigen Gefühl, das sie nicht einmal benennen konnte. War es Liebe? Nein, nicht nur das … Es war Hingabe. Für dieses Mädchen würde sie alles tun, obwohl sie nicht einmal mit Sicherheit wusste, ob es wirklich ihre Tochter war. Es war zu wunderbar und vielleicht auch zu einfach, es zu glauben.

Leo spürte einen Schmerz in der Brust und fragte sich, wie viel Unglück ein Herz eigentlich aushalten konnte, ehe es schließlich aufgab. Fast scheute sie davor zurück, Beweise zu suchen, weil sie jetzt, in diesem Moment, einfach glauben konnte, dass Alice ihr Kind war – während sie, wenn herauskam, dass Alice doch Fayes Tochter war, etwas Unersetzliches verlieren würde.

Leise schloss Leo die Tür und ging nach unten, wo sie aus dem Wohnzimmer Joans Stimme hörte. Sie sah auf die Uhr und merkte, dass es schon viel später war als sonst, weil sie für den Fall, dass Alice erwachte und reden wollte, länger oben geblieben war.

Leo wollte nur kurz Hallo sagen, blieb aber wie angewurzelt stehen, als sie sah, dass Joan mit einer anderen Frau Karten spielte. Diese Frau trug ein modisches, schwarzes Kostüm, war ordentlich frisiert und geschminkt.

»Faye?«, stieß Leo fassungslos hervor.

Faye lächelte sie an.

»Du bist aufgestanden«, stellte Leo das Offensichtliche fest, so schockiert war sie, dass Faye hier saß, als wären die letzten siebzehn Jahre nie gewesen.

»Ich hatte Besuch«, erklärte Faye und deutete auf Joan.

Leo sank auf den nächstbesten Stuhl. »Dann geht es dir also besser?«, brachte sie heraus, eine lächerliche Untertreibung.

»Vorher hatte ich ja keinen Grund aufzustehen«, sagte Faye.

»Aber jetzt schon?«

»Ja.«

»Und zwar welchen?« Leo fühlte, wie die Angst nach ihr griff und ihr den Hals zuschnüren wollte, als ihr das Gespräch mit Burton einfiel.

Faye antwortete nicht, stand auf und wandte Leo den Rücken zu. Als Leo fragend zu Joan blickte, zuckte diese nur die Achseln. »Sie war schon so angezogen, als ich gekommen bin«, flüsterte sie.

»Vielleicht gehe ich aus«, verkündete Faye.

»Du willst … ausgehen?«, wiederholte Leo. »Aber das ist doch nicht möglich. Als du das letzte Mal draußen warst …« Leo ließ den Satz unvollendet, und sie versuchte, die Erinnerung daran zu verdrängen.

»Wer ist Alice Forsyth?«, fragte sie und zuckte unwillkürlich zusammen, denn sie hatte nicht vorgehabt, so mit der Tür ins Haus zu fallen, so direkt und schlicht, dass ihr Bedürfnis nach einer Antwort so schmerzlich klar wurde.

»Ich habe dir doch gesagt, wer Alice ist.« Fayes Stimme klang spöttisch, genau wie immer.

»Aber sie kann nicht deine Tochter sein. Deine Tochter ...« *Deine Tochter war zu krank, um zur Adoption freigegeben zu werden. Vielleicht ist sie sogar gestorben.* Das klang unglaublich herzlos. »Ach, spielt keine Rolle«, wiegelte sie ab.

»Wenn du dich so um Benj gekümmert hättest wie um die Forsyths, wäre er noch da«, schleuderte Faye ihr entgegen. Dann wurde ihre Stimme zwar freundlicher, ihre Worte jedoch keineswegs. »Du solltest vorsichtig sein, Leo. Es gibt nämlich Menschen, die dich nicht besonders mögen.«

»Du meinst dich selbst und Mattie?«, fragte Leo in dem Versuch, den Neid, den die beiden ihr entgegenbrachten, als belangloses Ärgernis herunterzuspielen.

»Das reicht schon«, meinte Faye, stand auf und stolzierte aus dem Raum, zur Haustür hinaus und rief nach dem Wagen – niemand wäre auf die Idee gekommen, dass sie dabei war, zum ersten Mal seit vielen Jahren das Haus zu verlassen.

»Ist alles in Ordnung mit ihr, Joan?«, fragte Leo.

»Ich glaube schon. Sie hat von den alten Zeiten geredet, als wären wir befreundet. Und wollte nicht mal etwas zu trinken.«

»Wirklich bemerkenswert«, meinte Leo trocken.

»Vielleicht hat mein Anblick sie aus dem Zustand herausgerissen, in den sie sich selbst gebracht hat. Jedenfalls kommt sie mir nicht verrückt vor. Nur voller Scham. Oder Traurigkeit.«

»Oder beides. Aber damit ist dann jetzt wohl Schluss.« Leo stand auf. »Ich sollte nach ihr sehen.«

Doch Joan schüttelte den Kopf. »Sie ist eine erwachsene Frau, Leo. Lass sie.«

Leo schloss die Augen. »Ich muss mit Mrs Parker sprechen.«

»Die ist bestimmt längst nicht mehr da. So ein Etablissement führt man nicht länger als ein paar Jahre, ehe die Polizei anrückt. Ich meine, was sie gemacht hat, war schlicht illegal – auf diese Art Geld zu verdienen. Eigentlich eine Schande, denn ihr Entbindungsheim war eine der saubersten und am besten geführten medizinischen Einrichtungen der Stadt. Außerdem bezweifle ich, dass ›Mrs Parker‹ ihr richtiger Name war.«

Leo öffnete die Augen wieder. »Und was ist mit der Krankenschwester, die an dem Tag gearbeitet und sich um Fayes Baby gekümmert hat?«

Joan überlegte. »Sarah Mackay. Sie war neu, daran erinnere ich mich. Ich habe ihr dein Baby gegeben, als ich zur Arbeit gekommen bin, zusammen mit einer langen Liste von Instruktionen, weil ich sichergehen wollte, dass das Kind gut versorgt wird. Sie war auch diejenige, die im Kinderzimmer nach Fayes Baby geschaut hat.«

»Weißt du, wie ich Kontakt zu ihr aufnehmen könnte?«

»Wenn sie noch als Schwester in Manhattan arbeitet, sollte ich eigentlich jemanden finden können, der sie kennt. Darf ich dein Telefon benutzen?«

»Selbstverständlich.«

»Ich kann nichts versprechen.«

»Ich weiß. Trotzdem danke. Vielleicht sollte ich dich allein lassen, denn wenn ich hierbleibe, renne ich bloß auf und ab und gehe dir bestimmt fürchterlich auf die Nerven.«

»In Ordnung – sobald ich etwas herausfinde, sage ich dir Bescheid.«

Also ging Leo zur Arbeit und versuchte, sich abzulenken. Den Morgen verplemperte sie damit, Papierstapel auf dem Tisch umherzuschieben, bis sie am Nachmittag einen Anruf von Joan bekam. »Ich hab für dich morgen Abend ein Treffen mit Sarah Mackay verabredet.«

»Morgen? Wirklich?« Leo sprang auf. »Ich kann dir gar nicht genug danken!«

»Ich habe keine Ahnung, wie viel sie dir sagen kann, also bedanke dich lieber noch nicht. Oh, und Faye ist noch nicht zurückgekommen.«

Leo trommelte mit den Fingern auf den Schreibtisch. »Wenn ich bis morgen nichts von ihr höre, rufe ich die Polizei.«

»Oder du lässt sie einfach gehen.«

»Ich kann doch nicht auch noch sie einfach sterben lassen.« Auf einmal war ihr Hals wie zugeschnürt. Sie legte den Hörer auf, holte Handtasche, Handschuhe und Hut und verließ das Büro. Sie musste sich bewegen und war froh, dass der allgegenwärtige Lärm von Autos und Menschen ihren Kopf so erfüllte, dass sie nicht denken konnte.

Als sie die Tür der Richier-Villa öffnete, blieb sie ein zweites Mal an diesem Tag ruckartig im Wohnzimmer stehen. Vor ihr standen Alice und ihr Vater und redeten miteinander.

»Hallo, Leo«, begrüßte Everett sie höflich und schüttelte ihr die Hand, als wäre sie eine geschäftliche Bekanntschaft.

»Hallo, Everett«, antwortete sie ebenso förmlich, »schön, dass wir uns wiedersehen. Dann lasse ich euch beide lieber allein, damit ihr euch in Ruhe unterhalten könnt.«

»Nein, bitte bleib«, sagte Alice.

Leo zögerte. »Wie geht es dir denn heute?« Auf einmal musterte sie Alice noch intensiver, suchte in jedem einzelnen ihrer Gesichtszüge Ähnlichkeiten mit Everett und sich selbst – sie konnte einfach nicht anders. Und da sie Ähnlichkeiten finden wollte, entdeckte sie diese überall. Alice lächelte genau wie Everett. Sie hatte Leos Körperbau. Everetts Charme. Leos Haarfarbe. Andererseits waren auch Fayes Haare rot …

»Ich bin immer noch schrecklich wütend auf meine Mutter«, beantwortete Alice ihre Frage.

»Es wäre mir sehr recht, wenn du nach Hause kommst«, sagte Everett. »Was Mattie sagt, ist doch nicht so wichtig, oder? Wir haben immer einen Weg gefunden, sie zu umgehen.«

»Ich möchte mich aber nicht ständig entschuldigen und auf Zehenspitzen um sie herumschleichen. Ich will die Dinge tun, die mich glücklich machen«, entgegnete Alice.

»Meinetwegen kannst du jedenfalls hierbleiben, so lange du magst, Alice«, sagte Leo. »Ich habe mehr als genug Platz und auch gern ein bisschen Gesellschaft. Außerdem ist nächste Woche der Fototermin, da könnest du doch genauso gut hier wohnen.«

»Was wirst du Mutter denn sagen?«, fragte Alice ihren Vater.

»Dass du bei Freunden wohnst und wieder Kontakt mit ihr aufnimmst, sobald du bereit bist.« Everett küsste seine Tochter auf die Stirn und verabschiedete sich.

»Ich bringe dich zur Tür«, sagte Leo. Sobald sie das Wohnzimmer verlassen hatten, sagte sie leise: »Ich treffe mich morgen mit einer der Krankenschwestern.«

»Ich begleite dich.«

»Das musst du nicht.«

»Ich möchte aber.« Everett lehnte sich an den Türrahmen und lächelte sie an.

»Danke«, sagte sie.

»Ich will das nicht verpassen.«

Wieder spürte Leo, wie ihr ganz warm ums Herz wurde, vor Liebe und vor Hoffnung darauf, dass vielleicht wirklich eine bessere Zukunft auf sie beide und Alice wartete. Wie Everett da stand, mit hochgekrempelten Ärmeln, gelockerter Krawatte, den obersten Hemdknopf offen, genau wie bei ihrer ersten Begegnung, nur dass seine Haare jetzt etwas kürzer geschnitten waren … Seine blauen Augen funkelten sehnsüchtig, und sie entdeckte sogar etwas in ihnen, das sie an die Freude erinnerte, die sie nach ihrer gemeinsamen Nacht in ihnen wahrgenommen hatte.

»Ich sollte gehen«, flüsterte er.

»Ja, das solltest du.«

»Als Mattie heute zum Lunch ausgegangen ist, habe ich in ihrem Zimmer nach Papieren gesucht, die Alice betreffen könnten, aber nichts gefunden.«

»Vielleicht hat Faye irgendwelche Unterlagen?«, meinte Leo. »Ich habe alle ihre Sachen auf den Speicher geräumt.«

»Ich kann dir beim Suchen helfen.«

»Wahrscheinlich ist das keine gute Idee – so erstrebenswert ich den Gedanken auch finde, allein mit dir auf dem Speicher zu sein«, erwiderte Leo.

Everett lachte. »Du hast recht.« Dann küsste er sie auf die Wange, ganz keusch und anständig, obwohl Leo unwillkürlich die Augen schloss und seinen Duft sowie das leichte Kratzen seiner Bartstoppeln auf ihrer Haut genoss.

»Alice denkt, sie hat sich in jemanden verliebt«, sagte Everett, als wären sie Eltern. »Ich habe noch nie von diesem Jesse gehört, sie kennen sich seit ungefähr fünf Minuten. Alice ist neunzehn. Wie kann sie etwas von Liebe wissen?«

»Oh, Alice ist genauso alt wie ich, als ich dir begegnet bin. Und ich glaube, ich kannte dich ungefähr sechs Minuten, als mir klar wurde, dass ich dich liebe.«

»Ich hab dafür nur eine Minute gebraucht«, gab Everett mit einem Lächeln zurück.

Auf einmal hatte Leo einen Kloß im Hals. »Ich muss wieder rein.«

»Ich weiß. Bis dann, Leo.«

Sie schloss die Tür und schnappte nach Luft. »Alice!«

Denn im selben Moment schlenderte Alice in die Eingangshalle. Obwohl Leo wusste, dass zwischen ihr und Everett nichts Unziemliches geschehen war, hätte ihr vertrauter Umgang sie jederzeit verraten können.

Verwundert sah Alice sie an. »Hast du die ganze Zeit mit meinem Vater geredet? Tut mir leid – du hast ihn sicher zu überreden versucht, mich mit nach Hause zu nehmen.«

»Aber nein, überhaupt nicht!«, widersprach Leo. »Hast du Jesse heute schon gesehen?«

Der Themenwechsel half, Alices Gesicht hellte sich auf. »Ja, hab ich. Wir haben zusammen getanzt und waren perfekt. Sogar Balanchine hat es gesagt – während Irina bei der Hebefigur richtig Schwierigkeiten hatte. In zwei Tagen wird die Besetzung für die Gala verkündet.« Alice biss sich auf die Lippe. »Ich weiß nicht, was ich tue, wenn ich nicht die Solotänzerin werde.«

Leo lächelte wehmütig. Jung zu sein und etwas so sehr zu wollen – daran erinnerte sie sich noch sehr gut. »Komm her«, sagte sie und breitete die Arme aus.

Alice lehnte den Kopf an ihre Schulter. »Ganz gleich, was passiert, du wirst drüber wegkommen«, sagte Leo. »Vielleicht bist du erst mal traurig, aber nutze die Traurigkeit, um deinen Traum noch größer zu machen, deine Ziele noch höher zu stecken.«

»Danke, das ist ein guter Rat.« Alice küsste Leo auf die Wange, dann ging sie in ihr Zimmer.

Leo dagegen machte sich auf den Weg zum Speicher, einem Teil des Hauses, den sie seit Bens Tod kaum mehr betreten hatte. Sie hatte keine Ahnung, was sie dort erwartete – Besitztümer vergangener Richier-Generationen vermutlich. Die Kisten mit Fayes persönlichen Sachen, die von den Angestellten im *Plaza* gepackt worden waren, als klar wurde, dass Faye nicht zurückkommen würde, standen am nächsten bei der Tür, direkt vor den Kisten mit Bens Sachen, die Leo noch nicht hatte wegwerfen können. Sicher wollte Faye ihre Sachen jetzt wieder in Gebrauch nehmen – falls sie wieder auftauchte.

Leo setzte sich auf den Boden, öffnete die erste von Staub bedeckte Kiste und spähte hinein. Es war, als suche sie den Weg durch einen Tunnel zwischen jetzt und damals. Da war das Glitzerkleid, das Faye bei ihrer ersten Begegnung getragen hatte, und auch das blaue, das Faye ihr für die Party auf Deck des Schiffs nach New York geliehen hatte und dessen Farbe sie so an Everetts Augen erinnert hatte. Leo schob die Kiste weg, um eine andere auszusuchen, eine mit Dingen, mit denen vielleicht nicht so viele alte Gefühle verbunden waren. Zu dieser konnte sie ja später zurückkehren.

Doch der Rest offenbarte gar nichts. Unvorstellbar viele Kleider. Kosmetika – eine Art Museum der frühen Erfindungen von *Richier Cosmetics*. Fast nichts Persönliches. Keine Briefe, keine Andenken, nur Schuhe und Klamotten und auf dem Grund der Kiste ein Schmuckkästchen voller Diamanten, darunter aber ein Paar silberner Manschettenknöpfe mit den Initialen EF. Eine Erinnerung tauchte auf, an ein Gespräch, das sie im *300 Club* mit Everett geführt und in dem er ihr erzählt hatte, Faye habe ihm ein Paar seiner Manschettenknöpfe gestohlen. Warum hatte Faye das getan? Andererseits – warum tat Faye je irgendetwas? Ihre Beweggründe waren immer undurchsichtig.

Seufzend stand Leo auf. Ihre Mission hatte zu nichts geführt. Enttäuscht ging sie hinunter in ihr Zimmer und wollte sich gerade umziehen, als es klopfte.

»Das hier ist vorhin gekommen, Ma'am«, sagte die Haushälterin und reichte ihr einen Stapel Briefe.

»Danke.« Leo streckte die Hand aus und nahm sie entgegen.

Der erste war eine Notiz von Faye an die Haushälterin, sie solle Fayes Sachen ins *Carlyle* bringen, wo Faye von nun an wohnen würde. Bei dem Gedanken, dass Faye und Alice sich unter diesem Dach nicht mehr begegnen würden, fühlte Leo eine große Erleichterung. Und sie musste sich auch nicht mit den Auswirkungen des grotesken Treffens auseinandersetzen. Doch als sie den zweiten Brief öffnete, erschrak sie so, dass er ihr aus der Hand fiel. Es war eine Vorladung. Sie musste vor Gericht erscheinen: *Austin Ironworks* focht ihre Inhaberschaft an allen Richier-Unternehmen an.

—

Am nächsten Tag traf sie sich mit ihrem Anwalt.

»Wir müssen uns intensiv auf den Prozess vorbereiten«, sagte Burton.

Vor Wut war Leos Kehle wie zugeschnürt, und statt zu antworten, ließ sie den Blick in ihrem Büro umherwandern, über die Wände mit den Bildern der legendären Werbekampagnen von *Richier Cosmetics*, über die Schaukästen, in denen jedes einzelne Produkt zu bewundern war, das je verkauft worden war. Durch die geschlossene

Tür des Büros hörte sie das geschäftige Treiben draußen, ihre Mitarbeiter entwarfen Verpackungen, verschickten Rechnungen, kümmerten sich darum, dass die Produkte in Lastwagen, Zügen und Schiffen verschickt wurden. Alles in und um ihr Büro, alles, was in diesem Gebäude, im Salon, in den Kaufhausabteilungen von *Richier Cosmetics* geschah, war das Ergebnis der letzten zwanzig Jahre – harte, aber lohnende Arbeit. »Ich will verdammt sein, wenn Robert Austin senior irgendetwas davon bekommt«, sagte sie trotzig.

Burton rang sich ein seltenes Lächeln ab. »Dann sehen wir doch mal, was wir tun können, um ihn aufzuhalten. Wird nicht leicht werden.«

»Ich habe nichts anderes erwartet«, erwiderte Leo düster und setzte sich neben ihn, um in der Hoffnung, irgendeine Unklarheit zu finden, sämtliche Dokumente von Benjamin und alle entsprechenden Gesetze durchzugehen. Die ganze Zeit versuchte sie, möglichst wenig an das abendliche Treffen mit der Krankenschwester zu denken, die ihr möglicherweise etwas über Alice erzählen könnte.

Später fuhr sie zum *Forsyths Department Store*, parkte vor dem Kaufhaus und wartete im Auto auf Everett. Inzwischen konnte sie es kaum mehr fassen, dass sie noch am Abend zuvor so hoffnungsvoll gewesen war. Burton hatte keine Rechtslücke und auch keinen stichhaltigen Beweis dafür gefunden, der Leos Position als Besitzerin der ganzen Firma untermauerte. Und von Faye gab es nach wie vor kein Lebenszeichen.

Nach einer Weile erschien Everett, stieg zu ihr ins Auto, und Leo fuhr, immer wieder nervös mit den Fingern aufs Lenkrad trommelnd, zum selben Automatenrestaurant, in dem sie sich vor zwei Tagen getroffen hatten.

»Ich habe gestern eine schriftliche Vorladung bekommen«, sagte sie ohne weitere Vorrede.

»Weshalb das denn?«, fragte er erstaunt.

»*Austin Ironworks* will meine Fabriken. Sie fechten meine Eigentümerschaft an.«

»*Austin Ironworks* gehört Robbies Vater.«

»Ich weiß. Ich habe dir bisher noch nichts davon gesagt, weil Burton meinte, es sei vielleicht nur ein Gerücht. Aber jetzt ist es leider Realität geworden.«

Leo fragte sich, ob er zu der gleichen schrecklichen Schlussfolgerung kommen würde wie sie in der Nacht, nachdem sie mit Burton gesprochen hatte – dass Mattie nicht nur Faye, sondern auch Robbies Firma benutzte, um Leo eine klare Botschaft zu übermitteln: *Lass die Finger von meiner Tochter und meinem Ehemann*. Sie konnte sich vorstellen, wie Mattie sich bei einer Dinnerparty bei Robbie oder seinem Vater einschmeichelte, indem sie erwähnte, dass die Dinge bei *Richier Cosmetics* hinsichtlich der Inhaberschaft nicht so waren, wie es schien, und ganz nebenbei darauf hinwies, dass sie und Faye gut befreundet waren, dass Faye ihr einen Gefallen schuldig war und sie möglicherweise dabei unterstützen würde, ihnen *Richier's* auf dem Silbertablett zu servieren. Und natürlich würde es Faye großes Vergnügen bereiten, Leo die Firma wegzunehmen.

»Das scheint uns ziemlich direkt zu betreffen«, meinte Everett bedächtig. »Aber wie kam es dazu?«

»Faye ist nicht mehr im Bett, sie ist aufgestanden und seit gestern verschwunden.«

»Mattie muss ihnen den Weg zu Faye geebnet haben. Verdammt!«, fluchte Everett.

»Glaubst du, es ist nur eine leere Drohung? Dass Mattie die Sache auf sich beruhen lässt, wenn ich mich von Alice und dem Fototermin zurückziehe?«

»Ich weiß nicht.«

»Und geht es nur um die Fotos? Oder hat sie auch uns im Verdacht, wir könnten …« *… zu beweisen versuchen, dass Alice unsere Tochter ist.* Bei dem Gedanken, was Mattie tun würde, wenn sie von Leos und Everetts Plänen erfuhr, wurde Leo ganz flau im Magen.

»Ich hoffe nicht.« Everetts Stimme klang grimmig.

»War das, was ich ihr unwissentlich angetan habe, wirklich so schlimm?«, flüsterte Leo. »Dass ich dich dazu gebracht habe, dich in mich zu verlieben?«

»Leo …«

Sie beging den Fehler, ihn anzusehen, und entdeckte in seinem Gesicht die Qual von zwanzig Jahren Liebe, die er verborgen, aber nie vergessen hatte.

Abrupt fuhr sie an den Straßenrand und hielt an. »Wir sind da«, sagte sie und zwang sich, den Blick von ihm abzuwenden.

Im Automatenrestaurant sah sie eine Frau in Schwesterntracht einen Milkshake trinken.

»Ich hole uns einen Kaffee«, sagte Everett.

»Danke.«

Leo setzte sich der Frau gegenüber. »Sind Sie Sarah?«

»Genau die bin ich«, antwortete die Frau.

Als Everett mit dem Kaffee zurückkehrte, kam Leo sofort zum Thema.

»Hat Joan Ihnen gesagt, dass wir uns für ein Baby interessieren, das sie im Februar 1920 in Mrs Parkers Entbindungsheim gebracht hat?«

»Ja«, antwortete sie. »Schreckliche Geschichte.«

»Wieso?«, fragte Everett, und Leo hörte seiner Stimme an, dass er beunruhigt war.

»Wissen Sie, das war mein erster Arbeitstag. Joan kam rein und hat mir gesagt, ich soll mich um das Baby kümmern, hat es mir in den Arm gedrückt und ist verschwunden, um einer Frau zu helfen, die in den Wehen lag. Kurz danach kamen sie mit dem nächsten Baby, die Geburt war schwierig gewesen, und alle waren total aufgeregt – Joan wegen des vielen Bluts, und Mrs P hat mich bloß angebrüllt, ich soll mich gefälligst um das Kind kümmern, dem es offensichtlich schlecht ging, schließlich sei es eine Menge Geld wert. Irgendwann hab ich angefangen zu heulen, ich war ja gerade erst neunzehn und hatte noch nie etwas Schwierigeres machen müssen, als kleine Schnittwunden zu verbinden. Die Stelle im Entbindungsheim hatte ich nur angenommen, weil ich fünf Geschwister habe und wir Geld brauchten. Aber auf so was war ich überhaupt nicht vorbereitet.«

Everett holte sein Zigarettenetui aus der Tasche, hielt es erst Leo und dann Sarah hin, die sich eine Zigarette zwischen die Lippen und eine weitere hinters Ohr steckte. Everett gab ihr Feuer und sagte: »Wissen Sie, was aus diesen beiden Babys geworden ist?«

Sarah zuckte die Achseln. »Am Ende hat Mrs P mich aus dem Zimmer gescheucht und mir gesagt, ich würde mehr Ärger machen, als ich wert sei. Da bin ich in die Küche gegangen und habe mir eine Tasse Tee gemacht.«

War das alles? Leo starrte Sarah schweigend an. Auch Everett schwieg.

»Und als Sie Ihren Tee ausgetrunken hatten?«, fragte Leo schließlich.

»Ich bin in der Küche geblieben, ich war viel zu zittrig, um zurückzugehen. Schließlich kam Mrs P rein und meinte, ich solle den Rest des Tages freimachen. Die Babys seien weg, und zum Glück habe sie für das eine wenigstens ihr Geld bekommen. Sonst wäre sie nicht so nett zu mir gewesen. Aber das nächste Mal würde sie mich mit einem ungeeigneten Baby gleich ins Waisenhaus schicken.«

»Ins Waisenhaus?«, wiederholte Leo entsetzt. Was, wenn ihr Baby dorthin geschickt worden war?

»Da mussten wir die Babys hinbringen, die nicht adoptiert werden konnten. Und bei einem von den beiden, die an meinem ersten Tag geboren wurden, war das der Fall.«

Fassungslos starrte Leo sie an.

»Vielen Dank, Sarah«, sagte Everett ruhig. »Hier haben Sie noch etwas Geld für die Taxifahrt.« Er drückte ihr einen Fünfzigdollarschein in die Hand, und Sarahs Augen leuchteten auf.

»Wenn Sie noch mehr Fragen an mich haben, bin ich gern bereit, mich noch mal mit Ihnen zu treffen«, sagte sie, trank ihren Milkshake aus und machte sich auf den Weg zur Tür, den Geldschein fest in der Hand.

Leo atmete tief und lange aus.

»Also ist ein Baby adoptiert worden«, fasste Everett zusammen. »Höchstwahrscheinlich von Mattie, wenn diese Mrs P mit dem Preis zufrieden war. Schließlich hätte Mattie eine ganze Menge für ein Baby bezahlt, wo sie doch allen von ihrer angeblichen Schwangerschaft erzählt hatte.«

»Und ein anderes Baby ist ins Waisenhaus gekommen«, fügte Leo hinzu. »Du glaubst doch nicht …« Sie schluckte. »Meinst du, Mattie hat irgendwie herausgefunden, dass eins der Babys von uns war, und es aus Gehässigkeit ins Waisenhaus gebracht?«

Everett antwortete nicht sofort. »Das ist möglich.« Er rieb sich das Gesicht. »Du siehst aus, als bräuchtest du etwas Stärkeres zu trinken.« Er zog ein Fläschchen aus der Tasche und goss einen großzügigen Schluck Whiskey in Leos Kaffee.

»Eine Zigarette wäre sicher auch nicht schlecht.«

Sie musste näher zu ihm rücken, um sich Feuer geben zu lassen, und in der Flamme strahlten seine Augen in einem ungeheuer sinnlichen Blau.

So saßen sie im Automatenrestaurant und tranken Kaffee, der sie an den schlimmsten Fusel von Chinatown erinnerte, aber Everett griff trotzdem nach ihrer Hand – sie brauchten kein romantisches Ambiente, um ihre Liebe zu beweisen. »Ich kann immer noch nicht glauben, dass sich zwischen uns nichts, aber auch gar nichts geändert hat«, sagte er mit leiser, heiserer Stimme. »Ich empfinde jetzt sogar noch mehr für dich. Wie ist es möglich, dass in all den Jahren nicht das Geringste davon verblasst ist – im Gegenteil!«

»Das weiß ich nicht«, sagte Leo und hielt seine Hand ganz fest.

»Als Benjamin gestorben ist, habe ich mir jeden Tag in der Zeitung die Verlobungsanzeigen angeschaut, weil ich sicher war, du würdest gleich wieder einen Partner finden. Weil jeder Mann dich wollen würde. Ich war überzeugt, du würdest keinen Gedanken mehr an mich verschwenden.«

»Ich wollte nie einen anderen Mann als dich.« Leo entzog ihm ihre Hand – wenn sie seinen Puls so auf ihrer Haut spürte, war sie ständig in Gefahr, die Kontrolle über sich zu verlieren.

Er zog heftig an seiner Zigarette und blies den Rauch in die ohnehin dunstige Luft. »Und was tun wir jetzt?«

»Außer zu hoffen, dass Fayes Baby ins Waisenhaus gebracht

wurde und nicht unseres?«, erwiderte Leo. »Aber es ist wirklich furchtbar, Faye so etwas zu wünschen …«

»Wir können im Waisenhaus nachfragen, ob jemand sich erinnert.«

»Zuerst muss ich mit Faye reden, das ist die richtige Reihenfolge. Außerdem weiß sie wahrscheinlich mehr, als sie bisher zugeben wollte.« Wenn Leo sich dieses Gespräch vorstellte, bekam sie allerdings eine Gänsehaut.

»Wenn es dir lieber wäre, können wir mit den Nachforschungen aufhören. Ganz gleich, was wir herausfinden, wird es jemanden verletzen, und du musstest in all den Jahren schon so viel Schmerz ertragen, dass es vielleicht besser ist, die Sache …« Everetts Stimme brach bei den letzten Worten. »… auf sich beruhen zu lassen.«

»Glaubst du das wirklich?«, fragte Leo leise.

Er schüttelte den Kopf. »Aber ich werde deine Entscheidung mittragen.«

»Ich möchte die Wahrheit finden. Wir müssen uns ihr stellen.«

# Kapitel 26

Optimistisch gestimmt eilte Alice zur School of American Ballet. Heute war der große Tag, sie und Jesse würden sicher für die Gala als führende Solisten auserkoren werden.

In der Halle scharten sich die Tänzer bereits vor dem Schwarzen Brett. Alice bahnte sich einen Weg durch das Gedränge und merkte, dass alle sie anstarrten und verstummten, wenn sie vorüberging. Bestimmt hatte sie es geschafft! Eilig überflog sie die getippte Liste und lächelte, als sie ganz oben Jesses Namen entdeckte. Doch dann wäre ihr fast das Herz stehen geblieben. Direkt darunter stand Irinas Name, nicht der ihre. Erst ein Stück weiter unten tauchte er als eine der Solotänzerinnen auf.

Bitter enttäuscht wandte sie sich ab. Ganz in der Nähe stand Jesse und beobachtete sie.

»Alice«, sagte er nur leise.

Sie schüttelte den Kopf und marschierte den Korridor hinunter, aus der Tür und hinaus auf die Straße. Jesse folgte ihr dicht auf den Fersen. Was hatte sie sich da eingebildet? Dass sie wirklich und wahrhaftig Ballerina werden konnte? Auf eigenen Füßen stehen? Nur wenige waren auserwählt, und sie gehörte nicht dazu.

»Alice«, wiederholte Jesse. »Das hat nichts zu bedeuten.«

»Das ist leicht zu sagen für dich«, gab Alice zurück. »Dein Platz in der Gala stand immer fest. Du bist da, um Balanchine glänzen zu lassen und dir einen Platz in einem amerikanischen Ballettensemble zu sichern, bis es ungefährlich ist, nach Europa zurückzukehren. Diesen Luxus kann ich mir nicht erlauben. Ich war darauf angewiesen, *Première Danseuse* zu werden.«

»Das weiß ich doch«, sagte er leise.

Natürlich wusste Alice, dass sie ihre Wut am Falschen ausließ, aber sie konnte nicht anders. »Ich muss mich von dir fernhalten. Du nimmst zu viel Platz in meinem Kopf ein. Gestern bei der Probe habe ich mit dir getanzt, als hätte ich die Rolle schon in der Tasche. Deshalb habe ich mich nicht genug angestrengt.«

»Du strengst dich viel mehr an als nötig. Es hat sich leicht angefühlt bei der Probe, weil wir so gut harmonieren. Aber das heißt nicht, dass es tatsächlich leicht war. Und du weißt, dass Balanchine nicht nach der Leistung eines einzigen Tages entscheidet.«

»Ach, jetzt sagst du also, dass ich durchgehend schlecht war? Dass gestern nur ein Fall in einer langen Reihe schlechter Leistungen war?« Die ganze Zeit konnte Alice nur an ihre Mutter denken, an Matties verschlagenes Schlangenlächeln, das sie aufsetzen würde, wenn sie erfuhr, dass Alice versagt hatte. Wie Mattie sie demütigen würde, wenn sie wieder zu Hause einziehen musste, weil sie es sich nicht leisten konnte, anderswo zu wohnen …

»Natürlich nicht!«

»Ich muss jetzt mehr denn je an meiner Leistung arbeiten«, sagte Alice. »Denn ich brauche eine feste Anstellung, ich habe keine Wohnung und kein Geld. Also muss ich meine ganze Energie ins Üben stecken. Wir können uns außerhalb dieses Gebäudes nicht mehr sehen.«

Damit stolzierte sie wieder nach drinnen. Wie dumm sie gewesen war! Den ganzen Tag über hatte sie an Jesse gedacht, wo sie besser an ihrer Außendrehung hätte arbeiten sollen.

In der Umkleidekabine verstummten alle, als Alice hereinkam. Irina sah genauso glücklich aus, wie Alice wahrscheinlich auch ausgesehen hätte, wenn Balanchine sie zur *Première Danseuse* ernannt hätte.

»Herzlichen Glückwunsch, Irina«, brachte Alice mühsam heraus, während sie sich vorbeugte, um ihre Schuhe auszuziehen.

Irina bedankte sich lächelnd.

Kurz darauf begannen die Proben, und Alice durchtanzte ihre Rolle, vermasselte aber das doppelte *Fouetté*, weil ihr Tempo überhaupt nicht stimmte. Als Irina Alices Fehlversuche bemerkte, stellte sie sich in die Mitte des Raums und demonstrierte die Drehungen fehlerlos. Vier Mal. Alle schauten zu und klatschten Beifall.

»Verdammt«, murmelte Alice, rubbelte sich mit ihrem Handtuch den Schweiß so furios vom Hals, dass es wehtat, und achtete dabei peinlich genau darauf, weder Jesse noch sonst jemanden anzusehen. Keiner sollte merken, wie tief gekränkt sie war.

Als Irinas und Jesses Solo an der Reihe war, setzte sie sich zu den anderen auf den Boden und sah zu. Irina war gut – trotz ihres Ärgers konnte Alice es nicht bestreiten. Sie brachte es fertig, leicht wie ein Staubkorn zu erscheinen und wie auf Eiern zu tanzen, wozu Balanchine seine Schüler immer wieder ermahnte. Aber selbst auf ihrem Niveau war manchen Tänzern immer noch deutlich anzumerken, dass sie darüber nachdachten, was sie taten, statt sich ganz der Musik hinzugeben und sich von ihr leiten zu lassen.

»Ausdruck kommt von den Schritten, die du tanzt, es besteht keine

Notwendigkeit, die Gefühle eigens darzustellen – sie sind bereits im Tanz enthalten«, sagte Balanchine zu Irina, die zustimmend nickte.

Doch Alice sah die Trennung – Irinas Körper war noch nicht wie der Schatten eines jeden Tons. Ihre Aufmerksamkeit galt der Technik – und ihre Technik war, wie Alice widerwillig zugeben musste, deutlich besser als bei allen anderen im Raum. Und bis zur Aufführung waren es noch zwei Wochen. Bald würde Irina die Schritte gemeistert haben, und das Gefühl würde von selbst kommen, ohne jeden Zweifel.

Als das Training überstanden war, floh Alice in den Umkleideraum und schlüpfte in ihre Kleider, ohne sich trocken zu reiben. Auf dem Weg nach draußen kam sie am Trainingssaal vorbei, aus dem leise Stimmen drangen – Jesse und Irina, die noch trainierten. Dann verstummten die Stimmen. Da die Tür einen Spaltbreit offen war, sah Alice im Vorbeigehen auch, warum – Irina und Jesse redeten nicht mehr, weil sie sich stattdessen küssten.

Alice schlug sich die Hand vor den Mund, um einen Entsetzensschrei zu unterdrücken. Wie war es möglich, dass Jesse nach dem Augenblick innigen Verständnisses auf Coney Island ein paar Tage später Irina küsste? Ein scharfes Geräusch aus dem Probensaal ließ sie zusammenzucken – Jesses Stimme. Sie war zu durcheinander, um wirklich mitzubekommen, was er sagte, außerdem wollte sie schnell weg, ehe er sie entdeckte. Schlimm genug, dass er Irina küsste – wenn er auch noch wüsste, dass Alice den Kuss mitangesehen hatte, würde das die Demütigung wahrhaft unerträglich machen.

Sie zwang sich, zur Tür zu gehen, auf die Straße hinaus, wo die Hitze des Augustnachmittags wenigstens eine andere Erklärung für ihr rotes Gesicht und ihre feuchten Wangen anbot als ihren Schmerz.

Wenn sie es zu Leo nach Hause schaffte, könnte sie bestimmt vergessen, was sie gesehen hatte.

Nach und nach trocknete die Wut ihre Tränen. Sie wusste, dass es viele Tänzer gab, die leidenschaftliche Affären mit ihren Tanzpartnerinnen hatten. Affären, die endeten, wenn die Aufführung vorüber war. Man sagte, die Tanzpaare könnten mehr Gefühl in den Tanz einfließen lassen, wenn es Gefühle zwischen ihnen gab. Jesse hatte Alice offensichtlich gern geküsst, als es aussah, als würde sie seine Partnerin, aber er hatte sein Interesse umgehend auf Irina übertragen, als klar war, dass sie die Rolle bekommen würde. Was für ein Dreckskerl! Alice hatte dieses Wort noch nie im Leben benutzt, aber im Moment hätte sie es gern auf offener Straße gebrüllt.

Vor Leos Haustür beschloss sie, Robbie anzurufen und sich zu entschuldigen, sich vielleicht später sogar mit ihm zu treffen und etwas trinken zu gehen. Und sich von ihm küssen zu lassen. Das Tanzen würde sie einfach vergessen. Sie würde ein bequemes Leben führen, ein Leben, in das sie schlüpfen konnte wie in ein altes Seidenkleid. Ohne irgendetwas zu fühlen.

—

Eine Stunde später kam Alice nach unten und informierte Leo, dass sie mit Robbie ausgehen würde.

»Ist es eine gute Idee, so schön auszusehen und Robbie zu sagen, dass du ihn nicht mehr sehen willst?«, fragte Leo. Alice trug ein saphirblaues Kleid mit weitem Ausschnitt, schmaler Taille und engem Rock, das ihr sehr gut stand.

»Ich habe einen Fehler gemacht. Ich werde mich weiterhin mit Robbie treffen«, erklärte Alice.

»Oh, Alice.« Leo erkannte sofort, dass sich unter dem entschlossenen Benehmen ein tiefer Schmerz verbarg. »Was ist heute passiert?«

»Irina ist Erste Solistin. Sie wird mit Jesse tanzen.«

»Aber Jesse ist nicht schuld daran«, bemerkte Leo leise.

Alice biss sich auf die Lippe. »Ich habe das Gefühl, ich werde verrückt«, platzte sie heraus. »Es ist Folter. Ich kann mich auf nichts länger als ein paar Minuten konzentrieren, jeder Gedanke führt unweigerlich zu ihm zurück, weil ich ihn so sehr will, dass ich bereit wäre, alles zu tun. Dinge, von denen ich nie gedacht hätte, dass ich sie tun würde.« Sie setzte sich. »Entschuldige, ich klinge bestimmt verrückt …«

Aber Leo setzte sich einfach neben sie. »Als ich so alt war wie du, vor langer Zeit, bin ich einem Mann begegnet, in den ich mich so tief und heftig verliebt habe, dass es meine Weltsicht für immer verändert hat. Das war im Jahr 1919. Der Krieg war gerade vorbei. Ich hätte eigentlich um meinen Vater trauern müssen, statt das Gefühl zu haben, plötzlich wieder ins Leben zurückzufinden. Also ja, ich weiß sehr wohl, wie es sich anfühlt, wenn man denkt, man wird verrückt. Das ist Liebe – von der seltensten und unbegreiflichsten Sorte.«

Es klingelte an der Haustür, und Leo küsste Alice schnell noch auf die Wange. »Dank daran, dass du nur ein Leben hast und dass sich die Zeit sehr lange hinziehen kann, wenn man mit jemandem zusammen ist, den man nicht wirklich liebt.«

»Was ist mit dem Mann geschehen?«, fragte Alice.

»Es war einfach der falsche Zeitpunkt für uns. Er war mit einer anderen verlobt. Aber jetzt«, fügte sie hinzu, »jetzt solltest du die Tür aufmachen. Oder soll ich Robbie erklären, dass du deine Meinung geändert hast?«

Alice schüttelte den Kopf.

Leo konnte beinahe körperlich spüren, wie Alice zurückschreckte, als Robbie einen anerkennenden Pfiff ausstieß und sagte: »Flott, flott, wie du mal wieder aussiehst, Cookie.«

Doch dann schloss sich die Tür, und Alice ging mit Robbie davon.

---

Am nächsten Tag war der Fototermin, und Leo hätte gar keine Zeit gehabt, mit Faye über Alice zu sprechen oder irgendetwas wegen der Vorladung zu unternehmen. Sie machte weiter, als wäre ihr Leben in zwei Hälften gespalten: eine, in der sie *Richier Cosmetics* leitete und alles in Ordnung war, und eine, in der es keine Sicherheit mehr gab.

Sie stand auf der Brooklyn Bridge, die als Hintergrund der Fotoserie dienen sollte – die romantischen gotischen Bögen, die riesigen Brückentürme, das Spinnennetz der Stahlseile. Tatsächlich hatte die Stadt die Genehmigung erteilt, und sie hatten schon um sechs Uhr im rosigen Morgenlicht mit den Vorbereitungen begonnen.

Alice wurde geschminkt und frisiert, dann half Leo ihr beim Anziehen des schwarzen Tutu, in dem sie mit ihren feuerroten Haaren und der hellen Haut tatsächlich wie eine Königin der wunderschönen schwarzen Schwäne aussah.

»Ich muss dir noch etwas gestehen, Alice«, sagte Leo, als Alice sich die Ballettschuhe band. »Jesse kommt auch. Ich hatte ihn vor der Rollenverteilung gefragt, und ich hätte es nicht richtig gefunden, meine Einladung jetzt zurückzuziehen. Tut mir leid.« Was sie sagte, stimmte nicht ganz. Natürlich hätte sie Jesse sagen können, dass er nicht mehr gebraucht wurde, aber dann hätte Alice womöglich das Einzige aufgegeben, was ihr wichtig war.

Alice antwortete nicht sofort. Doch nach einer Weile richtete sie sich zu ihrer vollen Größe auf, und Leo wurde klarer denn je, dass sich unter ihrer Schönheit eine Kraft verbarg, die ebenso unbeugsam war wie die Stahlseile der Brücke, auf der sie standen – selbst wenn Alice selbst das vielleicht noch nicht wusste. »Als eine der ersten Lektionen lernt eine Ballerina, wie man mit jedem beliebigen Partner tanzt, ganz gleich, ob man ihn mag oder nicht«, erwiderte Alice. »Ich bin Profi, ich kann das.«

»Danke«, antwortete Leo, und im nächsten Augenblick wurde ihre ganze Aufmerksamkeit von dem jungen Mann, der neben Man Ray stand, in Anspruch genommen: groß, sonnengebräunte Haut, Haare so schwarz wie Alices Tutu. Und als er sich umdrehte, verstand Leo, warum Alice solche Gefühle für ihn hatte. Jesse Valero war unbestreitbar attraktiv.

—

»Du kannst das«, wiederholte Alice in Gedanken, als sie Jesse entdeckte. Himmel, sie wollte seine Hand nehmen und mit ihm über die Brücke tanzen, in einen der Türme, wo sie allein wären und sie erfahren könnte, was passieren würde, wenn sie die Arme um ihn legte und ihn küsste.

Doch sie rief sich ins Gedächtnis, was er getan hatte, und nickte ihm zur Begrüßung zu, als würden sie sich kaum kennen. Er erwiderte das Nicken, und sie sah, dass er dabei die Zähne zusammenbiss.

Was nun folgte, war anstrengend, allerdings auch sehr schön. Anstrengend, weil sie die Positionen beim Tanzen wesentlich länger halten mussten als auf der Bühne und weil sie Jesses Hände den ganzen Tag auf ihrem Körper spürte. Schön wegen des strahlend und unergründlich blauen, hie und da von dunklen Wolken durchsetzten Himmels. Es war, als drohe zwar hinter den Kulissen ein Sturm, doch sie könnten den Augenblick genießen, ehe der Regen über sie herfiel.

Man Ray bat die beiden, vor den massigen gotischen Türmen der Brücke zu tanzen. So flog Alice dem theatralischen Himmel entgegen, schwebte vor den Torbögen, die sich über ihr gut dreißig Meter in die Höhe reckten wie die prächtigen Fenster einer Kathedrale. Nicht nur sie, auch Jesse leistete an diesem Tag Unmögliches, sie nutzte all ihre Kraft, um so lange in der Luft zu bleiben wie noch nie, während Jesse sie stark und unerschütterlich hielt.

Dann bat Man Ray sie, an Jesses Körper hinunterzugleiten, die Hand an sein Gesicht gelegt, und sie fühlte jeden Zentimeter der langsamen Bewegung, während ihre Beine, ihre Hüftknochen und dann ihr Bauch über seinen Brustkorb glitten. Diese eine Aufnahme schien Stunden zu dauern, ihre Hand berührte seine Wange, er schaute ihr in die Augen, Bein an Bein. Alice fühlte, wie ihr Herz raste, und spürte auch seines, sein Atem ebenso hoch und schnell wie der ihre. Sie wusste nicht, wie viel länger sie noch einfach unschuldig weitermachen und so tun könnte, als fühle sie nichts. Jesses Augen flackerten, als habe er ihre Gedanken gelesen, und sie errötete, als sein Griff fester wurde.

»Lasst uns eine Pause machen«, rief Leo, und ohne einen Blick zurück eilte Jesse zum Erfrischungszelt.

»Alles in Ordnung mit dir?«, fragte Leo, und Alice nickte, beobachtete Jesse, dachte dabei aber an ihre letzte Begegnung mit Robbie: Er hatte ein Treffen mit einigen seiner Freunde im *21 Club* arrangiert, mit ihnen Whiskey getrunken und Kriegsgespräche geführt, während Alice am Tischende in einer Gruppe junger, nicht berufstätiger Frauen gefangen gewesen war, die ihre Tage mit Einkaufen verbrachten. Robbie hatte keinerlei Bedürfnis gehabt, sich neben sie zu setzen, nichts passierte, wenn sie Händchen hielten, es gab kein akutes Verlangen, zusammen zu sein.

Als er sie zu Leos Haus zurückbegleitet hatte, küsste er sie, packte ihre Brust und drückte fest. Statt dass sie wie bei Jesse eine lustvolle Erregung spürte, fühlte Alice, wie ihr Körper seinen Händen auswich. Lachend hatte sie ihn weggeschoben, als sei sie zu schüchtern, um sich so berühren zu lassen. Dabei wusste sie, dass es nicht so war.

»Wenn es zu schwierig ist, mit Jesse zu tanzen …« Leo ließ den Satz unvollendet.

»Alles gut.« Alice schüttelte den Kopf. »Ich brauche nur ein bisschen Wasser.«

Nach der Pause tanzten sie einen *Pas de deux* vor einem immer dunkler werdenden Himmel – der Sturm näherte sich der Stadt. Auf einmal ertrug Alice das Schweigen beim Tanzen nicht mehr, und die Worte waren aus ihrem Mund, ehe sie es verhindern konnte.

»Ich habe gesehen, wie du Irina geküsst hast«, sagte sie leise.

»Irina hat mich geküsst«, entgegnete er. »Wenn du geblieben wärst, hättest du gehört, wie ich sie gebeten habe aufzuhören. Ich habe ihr erklärt, dass ich nicht interessiert bin.«

»Wirklich?«, fragte sie.

»Wirklich«, antwortete er.

»Oh.«

Ohne jede Vorwarnung setzte der Regen ein, ein plötzlicher, heftiger Platzregen. Man Ray wollte dennoch weitermachen, und tatsächlich wusch der Regen die Anspannung des Tages weg, so dass Alice und Jesse jetzt tanzten wie damals im Probenraum, ungehemmt und verwegen, als hätten sie nichts zu verlieren. Am Ende lachten sie beide, nass bis auf die Haut. Alices Locken klebten auf ihren Schultern, ihm fielen die Haare tropfend in die Stirn. Schließlich war der Tanz fertig, aber sie konnten nicht aufhören zu lachen, und nachdem sie sich aus reiner Gewohnheit voreinander verneigt hatten, wollte Alice ihn umarmen.

Aber Jesse wich ihr aus, hörte abrupt auf zu lachen, und etwas wie Ärger erschien auf seinem Gesicht. »Du kannst nicht dauernd deine Meinung ändern, Alice«, sagte er und marschierte steif davon, ließ sie im Regen stehen, tropfnass, mit offenem Mund, voll ungestillter Sehnsucht, ebenso verletzt, wie sie ihn verletzt hatte.

# Kapitel 27

Völlig durchweicht saß Alice auf dem Sofa in Leos Wohnzimmer und weinte.

»Wie ist es möglich, so viel für einen Menschen zu empfinden?«, schluchzte sie.

»Ich weiß es nicht«, antwortete Leo. »Vermutlich könntest du dich dazu durchringen, einen Mann wie Robbie, den du nicht liebst, zu heiraten, mit ihm zu schlafen und dir die ganze Zeit zu wünschen, du würdest Jesses Arme um dich fühlen. Aber das klingt nicht nach dem Leben, das du haben möchtest.«

»Meine Mutter würde mir etwas ganz anderes erzählen«, erwiderte Alice. »Wenn ich jemals so ein Gespräch mit ihr führen würde – was mir niemals in den Sinn käme.«

Leo musste sich abwenden. Sie konnte doch nicht ruhig dasitzen und zuschauen, wie dieses Mädchen, das ihre Tochter sein könnte, den gleichen Fehler machte, den sie und Everett gemacht hatten, und sich die Liebe ihres Lebens entgehen ließ.

Doch im nächsten Augenblick klingelte es an der Haustür, und kurz darauf kam der Butler mit einem jungen Mann herein. Leo lächelte, als sie ihn erkannte.

»Ich muss leider gehen«, sagte Leo. »Fühl dich ganz wie zu Hause, Jesse.«

»Hier wohnst du also?«, fragte er ungläubig, legte den Kopf in den Nacken und blickte zur Decke empor.

»Nur für eine Weile«, antwortete Alice und wünschte sich, sie könnte ihm klarmachen, dass sie auch in dieser prächtigen Villa einfach nur die gleiche Alice war wie immer. »Warum bist du vorhin so schnell gegangen?«, fragte sie.

Jesse wandte den Blick ab. »Ich musste gehen, sonst hätte ich etwas getan, was ich bereut hätte. Ich will nicht der Mann sein, mit dem du spielst, wenn dir das alles hier langweilig wird.« Er machte eine Geste durch den Raum, zum Kronleuchter, den Möbeln, den Fotos an den Wänden. »Wenn du dich aufs Tanzen konzentrieren musst, gut. Aber erzähl mir nicht dauernd etwas anderes.«

»Ich spiele nicht mit dir. Ich … ich habe heute etwas gelernt, nämlich, dass ich es nicht gewohnt bin, meinem Herzen zu folgen, und auch nicht gut mit Enttäuschungen umgehen kann. Und dass ich mich bei beidem bessern muss.«

»Ich sollte nach Hause gehen.«

Alice trat auf ihn zu. »Nein, bitte bleib.« Dann küsste sie ihn, und er erwiderte ihren Kuss sofort, seine Zunge suchte die ihre, und seine Hände wanderten über ihren Rücken, um sie an sich zu ziehen. O Gott, wie konnte man nach einem solchen Kuss einfach aufhören? Alice jedenfalls wusste, dass sie es nicht fertigbringen würde. Und es auch nicht wollte. »Komm mit mir nach oben«, sagte sie.

»Wirklich?«

Sie nickte, nahm ihn an der Hand und führte ihn zur Treppe. Doch schon nach zwei Stufen blieben sie wieder stehen, Alice drehte sich um, küsste ihn und fing an, sein Hemd aufzuknöpfen, während Jesse ihr Kleid über ihre Schulter schob und die Lippen über die so entblößte Haut zu ihrem Hals gleiten ließ. Schwer atmend legte sie den Kopf in den Nacken.

Als sie endlich in ihrem Zimmer angekommen waren, schloss sie hastig die Tür hinter ihnen. »Jetzt können wir tun, was wir wollen.«

»Himmel, Alice, wenn du solche Dinge sagst, schaffe ich es nicht mal bis zum Bett.«

Seine Hände eilten zu ihren Schenkeln, zogen ihr Kleid hoch und über ihren Kopf. Ungeduldig zerrte sie an seinem Hemd, bis sie es ihm ausgezogen hatte, dann hakte sie ihren Büstenhalter auf und ließ ihn einfach auf den Boden fallen.

»Ich weiß, dass ich das dauernd sage, aber du bist so schön«, murmelte er, liebkoste mit den Händen ihren Nacken, ihre Schultern, ihre Schlüsselbeine, schließlich das Brustbein. Von dort umfasste die eine Hand ihre Brust, um die Brustwarze zu liebkosen, während die andere sich in ihren Nacken legte, damit er sie küssen konnte.

»Komm«, sagte er und führte sie zum Bett. »Ich möchte mich lieber neben dich legen, als dich zu lieben, wenn du mit dem Rücken zur Wand stehst.«

Als seine Hand dann zu ihrem Slip wanderte, sah er sie fragend an. Erst als sie nickte, zog er ihr das Höschen aus, sie legte sich aufs Bett, und er legte sich neben sie, jedoch ohne sie zu berühren. Er sah sie einfach nur an, betrachtete ihre Beine, ihren Bauch, ihre Brüste.

»Was machst du da?«, fragte sie.

»Ich bewundere dich«, antwortete er. »Ich huldige dir, ich vergöttere dich, ich kann die Augen nicht von dir wenden.«

»O doch, das kannst du«, protestierte sie, denn sie wollte seine Hände wieder fühlen, seinen Mund.

Er streichelte ihre Wange. »Ist es dein erstes Mal?«, wollte er wissen, und sie nickte und war froh, dass er ein Mann war, der danach fragte. »Ich werde versuchen, es für dich möglichst angenehm zu machen.«

»Ich glaube nicht, dass du dir darüber Sorgen machen musst«, sagte sie.

Vorsichtig öffnete sie seine Hose, zog ihn aus und betrachtete die Teile seines Körpers, die sie bisher noch nicht gesehen hatte.

»Wir können aufhören, wenn du willst«, sagte er, doch seine Stimme klang angestrengt.

Eilig erklärte sie: »Ich hab das nicht gesagt, weil ich Angst habe, sondern ...«, sie seufzte. »Du bist einfach traumhaft.«

»Genau wie du«, sagte er, zog sie wieder an sich, drehte sie auf den Rücken und begann, langsam und genießerisch ihren Körper noch intensiver zu erforschen, küsste jeden Zentimeter Haut und ließ die Finger über die Stellen gleiten, die seine Lippen verlassen hatten. So arbeitete er sich immer weiter nach unten. Als er ihren Bauch erreichte, merkte sie plötzlich, dass sie sich ihm entgegenwölbte, ihr ganzer Körper stand in Flammen. Unfähig, ruhig zu bleiben, stöhnte sie, und ihre Hände packten die Laken.

Ohne den Blick von ihrem Gesicht abzuwenden, öffnete er behutsam ihre Beine, und obwohl sie nicht genau wusste, was er meinte, nickte sie, denn sie vertraute ihm. Er streichelte sie, ganz zart, ohne sie eine Sekunde aus den Augen zu lassen, denn er musste sicher sein, dass sie es wollte, und die Empfindung war so stark, dass sich ihre Augen wie von selbst schlossen und ihr Kopf aufs Kissen zurücksank. Gerade als sie dachte, sie hielte es nicht mehr aus, merkte sie, dass sein Mund die Stelle seiner Hände eingenommen hatte. »Jesse!«, rief sie laut, und alles um sie herum löste sich auf.

Als sie die Augen wieder öffnete, sah sie, dass er sie mit einem

Lächeln beobachtete. »War das schön für dich?«, fragte er, und sie musste lachen.

»Das hast du doch sicher gemerkt«, antwortete sie. »Aber jetzt komm zu mir, ich möchte, dass du das auch spürst.«

»Alice«, flüsterte er an ihrem Ohr, und als er in sie eindrang, spürte sie ein kurzes Stechen, das jedoch rasch von dem herrlichen Gefühl seiner Bewegungen überlagert wurde. Wie von selbst schlangen sich ihre Beine um ihn, und im nächsten Moment hörte sie ihn aufschreien, genau wie sie es zuvor getan hatte.

—

Eine Weile lagen sie schweigend da, dann glitt Jesse mit einem widerstrebenden Seufzen von ihr herunter und legte sich auf den Rücken neben sie. »Ist bei dir alles in Ordnung?«

»Das ist eine sehr unangemessene Beschreibung meines Zustands«, antwortete sie, rollte sich auf die Seite und wandte sich ihm zu. »Ist es immer so? Ich hatte ja keine Ahnung! Die Freundinnen meiner Mutter flüstern über Sex, als müssten sie zur Beichte – als wäre es eine Pflicht, die große seelische Kraft und Überwindung benötigt. Ich meine, du bist offensichtlich … erfahren und weißt Bescheid.«

Jesse errötete tatsächlich. »So erfahren bin ich gar nicht. Aber nein, es ist nicht immer so. Genau genommen war es für mich noch nie so wie gerade.«

»Wirklich?«, hakte Alice nach.

Jesse schlang die Arme um sie. »Ja, wirklich. Es ist noch keine fünf Minuten her, und ich will dich schon wieder.«

Sie lächelte, runzelte dann aber die Stirn. »Was ich gesagt habe, tut mir leid. Du bist nicht daran schuld, dass ich die Rolle nicht bekommen habe.«

»Schon in Ordnung. Du warst durcheinander. Und vielleicht …« Er brach ab.

»Was?«

»Vielleicht will Balanchine dich testen. Um zu sehen, wie du mit Misserfolg umgehst. Für jeden Menschen gibt es doch einen Moment, an dem er entweder aufgibt oder noch besser wird. Vielleicht ist das jetzt deiner.«

Alice überlegte. »Gab es bei dir so etwas auch?«

»Letztes Jahr war ich in Frankreich und habe mich am Rücken verletzt. Ich war nicht vorsichtig genug, habe mich zu sehr angestrengt, der Beste zu sein, und dann konnte ich einen ganzen Monat lang nicht tanzen. Im Lauf der Zeit habe ich so viel Kraft verloren, dass ich schon dachte, es würde bestimmt nie mehr so werden wie vorher. Aber dann wurde mir klar, wie viel Glück ich gehabt hatte. Mir war immer alles leichtgefallen. Aber wenn ich jetzt bei der ersten Verletzung aufgegeben hätte, wäre ich einfach nach New York zurückgeschickt worden und hätte den Rest meines Lebens bei Vic in der Autowerkstatt verbracht. Also habe ich mit anderen Tänzern gesprochen und sie gefragt, was sie nach einer Verletzung gemacht hatten. Und ich habe langsam und vorsichtig daran gearbeitet, wieder auf die Beine zu kommen. Und vor allem habe ich gelernt, geduldig zu sein. Als ich das erste Mal wieder auf der Bühne getanzt habe, hat Balanchine mich gesehen und mir die Rolle in der Gala hier angeboten.«

»Also hat die Mühe sich gelohnt.«

»Ja.«

Alice ließ ihre Finger über Jesses Brustkorb wandern. »Ich muss einfach in der Rolle, die er mir gegeben hat, so gut sein, wie ich nur kann.«

»Ja, genau.«

Alice grinste. »Du bist sehr weise und hast wahrscheinlich recht. Balanchine hat sich schon immer Sorgen gemacht wegen meiner Herkunft – er befürchtet, dass ich eigentlich nur darauf warte, zu heiraten. Vielleicht testet er mich tatsächlich. Werfe ich das Handtuch, weil ich nicht das bekommen habe, was ich will, und heirate Robbie? Oder akzeptiere ich seine Entscheidung und trage in der Rolle, die er mir aufgetragen hat, dazu bei, die Gala richtig spektakulär zu machen?«

»Angesichts der Tatsache, dass ich nackt neben dir im Bett liege, hoffe ich, dass du die erste der Möglichkeiten nicht wirklich in Erwägung ziehst.«

»Ich will auf der ganzen Welt keinen anderen Mann als dich.«

»Himmel, Alice.« Jesse zog sie an sich und küsste sie – ein langer, gieriger Kuss, der nur eine einzige Konsequenz haben konnte.

—

Als sie später erschöpft und noch immer eng umschlungen dalagen, sagte Jesse: »Du hattest recht mit Leo. Niemand ist so schön wie du, aber sie erinnert mich an dich. Woher kennst du sie eigentlich?«

»In mancher Hinsicht habe ich das Gefühl, sie gar nicht zu kennen, aber in anderen Aspekten ist sie mir vertrauter als meine eigene Mutter. Sie ist eine alte Freundin meines Vaters. Mir war gar nicht klar, wie gut sie befreundet sind, bis ich neulich abends gehört habe, wie sie sich unterhalten haben. Ich hab nicht genau verstanden, worüber, nur, wie ihre Stimmen klangen. Eigentlich hatte ich den Eindruck, sie wären ein Liebespaar.«

Die Worte kamen aus ihrem Mund, ohne dass sie nachgedacht hatte, aber dann erinnerte sie sich plötzlich daran, dass Leo ihr von einem Mann erzählt hatte, in den sie verliebt gewesen, der jedoch mit einer anderen verlobt gewesen war. Sie erinnerte sich an die Melancholie, die Traurigkeit auf dem Gesicht ihres Vaters an dem Abend in seinem Arbeitszimmer, als sie über Leo Richier gesprochen hatten. Über sie und darüber, dass er und Mattie sich nicht verstanden. Auf einmal war ihr alles klar. »Oh«, sagte sie. »Leo und mein Vater sind …«

»Leo und dein Vater sind was?«, hakte Jesse nach.

»Ich glaube, sie waren früher ein Paar. Ich glaube, sie liebt ihn so, wie ich …« Alice unterbrach sich und wurde rot. Konnte sie das wirklich laut aussprechen?

»So, wie ich dich liebe?«, vollendete Jesse den Satz für sie, und sein Blick suchte ihren, er wollte wissen, ob er zu weit gegangen war. Doch sie nickte.

»Ja.«

Kurz darauf schliefen sie ein. In seinen Armen zu liegen und zu wissen, dass er bei ihr war, ließ Alice tief und fest schlafen und von ihm träumen.

Ein Klopfen an der Tür weckte sie schließlich. Mit einem Ruck setzte sie sich auf, als sie merkte, dass es bereits hell war – Zeit, aufzustehen und sich auf den Weg zu den Proben zu machen. Auch Jesse rührte sich. »Wahrscheinlich ist es die Haushälterin. Aber ich mach die Tür nur einen Spalt auf«, erklärte Alice.

»Was wird Leo sagen, wenn sie von uns erfährt?«, fragte Jesse, und Alice schüttelte den Kopf, denn sie hatte keine Ahnung.

Rasch schlüpfte sie in ihren Morgenmantel, trottete zur Tür und öffnete sie gerade so weit, dass sie der Haushälterin das Frühstückstablett abnehmen konnte. Darauf standen zwei Gläser Saft, zwei Schüsseln Haferbrei mit Himbeeren und zwei Tassen Kaffee – offensichtlich war das Frühstück nach Leos Anweisungen bereitet worden.

»Ich glaube jedenfalls nicht, dass sie etwas dagegen hat«, meinte Alice lachend.

»Gut«, sagte Jesse erleichtert. »Ich wäre ungern nackt auf die Straße gejagt worden.«

Dann saßen sie im Bett und frühstückten miteinander, redeten über Jesses Zeit in Frankreich, darüber, wie Alice zum Tanzen gekommen war, wussten aber beide, dass sie sich beeilen mussten, weil die Probe bereits in einer halben Stunde beginnen sollte.

Nach einer kurzen Dusche zogen sie sich rasch an und eilten nach unten, denn sie wollten nicht zu spät kommen und Balanchines Zorn auf sich ziehen. Am Fuß der Treppe begegneten sie Leo.

»Guten Morgen«, sagte sie, als wäre sie daran gewöhnt, dass ihre junge, unverheiratete Mitbewohnerin morgens mit einem Mann die Treppe herunterkam.

Alice wurde rot, aber Jesse lächelte charmant und schüttelte Leo die Hand. »Danke für das Frühstück«, sagte er, und Alice wurde noch röter, als Leo mit einem Augenzwinkern, das andeutete, dass sie genau wusste, wie sie die Nacht verbracht hatten, antwortete: »Ich dachte, ihr könnt bestimmt eine Stärkung brauchen.«

Jesse und Leo lachten, und sogar Alice erlaubte sich ein Lächeln.

»Ich fahre euch«, bot Leo ihnen an. »Sonst kommt ihr garantiert zu spät.«

Im Auto begann Leo über den Fototermin des Vortags zu sprechen, aber nach ein paar Minuten platzte Alice heraus: »Ist es mein Vater?«

Leo hielt inne, den Blick auf der Straße, aber Alice wusste, dass sie die Frage genau verstanden hatte. Endlich nickte sie. »Ja. Tut mir leid.«

Doch Alice schüttelte den Kopf. »Das muss dir doch nicht leidtun. Ich wünschte, die Umstände wären andere gewesen.« Aber als sie sah, dass Tränen über Leos Gesicht liefen, wurden auch ihre Augen nass.

# Kapitel 28

Leo beschloss, Faye noch am selben Tag zur Rede zu stellen, aber als sie in ihr Büro kam, erwartete sie Burton bereits mit ernstem Gesicht. »Wir haben morgen einen Gerichtstermin«, sagte er ohne Umschweife, stellte seine Aktentasche ab und setzte sich.

Leo ließ ihre Handtasche auf den Schreibtisch fallen. »Morgen schon? Ich dachte, wir hätten noch eine Woche.«

»Der Prozess wurde vorverlegt. Mr Austin hat den Richter wohl in der Tasche.«

»Wie beruhigend«, sagte Leo sarkastisch. »Also, was ist unsere Strategie?«

»Wir haben keine«, gab Burton zu. Die Besorgnis stand ihm deutlich im Gesicht geschrieben. »Wenn es reichen würde, dass Faye die Hälfte der Firma übernimmt, gäbe es kein Problem. Aber in den Verträgen ist nichts festgeschrieben, das Ihren Anspruch auf mehr als die Hälfte der Geschäftsanteile stützt.«

Leo zeigte auf die Schlagzeile der Zeitung auf ihrem Tisch. GROSSBRITANNIEN UND FRANKREICH STEHEN POLEN BEI: KRIEGSVORBEREITUNGEN IM GANG. »Es wird wirklich Krieg geben, oder? Deshalb haben sie den Prozess vorverlegt. Sie wollen mehr Kapazität zur Herstellung von kriegsrelevanten Produkten.«

»Ich glaube schon. Aber wir werden trotzdem dagegen angehen,

Leo. Wenn ich eins mit Sicherheit weiß, dann, dass Sie es verdient haben, diese Firma zu leiten.«

In all den Jahren, die Leo nun schon mit Burton zusammenarbeitete, hatte sie ihn nie etwas so Nettes sagen hören. Ihre Treffen schweiften nie ins Persönliche ab; sie blieben immer rein geschäftlich, und das machte Burton zu einem scharfsinnigen, wertvollen Verbündeten. »Danke«, sagte sie.

Burton stand auf. »Wir sehen uns morgen vor Gericht.« Die Tür schloss sich hinter ihm.

*Es gibt Menschen, die dich nicht besonders mögen.* Das hatte Faye also gemeint. Dass Leo in einem Gerichtssaal sitzen und zusehen musste, wie die Anwälte von *Austin Ironworks* auf Matties Drängen und mit Fayes Hilfe bewiesen, dass ihr das Geschäft, das sie aufgebaut hatte, nicht gehörte. Morgen würden das Büro, in dem sie saß, die Produkte, die sie so sehr liebte und die weltweit von mehr Frauen benutzt wurden als irgendeine andere Kosmetikmarke, womöglich von einem Stahlunternehmen übernommen werden – von Männern, die keine Ahnung hatten, was Frauen wollten, und nur auf die Fabriken scharf waren, nichts weiter.

Leo nahm Papier und Stift. Vielleicht würde Mattie das Ganze auf sich beruhen lassen, wenn sie ihr schrieb, dass sie die Fotos von Alice nicht verwenden würde. Vielleicht würde Faye einlenken, wenn sie in einer Funktion wieder ins Geschäft einsteigen konnte, in der sie sich wichtig fühlte, aber keinen allzu großen Schaden anrichten konnte. Vielleicht würde alles gut werden, wenn Leo weniger kämpfte und mehr Zugeständnisse machte.

*Liebe Mattie*, schrieb sie. Aber wie sollte sie diese Entscheidung Alice erklären? Wie sollte sie ihr sagen, dass sie, um sich selbst zu retten, Alices Werbekampagne opferte?

Plötzlich wurde die Tür zu ihrem Büro aufgerissen, und Lottie stürmte herein. In der Hand hielt sie einen großen Umschlag. »Ich war zu aufgeregt, um zu klopfen«, entschuldigte sie sich. »Ich weiß nicht, wie er das angestellt hat. Aber hier sind die Kontaktabzüge von den neuen Werbefotos.«

»Jetzt schon?«, fragte Leo verblüfft.

Lottie reichte ihr den Umschlag.

Leo brachte ihn zu dem Leuchtkasten in ihrem Büro, legte einen Kontaktbogen darauf und begutachtete ihn mit einer Lupe. Vor allem ein Bild von Alice auf der Brooklyn Bridge, wie sie in den Armen ihres Geliebten schwebte.

»Sieh dir das an«, sagte sie zu Lottie, die ebenfalls einen Blick durch die Lupe warf und hingerissen die Luft einsog. »Das ist ja phantastisch!«

»Allerdings.«

Leo sah sich ein Bild nach dem anderen genauestens an. Eines war klar: Alice verdiente es, sich so zu sehen, wie sie wirklich war: wunderschön. Und Mattie musste erfahren, was für eine bemerkenswerte junge Frau aus ihrer Tochter geworden war.

Schließlich richtete sie sich wieder auf. »Wir werden überall damit werben«, sagte sie. »Schick die Kontaktabzüge an die Werbeagentur J. Walter Thompson und sag ihnen, dass sie oberste Priorität haben. Ich will eine Plakatwand am Times Square in einer Woche und Werbeanzeigen in allen Zeitschriften bis Ende des Monats.«

Zehn Minuten später hatte sich das gesamte Personal auf Leos Bitte hin in ihrem Büro eingefunden.

»Ihr habt vielleicht Gerüchte gehört, dass jemand versucht, unser Geschäft zu übernehmen«, sagte sie. Die meisten Mitarbeiter, selbst Lottie und Jia, wirkten besorgt. »Vor über zwanzig Jahren stand ich im Hinterzimmer einer Apotheke in einem kleinen englischen Dorf und habe Mascara aus Seifenflocken und Lampenruß hergestellt. Ich träumte davon, eines Tages einen eigenen Laden zu haben, nur etwas Kleines, doch vor allem träumte ich von einer Zeit, in der niemand eine Frau feuert, nur weil sie Rouge auflegt oder Lippenstift trägt, in der Mascara nicht mehr nur heimlich per Post bestellt wird. Ich träumte von einer Zeit, in der Frauen Kosmetika benutzen können, ohne als unsittlich und unanständig abgestempelt zu werden. Unterstützt von meinen beiden Freundinnen«, sie lächelte Lottie und Jia zu, »den Richiers und euch allen« – sie machte eine ausladende Geste, die alle Umstehenden miteinschloss –, »konnte ich diesen Traum verwirklichen. Und ich werde nicht zulassen, dass ihn uns irgendjemand wieder wegnimmt.«

Die Mitarbeiter klatschten und jubelten, und ihre Gesichter entspannten sich zu einem Lächeln. Es war zwar nur der erste kleine Schritt auf einem langen Weg, aber immerhin ein Anfang.

—

Alice zog sich für ihre Tanzprobe um, fest entschlossen, mehr als nur eine verwöhnte junge Frau zu sein, die aufgab, wenn sie nicht bekam, was sie wollte.

Ihre Ballettgruppe ging in Position, und sie tauschte ein kleines, heimliches Lächeln mit Jesse aus, bevor er seinen Platz neben Irina einnahm. Alice stellte sich zu den anderen beiden Solistinnen, streckte die Hand aus und ließ sich von der Musik leiten, vergaß alles andere, wie Balanchine es ihnen immer einschärfte. Fast hätte sie die Augen geschlossen, so tief tauchte sie in den Rhythmus ein. Dann hörte die Musik auf, doch bevor Jesse und Irina die Tanzfläche betraten, klatschte Balanchine in die Hände und lobte Alice mit einem kurzen: »Sehr gut gemacht.«

Früher wäre Alice bei dem Kompliment rot geworden, doch jetzt nahm sie es dankbar und würdevoll an und war froh, dass Jesse ihr beigebracht hatte, ihren verletzten Stolz zu vergessen, einen Misserfolg zu akzeptieren und daraus zu lernen. Sie sah zu ihm hinüber, ihre Blicke begegneten sich, und er nickte ihr ermutigend zu. Da wusste Alice, dass sie es schaffen würde. Sie konnte Jesse und Irina beim Tanzen zusehen und Beifall klatschen. Sie konnte mit ihrem Part zufrieden sein, weil sie gut darin war und ihre Zeit noch kommen würde.

Jesse und Irina begaben sich in die Mitte des Probenraums und begannen zu tanzen. Ein paarmal unterbrach Balanchine sie, um kleine Fehler in ihrer Technik zu korrigieren, ansonsten half er ihnen höchstens mit Zurufen wie: »Greif nach den Sternen!«, wenn er sah, dass Irinas Bein im *Arabesque penché* zu zittern begann, und er sie auf andere Gedanken bringen wollte, oder: »Schöpfe Wasser!«, wenn Jesses Hand sich nicht flüssig genug bewegte.

Während Alice den beiden zusah, glaubte sie zu verstehen, warum Balanchine sich so entschieden hatte. Der Part, den er Alice tanzen ließ, war plastisch und präzise; er erforderte eine perfekte Technik, die Alice mit Leidenschaft und Gefühl ausglich, so dass sich das Publikum immer auch in die Handlung des Ballettstücks einfühlen konnte, wenn sie tanzte. Doch Irina war das genaue Gegenteil; ihre Bewegungen waren geschliffen und exakt – sie konnte höher springen als Alice und sich schneller drehen, weil ihre Hände und Füße immer an genau der richtigen Stelle waren, dafür mangelte es ihr an Ausdruckskraft. Ihr fiel es schwer, sich ganz in der Musik zu verlieren. Balanchine hatte ihnen die Rollen zugeteilt, die sie brauchten, um bessere Tänzerinnen zu werden.

Als die Probe zu Ende war, ging Alice zu Irina. »Können wir heute Nachmittag zusammen üben? Ich brauche Hilfe bei meinem doppelten *Fouetté*, und darin bist du mit Abstand die Beste.«

Irina musterte sie einen Moment verwundert, dann lächelte sie. »Natürlich. Vielleicht kannst du mir dann auch mit meinem Ausdruck helfen.«

»Ja, gerne«, sagte Alice und staunte, wie viel leichter es war, nett zu sein, als eifersüchtig.

Die meisten Tänzer verließen bereits den Saal, während Balanchine noch mit einzelnen sprach, um ihnen Ratschläge zu geben. Zwar hatte er Jesse und Alice eigens zu sich gerufen, doch sie mussten einen Moment warten, bis sie an die Reihe kamen, und Alice merkte, wie sie nervös wurde. Wusste er von ihr und Jesse? Würde er sie ermahnen, dass sie nichts miteinander anfangen sollten, weil er sich nicht mit den Spannungen innerhalb des Ensembles herumschlagen wollte, wenn etwas schiefging? Und wäre sie fähig, sich zu fügen und Jesse aufzugeben, obwohl sie gerade erst zueinandergefunden hatten? Sie wagte es nicht, Jesse anzusehen, weil sie Angst hatte, sich zu verraten.

Endlich war Balanchine bereit.

»Ich habe das Gala-Programm erweitert«, sagte er. »Zum Schluss wird es noch einen finalen Tanz geben, nur ein kurzes Stück, fünf Minuten.«

Alice blickte zu Jesse, um zu sehen, ob er wusste, was Balanchine meinte, aber er wirkte genauso verblüfft wie sie.

»Einen *Pas de deux*«, fuhr Balanchine fort. »Den habe ich eigens für euch beide geschrieben. Ihr seid der krönende Höhepunkt am Schluss der Veranstaltung.«

Balanchines Worte überfluteten Alice wie der wundervolle, befreiende Regen, der beim Fototermin gestern auf sie herabgeprasselt war. Genau gleichzeitig wandten sich Jesse und sie einander zu, und plötzlich war es ihr völlig egal, was Balanchine darüber dachte; sie ließ zu, dass Jesse sie hochhob, herumwirbelte und endlich vor aller Augen küsste. Dann trat sie vor und drückte Balanchine einen Kuss auf die Wange. »Danke«, sagte sie, ohne Jesses Hand loszulassen.

»Tanzt, wie ihr euch liebt, dann wird euer Auftritt spektakulär«, sagte Balanchine.

Alice lachte. »Ich glaube, das schaffen wir.«

—

Nach ihrer Rede fuhr Leo direkt zum *Carlyle*. An der Rezeption erkundigte sie sich nach Fayes Zimmernummer, und der Manager rief Faye an, um zu fragen, ob das in Ordnung war. Zum Glück willigte sie ein.

Als Leo in Fayes Zimmer kam, spielte das Grammophon in einer seltsamen Ironie des Schicksals Louis Armstrongs »When the Saints Go Marching In«, und Faye hielt zwei Gläser Gin in der Hand, von denen sie Leo eines reichte. »Prost«, sagte sie.

Leo trank einen kleinen Schluck. »Willst du *Richier Industries* wirklich haben?«

Faye lächelte. »Ich habe Mattie gesagt, dass du früher oder später dahinterkommst. Aber das spielt keine Rolle.«

»Warum hilfst du ihr diesmal?«

»Du hast meinen Bruder umgebracht.«

Da war er. Der Vorwurf, den sich Leo vor Jahren selbst gemacht hatte, aber der umso schlimmer war, wenn jemand anderes ihn vorbrachte. Der Gin brannte in ihrer Kehle, und sie schluckte schwer. »Ich werde dir deine Anteile abkaufen«, sagte sie. »Und ich werde mehr als den Marktpreis dafür bezahlen. Das ist ein gutes Angebot. Du solltest es annehmen. Jetzt, da du wieder auf den Beinen bist, brauchst du Geld.«

»Du willst wohl alle Richiers in deinem Leben loswerden, was?«

»Nur weil ich glaube, dass wir beide nicht gut füreinander sind. Du wirst reich sein, du wirst tun und lassen können, was immer du willst. Aber lass Ben in Frieden ruhen, ohne dass wir uns bis ans Ende unseres Lebens seinetwegen streiten. Zerstör nicht sein Unternehmen, nur weil du mich hasst.«

»Tu nicht so, als hätte dir je etwas an Benj gelegen. Du hast ihn geheiratet, um dir sein Geschäft unter den Nagel zu reißen, und dann hast du ihn die meiste Zeit ignoriert.« Fayes Stimme klang locker und gelassen.

Am liebsten hätte Leo sie geohrfeigt und angeschrien: *Aber du warst es, die in jener Nacht Schlangenlinien fahren wollte!* Doch sie machte ihrem Ärger auf andere Art Luft. »Es braucht also nur einen Besuch von Mattie, einen Hilferuf in ihrem endlosen Kampf, mir eins auszuwischen, und der Nervenzusammenbruch, der dich jahrelang sprachlos gemacht hat, ist vergessen?«

»Ich habe niemandem etwas vorgetäuscht«, protestierte Faye.

»Aber du hast dich ganz schön schnell erholt.«

»Wir haben über Benj geredet. Über die Tatsache, dass er, wenn du ihn je geliebt hättest, in jener Nacht wahrscheinlich mit dir nach Hause gegangen wäre.« Faye lächelte immer noch, aber Leo konnte den Kummer in ihrer Stimme hören, wann immer sie den Namen ihres Bruders aussprach.

»Er fehlt dir«, sagte Leo. »Und das tut mir leid.«

Faye schnappte hörbar nach Luft.

»Woher weißt du, dass Alice wirklich deine Tochter ist?«, fragte Leo und lenkte das Gespräch auf das Thema, über das sie dringend reden wollte.

Faye leerte ihr Glas in einem Zug. »Wie ich dir schon vor Jahren gesagt habe, haben Mattie und ich eine Abmachung getroffen, als ich schwanger war.«

»Weißt du mit Sicherheit, dass sie dein Baby mit nach Hause genommen hat?«

»Jetzt fang nicht an, im Trüben zu fischen, Leo. Das hast du doch nicht nötig.«

Immer noch unsicher, ob Faye ihr etwas vormachte, fuhr Leo fort: »Unsere Kinder sind am selben Tag zur Welt gekommen. Joan hat meines in die gleiche Einrichtung gebracht, wo auch deines geboren wurde. Sie meinte, dass deines nach der Geburt nicht gleich geatmet habe und sein Zustand möglicherweise nicht stabil genug war, um es sofort zur Adoption freizugeben. Dass Mattie demzufolge vielleicht ein anderes Baby mitnehmen musste.«

Fayes Gesicht verzerrte sich vor Entsetzen, sie war offensichtlich fassungslos. War es möglich, dass sie nichts davon gewusst hatte? Und dass es ihr nicht gleichgültig war?

»Du denkst, Alice könnte dein Kind sein?« Fayes Stimme zitterte, und Leos Kehle war plötzlich wie zugeschnürt, als sie sich an die lebensfrohe Faye damals auf dem Schiff erinnerte, die Leos fabelhaften Lippenstift bewundert und Gesundheit, Schönheit und Wohlstand ausgestrahlt hatte. Jetzt bemühte sie sich um einen sarkastischen Tonfall. »Das wäre ja … praktisch.«

»Kannst du dich noch an irgendwelche Einzelheiten von diesem Tag erinnern? An irgendetwas?«, sagte Leo. »Anscheinend wurde nur eins der Babys adoptiert. Das andere wurde ins Waisenhaus gebracht.«

Bleierne Stille senkte sich über sie.

»Das ist lange her, Leo«, murmelte Faye schließlich.

Da wusste Leo, dass sie diese Frau, die plötzlich ebenso kränklich aussah, wie das Kind vermutlich gewesen war, nicht länger bedrängen durfte. Es schien, als sei Fayes Inneres, der am tiefsten vergrabene, am besten versteckte Teil von ihr, mit Gewalt nach außen gekehrt worden.

Sie nahm Fayes Hand und hielt sie wie eine Mutter die Hand ihres Kindes. In diesem Moment wünschte sie sich fast, Joans Geschichte wäre nicht wahr, nur um Faye nicht so sehen zu müssen – tieftraurig und völlig am Ende.

»Wahrscheinlich glaubst du mir nicht, aber Ben hat mir gesagt, er wolle nicht, dass ich ihn liebe, und er wolle auch mich nicht lieben. Er meinte, Liebe berge in sich immer die Gefahr, verletzt zu werden, und er wollte sich nie wieder so fühlen.«

Faye starrte auf Leos Hand und bewegte die Finger, als müsse sie sich erst wieder daran gewöhnen, dass sie jemand aus Mitgefühl berührte, nicht aus Verlangen, Lust oder Gier. »Das hat er gesagt?«

»Ja.«

Eine Weile herrschte Schweigen. Leo sah Faye an, eine verblühte Schönheit, der das Leben hart zugesetzt hatte. Puder hatte sich in den Falten abgesetzt, die Alter und Drogen in ihrem Gesicht hinterlassen hatten – tiefe Linien, die ihre Zerbrechlichkeit verrieten. Als sie schließlich sprach, war ihre Stimme tonlos. »Gehen wir«, sagte sie.

»Wohin?«, fragte Leo verwirrt.

Faye antwortete nicht, also folgte Leo ihr in den Aufzug und anschließend zu ihrem Auto. Erst als sie die Adresse hörte, die Faye dem Fahrer nannte, protestierte sie: »Ich gehe nicht zu Mattie.«

»Doch, das wirst du«, sagte Faye entschieden.

*Anscheinend hat sie endgültig den Verstand verloren*, dachte Leo. *Aber warum gerade jetzt?* Doch sie wusste, dass sie Faye nicht allein zu Mattie gehen lassen konnte, nicht in diesem Zustand. Also nahm sie Fayes Arm und wartete mit ihr, während bei den Forsyths ihr Besuch angekündigt wurde, und ließ sich dann vom Butler in einen überladenen Gesellschaftsraum führen, wo Mattie sie empfing.

»So, so«, sagte Mattie, »offenbar seid ihr beide endlich dahintergekommen. Ich konnte es nicht glauben, als mir die Frau im Entbindungsheim den Namen der Mutter des anderen Babys gesagt hat. Sie hat sehr genau darauf geachtet, dass ich das richtige mit nach Hause nehme.«

Ihre Worte waren wie ein Schlag ins Gesicht.

»Faye hat dir ihr Baby gegeben«, keuchte Leo. »Das ist der größte Vertrauensbeweis, den es gibt. Wie kannst du so mit ihr reden?«

»Hat sie mir ihr Baby gegeben?«, erwiderte Mattie grinsend. »Oder hast du mir deines gegeben? Das ist es doch, was du herausfinden willst, nicht wahr? Außerdem macht Fayes unablässiges Flirten mit meinem Mann sie nicht gerade zur vertrauenswürdigsten Freundin der Welt.«

»Du hast das von Anfang an geplant, Mattie«, sagte Faye, und die Verletzlichkeit in ihrer Stimme tat Leo in der Seele weh. »Du wusstest, wie gerne ich eine Tochter wie Alice hätte. Eine Tochter, die so anders ist als ich. Du wolltest, dass ich zu dir komme und dich um Hilfe bitte, weil du dann die ganze Macht hast.«

»Zum ersten Mal in meinem Leben«, sagte Mattie bitter.

Leo hätte sich am liebsten die Ohren zugehalten. Als wäre es nicht genug, Faye so verletzlich zu sehen, zeigte sich jetzt auch Mattie von ihrer empfindsamen Seite. Die Frau, die einen Mann mit einer Lüge dazu gebracht hatte, sie zu heiraten, und dadurch sichergestellt hatte, dass er sie nie lieben würde. Die für Wohlstand und Sicherheit ein Leben ohne Zuneigung in Kauf genommen hatte.

»Komm, lass uns verschwinden«, sagte sie zu Faye und wandte sich zur Tür.

Doch Matties Stimme hielt sie zurück. »Ich habe ein Bankschließfach. Darin befindet sich alles, was ihr braucht.« Sie warf ihnen einen Schlüssel zu, den Leo reflexartig auffing, bevor sie das Zimmer verließ.

Doch dann stutzte sie plötzlich. War es möglich, dass Mattie nachgegeben hatte? Mit ihren Spielchen hatte sie sich letztlich nur selbst geschadet. Bedeutete das, dass sie Leo und Faye endlich die Chance gab herauszufinden, wer Alices Mutter war?

Entschlossen ging Leo zum nächsten Telefonapparat, wählte Everetts Nummer und sagte ihm, sie sei auf dem Weg zu ihm. Faye folgte ihr wortlos nach draußen.

Als sie vor Everetts Büro ankamen, sah Leo ihn unruhig auf dem Bürgersteig auf und ab wandern. Die Überraschung war ihm deutlich anzumerken, als er sah, dass auch Faye im Auto saß.

Leo stieg aus und erzählte ihm, was passiert war. Sie zeigte ihm auch den Schlüssel, auf den die Worte *Chase Manhattan Bank* eingraviert waren.

»Was willst du jetzt machen?«, fragte er und musterte Leos Gesicht, auf dem das ganze Gefühlschaos zu sehen war, das sie am Vormittag durchgemacht hatte.

»Kannst du mich einfach küssen?«, bat sie.

»Leo«, sagte er leise, zog sie an sich, und ihre Lippen trafen sich. Tränen strömten ihr übers Gesicht, und als sie ihm die Hand an die Wange legte, spürte sie, dass sie ebenfalls nass war.

Schwer atmend drückte sie ihre Stirn an seine. Ihre Hand lag noch immer an seiner Wange, seine vergrub sich in ihren Haaren, und es dauerte eine Weile, bis sie sich so weit erholt hatten, dass sie sich voneinander lösen und zu Faye ins Auto steigen konnten.

Wenige Minuten später standen sie in der Bank. Everett winkte den Wachmann zu sich und wechselte ein paar ernste Worte mit ihm, dann führte dieser sie zu dem Schließfach.

Das Fach wurde geöffnet.

Es war leer.

Leo hörte Everett heftig ausatmen, Faye gab ein würgendes Geräusch von sich.

Niedergeschlagen ließ Leo sich zu Boden sinken. »Was hat das zu bedeuten?«, flüsterte sie.

»Mattie treibt immer noch ihre Spielchen«, sagte Everett und setzte sich neben sie. »Sie will keinem von uns die Genugtuung geben, die Wahrheit zu erfahren.« Er schloss sie in die Arme, als wolle er sie vor einem Sturm schützen – einem Sturm, von dem sie gedacht hatte, sie hätte ihn überstanden, der in Wirklichkeit jedoch schlimmer wütete denn je.

Faye wandte sich ab. »Du kannst meine Anteile haben«, sagte sie. »Ich will nicht, dass Mattie sie bekommt.«

Leo brauchte einen Moment, um zu verstehen, was sie meinte. Die Vorladung. Natürlich. »Du solltest sie behalten«, sagte sie ausdruckslos. »Du musst sie mir nicht geben.«

»Was soll ich denn mit ihnen anfangen? Das ist nur noch etwas, das ich zerstören kann.«

»Faye«, sagte Leo mit Tränen in den Augen und streckte die Hand nach ihr aus.

»Ich hasse dich nicht«, sagte Faye unvermittelt, ignorierte die Geste jedoch. »Ich beneide dich.«

»Ich habe nichts, worum man mich beneiden muss«, sagte Leo.

»Du wurdest geliebt«, entgegnete Faye. »Ganz gleich, was Benj gesagt hat – wenn du bei ihm warst, konnte er den Blick nicht von dir abwenden.« In ihren Augen schimmerten Tränen – sie hatte ihren Bruder, der für sie wie ein Vater gewesen war, abgöttisch geliebt. »Und du hast Everett. Zwei Männer, für die ich alles gegeben hätte.«

Leo holte scharf Luft und fühlte, dass Everett neben ihr erstarrte. Hatte Fayes ständiges Flirten mit Everett etwa eine viel tiefere Zuneigung verborgen? Warum sonst sollte jemand ein Paar Manschettenknöpfe zwanzig Jahre lang aufheben, wenn sie nicht etwas Besonderes bedeuteten?

»Es tut mir leid«, flüsterte Leo. »Ich hatte ja keine Ahnung.«

Faye zuckte die Achseln. »Das alles spielt jetzt keine Rolle mehr.«

Mit diesen Worten ging sie davon. Oberflächlich betrachtet wirkte sie genauso forsch wie immer, aber endlich sah Leo etwas klarer, was sich unter dieser Oberfläche verbarg, und wünschte zum tausendsten Mal, es hätte anders kommen können. Everett und sie hatten vor über zwanzig Jahren eine einzige Nacht zusammen verbracht, die alles verändert hatte, in der zwei Körper verschmolzen und zwei Herzen eine ewige Bindung eingegangen waren, aber die Konsequenzen reichten weiter und immer weiter.

»Wir können uns immer noch im Waisenhaus erkundigen«, sagte Everett so leise, dass Leo ihn kaum hörte.

Sie schüttelte den Kopf. Nein. Das Ganze war ihre Schuld. Sie hatte Everett falsche Hoffnungen gemacht und Faye die Hoffnung genommen, an die sie sich so lange geklammert hatte. Sie hatte allen nur noch mehr Fragen und Unsicherheit beschert. »Nein«, sagte sie mit tränenerstickter Stimme. »Ich ertrage es nicht, dich schon wieder zu enttäuschen.«

# Kapitel 29

Kaum war Leo zu Hause, stürzte sich Alice auf sie, um ihr von der Gala zu erzählen. Leo rang sich ein Lächeln ab und gab sich alle Mühe, dieselbe Begeisterung zu zeigen. Irgendwie schaffte sie es, eine Flasche Champagner zu öffnen, ein Glas zu trinken und sich nicht anmerken zu lassen, dass sie gerade die grausamste Enttäuschung ihres Lebens erlitten hatte; dass sie, auch wenn sie sich nichts sehnlicher wünschte, als dass Alice ihre Tochter war, es womöglich nie mit Sicherheit wissen würde. Mattie hatte ihre Spuren zu gut verwischt.

Zu sehen, wie Alice redete, lachte und vor unbeschwerter Freude überschäumte, wurde ihr schnell zu schmerzhaft. »Das musst du deinen Eltern erzählen«, sagte sie und stellte ihr Glas ab. »Sie sollten unbedingt davon erfahren.« Denn Leo hatte kein Recht, diesen bedeutenden Moment in Alices Leben mit ihr zu teilen. Dieses Recht gehörte immer noch Mattie.

Alice seufzte. »Du hast wahrscheinlich recht. Himmel, es ist schwer, erwachsen zu sein und all die Dinge zu tun, die man lieber vermeiden würde. Aber wenn eine direkte Konfrontation mit meiner Mutter genauso gut läuft wie die Sache mit der Gala, dann sollte ich es wohl nicht länger hinauszögern. Ich mache mich gleich auf den Weg und rede mit ihnen.«

»Ich gebe dem Chauffeur Bescheid.«

»Nein, danke. Ich gehe lieber zu Fuß. Wenn ich allein wohnen will, sollte ich mich am besten gleich daran gewöhnen.«

»Viel Glück, Alice«, sagte Leo sanft und war sich allzu bewusst, wie endgültig das klang – wie der Abschied, der es vielleicht auch sein musste.

Alice umarmte Leo und küsste sie auf die Wange. »Du kommst doch zur Gala, oder?«

»Das würde ich mir um nichts in der Welt entgehen lassen«, brachte Leo hervor.

Als Alice weg war, versuchte Leo nicht daran zu denken, wie schön es wäre, jeden Tag von ihrer Tochter umarmt zu werden. Bei der Vorstellung kamen ihr die Tränen, und sie schwor sich, dass dies das letzte Mal war.

Ab morgen würde sie sich auf ihre Arbeit konzentrieren, die sie schon so oft gerettet hatte. Sie griff nach der Whiskeykaraffe.

—

Alice betrat das Haus ihrer Kindheit und schlich ins Arbeitszimmer ihres Vaters, in dem Licht brannte.

Sie hatte sich vorgenommen, ihren Vater mit der wundervollen Nachricht von ihrem *Pas de deux* zu überraschen, ihn vom Stuhl zu ziehen und mit ihm quer durchs Arbeitszimmer einen Walzer zu tanzen. Doch als sie ihn sah, blieb sie wie angewurzelt stehen. Er sah so furchtbar traurig aus. Nicht nur traurig, er war am Boden zerstört.

»Was ist los?«, rief sie besorgt und lief zu ihm. Sie konnte sich gar nicht vorstellen, was ihren Vater, ihren Helden, in diesen Zustand versetzt hatte.

Er blickte zu ihr auf und schüttelte den Kopf. »Es ist nichts, mein Schatz«, sagte er mit einem matten Lächeln.

»Denkst du an Leo?«

»Ja.«

So ein simples Wort, aber es bedeutete so viel. Es bedeutete, dass ihr Vater wirklich ihr ganzes Leben ihr Held gewesen war, denn er hatte eine Frau geheiratet, die er nicht liebte, und seine Beziehung zu der Frau geopfert, der sein Herz gehörte, nur um bei seiner Tochter bleiben zu können und sie nicht ihrer Mutter überlassen zu müssen.

Alice schloss ihren Vater in die Arme. Ihr fehlten die Worte, denn sie wusste, sie wäre genauso am Boden zerstört, wenn sie Jesse je verlieren würde.

—

Der Rest der Woche war eine Karussellfahrt, die Alices Welt auf den Kopf stellte. Die Plakatwand mit der *Richier Cosmetics*-Reklame erschien am Tag der Gala, und Alice und Jesse stahlen sich während der Ballettprobe eine halbe Stunde davon, um mit der U-Bahn zum Times Square zu fahren und sie anzusehen. Als sie auf den Bürgersteig hinaustraten, blieben sie stehen.

Dort, hoch oben zwischen den Gebäuden, war ein gigantisches Bild von ihnen zu sehen, auf dem sie mit einer solchen Inbrunst tanzten, als gehe es im Leben um nichts anderes als darum, sich vorbehaltlos der Leidenschaft hinzugeben.

Alice ergriff Jesses Hand. »Das sind wir«, flüsterte sie fast ehrfürchtig.

»Einfach unglaublich«, war alles, was Jesse herausbrachte.

Auch andere Passanten hielten inne, als sie die Plakatwand erblickten – an einer solchen Darstellung von Liebe und Sehnsucht konnte man nicht vorübergehen, ohne den Atem anzuhalten und sich einen Moment dem Traum hinzugeben, zum Himmel über New York emporzufliegen und in den Armen eines über alles geliebten Menschen zu landen.

Alice wandte sich Jesse zu, um ihn auf die Wange zu küssen, doch er drehte blitzschnell den Kopf, so dass ihre Lippen aufeinandertrafen. Als sie sich voneinander lösten, sah sie Jesse nachdenklich an, denn plötzlich musste sie an das kummervolle Gesicht ihres Vaters denken. »Lass uns heiraten«, sagte sie leise.

Jesse lachte und küsste sie erneut. »Meinst du das ernst?«

Alice nickte.

»Dann lass uns heiraten«, sagte er.

---

Leo ging zu der Gala, weil Alice sie gedrängt hatte, aber vor allem, weil sie darauf brannte, Alice und Jesse tanzen zu sehen. Sie hatte Everetts Anrufe gemieden, doch das schlechte Gewissen, ihn in dieses Gefühlschaos gestürzt zu haben, konnte sie nicht vertreiben.

Zum Glück war die Gala so phantastisch, dass sie eine kurze Zeit vergessen konnte, was geschehen war. Jesse sorgte dafür, dass Irina jetzt schon der Star des Abends war, der zu werden sie ganz sicher das Zeug hatte. Aber natürlich warteten alle mit Spannung auf den großen *Pas de deux*, besonders jetzt, da die Plakate der Werbekampagne hingen und Alice und Jesse das Traumpaar schlechthin geworden waren.

Der Tanz war hinreißend. Einmal musste Leo die Augen schließen, weil sich die Liebe, von der sie immer gewusst hatte, dass sie existierte, vor ihr auf der Bühne abzuspielen schien – aber sie wusste, dass sie dieses Gefühl womöglich nie so würde ausleben können wie Alice und Jesse.

Während die Zuschauer gar nicht mehr aufhören wollten zu applaudieren, stahl sie sich leise davon, eilte durchs Foyer und war schon fast an der Tür, als sie eine Hand auf dem Arm spürte.

In dieser Nacht hatte sie mit so vielem gerechnet, aber dass Everett sich zu ihr herunterbeugte und sie leidenschaftlicher küsste denn je zuvor, war so schwer zu begreifen, dass sie sich einen langen Moment in dem Kuss verlor, begierig den Mund öffnete und sich an ihn schmiegte.

Doch dann kam sie wieder zur Besinnung und sprang zurück. »Was tust du da?«, flüsterte sie, froh, dass die Türen zum Theater sich gerade erst geöffnet hatten und die Leute, die herausströmten, sie nur reden, nicht sich küssen sahen.

»Was tun *wir*?«, erwiderte er. »Als ich Alice heute zugesehen habe, ist mir klar geworden, dass sie mich nicht mehr braucht. Sie hat das Ballett, und sie hat Jesse, sie sucht sich eine eigene Wohnung. Mattie kann ihr nichts mehr anhaben; ich muss sie nicht mehr beschützen. Also kann ich mich scheiden lassen. Es spielt keine Rolle mehr, ob sie ihre Drohung wahr macht und Alice sagt, dass ich womöglich nicht ihr leiblicher Vater bin. Das wird Alice verkraften. Aber ich verkrafte es nicht, den Rest meines Lebens ohne dich verbringen zu müssen.«

Everetts Worte hallten in Leos Kopf nach, während sich die Zuschauermassen an ihnen vorbeischoben und von Jesse und Alice und der gesamten Aufführung schwärmten. War diese Zukunft, die ihr bis vor fünf Minuten unerreichbar erschienen war, vielleicht doch möglich?

»Aber wir wissen immer noch nicht, ob Alice unsere Tochter ist.

Wir werden es vielleicht nie erfahren«, sagte Leo bedächtig. »Du würdest mich nicht wollen, wenn …«

»Bist du verrückt?« Everett umfasste ihr Gesicht. »Meine Liebe zu dir hing nie davon ab, ob wir ein Kind haben. Ich will dich. Ich liebe dich. Alles andere wäre nur ein wundervolles, unerwartetes Geschenk.«

»Bist du dir sicher?«, fragte sie, denn das Ganze erschien ihr plötzlich viel zu leicht.

»Ja, ich bin mir sicher.«

Klare Worte, keine Schönfärberei. Die brauchten sie auch nicht.

»Mein Gott«, sagte Leo leise, als ihr endlich in aller Klarheit bewusst wurde, was die Zukunft bringen würde. Dass sie jeden Morgen neben Everett aufwachen durfte. Dass sie abends zu ihm nach Hause kommen, sich neben ihn setzen und den Kopf an seine Schulter lehnen konnte, während er ihr über die Haare strich und sie über das plauderten, was sie tagsüber erlebt hatten. Dass er wirklich und wahrhaftig ihr gehören würde.

»Passiert das wirklich?«, fragte Leo zaghaft und nahm seine Hand.

»Ich glaube schon.«

Leo biss sich auf die Lippe, und Everett betrachtete begierig ihren Mund – er wollte das, wonach sie sich beide schon so lange sehnten.

Sie drückte seine Hand. »Nicht heute Nacht. Diese Nacht gehört Alice. Du solltest zu ihr gehen, ihr zeigen, wie stolz du auf deine Tochter bist. Mit ihr feiern. Und morgen wirst du es Mattie sagen. Dann kommst du zu mir.«

# Kapitel 30

Am nächsten Abend um Punkt sechs Uhr klingelte es, und Leo rannte selbst zur Tür, um aufzumachen, weil sie den Hausangestellten eine Woche Urlaub gegeben hatte. Sie wollte niemanden im Haus haben außer Everett, eine Woche ausschließlich für sie beide. Was sie alles machen würden! Doch ihr Lächeln verblasste, als sie sah, dass nicht nur Everett vor ihrer Tür stand, sondern auch Faye.

»Faye?«, fragte Leo argwöhnisch. »Was machst du denn hier?«

»Wenn du mich reinlässt, sage ich es dir«, antwortete Faye im forschen Ton ihrer Jugend, mit dem sie immer bekommen hatte, was sie wollte, und drängte sich an Leo vorbei, die sich nicht rühren konnte. Was immer sie und Everett sich für diesen Abend erhofft hatten, plötzlich war sie sicher, dass Faye alles zunichtemachen würde.

Everett sah genauso perplex aus, wie Leo sich fühlte. »Sie ist zur gleichen Zeit hier aufgekreuzt wie ich«, sagte er. »Ich dachte, du hättest sie eingeladen.«

»Warum sollte ich?«, fragte Leo. »Ich will niemanden hier haben außer dir.«

»Hören wir uns erst mal an, was sie will«, sagte er grimmig und nahm ihre Hand.

Natürlich hatte sich Faye am Gin bedient und Leo und Everett ebenfalls ein Glas eingeschenkt.

»Brauche ich den?«, fragte Leo.

Faye zuckte die Achseln, leerte ihr Glas in einem Zug und kehrte ihnen den Rücken zu. »Ich dachte, ihr wollt vielleicht wissen, wie mein Tag war«, sagte sie in lockerem Plauderton, aber Leo hörte dieselbe Verletzlichkeit in ihrer Stimme wie bei ihrem letzten Gespräch, und wieder beschlich sie das Gefühl, dass die Frau vor ihr nervlich am Ende war.

»Dein Tag?«, wiederholte Leo und sah zu Everett, der mit den Achseln zuckte und ihre Hand drückte.

»Ich war im Waisenhaus.«

»Warum?«, fragte Everett erschüttert.

»Wie sich herausstellte, hat eine der Schwestern auch schon im Februar 1920 dort gearbeitet«, sagte Faye. »Da es Nonnen sind, bleiben sie ja meistens da, denn wo sollten sie sonst hin? Jedenfalls ist sie inzwischen alt und zu krank zum Sprechen. Als ich sie in ihrem Nachthemd im Bett liegen sah, dachte ich schon, ich hätte meine Zeit vergeudet. Denn wenn sie nicht sprechen konnte, wie sollte sie mir dann irgendetwas sagen?«

Leo brauchte mehr als Everetts Hand. Sie schlang den Arm um seine Taille, und er tat es ihr gleich.

»Aber die Schwester trug eine Kette aus Barockperlen. Das ist mir sofort aufgefallen, denn wie viele Nonnen tragen schon Perlenketten?« Faye stieß ein raues Lachen aus. »Die Oberin sagte, sie habe keine Ahnung, woher die Schwester die Kette hatte – sie müsse sie jahrelang unter ihrer Kutte getragen haben, ohne dass irgendjemand davon wusste. Die anderen hätten sie erst gesehen, als sie krank wurde, und es nicht übers Herz gebracht, sie ihr wegzunehmen. Die meisten Leute wollen runde Perlen, keine ungleich geformten. Aber ich mochte Unregelmäßigkeiten schon immer.«

Erinnerungen stiegen in Leo auf. Faye an Deck des Schiffs nach New York mit einer Perlenkette um den Hals. Wie sie sich bei Leos erstem geschäftlichem Treffen mit Benjamin an die Kehle gefasst hatte, obwohl die Kette nicht mehr da war.

»Wisst ihr«, sagte Faye gespielt heiter, »ich habe Mrs Parker die Perlenkette gegeben. Ich wollte, dass mein Kind sie bekommt, als Andenken an mich. Ich dachte, Mattie hätte sie in dem Bankschließfach aufbewahrt.«

»Aber wenn die Nonne sie getragen hat …«, begann Everett.

»Dann war das Baby, das ins Waisenhaus gegeben wurde, meines. Und Joan hatte recht; es war zu krank …« Faye stockte mitten im Satz. Denn wenn Fayes Kind zu krank gewesen war, um es adoptieren zu lassen, so krank, dass es nur ins Waisenhaus gebracht werden konnte, dann war es höchstwahrscheinlich schon vor langer Zeit gestorben. Und das Baby, das Mattie mit nach Hause genommen hatte – Alice –, war Leos und Everetts Kind.

Einen langen Moment herrschte Schweigen. Dann sah Leo Fayes Schultern beben und wusste, dass sie ein Schluchzen unterdrückte.

»Faye.« Sie eilte zu ihrer Schwägerin und wollte sie in den Arm nehmen.

Doch Faye hob die Hand, um sie abzuwehren, und Leo verstand, dass sie keine tröstende Geste ertragen konnte, weil es ihr den letzten Rest Fassung rauben würde.

»Bemitleide mich nicht«, stieß sie hervor. Genau das Gleiche hatte Benjamin in der Nacht zu Leo gesagt, in der er ihr seine wahren Gefühle gezeigt hatte.

»Ich bemitleide dich nicht«, erwiderte sie. »Ich habe Mitgefühl, und das ist etwas vollkommen anderes.«

Einen Moment blickten sie einander schweigend an, Faye mit

Tränen im Gesicht – zum ersten Mal sah Leo sie weinen. Zwar konnten sie nicht noch einmal neu anfangen und die Freundinnen werden, die sie hätten sein können, doch Leo glaubte, dass Faye diese vertane Chance ebenso sehr bedauerte wie sie.

»Danke, dass du hergekommen bist, um uns das zu sagen«, flüsterte Leo.

Ein winziges Lächeln zeigte sich auf Fayes Gesicht, und da war sich Leo sicher, dass sie sich nie wiedersehen würden. Dieser Moment schmerzhafter Kameradschaft würde sich als zu viel erweisen, und Faye würde genau wie Benjamin vor der Möglichkeit, von jemandem geliebt zu werden, weglaufen, weil damit immer auch die Möglichkeit, verletzt zu werden, einherging.

Wie um ihren Verdacht zu bestätigen, wandte Faye sich ab, ließ Leo und Everett stehen und verschwand.

Leo ließ sich aufs Sofa sinken. Ihre Hände zitterten, und schon bald hatte sich das Zittern auf den ganzen Körper ausgebreitet.

»Mein Gott«, murmelte Everett, setzte sich neben sie und schloss sie in die Arme.

Eine lange Zeit brachte Leo kein Wort heraus, aber schließlich fühlte sie, wie das Zittern nachließ und sie sich in Everetts Armen allmählich entspannte. Er zog sich ein Stück zurück und strich ihr mit den Daumen zärtlich über die Wangen.

»Ich kann es noch gar nicht richtig glauben«, sagte er.

»Ich auch nicht.«

»Alice ist unsere Tochter.«

»Ja.«

Laut ausgesprochen verschlug ihnen das Ausmaß ihres Glücks erneut die Sprache. Sie waren endlich zusammen, und sie hatten eine Tochter.

»Meinst du, du solltest nach Faye schauen?«, erkundigte sich Everett im selben Moment, in dem Leo fragte: »Sollen wir es Alice gleich sagen?«

Sie lachten, und die Anspannung der letzten halben Stunde fiel von ihnen ab. Leo schüttelte den Kopf. »Ich glaube nicht, dass Faye das will.«

»Wahrscheinlich hast du recht.«

»Was ist mit Alice?«

Unerwartet küsste Everett sie, erst sanft, dann immer leidenschaftlicher und inniger. »Wir können es Alice morgen sagen«, murmelte er. »Neunzehn Jahre lang hat sie die Wahrheit nicht gekannt, da kommt es jetzt nicht auf einen Tag an.«

Er zog sie an sich, ließ sie aufs Sofa sinken und legte sich auf sie. Da war er wieder, dieser hungrige Kuss, auf den sie ihr halbes Leben gewartet hatte. Ihr Kleid landete auf dem Boden, und seine Sachen folgten rasch. Endlich spürte sie seinen Körper, seinen starken, wunderschönen Körper. Hier war der Mann, mit dem sie den Rest ihres langen, glücklichen Lebens verbringen würde.

# NACHWORT DER AUTORIN

Vor vielen Jahren habe ich bei der australischen Hauptgeschäftsstelle von *L'Oréal Paris* in Melbourne gearbeitet. Ich war Marketing-Managerin von *Maybelline*, und eine der ersten Geschichten, die ich über die Marke hörte, war die der jungen Mabel, die in einen Mann verliebt war, der nur Augen für eine andere hatte. Mabels Bruder Thomas half ihr, Kohlenstaub mit Vaseline zu vermischen und auf ihre Wimpern aufzutragen, um diesen Mann auf sich aufmerksam zu machen. Ob sie damit Erfolg hatte oder nicht, wird oft diskutiert, auf alle Fälle jedoch war das die erste Mascara, die weltweit verkauft wurde. Diese Geschichte ist mir jahrelang in Erinnerung geblieben und war der Funke, der die Idee zu diesem Buch gezündet hat: über die Zeit zu schreiben, in der Kosmetik von etwas Verbotenem zu etwas Alltäglichem wurde.

*Die Farben der Frauen* ist eine fiktive Geschichte, aber ich habe nützliche Informationen aus vielen verschiedenen Quellen erhalten, die mir geholfen haben, die Ära und die in diesem Buch beschriebene Lebensweise zu rekonstruieren.

Für Informationen über die Benutzung und Herstellung von Kosmetik habe ich folgende Werke zurate gezogen: *Cosmetics Science and Technology Volume 1* von Marvin S. Balsam und Edward Sagarin; *A History of Cosmetics in America* von Gilbert Vail und S. L. Mayham; *War Paint: Madame Helena Rubinstein and Miss Elizabeth Arden,*

*Their Lives, Their Times, Their Rivalry* von Lindy Woodhead; *Inventing Beauty* von Teresa Riordan; *Classic Beauty: The History of Make-up* von Gabriela Hernandez; *Beauty Imagined: A History of the Global Beauty Industry* von Geoffrey Jones; *Hope in a Jar: The Making of America's Beauty Culture* von Kathy Peiss; und *Compacts and Cosmetics: Beauty from Victorian Times to the Present Day* von Madeleine Marsh.

Hinsichtlich ehemaliger Kaufhäuser und ihrer Schaufenster habe ich mich an folgenden literarischen Quellen orientiert: *The Grand Emporiums* von Robert Hendrickson; *Service and Style: How the American Department Store Fashioned the Middle Class* von Jan Whitaker; *Holidays on Display* von William L. Bird, Jr.; und *The World of Department Stores/Wunderwelt Warenhaus*, Gerstenberg 2013 von Jan Whitaker.

Bei der Recherche über New York zu der Zeit, in der mein Buch spielt, waren zahlreiche Quellen von großem Nutzen, u. a.: *New York in Seven Days* von Helena Smith Dayton und Louise Bascom Barratt; *Only Yesterday* von Frederick Lewis Allen; der *Ask Mr. Foster*-Stadtplan von New York 1922; *New York Nights* von Stephen Graham und der *Guide to New York*, der 1926 von der New York Credit Men's Association veröffentlicht wurde.

Balanchines School of American Ballet ist auf der Internetseite der George Balanchine Foundation sowie in den Büchern *George Balanchine* von Robert Gottlieb und *In Balanchine's Company* von Barbara Fisher dokumentiert.

Mr Grundys Worte auf den Seiten 247–248 wurden zum ersten Mal im Mai 1920 in einem Artikel des *Atlantic Monthly* mit der Überschrift »Polite Society« veröffentlicht. Das Zitat auf Seite 189 stammt aus F. Scott Fitzgeralds *Diesseits vom Paradies*; Diogenes

2007, übersetzt von B. Blumenberg und M. Tichy. Auf Seite 210 diskutieren Leo und Lottie über zwei Werbungen von damals, von denen sie eine zitieren; dieses Zitat stammt aus einer Werbung für *Boncilla Beautifying Preparations.*

# DANK

Zuallererst muss ich Rebecca Saunders danken, der Belletristik-Verlegerin von Hachette, die mir geholfen hat, dieses Buch von einem wirren Durcheinander in den Roman zu verwandeln, den die Leser*innen nun vor sich haben. Wahrscheinlich werde ich nie aufhören, das zu sagen, aber Rebecca ist die beste Verlegerin, die sich eine Autorin nur wünschen kann, und ich bin enorm froh und dankbar, dass ich mit ihr zusammenarbeiten darf.

Bei Hachette haben viele Leute mich und mein Buch unterstützt, und ich möchte ihnen allen danken. Ich kann immer noch kaum glauben, dass ich das große Glück habe, mit einem so wunderbaren Verlag zusammenzuarbeiten.

Vielen Dank an Jacinta di Mase, meine wundervolle Agentin, die immer die beruhigende Stimme der Vernunft ist und von der ich unfassbar viel Unterstützung bekomme.

Meine Familie ist mein Fels in der Brandung; sie tolerieren meinen abwesenden Gesichtsausdruck und meine mangelnde Aufmerksamkeit, und sie verstehen, dass ich jederzeit in die imaginäre Welt in meinem Kopf abdriften kann. Ich danke ihnen von Herzen dafür, dass sie mir die Zeit und den Raum geben, meine Bücher zu schreiben, sich immer dafür interessieren, was ich gerade mache, und tun, was sie können, um mir zu helfen.

An alle Buchhändler*innen und Leser*innen: Dieses Buch wäre

ohne euch nicht möglich gewesen. Danke, dass ihr Autor*innen nach Kräften unterstützt und es mir ermöglicht, das zu tun, was ich liebe.

LESEPROBE

CAROLINE BERNARD
DIE Frau VON MONTPARNASSE
Simone de Beauvoir und die Suche nach Liebe und Wahrheit
ROMAN
Von der Autorin des Nummer-1-Bestsellers
Frida Kahlo und die Farben des Lebens
atb

# Kapitel 1

FRÜHJAHR 1927

»*Plus vite,* Jacques, schneller«, rief Simone und lehnte den Kopf aus dem Fenster, damit der Fahrtwind ihr Gesicht streicheln konnte. Eigentlich war der Märztag zu kühl dafür, aber Simone konnte nicht widerstehen und hatte das Fenster heruntergekurbelt.

Sie wollte diesen Moment genießen. Am Vormittag hatte sie ihr Examen in Literatur bestanden, mit Auszeichnung, wie nicht anders zu erwarten gewesen war. Der Abschluss war ein weiterer Schritt hin zu ihrem Traum vom Schreiben, den sie in den vergangenen zwei Jahren zäh verfolgt hatte. Auf der Suche nach einem eigenen Ton ihres Erzählens und einem Thema hatte sie in jeder freien Minute des Tages gelesen. Nichts Geschriebenes war vor ihr sicher. Bei *Shakespeare & Company* in der Rue de l'Odéon lieh sie die Neuerscheinungen aus Amerika, gegenüber bei Adrienne Monnier die Franzosen aus. Manchmal, wenn sie ein Buch unbedingt besitzen wollte, jedoch kein Geld dafür hatte, stahl sie es auch. Bei den Bouquinisten an der Seine las sie im Stehen alles, was ihr in die Hände fiel. Was sie anderswo nicht bekam, bestellte sie in der Bibliothèque nationale, wo sie jeden Tag im Lesesaal arbeitete. Aber dort las sie eher Bücher, die sie für ihr Studium brauchte. Und neben der

Literatur studierte sie natürlich auch das Leben, das Paris, die Stadt des Lichts und der Künste, in all seiner Vielfalt zu bieten hatte. Sie hatte beinahe jede Ausstellung in den Galerien ihres Viertels gesehen und war Stammgast in den großen Museen. Wann immer sie Geld für einen Kaffee hatte, ging sie mit einer Freundin in eines der Cafés am Montparnasse, setzte sich an einen Tisch und hörte den Leuten zu, die dort saßen. Alles interessierte sie, nichts war vor ihrem Wissensdurst und ihrer Neugierde sicher.

Nun, mit der bestandenen Prüfung war sie ihrem Ziel ein gutes Stück näher gekommen. Zu ihrem Entzücken hatte ihr Cousin Jacques vor dem Institut Sainte-Marie auf sie gewartet und ihr mit einem Lächeln die Tür seines neuen Wagens aufgehalten.

»Wie ich sehe, kann auch eine Frau mit Examen attraktiv sein«, sagte er zu ihr. »Darf ich dich zur Feier des Tages zu einem Ausflug einladen?«

Simone war selig. Als Kinder waren Jacques und sie gute Freunde gewesen, später hatte sie den Älteren bewundert. Und jetzt war sie dabei, sich in ihn zu verlieben. Er war ein schöner Mann und kleidete sich in schicke Anzüge. Jacques wohnte mit seiner Schwester und einer Haushälterin in einer großen Wohnung am Boulevard Montparnasse, niemand machte ihm Vorschriften. Er war ein Mann von Welt, der viel ausging, alle angesagten *dancings* und Galerien kannte und Simone mit dem Surrealismus bekannt gemacht hatte. Stundenlang saßen sie zusammen und redeten über Kunst und Literatur. Ihre ansonsten so strenge Mutter erlaubte, dass sie mit Jacques einen Spaziergang machte oder ins Kino ging. Auch ihr Vater mochte ihn und schätzte es, wenn er Simone abends nach Hause brachte und auf einen Plausch mit ihm blieb.

Bei dem Gedanken daran verzog Simone das Gesicht. Ihr Vater und Jacques ergingen sich bei diesen Gelegenheiten in endlosen Erörterungen zu Literatur und Theater, wobei ihr Vater auf die Moderne schimpfte und seine Klassiker lobte. Simone hätte dazu durchaus etwas zu sagen gehabt, aber es war nicht erwünscht, dass sie sich einmischte, das gab ihr Vater ihr deutlich zu verstehen. Eine Frau hatte Männer nicht zu unterbrechen. Wenn Georges sich von ihr zu sehr gestört fühlte, legte er den Arm um Jacques' Schulter und zog sich mit ihm in sein Arbeitszimmer zurück, während Simone vor Wut kochte.

Doch heute gehörte Jacques ganz ihr. Simone klappte die Sonnenblende herunter, um sich im Spiegel zu betrachten. In der letzten Zeit hatte sich ihr Äußeres sehr zu ihrem Vorteil entwickelt, aus dem hässlichen Entlein war ein Schwan geworden. Zwar legte Simone noch immer nicht besonders viel Wert darauf, sich zurechtzumachen, aber in ihren unvorteilhaften Kleidern steckte nun eine schöne junge Frau. Am meisten an ihr selbst gefielen ihr die hellen Augen in der Farbe von Vergissmeinnicht, die in ihrem fein geschnittenen Gesicht leuchteten. Vor ein paar Tagen hatte sie sich das lange Haar zu einem Bubikopf geschnitten, wie es jetzt modern war. Auch ihre Freundin Zaza trug das Haar neuerdings so, und in Verbindung mit ihren Glockenhüten aus Filz sah sie damit bezaubernd aus. Aber Simones Haar war zu dünn, ihr Gesicht zu lang, die Frisur stand ihr nicht, obwohl Maheu das Gegenteil bezeugt hatte. Ihr Kommilitone René Maheu, den sie »das Lama« nannte, war in sie verliebt, obwohl er verheiratet war. Er wurde nicht müde, Dinge an ihr zu bewundern oder hervorzuheben; sei es ihre Schönheit, sei es ihre Klugheit oder auch ihre raue Stimme, mit der sie ihre Argumente wie ein Maschinengewehr verschoss. Doch mit ihrer Frisur irrte er sich, sie war nichts anderes als misslungen. An diesem Tag hatte Simone ein Tuch mit hellen Tupfen in ihr Haar gebunden, um das Schlimmste zu verbergen. Jacques hatte die Veränderung offensichtlich nicht bemerkt, er hatte nur gesagt, wie schön das Tuch zu dem weißen Kragen ihrer Bluse passe. »Du siehst aus wie ein netter junger Mann«, neckte er sie.

Jacques überholte hupend ein anderes Auto und scherte rasant wieder ein. Simone wurde gegen seine Schulter geschleudert. Sie rückte wieder von ihm ab und klappte den Spiegel hoch. Jacques würde nie einen Gedanken an sein Äußeres verschwenden, er sah einfach betörend gut aus. Simone betrachtete sein gut geschnittenes Gesicht von der Seite. Er kniff leicht die Augen zusammen und hatte etwas von einem Abenteurer. Jacques bemerkte ihren Blick und lachte.

»Wir sind gleich da«, sagte er.

»Schade«, gab Simone zurück. Sie hätte noch stundenlang neben ihm sitzen und die Autofahrt genießen können. Sie fuhren in westlicher Richtung stadtauswärts, Jacques hatte extra ihretwegen die Route über die Place de la Concorde genommen, wo sich der Obelisk in einen blassblauen Himmel erhob, und hielt dann auf den Arc de Triomphe zu. Jetzt fuhren sie schon unter den großen Bäumen des Bois de Boulogne hindurch. Sie waren um diese Jahreszeit noch kahl, aber rund um die Rasenflächen sah Simone das Leuchten der Magnolienblüten und das Gelb von Jasmin und Narzissen. »Ist das schön«, seufzte sie und hielt ihre Hand aus dem Fenster, um den kühlen Fahrtwind zu spüren.

»Du findest wirklich an allem etwas Schönes«, sagte Jacques mit einem Kopfschütteln.

»Aber der Frühling in Paris ist doch auch wunderschön. Findest du nicht? Sieh doch nur dieses zarte Grün. Diese Farbe gibt es nur jetzt – wenn du nächste Woche wiederkommst, ist sie schon verschwunden.«

Sie hielt ihr Gesicht mit geschlossenen Augen in die Sonne, die in diesem Augenblick durch die Wolken brach. Dann blickte sie wieder zu Jacques hinüber. Er parkte schwungvoll den Wagen und kam auf ihre Seite hinüber, um ihr die Autotür aufzuhalten.

»Darf ich bitten?«

Simone lächelte ihn an.

»Worauf hast du Lust? Boot fahren oder Eis essen?«

»Beides«, rief sie. »Aber ich muss um acht Uhr zu Hause sein. Papa will mich zur Feier meines Examens einladen.«

Sie mieteten eines der kleinen Boote, die die Form eines Schwans hatten, und ließen sich träge bis in die Mitte des Sees treiben.

Jacques zog ein Buch aus der Tasche seines Jacketts. Es war *Der große Meaulnes*, das Buch von Alain-Fournier, das viele als Nachfolger von Goethes *Werther* sahen, weil es darin um jene Liebe ging – die eine große, unglückliche –, die man nur als ganz junger Mensch fühlen konnte. Der Roman hatte Simone in ein Gefühlschaos versetzt, und seitdem nahm sie ihre zärtlichen Gefühle für Jacques noch intensiver wahr. Und es hatte den letzten Anstoß dazu gegeben, dass Literatur für sie zum Ersatz für die Religion wurde. Simone glaubte an die Macht des Wortes, Romane wurden zu ihrer neuen Bibel, auch wenn ihre Mutter deshalb um das Seelenheil ihrer Tochter fürchtete.

»Du musst mir nicht daraus vorlesen«, sagte sie. »Ich kenne ganze Passagen auswendig.«

»Na gut, wie wäre es mit *La Garçonne*? Deine Frisur würde dazu passen.« Er hat meine Frisur also doch bemerkt, dachte Simone, als er das Buch aus der anderen Tasche zog.

Sie kicherte. Der Roman von Victor Margueritte verursachte zurzeit einen Skandal nach dem nächsten, weil seine Hauptfigur, Monique Lerbier, sich den Heiratsplänen ihrer Eltern widersetzte und ein auch sexuell unabhängiges Leben führte. Natürlich hatte Simone auch dieses Buch gelesen, heimlich, ohne Wissen ihrer Eltern. Und sie hatte bei der Lektüre so manches Mal gedacht, dass sie gern wie diese Monique wäre. Sie winkte ab.

»Kenne ich auch. Lass das bloß nicht Maman sehen, dann darf ich nie wieder allein mit dir ausgehen.«

»Zensiert sie immer noch deine Lektüre?«

Simone schüttelte unwillig den Kopf und dachte daran, wie Françoise früher Seiten, die ihre Töchter nicht lesen sollten, mit Nadeln zusammengesteckt hatte. Simone hatte diese Seiten natürlich immer als Erste gelesen und danach die Nadel wieder exakt in dieselben Löcher gesteckt. »Maman hat es aufgegeben, mich zu erziehen.«

»Dich zu einem passablen Fräulein zu machen, das Chancen auf dem Heiratsmarkt hat«, meinte Jacques.

»Ich? Chancen auf dem Heiratsmarkt? Du weißt, dass ich die nicht habe, weil Papa keine Mitgift zahlen kann.«

»Ich weiß auch, dass du das gar nicht willst.«

»Heiraten schon, aber nicht jeden und bestimmt keinen, den meine Eltern für mich aussuchen.« Simone sah ihn forsch von der Seite an, um festzustellen, ob er ihre Anspielung verstand.

Statt auf ihre Bemerkung einzugehen, legte Jacques sich plötzlich übertrieben in die Riemen, um hektisch zu rudern, dabei waren sie noch ein gutes Stück von einer der künstlichen Inseln entfernt. Er tat gerade so, als würden sie gleich aufl aufen.

Aber für den Rest des Nachmittags spielte er wieder den unwiderstehlichen Charmeur.